Petra Seeger

Marcia Muller

AM ENDE DER NACHT

Marcia Muller

AM ENDE DER NACHT

Roman

Aus dem Amerikanischen von
Cornelia Holfelder-von der Tann

Bechtermünz

Die amerikanische Originalausgabe erschien unter dem Titel
»Both Ends of the Night«
im Verlag The Mysterious Press, New York

Genehmigte Lizenzausgabe
für Weltbild Verlag GmbH, Augsburg 2000

Aus dem Amerikanischen von Cornelia Holfelder-von der Tann
Umschlaggestaltung: Thomas Uhlig, Augsburg
Umschlagmotiv: Photodisc
Gesamtherstellung: Ebner Ulm
Printed in Germany
ISBN 3-8289-6784-1

Zum Gedenken an Collin Wilcox, der mich dazu gebracht hat,
mich in die Lüfte zu wagen,
und für Peggy Bakker, die dafür sorgte, daß ich oben blieb.

Ich danke außerdem
den Leuten vom Petaluma Municipal Airport
und von Aeroventure,
die eine neugierige Schriftstellerin und Fluganfängerin
so freundlich aufgenommen haben;
Bonnie und Mike Frederick sowie Tiffany Knight,
meinen Kontaktpersonen in Arkansas;
Victoria und Ted Brouilette in Minnesota;
dem Fluglehrer Bob Gardner für sein Buch *Say It Again, Please,*
das mir die Funkkommunikation verständlich machte;
Melissa Ward für ihre hervorragenden Recherchen;
und Bill, der keinen Augenblick daran gezweifelt hat,
daß ich es lernen könnte, die Cessna 7232S heil runterzubringen.

Nacht ist definiert als der Zeitraum zwischen dem Ende der *bürgerlichen Dämmerung* am Abend und dem Beginn der *bürgerlichen Dämmerung* am Morgen, so wie im amerikanischen Luftfahrtalmanach angegeben und in die jeweilige Ortszeit umgerechnet.

US-Luftverkehrsordnung, Teil I.I

Aber es gibt so vieles, was nicht in den Bestimmungen steht …

Drei Jahre zuvor

»Tja, was jetzt, McCone? Ihr Motor ist ausgefallen. Was tun Sie dann?«
»Der Motor ist völlig okay, Matty. Sie haben nur das Gas weggenommen, das ist alles.«
»Ich bin die Fluglehrerin. Wenn ich sage, der Motor ist ausgefallen, dann ist der Motor ausgefallen. Haben Sie sich einen Notlandeplatz ausgeguckt?«
» ... Nein.«
»Dann tun Sie's besser.«
»Dort. Gleich da drüben. Die Weide. Der braungrüne Flecken mit den Kühen auf der Ostseite.«
»Dann nichts wie hin. Wo gehen Sie runter, von den Kühen ausgesehen?«
»So weit weg wie möglich.«
»Warum?«
»Rancher haben's nicht gern, wenn man auf ihrem Vieh landet.«
»Stimmt. Warum noch?«
» ... Weiß nicht.«
»Na ja, mal angenommen, Sie haben sich die Spornradmaschine von Ihrem Freund ausgeborgt. Diese schöne kleine stoffbespannte Citabria, die ja ein hübsches Sümmchen kostet. Wenn Sie dicht bei den Kühen da landen und erst mal in aller Ruhe Hilfe holen gehen, haben Sie vermutlich hinterher eine Tragfläche weniger.«
»Warum?«
»Kühe lieben *Stoffbespannungen.«*
»Himmel, Ripinsky würde mich umbringen!«
»Er würde Ihnen zumindest einen Denkzettel verpassen. Also,

Vollgas und ab nach Hause. Den Sinn der Übung haben Sie ja wohl kapiert?«

»Klar: Stets einen Notlandeplatz im Auge haben.«

»Ich kann es nicht oft genug sagen: Notsituationen können eintreten. Sie werden eintreten. Den Notfall immer mitzudenken kann einem das Leben retten.«

Erster Teil
22./23. November

1 Auf dem städtischen Flugplatz von Los Alegres zu landen war, wie nach Hause zu kommen.

Ich nahm Kurs über die Platzmitte, drehte in den Gegenanflug und drückte die Sprechtaste meines Kopfhörers. »Los Alegres-Tower, Cessna vier-vier-zwo-fünf-Whiskey im Gegenanflug zur zwo-neun.«

Die Cessna 150, die ich in Oakland gemietet hatte, war derselbe Typ wie die Schulmaschine, auf der ich ausgebildet worden war. Hier in Los Alegres hatte ich das kleine Einmaleins des Fliegens gelernt. Und irgendwo dort unten stand mit kritischem Blick meine Ex-Fluglehrerin, Matty Wildress. Lieber würde ich ohne Fallschirm abspringen, als vor ihren Augen eine holprige Landung hinzulegen.

Ich betätigte die Vergaservorwärmung, nahm das Gas weg und fuhr die Klappen noch einen Zahn weiter aus. Als ich in den Queranflug drehte, hörte ich Mattys Anweisungen: »Geschwindigkeit unter Kontrolle halten. Auf übrigen Flugverkehr aufpassen. Aufpassen! Noch ein bißchen mehr Klappen geben. Jetzt in den Endanflug drehen.« Sie hatte immer behauptet, ihre Worte würden noch Jahre nach der Pilotenprüfung in den Köpfen ihrer Schüler nachhallen, und ich war der lebende Beweis dafür.

Im Endanflug jetzt. Volle Konzentration. Mit Hys Spornradflugzeug war ich vertrauter als mit so einem Bugradfahrwerk wie diesem, das eine etwas andere Landetechnik erforderte.

Bitte, beschwor ich mich selbst, nicht mit dem Notsporn aufschlagen. Das kriegst du bis an dein Lebensende zu hören.

»Gerade ausrichten!« kommandierte Mattys Stimme in meinem Kopf. »Gerade! Nase hoch! Aufs andere Ende der Landebahn gucken. Aufs andere Ende. Und halten. Weiter halten. Halten ...«

Ich hielt die Cessna mit der Nase nach oben, während sie aus-

schwebte. Dann setzten die Räder auf, und ich rollte die Landebahn entlang. Weich und glatt und gerade.
Wehe, du hast nicht geguckt, Matty.
Ich entdeckte sie, als ich auf die Gästeabstellplätze zurollte: Groß und schlank lehnte sie am Zahltisch bei den Tanksäulen, ihr langes braunes Haar wehte leicht in dem Windzug. Während ich die Maschine zwischen die Verankerungsblocks manövrierte, kam sie auf mich zu, die Hände in den Taschen ihrer weiten, blauen Jacke vergraben. Als ich ausstieg, hakte sie bereits die Heckkette fest.
»Ordentliche Landung, McCone«, rief sie. »Wenigstens eine aus meiner Schülerschar, aus der was geworden ist.«
Ich schnappte mir die rechte Kette und hakte sie in den Ring an der Tragflächenstrebe. »Ich dachte, Ihre Schüler werden alle hervorragende Flieger.«
»Die einen mehr, die anderen weniger.« Sie spannte die rechte Kette und deutete dann auf das Steingebäude, das die Betriebseinrichtungen – Flugzeugvermietung, Wartungsdienst und Flugschule – und den Seven Niner Diner beherbergte, so genannt, weil der Flugplatz neunundsiebzig Fuß über Meereshöhe lag. »Gehen wir einen Happen essen.«
Als ich Matty jetzt aus der Nähe sah, erschrak ich. Ihre Haut sah trotz der Sonnenbräune fahl aus, und unter ihren grauen Augen waren dunkle Ringe zu sehen; die feinen Linien, die über vierzig Jahre herzhaften Lachens in ihr Gesicht graviert hatten, wirkten verzerrt, als habe sie Schmerzen. Ich hatte sie über ein Jahr nicht gesehen, aber selbst für einen solchen Zeitraum war die Veränderung zu kraß. Irgend etwas stimmte hier ganz und gar nicht.
Am Vortag hatte sie mich aus heiterem Himmel angerufen und behauptet, es sei Zeit für die Nachprüfung, die jeder Pilot alle zwei Jahre absolvieren muß. Ob ich nicht morgen nachmittag zu diesem Zweck nach Los Alegres raufkommen könne? Das kaum verhohlene Drängen in ihrer Stimme kam mir seltsam vor, zumal meine nächste Prüfung erst im März fällig war und es Matty gar nicht ähnlich sah, die Daten so durcheinanderzubringen. Doch als ich sie darauf hinwies, daß mir noch massig Zeit blieb, hatte mich ihr enttäuschtes Schweigen am anderen Ende ver-

anlaßt, im stillen meinen Terminplan umzustellen und mich zum Lunch auf dem Flugplatz mit ihr zu verabreden. Jetzt war ich froh darüber.

Sie fing meinen Blick auf, wandte sich ab und ging rasch auf das Tor zu, wo ein Schild scherzhaft alle Ankömmlinge auf dem »Los Alegres International Airport« willkommen hieß. »Da ist der alte Max«, sagte sie und zeigte zu dem kleinen Terminalgebäude hinüber. »Er lungert immer noch hier rum.«

Max, der gelbe Labrador des Flugleiters, lag auf dem Rasenstück. Er hörte seinen Namen, hob den Kopf und gähnte uns an. Der Hund war schon seit Jahren angeblich altersschwach, aber heute sah er, ehrlich gesagt, um einiges besser aus als Matty. Ich rief ihm zu: »Hey, Max«, und folgte ihr über den Parkplatz.

»Matty –«

Sie mußte meine Frage erahnt haben, denn sie unterbrach mich und schwatzte rasch und mit einem deutlichen Unterton von Nervosität drauflos. »Glauben Sie mir, McCone, ich meine es ernst, wenn ich sage, einige meiner Schüler kapieren mehr als andere. Zum Beispiel dieser Supercrack, den ich letzten Monat zum ersten Mal allein raufgelassen habe; ich hätte nie aussteigen dürfen. Neulich ist er hier, um Landungen abzureißen. Ich und ein paar andere, wir hängen drüben bei den Zapfsäulen rum, und Mark – Sie kennen doch Mark?«

Ich nickte.

»Na ja, wie der Typ aufsetzt, sagt Mark: ›Hey, wenn das mal gutgeht.‹ Und rumms! baut der Supercrack einen Überschlag.«

»Ist ihm was passiert?«

»Ein paar Schrammen, vor allem an seinem Ego, aber wenn Sie mal einen verbogenen Propeller und ein ramponiertes Bugrad sehen wollen, gucken Sie sich die 152 im Hangar an.« Sie zuckte die Achseln. »Nicht, als hätt ich nicht versucht, es ihm in seinen Dickschädel zu hämmern: Nur weil man am Boden ist –«

»– kann man das Fliegen noch lange nicht einstellen.«

»Gut gelernt.«

»Sie haben es mir oft genug eingebleut.«

Wir stiegen die Stufen zum Restaurant empor und zwängten uns zwischen den Plastiktischen und -stühlen auf der Aussichtsterrasse hindurch. Jetzt, um die Mittagszeit, war hier ein buntes

Völkchen von Piloten, Mechanikern und Angestellten aus dem nahen Gewerbegebiet versammelt, und viele begrüßten Matty. Sie blieb stehen, um mit einer Frau zu reden, und gab mir ein Zeichen, weiterzugehen und uns einen Tisch zu suchen.

Matty war allseits beliebt, und dazu noch so etwas wie eine Lokalberühmtheit in Los Alegres, dieser Kleinstadt, gut vierzig Meilen nördlich von San Francisco. Sie war nicht nur die beste Kraft und einzige Frau unter den hiesigen Fluglehrern, sondern außerdem auch eine landesweit bekannte Kunstfliegerin, und wenn alles nach ihrem sorgsam gestaffelten Plan lief, würde sie nächstes Jahr um diese Zeit die neue amerikanische Kunstflugmeisterin sein.

Meine Bekanntschaft mit Matty hatte vor über drei Jahren begonnen, kurz nachdem ich zum fünften Mal in der Citabria meines Lovers Hy Ripinsky mitgeflogen war. Hoch über der Sierra Nevada hatte er mit der winzigen Maschine einen Präzisionsspin vollführt, und in diesem Moment hatte ich beschlossen, selbst fliegen zu lernen. Doch Hy, der eine Fluglehrerlizenz hatte und ab und zu auf dem Tufa Tower Field in der Nähe seiner Ranch in Mono County Schüler ausbildete, weigerte sich, mir Stunden zu geben. Ich sei zu stur und oft nicht bereit, Kritik anzunehmen – schon gar nicht von ihm. Bevor ich ihn noch auf seine eigene Sturheit und mangelnde Offenheit für Kritik hinweisen konnte, hatte er sich jedoch erboten, mich mit jemandem bekannt zu machen, den er schon lange kenne und der ihm noch einen Gefallen schulde und mir bestimmt verbilligten Unterricht geben werde.

Ich staunte nicht schlecht, als sich dieser Jemand als eine attraktive, gertenschlanke Frau mit fast taillenlangem, dickem, braunem Haar entpuppte. Zuerst konnte ich mich der bohrenden Frage kaum erwehren, welcher Art ihre Bekanntschaft mit Hy gewesen sein mochte, aber nach meiner ersten Flugstunde schob ich diese Gedanken beiseite. Was immer zwischen den beiden gewesen oder nicht gewesen sein mochte – warum mir dadurch vergällen lassen, was ein wunderbares Schüler-Lehrer-Verhältnis zu werden versprach? Und obwohl sich mir die Frage immer noch manchmal aufdrängte – auch jetzt, da ich sie so lebhaft reden und mit ihren schmalen Händen Loopings und Rollen in der Luft vollführen sah –, hatte ich diesen Entschluß doch nie bereut. Matty hatte eine magische Art, ihren Schülern ihr eigenes Können zu vermitteln; in Situationen, in denen die Nerven des Neulings blanklagen, strahlte sie Ruhe und Ermutigung aus; ihre Begeisterung auch für die trivialen Aspekte des Fliegens – und deren gibt es viele – war ansteckend. Sie hatte aus mir die Pilotin gemacht, die ich jetzt war.

Beim Fliegen ist das Schüler-Lehrer-Verhältnis ein ganz spezielles, nicht zuletzt, weil die Unterrichtssituation alles andere als ideal ist. Ein paar Jahre, bevor ich Matty kennenlernte, hatte ich ein paar Flugstunden bei einem Marineflieger gehabt, mit dem ich damals zusammengewesen war; dann war ich mit Hy mitgeflogen. Doch als ich mich zum ersten Mal auf dem linken Sitz ihrer Cessna festschnallte, wurde mir schlagartig klar, daß ich mein Leben in die Hände dieser Fremden legte.

Während der langen Stunden, die wir gemeinsam im Cockpit verbrachten, erfuhr ich eine Menge über mich selbst – und über Matty. Wir waren beide eher zurückhaltende Menschen. Wir sprachen nicht über persönliche Dinge, kehrten unsere Gefühle nicht nach außen. Selbst wenn mich ein starker Seitenwind beim Landen in ein Häufchen Wackelpeter verwandelte, unterdrückte ich jeden Schreckenslaut und konzentrierte mich darauf, die Maschine in den Sideslip zu legen. Selbst wenn meine Angst, in einer tückischen Situation die Kontrolle über die Maschine zu verlieren, ihre Geduld strapazierte, platzte Matty nicht los. Wir hielten einander, wie mir später klar wurde, auf Armeslänge, und das auf einem Raum, der kaum eine Armeslänge maß.

Und dennoch: unter so beengten Verhältnissen teilt sich das Innere eines Menschen auch ohne Worte mit. Bis ich meinen Pilotenschein machte, konnte jede von uns mit einem Blick erkennen, was in der anderen vor sich ging.

Und auch heute konnte sie mir nichts vormachen. Sie mochte ihr Bestes tun, mich davon abzulenken, wie nervös und sorgenvoll sie aussah, aber auch das munterste Geplauder vermochte die offenkundigen Zeichen innerer Anspannung nicht zu überspielen.

Sie verabschiedete sich jetzt von der Frau, mit der sie geredet hatte, und kam an unseren Tisch. Als sie sich setzte und die seit

Jahren immer gleiche Speisekarte wegschob, sagte sie: »Das war eine meiner ehemaligen Schülerinnen. Sie will in die Kunstfliegerei einsteigen. Nur zu, sage ich.«
»Werden Sie's ihr beibringen?«
»Nein, auf dem Gebiet bin ich nicht die beste Lehrerin. Der Mann, bei dem ich es selbst gelernt habe – Jim Powell, Sie kennen ihn ja –, der ist der beste Trainer weit und breit. Ich schicke sie zu ihm.« Sie betrachtete mich einen Moment, ihre Augen waren hinter der Sonnenbrille nicht zu erkennen. »Haben Sie je daran gedacht, so was zu machen?«
»Kunstflug? Nein. Okay, ich spiele manchmal ein bißchen rum – in großer Höhe und unter Ripinskys Aufsicht. Aber um darin gut zu sein, muß man hart arbeiten, und meine Detektei am Laufen zu halten lastet mich im Moment voll aus.«
»Na ja, vielleicht überlegen Sie sich's ja eines Tages. Ich würde gern sehen, wie Sie sich dabei anstellen. Obwohl – Sie haben Stalls immer schon gehaßt, von daher bin ich mir nicht sicher, wie Sie zum Beispiel ein ›welkes Blatt‹ hinkriegen würden.«
Ich lächelte leise. Falls wir heute nachmittag einen kleinen Ausflug mit der Cessna machen sollten, würde sie schon sehen, wie ich jetzt mit diesen Überziehsituationen klarkam.
Sie sagte: »Sie fliegen also immer noch Ripinskys kleine Spornradmaschine?«
»Sooft ich kann.«
»Wieso sind Sie heute nicht damit hergekommen?«
»Er hat sie mit oben auf dem Tufa Tower Field. Er kommt zwar heute nachmittag noch zurück, aber ich mußte mir trotzdem eine Maschine leihen, und aus sentimentalen Gründen habe ich die Cessna 150 genommen.«
»Sie meinen, weil die am billigsten war. Obwohl es ja nicht so aussieht, als ob Sie und Hy knapp dran wären; als ich das letztemal in Oakland aufgetankt habe, hat mir einer von den Tankwarten dort erzählt, Sie hätten mit Hy zusammen ein Häuschen an der Küste gekauft. In Mendocino County, stimmt's?«
»Schon. Aber wir haben es nicht richtig gekauft; es wurde uns von Freunden, die mit diesem Ort schlechte Erinnerungen verbinden, für einen Dollar überlassen.«
»Gutes Geschäft. Wie geht's Ripinsky überhaupt?«

Sie war offenbar fest entschlossen, diesen Plausch fortzuführen, als sei mit ihr alles in bester Ordnung, aber ich wußte, früher oder später würde sie sich mir anvertrauen. Früher, wenn ich sie nicht drängte, also spielte ich mit. »Gut geht es ihm. Sie haben ja sicher von seinem letzten Kreuzzug gehört.«
»Dieser Menschenrechtssache? Ja. Wie ist er denn da drauf gekommen?«
»Ach, er war vor einiger Zeit mal in einer bösen Klemme, und da haben ihm Leute geholfen, die selbst in einer ziemlich kritischen Situation waren. Das war der Auslöser.«
»Vom Ökofreak zum Kreuzritter?«
»So in der Art.«
Sie schüttelte den Kopf. »Typisch Ripinsky: nach außen stahlhart, aber ein weiches Herz so groß wie Texas.«
Ich mußte lächeln. Matty war eine konservative Hard-Linerin, ich ein Bündel buntgemischter Einstellungen, intellektuell wie emotional. Wir hatten uns schon vor langem geeinigt, nicht über Politik zu diskutieren.
Die Bedienung kam, und wir bestellten wie immer: einen Riesenburger für Matty, ein Calamares-Sandwich für mich, Eistee für uns beide. Eine gelbe Citabria, wie die von Hy, bis auf die Farbe, war gerade im Endanflug; wir sahen zu, wie sie aufsetzte und gleich wieder durchstartete. Ich drehte mich um, um ihr hinterherzugucken, und als ich mich Matty wieder zuwandte, hatte sie ihre Sonnenbrille abgenommen und musterte mich.
Warum? Aus Gewohnheit, um meine Stimmung abzuschätzen, wie sie es immer vor den Flugstunden getan hatte? Um zu prüfen, ob ich mich seit unserer letzten Begegnung verändert hatte? Nein, weder noch. Irgend etwas in ihrem Blick verriet es mir: Sie versuchte herauszufinden, ob sie mir ihr Problem anvertrauen konnte. Und zwar nicht nur in meiner Eigenschaft als Freundin, sondern auch als Privatdetektivin.
»Warum haben Sie mich nicht einfach geradeheraus gefragt?« sagte ich. »Warum mußten Sie die Prüfung vorschieben?«
»Was?«
»Sie haben mich wohl verstanden. Ich habe Ihnen gesagt, daß die Prüfung erst im März fällig ist. Sie sitzen in irgendeiner Patsche und wollen mich anheuern. Worum geht es?«

»Oh, McCone, Sie kennen mich wirklich gut.« Sie sah sich um.
»Aber nicht hier, ja? Hier sind zu viele Leute.«
»Wo dann? Wann?«
»Wenn wir gegessen haben. Sie können mich mit raufnehmen, wir klappern unsere alten Tummelplätze ab. Ich erzähl's Ihnen im Flugzeug.«

Ich senkte die Nase der Cessna auf Geradeausfluglevel, ließ die Maschine Fahrt gewinnen und drosselte sie dann auf Reisegeschwindigkeit zurück. »Also«, sagte ich zu Matty.
Sie antwortete nicht.
Ich nahm Kurs nach Westen, in den Bereich, wo ich so oft geübt hatte, über dem Farmland, das sich zwischen Los Alegres und den Küstenbergen erstreckte. Matty hing passiv in ihrem Sitz, den Kopf gesenkt, die Augen hinter der Sonnenbrille geschlossen. Das war nicht mehr die Matty, die einst neben mir gesessen, mir Anweisungen erteilt und dabei jede nur mögliche Gefahr im Auge behalten hatte.
Ich hielt Ausschau nach anderen Flugzeugen und ging dann in eine flache Kurve. Ließ den Knüppel locker und die Maschine allein fliegen. »Okay«, sagte ich, »erzählen Sie von Anfang an.«
Das Schweigen zog sich hin. Es verriet mir, daß ihr Problem schwerwiegend und sehr persönlicher Natur war. Wenn es um einen ihrer Flugschüler ginge oder etwas mit dem Teilehersteller zu tun hätte, der ihre Wettkampfstarts, und auch ihre 250000-Dollar-Spezialmaschine finanzierte, würde Matty sich nicht so anstellen.
Schließlich seufzte sie tief und schlug die Augen auf. »Okay, also gut. Sie wissen, daß ich seit einiger Zeit mit jemandem zusammenlebe?«
»Sie haben es auf der Geburtstagskarte erwähnt, die Sie mir geschickt haben.«
»Ach, ja, stimmt. Na ja, wir wohnen nun schon elf Monate zusammen, seit der Woche nach Neujahr. Er heißt John Seabrook und hat eine Weihnachtsbaumfarm gleich da drüben.« Sie zeigte auf ein großes dichtbewaldetes Areal am Fuß der Hügel.
Ich leitete die Kurve aus und ging in eine mittelsteile Kurve in die Gegenrichtung. »Und?«

»Er ist verschwunden.«
»Seit wann?«
»Gestern vor einer Woche.«
»Haben Sie Vermißtenanzeige erstattet?«
»Nein.«
»Warum nicht?«
Achselzucken.
»Warum nicht, Matty?«
»... Um das zu verstehen, müßten Sie John kennen. Er hat ein regelrechtes Ding zu laufen, was seine Privatsphäre angeht, er redet nie über seine Vergangenheit.«
»Gar nicht?«
»Gar nicht.«
»Das erklärt immer noch nicht, warum Sie keine Vermißtenanzeige erstattet haben.«
»Ach, verdammt!« Sie biß sich auf die Unterlippe und sah aus dem Seitenfenster.
Ich konzentrierte mich auf die Vollendung der Kurve. Ließ ihr Zeit. Meine Augen suchten den Himmel nach anderen Flugzeugen ab, aber ich konnte keine entdecken. Obwohl es ein wunderschöner, klarer Novemberfreitag war, war weder auf dem Weg hierher noch auf den beiden Flugplätzen viel los gewesen. Ich leitete die Kurve wieder aus, richtete die Cessna gerade und bewunderte den Goldschimmer, den die spätherbstliche Sonne auf die braunen Hügel goß.
Als ich das Gefühl hatte, daß Matty sich wieder verschloß, sagte ich: »Sie haben keine Anzeige erstattet, weil Sie denken, John ist aus eigenem Willen verschwunden und wird sauer, wenn er zurückkommt und Sie die Polizei auf ihn angesetzt haben.«
»... So in der Art.«
»Und Sie glauben, sein Verschwinden hängt mit dieser Vergangenheit zusammen, über die er nicht spricht.«
»Ja.«
»Warum glauben Sie das?«
»Nur so ein Gefühl.«
»Unter welchen Umständen ist er denn verschwunden?«
»Keine Ahnung. Ich war weg, auf einem Charterflug, mußte ein paar Geschäftsleute nach Monterey runterbringen.«

»Sie unterrichten nicht nur, Sie bieten auch noch Charterflüge an?«
»Klar. Das ist eine gute Möglichkeit, ein bißchen zusätzliches Geld zu verdienen, und die Strecken kenne ich so gut, daß ich sie im Schlaf fliegen könnte. Einen Überlandflug in unbekanntes Terrain habe ich seit zehn Monaten nicht mehr gemacht; wahrscheinlich habe ich völlig vergessen, wie man einen Kurs zeichnet. Was keine Beschwerde sein soll, ich bin gern daheim.«
»Dann waren Sie also in Monterey, an dem Tag, als John verschwand?«
»Ja. Als ich wieder zurückkam, war er nicht da, und einer von den Pickups war weg. Es war schon spät, aber ich habe mir nichts dabei gedacht, ich bin einfach schlafen gegangen. Am nächsten Morgen war ich dann aber doch beunruhigt – er war noch nie über Nacht weggeblieben – und habe mich erst mal richtig umgeguckt. Sein Rasierzeug, sein Seesack, sein Rucksack und ein paar Kleidungsstücke von ihm fehlten. Und auch eine von den Pistolen – eine vierundvierziger Magnum.«
»Und vorher hat gar nichts darauf hingedeutet, daß er weg wollte?«
»Na ja, vielleicht doch. Ein paar Tage vorher wollten wir eigentlich zusammen hier im Diner zu Mittag essen, aber als ich von meiner Elf-Uhr-Stunde zurückkam, war er sehr nervös – erregt, kann man sagen –, und er meinte, das mit dem Essen würde nicht klappen. Irgendein Problem auf der Baumfarm, hat er behauptet, aber mehr wollte er dazu nicht sagen. Die Tage darauf war er kaum zu Hause, bis zu dem Abend, bevor ich nach Monterey mußte.«
»Und was war an dem Abend?«
»Es war ein ganz gewöhnlicher Abend zu Hause, nur daß er ... na ja, liebevoller war als sonst.«
»Als ob er sich verabschieden wollte?«
Sie preßte die Lippen aufeinander und schüttelte den Kopf, nicht willens, diesen Gedanken an sich heranzulassen.
Ich ging in eine Steilkurve, weil ich dachte, es sei an der Zeit, zum Flugplatz zurückzukehren. »Okay, was genau wissen Sie über John?«
»Sehr wenig. Er kam vor zehn Jahren mit seinem kleinen Sohn hierher und kaufte fünfzig Prozent von dieser dahinsiechenden

Baumfarm. Er sagt, Bäume gehören zu den wenigen Dingen, von denen er wirklich was versteht, und er muß ziemlich viel Ahnung davon haben, weil die Farm jetzt einen hübschen Profit abwirft und er letztes Jahr den Anteil seines Partners aufkaufen konnte.«

»Moment mal – er hat einen Sohn?«

»Zachary – er ist elf.«

»Lebt er bei Ihnen?«

»Ja. Er ist ein netter Junge, wir kommen gut miteinander klar. Und ich glaube, John vertraut mir, daß ich mich gut um ihn kümmere.« Sie hielt nachdenklich inne. »Zach hat es die letzten Jahre nicht leicht gehabt. Er ist neugierig, will wissen, wo er geboren ist und wie seine Mutter war – normal für sein Alter. Aber John will nicht drüber reden, und das treibt einen Keil zwischen die beiden, obwohl ein Junge doch gerade in diesem Alter seinen Vater braucht. Es gibt keine Familienfotos. John kriegt nie Briefe von Verwandten – oder von sonst irgendwem. Es ist, als wollte er alles auslöschen, was vorher war – bevor er hierhergekommen ist.«

»Und Sie haben ihn nie gefragt, warum?«

»Nein.«

Den meisten Leuten würde es wohl komisch vorkommen, daß eine so starke und direkte Frau wie Matty Wildress dieses Thema nie angesprochen haben sollte. Aber bei mir war sie an der Richtigen: Ich hatte mich ganz ähnlich verhalten, als Hy jahrelang stur geschwiegen hatte, was die häßlichen Dinge anging, die er als Charterpilot in Südostasien gesehen und getan hatte.

Matty setzte hinzu: »Ich dachte, wenn ich ihn in Ruhe lasse, wird er's mir irgendwann erzählen.«

Dasselbe hatte ich auch gedacht, und tatsächlich hatte sich Hy schließlich alles von der Seele geredet. Aber John Seabrook hatte Matty wortlos verlassen.

Ich fragte: »Wo war Zach, als sein Vater verschwand?«

»Bei Karla und Wes Payne, unseren Nachbarn. Wes war Johns Partner. Das ist auch noch was, was mir sagt, daß er vorhatte wegzugehen. Er hatte schon ein paar Tage vorher mit den Paynes ausgemacht, daß Zach in dieser Nacht bei ihnen schlafen sollte.«

»Hat Zach irgendeine Vermutung, wohin sein Vater gegangen sein könnte – oder warum er weggegangen ist?«

»Er ist genauso ratlos wie ich. Und verletzt.«
»Sie selbst sind auch ganz schön verletzt. Und Sie haben Angst, da in etwas reingeraten zu sein, was Sie nicht im Griff haben.«
Sie hatte wieder aus dem Fenster geguckt, während ich die Kurve flog. Jetzt fuhr ihr Kopf herum, und ihre Nasenflügel waren geweitet. »Hey, McCone, das wird mir verdammt noch mal zu persönlich. Hören Sie auf!«
Endlich kam wieder eine Spur von der alten Matty durch – der Frau, die die Schläge, die das Leben austeilte, nicht einfach passiv hinnahm, die sich wehrte. Aber die alte Matty neigte auch dazu, verschlossen, stachlig und leicht beleidigt zu sein. Sie würde lockerlassen müssen, wenn ich für sie arbeiten sollte.
Statt aufzuhören, schwenkte ich aus der Kurve heraus und begann, den Knüppel anzuziehen.
»Was zum Teufel haben Sie vor?« fragte sie.
Ich zog weiter an, zwang die Nase der Cessna immer höher.
»McCone!«
Ich grinste sie an. Zog weiter an, bis ich spürte, wie die Steuerung weich wurde. Die Überzieh-Warnanlage heulte, die Maschine erzitterte, und nichts war mehr unter den Tragflächen. Die Cessna schmierte nach links ab und fiel vom Himmel wie ein Stein.
Und ich nahm Hände und Füße von den Bedienungselementen.
Matty packte mich am Arm und schrie: »Ja!«
Ich faltete die Hände im Schoß, während die Cessna kopfüber hinabstürzte. Hügel und Weiden sausten an den Scheiben vorbei. Dann, ganz langsam, richtete die Maschine sich wieder auf. Die Nase kam hoch, und das Flugzeug begann ganz ohne mein Zutun wieder zu fliegen.
Jetzt lachte Matty. »Verflixt, Ihre Angst vor Stalls haben Sie jedenfalls überwunden!«
»Stimmt.« Ich faßte den Knüppel wieder und richtete die Maschine aus.
Sie war jetzt plötzlich ernst und musterte mein Gesicht. »Sie haben sich verändert, McCone.«
»Allerdings. Und Sie, was ist mit Ihnen? Sie haben es immer gehaßt, über persönliche Dinge zu reden. Es ist an der Zeit, daß Sie sich auch ändern.«

2 Die ordentlichen Reihen mit Douglastannen begannen jenseits des Straßengrabens, zogen sich den Hang hinauf, gabelten sich wie ein Fluß vor einem weißen Farmhaus und vereinigten sich dahinter wieder. Ab und zu streiften Äste Mattys Van, als wir die holprige Zufahrt entlangfuhren. Selbst bei geschlossenen Fenstern war der Tannenduft stark, und er rief in mir eine kindliche Erregung wach. Erstaunt stellte ich fest, daß es nur noch fünf Wochen bis Weihnachten waren.

»Lassen Sie mich noch mal rekapitulieren, was in Ihrer Geburtstagskarte stand«, sagte ich. »Sie haben John letzten September auf dem Flugplatz kennengelernt, an dem Tag, an dem die Pilotenvereinigung Rundflüge für karitative Zwecke veranstaltet hat.«

»Richtig. Zach hatte es in der Zeitung gelesen und John angebettelt, ihn auch mal mitfliegen zu lassen. Ich habe ihn mit raufgenommen, in der alten Cessna 150, auf der Sie gelernt haben.«

»John wollte nicht mit?«

»Du lieber Himmel, nein. Er haßt das Fliegen, sagt, er würde nie freiwillig einen Fuß in eine Sportmaschine setzen.« Sie parkte den Van unter einem Apfelbaum in dem verwilderten Vorgarten, wo Laub und Fallobst den Boden bedeckten. Das Haus war einstöckig, mit einem Mansardenfenster und einer breiten umlaufenden Veranda. Von den vorstehenden Dachbalken hingen spinnenbeinige Fuchsien.

»Hübsches Plätzchen«, sagte ich.

»Danke. Im Garten wäre einiges an Arbeit fällig, und das Haus war ziemlich runtergekommen, als ich eingezogen bin. John hatte gerade seinen Partner ausgekauft und mußte seine ganze Energie in die Baumfarm stecken, und außerdem ist er sowieso nicht sonderlich gut in solchen Sachen wie Streichen und Zimmern. Ich schon, also hat er mir freie Hand gelassen.«

Wie stiegen aus und gingen zu den breiten Eingangsstufen hinüber. »Okay«, sagte ich, »Sie haben also Zach mit raufgenommen ...«

»Während John im Diner zu Mittag gegessen hat. Von da an hat er sich öfters auf dem Flugplatz rumgetrieben. Er hat behauptet, wegen der Seven Niner-Burger – eins der wenigen Dinge, die wir gemeinsam haben, ist die Leidenschaft für gute Burger. Aber ich wußte, in Wahrheit war es meinetwegen.«

»Und er hat Ihnen den ganzen Herbst und über die Weihnachtstage den Hof gemacht, bis Sie dann schließlich nach Neujahr zu ihm gezogen sind?«

Matty fummelte mit ihren Schlüsseln herum und steckte einen ins Schloß. »Den Hof gemacht! Das ist ein blanker ... wie nennt man das noch mal?«

»Euphemismus?«

»Genau. Er war hinter mir her, mit dem ganzen Zartgefühl eines brünftigen Elchbullen. Wir hatten eine verflixt schöne Zeit zusammen, und ich befand, daß es ziemlich blöd von mir wäre, ihn mir durch die Lappen gehen zu lassen, zumal zu Beginn eines kalten, nassen Winters.«

Der Flur, in den sie mich führte, war schmal und im unteren Teil holzgetäfelt. Die Hartholzdielen glänzten, und an der frisch geweißten Wand über der Täfelung hingen lauter vergrößerte Farbfotos. Ich blieb stehen, um eins zu betrachten, das Matty im Cockpit eines schlanken gelben Eindeckers mit einem roten Strahlenmuster auf den tief angesetzten Tragflächen zeigte. Die Haube war offen, und sie schaute mit einem breiten Grinsen direkt in die Kamera.

»Das ist aber nicht die Maschine, die Sie sonst immer geflogen haben«, sagte ich.

»Nein, die ist neu, von letztem Jahr. Eine Stirling Silver Star 360, Spezialanfertigung. Von Stirling Aviation in Arkansas. Das ist einer der besten Flugzeugbauer. Die Firma war vor ein paar Jahren in ziemlichen Schwierigkeiten, steht jetzt aber wieder prima da. Diese Maschine ist eine der besten überhaupt. Extrem geringer Luftwiderstand, traumhaft für Aufwärtsschrauben, die die Kampfrichter so beeindrucken. Sie kann wirklich so ziemlich alles.« Sie berührte den Bilderrahmen leicht, um ihn geradezurücken.

»Was sagt John zu Ihrer Kunstfliegerei?«

»Er spornt mich an.«

»Man könnte meinen, ein Mann, der das Fliegen haßt, würde Angst um Sie haben.«

Sie sagte achselzuckend: »Er hat Vertrauen in mein Können und nicht viel Phantasie, wenn es darum geht, sich auszumalen, was alles passieren könnte. Die habe ich im übrigen auch nicht. Das kann man sich gar nicht leisten, weil man sich sonst nicht mehr ins Cockpit traut.«

Genau das war der Grund, weshalb ich nie sonderlich gut im Kunstfliegen war; meine Phantasie war mir immer ein paar Schritte voraus und stellte mir oft genug ein Bein.

»Hey«, sagte sie. »Ich weiß, was Sie jetzt denken. Klar, ein Risiko ist immer dabei. Aber das ganze Leben ist ein Risiko. Meine Mutter war ein sehr ängstlicher Mensch. Als ich klein war, hieß es ständig: ›Das darfst du nicht tun. Wenn dir was passiert!‹ Ich habe mir das immer angehört und gedacht: O Mann, und wenn in meinem Leben überhaupt nichts passiert? Für mich heißt leben, Risiken einzugehen, ihnen ins Gesicht zu sehen. Sonst kann man sich gleich unter eine Glasglocke setzen und warten, daß man stirbt.«

Ich nickte, weil das im großen und ganzen auch meine Lebensphilosophie war. Dann ging ich weiter den Flur entlang und betrachtete die übrigen Fotos, bis ich zu einem DIN-A4-Abzug kam, der Matty, einen großgewachsenen Mann, und einen halbwüchsigen Jungen zeigte.

»Sind das John und Zach?«

»Ja.« Sie sah auf das Foto, und ihr Mund wurde schmal. Wortlos zwängte sie sich an mir vorbei und ging nach hinten durch. Ich blieb stehen und musterte den verschwundenen Mann und seinen Sohn genauer.

John Seabrook war kräftig, wie ein Quarterback, mit ausgeprägten Muskeln, aber ohne ein Gramm Fett. Das relativ lange, braune Haar fiel ihm dick in die hohe Stirn, und er hatte die sonnengebräunte, wettergegerbte Haut eines Menschen, der den größten Teil seines Lebens im Freien verbracht hat. Zach war vom Körperbau her ein ähnlicher Typus, hatte aber blondes Haar und auffallend blaue Augen. Doch im Gesicht war die Ähnlichkeit unverkennbar: beide hatten das gleiche eckige Kinn, die gleichen vorstehenden Wangenknochen, die gleiche leicht gekrümmte Nase. Ganz offenkundig Vater und Sohn.

Schließlich folgte ich Matty und fand sie in einer altmodischen Küche, wo sie die Post durchsah, die sie aus dem Briefkasten am Straßenrand genommen hatte. Sie sah mich das wellige grüne Linoleum und die vielfach überlackierten Küchenschränke mustern. »Hier drin war nicht mehr viel zu machen«, sagte sie. »Müßte alles von Grund auf erneuert werden, und das können wir uns nicht leisten.«

»Das kenne ich. Sie hätten mal meine Küche sehen sollen, bevor ich die Kohle zusammengekratzt hatte, sie neu machen zu lassen.«

»Kohle – immer das gleiche Problem.« Sie verzog das Gesicht und legte die Post weg. »Alle denken immer, Fluglehrer machen einen Haufen Geld, und das wäre auch so, würden wir vierzig Stunden die Woche arbeiten, rund ums Jahr, was nicht der Fall ist. Und mit der Kunstfliegerei ist es noch schlimmer: Bei den Wettkämpfen gibt es kein Preisgeld, und bei einer Flugschau habe ich noch nie mehr als sechstausend Dollar verdient. Wenn mein Sponsor nicht wäre, hätte ich längst einpacken können.«

»Aber die Baumfarm – Sie sagten doch, die wirft Profit ab?«

»Jetzt schon. John hat vor drei Jahren auch noch eine Baumschule für Zierkoniferen aufgemacht, das ist nicht so ein Saisongeschäft. Irgendwann wollen wir das ganze Haus renovieren lassen. Wobei mir ganz egal ist, wie es hier aussieht, wenn John nur heil wieder zurückkommt. Wichtig ist mir nur, daß wir eine Familie sind – das, was ich mir immer gewünscht habe.«

»Ach, tatsächlich? Ich hätte nicht gedacht, daß in Ihren Plänen Raum für ein Familienleben gewesen wäre.«

»Na ja, vielleicht nicht für ein traditionelles Familienleben. Das habe ich weiß Gott nie gehabt. In meinem Elternhaus hat das Familienleben aus verschiedenen Gründen nicht geklappt. Und in meiner Ehe hat es ebenfalls nicht geklappt, wenn auch aus anderen Gründen. Und als die Ehe platzte, hatte ich nur noch die Fliegerei, was mehr ist, als die meisten Leute haben, aber trotzdem nicht genug. Und jetzt habe ich Angst... ach, verdammt, McCone, das brauchen Sie sich nicht anzuhören. Möchten Sie sich jetzt mal Johns Sachen ansehen?«

Eigentlich hätte ich gewollt, daß sie noch mehr von sich erzählte. Ich hatte gar nichts von dieser Ehe oder von ihrer kaputten Herkunftsfamilie gewußt. Aber die Zeit verging, und ich mußte um sieben bei einer Dinner Party in San Francisco sein, weshalb ich nickte und ihr nach oben in das Schlafzimmer folgte, das sie mit John Seabrook teilte.

Im Gegensatz zu den meisten Privatdetektiven – meine Angestellten Rae Kelleher und Charlotte Keim eingeschlossen – fühle ich mich nicht wohl dabei, in anderer Leute Privatbereich einzudringen. Das beraubt den betreffenden Menschen, der nicht dabei ist und sich nicht wehren kann, der Fassade, die er nach außen hin errichtet hat, und legt seine Intimsphäre bloß. Ich fühlte mich dabei moralisch nur eine Stufe über dem Voyeur. Doch die Besitztümer eines Menschen und die Art, wie er damit umgeht, können wertvolle Informationen liefern, und mit den Jahren war ich eine Expertin darin geworden, andere anhand der Dinge zu entschlüsseln, mit denen sie sich umgaben.

Zum Beispiel John Seabrooks Kleidung: Sie sagte mir, daß er wirklich der Freiluftmensch war, als der er auf dem Foto wirkte. Wollhemden, T-Shirts, Jeans, Cordhosen, Daunenwesten und -jacken – aber weit und breit kein Anzug und keine Krawatte. Er war ein ordentlicher Mensch, der seine Sachen systematisch wegräumte, also war sein Denken vermutlich ebenfalls geordnet. Als ich Matty fragte, was er mitgenommen habe, konnte sie es mir genau auflisten: eine blaue Daunenjacke, zwei Garnituren seiner wärmsten Sachen, Thermounterwäsche, eine Strickmütze, Handschuhe und Treckingstiefel.

Die Kommodenschubladen enthielten säuberlich gestapelt die üblichen Dinge, bis auf die unterste: Sie gehörte Erinnerungsstücken und jener Sorte Dingen, die wir alle aufheben, weil sie uns irgendwann mal geschenkt wurden und wir nicht wissen, was sonst damit machen. Seabrooks Kollektion umfaßte unter anderem eine ungeöffnete Flasche Old Spice, zwei Garnituren monogrammbestickter Taschentücher, ein Paar silberne Manschettenknöpfe, ein Schuhputzset, ein Maniküreetui und einen vergoldeten Glückskeks – alles originalverpackt. Sentimentalen Wert besaßen für ihn offenbar auch drei Silberdollars, ein kalifornisches Rubbellos, das ihm, hätte er es eingelöst, zwei Dollars gebracht hätte, ein Clinton-Gore-Wahlkampfbutton, der mir noch etwas verriet, was er und Matty nicht gemeinsam hatten, ein flachschaliger Seeigel und ein Sektkorken. Und in einem blauen Samtkästchen fand ich den Ehering eines Mannes.

Ich nahm den Ring heraus und hielt ihn ins Licht. Er war glatt und schlicht, aber zerkratzt und ohne Gravur auf der Innenseite.

Ich sah Matty an und zog fragend die Augenbrauen hoch. Sie wandte sich achselzuckend ab und begann, die zerknitterten Bettlaken glattzuziehen.
Ich hielt den Ring in der hohlen Hand, schloß die Finger darum. Wie albern zu glauben, Form und Gewicht könnten mir etwas mitteilen, und doch...
Als Matty mir erzählt hatte, daß John sich weigere, mit Zach über dessen Mutter zu sprechen, hatte ich ihm automatisch irgendeine Art von Verbitterung unterstellt, vielleicht wegen einer häßlichen Scheidungsgeschichte oder weil sie ihn verlassen hatte. Doch dieser Ring – nicht einfach achtlos in die Schublade gefeuert, sondern in seinem Kästchen zwischen anderen Andenken an offenbar glückliche Tage aufbewahrt – zeugte von Liebe und Anhänglichkeit. Das wußte ich, weil Hy auch einen Ehering in seiner Kommodenschublade hatte. Vor zwei Jahren hatte er ihn mir gezeigt, weil er ein originelles Stück war, das ein befreundeter Künstler eigens für ihn entworfen hatte, und sein Gesichtsausdruck dabei hatte mich beunruhigt, weil er verriet, wie sehr Hy seine verstorbene Frau Julie Spaulding noch immer liebte und vermißte.
Ich legte John Seabrooks Ring wieder zurück und sagte, an Mattys Rücken gerichtet: »Gibt es sonst noch irgendeinen Platz im Haus, wo er persönliche Dinge oder Papiere aufbewahrt?«
»Eigentlich nicht. In der Nachttischschublade und unten liegen noch ein paar Bücher – hauptsächlich Outdoor-Abenteuergeschichten und Thriller. Ich habe sie durchgeblättert, um zu gucken, ob irgendwo was drinsteckt. Seine Papiere sind drüben im Verkaufsbüro.«
»Wo ist das?«
»Ein Stück die Straße runter. Auf einem Pfad durch die Bäume kommt man in fünf Minuten hin. Wollen Sie einen kleinen Spaziergang machen?«
»Ja. Ich brauche noch ein paar Einzelheiten, damit ich loslegen kann, unter anderem seine Sozialversicherungsnummer.«

Als Matty und ich dem ausgetretenen Pfad durch die Douglastannen folgten, war der weihnachtliche Duft geradezu überwältigend. Er erinnerte mich an meine Geschenke-Einkaufsliste und an Hys und meine Pläne für Heiligabend. Nein – »Pläne« war das falsche Wort. Pläne sind etwas, was man sich selbst ausdenkt und worauf man sich einigt und in den meisten Fällen auch freut. Dieses Arrangement hingegen war über mich hereingebrochen wie eine Flutwelle, und überrumpelt, wie ich war, hatte ich mich mitreißen lassen. Jetzt freute ich mich etwa so sehr darauf wie aufs Ertrinken.

Heiligabend sollten Hy und ich, bewehrt mit jeder Menge Geschenken und froher Festtagslaune, in dem Haus in Seacliffe eintrudeln, das meine Freundin und Mitarbeiterin Rae Kelleher mit meinem Ex-Schwager Ricky Savage teilte. Hätte mir vor einem Jahr jemand ein solches Szenario ausgemalt, hätte ich den Betreffenden glatt für verrückt erklärt. Doch seit letztem Juli waren Rae und Ricky – der, wenn man den Charts glauben durfte, derzeit beliebteste Country-Sänger der Staaten – ein Paar. Und meine Schwester Charlene lebte mit ihrem neuen Mann, dem internationalen Finanzexperten Vic Christiansen, in Bel Air.

Was alles zusammen sechs verwirrte und enttäuschte Savage-Sprößlinge hinterlassen hatte.

Mick, mein Computercrack, kam am besten mit der Trennung und den neuen Konstellationen klar. Aber das war auch zu erwarten gewesen – er war neunzehn, absorbiert von seiner Arbeit, seiner Beziehung zu einer älteren Frau und dem Bemühen, den Mann von Welt zu spielen. Trotzdem war sein Verhältnis zu Rae etwas gespannt, und er war kürzlich aus ihrem gemeinsamen Büro ausgezogen und hatte seine Zelte in einem Raum aufgeschlagen, der bis dahin Lagerzwecken gedient hatte.

Micks achtzehnjährige Schwester Chris studierte im ersten Semester an der Universität Berkeley und hatte festgestellt, daß ihr die Ereignisse des letzten Sommers, die von den Klatschspalten und der Boulevardpresse ausgiebig dokumentiert worden waren, in ihrem neuen Freundeskreis einen gewissen Bonus verschafften. Sie kam oft, irgendwelche Kommilitonen im Schlepp, in das Haus in Seacliffe und sonnte sich sichtlich im Abglanz der Prominenz. Doch sie rief immer vorher an, um sicherzustellen, daß Ricky dort sein würde; wenn er bei seiner Plattenfirma in L.A. oder in seinem Aufnahmestudio in der Wüste von Arizona war, hielt sich Chris auf Distanz.

Was die jüngeren Kinder im Alter zwischen neun und fünfzehn anbelangte, so konnte man ihr Verhalten einfach nur gräßlich nennen. Sie widersetzten sich Charlene bei jeder Gelegenheit und ließen Vic, der ihnen so gern ein guter Stiefvater sein wollte, mit all seinen Bemühungen ins Leere laufen. Und sie hatten pro Nase genau ein Wochenende bei Ricky verbracht, der immer noch einen verkniffenen Zug um den Mund bekam, wenn er an diese Besuche zurückdachte.

Ich war ja wirklich auf seiten der Kinder. Ihre Welt war auf eine extrem unerfreuliche und öffentliche Art und Weise zerbrochen, und sie hatten jedes Recht, ihre Gefühle in einer Form auszuleben, die ihren kollektiven Spitznamen – Little Savages – rechtfertigte. Jedenfalls war ich so lange auf ihrer Seite, wie ich nicht daran dachte, was sie aus meinem Weihnachtsfest machen würden...

Meine Schwester und Vic hatten gleich nach Charlenes karibischer Blitzscheidung im Oktober geheiratet, ihre Hochzeitsreise aber auf die Weihnachtsferien vertagt. Am dreiundzwanzigsten Dezember würden sie Ricky die Kinder im Flughafen übergeben und für eine Woche nach London verschwinden. Ricky sah diesem langen Besuch voller Optimismus entgegen, aber seit er mit Rae zusammen war, war er in den meisten Dingen optimistisch, und ich fürchtete, daß ihn eine schlimme Enttäuschung erwartete. Rae hingegen war schlichtweg entsetzt bei dem Gedanken, eine Hauptrolle in einer Inszenierung zu spielen, die sich leicht als größte Horrorshow der Saison entpuppen konnte. Also waren Tante Sharon und Onkel h.c. Hy für die unterstützenden Nebenrollen in einem Drama verpflichtet worden, das nur ein Autor mit einer monströsen Phantasie verfaßt haben konnte.

Heiligabend, mein absoluter Lieblingsabend im ganzen Jahr, würde die Hölle werden...

Mattys Stimme bewahrte mich davor, mir die Eröffnungsszene meiner persönlichen Weihnachtsversion von *Nightmare II* auszumalen. Während wir uns der Rückfront eines breiten rotgrünen Holzgebäudes näherten, sagte sie: »Das ist die Verkaufsstelle. Geplant ist, daß wir am Tag nach Thanksgiving öffnen.«

Noch eine Woche. »Geht das, wenn John bis dahin noch nicht zurück ist?«

»Es muß gehen, also wird es auch gehen.«

Zur Linken des Gebäudes war eine freie Fläche, wo sich bereits geschlagene Bäume stapelten. Auf der anderen Seite drängten die lebenden Tannen heran, als rangelten sie um die Ehre, als erste gefällt und mit nach Hause genommen zu werden. Ein großes, zweiflügliges Tor in der Mitte der Vorderfront stand zum Parkplatz hin offen. Unmittelbar dahinter kniete ein Mann und zupfte die Äste eines mit weißem Kunstschnee besprühten Baums zurecht. Er hörte unsere Schritte und sah auf.
Das lockige Haupt- und Barthaar des Mannes umrahmte ein rotbackiges Gesicht mit blauen Augen unter dicken Brauen; wäre dieses Haar weiß statt grau gewesen, hätte er als Double für den Weihnachtsmann fungieren können. »Hey, Matty«, sagte er und erhob sich steif. Mit einem Nicken in meine Richtung setzte er hinzu: »Eine gottverdammte Schande, diese Dinger.«
»Meinen Sie die Kunstschneebäume?« fragte sie.
»Die Kunstschneebäume, genau. Fünfunddreißig Jahre ist mir so was hier nicht reingekommen, aber der gute John hat nicht lang gefackelt, als er mich erst mal ausgekauft hatte.«
»Tja, viele Leute mögen so was nun mal.«
»Die Leute mögen jede Menge Zeug, das schlichtweg unnatürlich ist. Ein Baum ist ein Baum, junge Frau, und sollte nicht rausgeputzt werden wie eine kleine Zimperliese mit einem Schürzchen.« Er zwinkerte mir zu und sagte: »Achten Sie gar nicht auf mich. Ich bin ein oller Knurrhahn. Fragen Sie meine Frau, wenn ich Sie noch nicht davon überzeugt hab.« Dann streckte er mir die Hand hin. »Wes Payne, Ex-Eigentümer dieses Ladens und Aushilfe, wenn Not am Mann ist.«
Ich stellte mich nur mit Namen vor, weil ich nicht wußte, wieviel Matty diesem Payne von der Sache mit John erzählt hatte.
Offenbar alles, denn sie erklärte jetzt: »Sharon ist eine frühere Schülerin von mir und Privatdetektivin. Ich habe sie angeheuert, damit sie rausfindet, wo John steckt.«
Payne wurde ernst. »Immer noch nichts gehört?«
»Nichts.«
»Sieht ihm gar nicht ähnlich, Matty. Langsam fürchte ich das Schlimmste.«
Ich fragte Payne: »John hat Ihnen nichts davon gesagt, daß er länger weg wollte?«

»Kein Wort. Das letztemal gesprochen hab ich ihn ... wann war das doch gleich? Zwei Tage vorher, als er mich gefragt hat, ob ich in der Verkaufssaison kommen und aushelfen könnte.«

»War das nicht sehr kurzfristig?«

»Doch, war's.«

»Wenn ich's recht verstehe, hat er Sie auch gefragt, ob Zach in der Nacht, in der er dann verschwand, bei Ihnen und Ihrer Frau schlafen könnte. Wie hat er das denn begründet?«

»Er hat gesagt, Matty käme erst spät von einem Charterflug zurück und er hätte zu tun.«

»Hat er persönlich oder telefonisch mit Ihnen geredet?«

»Persönlich. Er kam zu uns rüber, wir wohnen ein Stück die Straße nach Norden runter.«

»Kam er Ihnen da vor wie immer?«

»Tja, das hat Matty mich auch gefragt. Und zuerst habe ich ja gesagt, aber dann habe ich noch mal drüber nachgedacht, und ... Wissen Sie, ich bin kein großer Menschenkenner. Bäume sind eher meine Sache. Aber mir ist aufgefallen, daß er ... ach, verdammt, mit Worten hab ich's auch nicht so.«

»Lassen Sie sich Zeit.«

»Na ja, wenn ich's beschreiben sollte, würd ich sagen, er stand unter Strom. Wie wenn er wüßte, daß was passieren würde, und sich nicht sicher war, ob er damit zu Rande kommen würde.«

»Angst?«

»Ja und nein. Es war wie ... Sie waren nie im Krieg, klar, aber vielleicht können Sie's ja trotzdem verstehen. Vor dem Einsatz, da hat man Angst, aber man ist auch heiß drauf. Man ist total aufgedreht und will da raus und die Mistkerle fertigmachen. Das hab ich an dem Tag bei John gespürt, nur auf einem viel niedrigeren Level.«

Ich war nie im Krieg gewesen, aber ich hatte ein paar äußerst gefährliche Situationen überlebt und verstand daher sehr gut, was er meinte. Gefahr hat gleichzeitig etwas Abschreckendes und etwas Anziehendes, und in meinem Fall zumindest kann die Anziehung so rauschhaft sein, daß sie die Abschreckung überwiegt. Wenn Paynes Wahrnehmung richtig gewesen war, war Seabrook jetzt möglicherweise in ernsten Schwierigkeiten.

Matty, der dieser Abschreckungs-Anziehungs-Mechanismus ebenfalls nicht fremd war, runzelte die Stirn. Offenbar war sie zu der gleichen Schlußfolgerung gelangt.

Ich fragte Payne: »Ist Ihnen sonst noch irgendwas Ungewöhnliches an diesem Gespräch aufgefallen?«

»Aus dem Stand erinnere ich mich an nichts. Aber wenn mir noch was einfällt, laß ich's Matty wissen.«

»Oder Sie rufen mich an.« Ich gab ihm meine Karte. Dann gingen Matty und ich zum Büro. Wes Payne kniete sich wieder hin, zupfte weiter an dem Baum herum und erklärte ihm, er sei »wirklich ein albernes kleines Schoßhündchen von einer Douglastanne«.

Matty führte mich um den Ladentisch im Verkaufsraum, wo verschiedene Muster-Tannengewinde an den Wänden hingen, und in einen kleinen Raum dahinter. Hier war es kalt. Ein Quarzstrahler von der Sorte, die in den achtziger Jahren en vogue gewesen war, stand uneingestöpselt in einer Ecke. Sie deutete wortlos auf eine Schublade des Aktenschranks und hockte sich auf die Kante des Metallschreibtischs. Ich merkte, daß sie sich wieder verschloß – erschöpft und für den Moment nicht in der Lage, sich weiteren Fragen nach Seabrooks Verschwinden zu stellen.

Ich machte es kurz mit der Sucherei, notierte mir Johns und Zachs Sozialversicherungsnummer sowie Konto- und Kreditkartennummern. Die Akten enthielten die üblichen Papiere: Einkommensteuerrückerstattungen, den Kaufvertrag über die Baumfarm, neuere Quittungen, eine Lebensversicherungspolice über zehntausend Dollar, auf der Zach als Begünstigter eingetragen war, Durchschriften von Registrierungsformularen für mehrere Schußwaffen und Versicherungsnachweise für drei Kraftfahrzeuge. Ich fragte Matty: »Welchen von den Pickups hat er genommen?«

»Den Dodge.«

Ich notierte das Kennzeichen und die Fahrgestellnummer des Wagens sowie die Seriennummer der 44er Magnum und suchte weiter. In der letzten Akte fand ich zwei Geburtsurkunden: die von Zach, die besagte, daß er als Sohn von John und Wendy Adams Seabrook im Beaumont Hospital in Royal Oak, Michigan, zur Welt gekommen war, und die von John, ausgestellt vom Harper Hospital in Detroit. Ich schrieb sämtliche Informationen ab, auch die Namen der verantwortlichen Ärzte.

Als Matty und ich ein paar Minuten später das Büro verließen, hielt Wes Payne gerade dem nächsten Kunstschneebaum einen Vortrag. »Was glaubst du«, fragte er, »was deine Momma sagen würde, wenn sie dich jetzt so sehen könnte?«

Matty und ich entdeckten den zusammengerollten Schlafsack auf der rückwärtigen Veranda des Farmhauses im selben Moment. Der Unterkiefer klappte ihr vor Erstaunen herunter, und sie stürzte auf die Treppe zu.

John ist wieder da, dachte ich. Ich brauche nicht mal eine Akte anzulegen.

Doch dann rief sie: »Zach? Zach, was machst du hier?«

Der Junge, den ich auf dem Foto gesehen hatte, erschien in der offenen Tür: größer und schmaler infolge eines dieser jähen Wachstumsschübe, die Kids in diesem Alter durchmachen. Seine Bewegungen waren eckig, als fühle er sich in diesem neuen Körper noch nicht recht zu Hause.

Matty fragte: »Wieso bist du nicht bei Kevin?«

»Er ist krank. Seine Mom hat gesagt, bei ihm kann keiner übernachten.« Zach schob defensiv die Lippen vor, als fürchte er, sie würde ihm die Schuld geben.

»Mist!« Sie schlug mit der flachen Hand auf das Verandageländer, wandte sich ruckartig ab und rang sichtlich um Selbstbeherrschung. Zach war zusammengezuckt.

Matty schloß die Augen und bewegte die Lippen, formte stumm: Was jetzt? Ich runzelte die Stirn, weil mich ihre extreme Reaktion auf die ungeplante Rückkehr des Jungen verdutzte.

Sie atmete ein paarmal tief durch, drehte sich dann wieder um und legte den Arm um Zach. »Ist nicht wegen dir, Kiddo«, sagte sie. »Ehrlich nicht.«

Er sträubte sich einen Moment, lehnte sich dann an sie. »Ich weiß – du bist sauer auf Dad.«

»Nein, ich bin nicht sauer. Ich mache mir Sorgen, und ich wünsche mir, daß er wieder zurückkommt.«

»Ich auch.« Aber etwas in Zachs Blick sagte, daß er es nicht gewohnt war zu kriegen, was er wollte, und nicht viel Hoffnung hatte, daß ihm dieser Wunsch erfüllt würde.
Matty mußte das auch bemerkt haben. Sie führte ihn zu mir herüber und sagte: »Hey, du weißt doch noch, gestern abend, wie ich dir gesagt habe, ich würde mit einer Person reden, die sich mit solchen Sachen auskennt? Okay, das ist sie – Sharon McCone, eine ehemalige Schülerin von mir und Privatdetektivin. Sie wird deinen Dad finden.«
Zach sah mich an, ohne auf meine Begrüßung zu reagieren. Sein Blick war skeptisch.
»Und jetzt«, sagte Matty, »müssen wir das Problem lösen, wo du übernachten kannst.« Zu mir gewandt, fuhr sie fort: »Ich habe morgen eine Flugshow nördlich von Sacramento. Ich muß heute abend schon hinfliegen.«
Zach sagte: »Ich habe alle meine Freunde schon angerufen. Nichts drin. Was ist mit Onkel Wes?«
»Er und Tante Karla fahren übers Wochenende zu ihrer Tochter nach Danville.« Matty biß sich nachdenklich auf die Unterlippe.
»Ich bin groß genug, um allein –«
»Nein. Nicht, weil ich dir nicht vertraue, Kiddo, aber bis dein Dad zurück ist, will ich dich nicht allein lassen. Er würde mir den Kopf abreißen, wenn er das Gefühl hätte, ich kümmere mich nicht richtig um dich.«
Natürlich war das nicht der einzige Grund. Sie hatte Angst, jemand könnte Zach etwas tun, weil da diese undurchsichtige Geschichte mit seinem Vater war. Und Zach wußte das; der Junge war nicht dumm.
Plötzlich hatte ich auch Angst – um Matty. Mit dieser Belastung im Kopf, wie sollte sie da morgen fliegen – gerissene Rollen und Männchen und kubanische Achten, mit enormem Tempo, in geringer Höhe und auf eng abgezirkeltem Raum?
Ich sagte: »Vielleicht sollten Sie die Show morgen absagen.«
»Geht nicht. Ich habe mich verpflichtet. Es ist die letzte Show in diesem Jahr, und ich brauche das Geld. Und außerdem – wenn ich morgen nicht fliege, lasse ich mich von dieser Sache unterkriegen. Wenn man einmal damit anfängt, verliert man bald sein ganzes Selbstvertrauen.«

Das verstand ich nur zu gut. Ich hatte in diesem Jahr mit einer gemieteten zweimotorigen Beechcraft einen Beinahe-Zusammenstoß erlebt, der mich fast mein ganzes Selbstvertrauen gekostet hätte. Um ein Haar.
»Tja«, sagte ich, »warum nehmen Sie Zach nicht einfach mit?«
»Sie haben doch das Foto von meiner Maschine gesehen. Wo ist da der Passagiersitz?«
»Oh, klar.« Plötzlich bemerkte ich ihren taxierenden Blick.
»Was?«
Sie musterte mich immer noch und begann zu lächeln. Zach sah zwischen uns hin und her. Dann verschränkte er die Arme vor der Brust und versuchte, uns beide zu ignorieren. Matty nickte mir ermutigend zu. Ich zog die Brauen zusammen.
Verdammt, ich wußte, was sie wollte. Und das schlimmste war, daß Zach es auch wußte. Er gab sich alle Mühe, so zu tun, als kümmere es ihn nicht, wie ich mich entscheiden würde, aber das stimmte nicht. Und ich war mir nicht sicher, ob seine ohnehin schon geschundene Seele noch einen weiteren Schlag verkraften konnte. Aber wie sollte ich meine Ermittlungen einleiten, wenn ...?
Rasch ging ich im Geist meine Bekannten mit Kindern durch. Anne-Marie Altman und Hank Zahn, zwei meiner ältesten und besten Freunde, hatten eine Pflegetochter, die nur ein paar Jahre jünger war als Zach. Vielleicht würden die Kids sich ja verstehen – oder wenigstens übers Wochenende gegenseitig tolerieren.
»Zach«, sagte ich, »du fliegst doch gern.«

3 Pier 24½, wo sich seit letztem Sommer meine Detektei befand, lag am Embarcadero, gleich neben der Löschbootstation der Feuerwehr von San Francisco und direkt unter der Bay Bridge. Kein idealer Ort, wenn man kontemplative Stille suchte, aber wunderbar, wenn man die Miete in Grenzen halten wollte. Von den freien Räumlichkeiten hatte ich über einen Klienten erfahren, der dort sein Architekturbüro hatte. Leider waren er und der zuständige Makler, was den kleinen Schönheitsfehler des Ob-

jekts anbelangte, eine Verschwörung des Schweigens eingegangen, bis ich zur Besichtigung erschien.
Als ich die großzügigen Räume sah, die auf den Laufgang an der Nordseite hinausgingen, redete ich mir ein, das Donnern des Verkehrs auf der Brücke sei doch nur ein fernes Grollen. Auch das Heulen der Löschbootsirene konnte mich nicht irritieren, als ich in meinem künftigen Büro stand: einem großen Raum mit ockerfarbenen Wänden und einem riesigen Bogenfenster ganz am Ende des Piers, mit Ausblick auf Treasure Island. Die Suite war viel zu groß für meine Detektei, aber das war kein Nachteil, da ich schon versprochen hatte, meine künftigen Büroräume mit dem neugegründeten Anwaltsbüro Altman & Zahn zu teilen.
Anne-Marie und Hank waren entsetzt, als ich ihnen meinen Fund präsentierte. Wie, so fragten sie, sollten wir uns in einer solchen Umgebung konzentrieren können? Wir würden chronische Kopfschmerzen kriegen und von Aspirin leben. Wie sollten wir mit Klienten telefonieren, geschweige denn von Angesicht zu Angesicht reden? Binnen weniger Monate – ach, was, Wochen – würden wir stocktaub sein.
Überhaupt nicht, insistierte Ted Smalley, Ex-Büroleiter der mittlerweile dahingeschiedenen Anwaltskooperative All Souls und künftig unser gemeinsames Faktotum. Für so viel Platz würden wir uns auf alles einstellen können. Beide Firmen hätten noch Raum zum Expandieren; wir könnten uns eine Bibliothek und einen Besprechungsraum leisten, und er würde – dem Himmel sei Dank – endlich ein großes Büro für sich und einen separaten Kopier- und Lagerraum haben. Angesichts dieses Luxus – was waren da schon ein paar Hintergrundgeräusche?
Just in diesem Moment heulte die Löschbootsirene los, und Hank, der in Vietnam gewesen war, fiel vor Schreck fast um.
Als er sich wieder erholt hatte, wanderte Anne-Marie mit der gleichen verschmitzt-befriedigten Miene herum wie Ted, und der Makler rieb sich bereits die Hände. Hank sträubte sich immer noch, weshalb uns der Makler wegen des »bedauerlichen Geräuschfaktors« einen Mietnachlaß von zwanzig Prozent anbot. Wir hatten den Mietvertrag auf der Stelle unterschrieben und uns seither immer gebrüstet, wie raffiniert wir den Makler dazu gebracht hatten, mit der Miete herunterzugehen.

Als Zach und ich an diesem Freitag abend um kurz nach achtzehn Uhr dort ankamen, waren auf dem Küstenboulevard und den benachbarten Straßen des South Beach District Massen von Menschen unterwegs in die unzähligen Bars und Restaurants, die mit der Renaissance unserer Hafengegend überall aus dem Boden geschossen waren. Innen war das Piergebäude nahezu verlassen. Bei dem Dokumentarfilmer im Erdgeschoß brannte noch Licht, und Teds weißer Dodge Neon stand in seiner Parkbox, aber die übrigen Mieter hatten sich schon ins Wochenende abgesetzt. Ich parkte auf dem mir zugewiesenen Stück des Betonbodens, wo einst Gabelstapler Frachtgut herummanövriert hatten.

Zach sprang aus dem Wagen und sah sich neugierig um. Dieses Interesse für seine Umgebung beschwichtigte meine Sorge immerhin etwas; bis jetzt hatte er sich all meinen Konversationsversuchen verweigert und seit Los Alegres ganze sechsmal von sich aus den Mund aufgemacht.

Unmittelbar nach dem Start hatte er mich gefragt: »Hat Matty Ihnen gesagt, daß Sie nicht über das gelbe Haus fliegen dürfen, wo kürzlich der Kerl eingezogen ist, der immer auf Flugzeuge schießt?« Zum Glück hatte sie es getan. Als ich in den Geradeausflug ging, sagte er: »Die Reisegeschwindigkeit von so einem Flugzeug ist ungefähr hundert, stimmt's?« Ja, sagte ich, das sei richtig. Und im Landeanflug auf Oakland fragte er: »Wieso sind Sie von hier abgeflogen, wenn Sie in San Francisco wohnen?« Ich erklärte ihm, daß ich mich in Oakland auskannte und keinen Grund sah, mich dem B-Luftraum über SFO auszusetzen, wenn der C-Luftraum hier nicht so überfüllt war.

Danach sagte er nichts mehr, bis wir in meinem MG über die Bay Bridge fuhren. »Das ist ja ein echter Oldtimer«, sagte er. »War da viel dran zu machen?« Ein neuer Motor, einiges an Karosseriearbeiten und eine neue rote Lackierung. Und ein paar Minuten später: »Diese Habiba Hamid, bei der ich wohnen soll – was ist das für eine? Eine Kameltreiberin oder was?« Ich antwortete, daß Habibas Vater aus dem arabischen Emirat Azad gewesen sei und daß es ihr wohl nicht gefallen würde, als Kameltreiberin bezeichnet zu werden. Statt einer Antwort fragte er: »Wann kommt mich Matty holen?«

»Sonntag nachmittag.« Vermutlich für alle Beteiligten keine Sekunde zu früh.
Doch während ich noch im Geist diese Bemerkung anschloß, sah ich in Zachs blasses Gesicht und empfand plötzlich Mitleid mit ihm. Mit seinen elf Jahren war er einfach einer fremden Frau ausgeliefert worden, die wiederum im Begriff war, ihn zu fremden Leuten abzuschieben. Sein Vater war verschwunden, Matty auf dem Weg zu einer Flugshow, wo sie in einer gefährlichen inneren Verfassung fliegen würde. Und wenn ihr irgend etwas passierte, war Zachs Zukunft äußerst ungewiß.
Und außerdem – selbst angesichts der Kameltreiber-Bemerkung war sein Verhalten immer noch höchst manierlich, verglichen mit dem der Little Savages.
Jetzt lockte ihn das Interesse an der Pieranlage aus seinem Schneckenhaus. Als ich aus dem MG stieg, sagte er: »Arbeiten Sie wirklich hier?«
»Klar doch.«
»Cool.«
»Willst du dich ein bißchen umschauen, während ich kurz mit meinem Büroleiter rede?«
»Hm.« Er rannte zu der Eisentreppe, die zu unserem Laufgang hinaufführte.
Ich folgte ihm und tätschelte unterwegs einen der Oleander in den Redwoodbottichen am Fuß der Treppe – eine Anschaffung von Ted, der behauptete, diese Pflanzen liebten dürftiges Licht und Abgase. Und dem mußte wohl auch so sein, denn in ihrer Vitalität stellten sie die Ficus- und Zitrusbäumchen und Zierkoniferen der anderen Mieter weit in den Schatten.
Die Tür zu Teds Büro, das zwischen meiner Detektei und dem Anwaltsbüro lag, stand offen. Während Zach den Metallsteg entlangrannte, klopfte ich an den Türrahmen, trat ein und blieb jäh stehen. Zwei Pappkartons voller künstlicher Tannengrüngirlanden, Lichterketten und Weihnachtsschmuck versperrten mir den Weg. Ted, ein adretter Typ mit einem Kinnbärtchen und einer Vorliebe für luxuriöse Westen und Jacketts zu seinen verschossenen Jeans, sah von dem mit Papierstapeln vollgetürmten Schreibtisch auf und lächelte.

»Du bist wieder da!« rief er, als sei meine Ankunft ein mittleres Wunder. Ted sorgte sich jedesmal schrecklich, wenn ich mit dem Flugzeug unterwegs war, weil er fest davon ausging, daß mir irgendeine böse Naturkraft oder meine eigene Unfähigkeit zum Verhängnis werden würde. Ich würde ihn nie davon überzeugen können, daß der Zwanzig-Minuten-Flug von Los Alegres nach Oakland im Vergleich zu der Vierzig-Minuten-Stoßverkehrsfahrt über den Freeway und die Bridge absolut harmlos war.

»Ich bin wieder da. Irgendwelche Botschaften?«

»Deine Schwester Charlene will zurückgerufen werden. Und Mick ist noch in seinem Büro, falls du ihn für irgendwas brauchst.«

»Okay, danke. Was ist das hier für ein Zeug?« Ich stupste mit dem Fuß gegen einen der Kartons.

»Weihnachtsdekoration, Sachen, die Neal und ich aus unserer jeweiligen Kollektion aussortiert haben.« Neal Osborne war Secondhand-Buchhändler und Teds neuer Partner; sie bewohnten zusammen eine schicke Wohnung in einem Art-Deco-Haus auf dem Telegraph Hill.

»Warum hast du das ins Büro mitgebracht?«

»Ich dachte, ich könnte das eine oder andere für den Wettbewerb stiften.«

»Welchen Wettbewerb?«

Er verdrehte die Augen. »Liest du denn nie die Memos, die ich in deinen Postkorb lege? Die Mieter veranstalten einen Dekorationswettbewerb, und wir, meine Liebe, werden den ersten Preis gewinnen.«

Ich sah auf den Karton zu meinen Füßen. Ein schwachsinnig aussehendes Keramikzicklein mit einem Stechpalmenzweig im Maul und schmächtigen Beinchen unter dem pummligen Rumpf griente mich an. »Mit diesem Zeug bestimmt nicht.«

Ted ignorierte diese Bemerkung. »Wer ist denn dein kleiner Freund da?« Er zeigte durch die offene Tür dorthin, wo Zach über dem Geländer eines der Verbindungsstege zum anderen Gebäudeteil lehnte. Trotz des schwindelnden Abgrunds war der Junge ganz entspannt. Er kickte mit einem Fuß zwischen den Stangen hindurch und pfiff tonlos vor sich hin.

»Jemand, den ich hoffentlich übers Wochenende bei Anne-Marie und Hank unterbringen kann.«

»Schlechtes Timing – die sind vor einer Stunde zum Lake Tahoe gefahren. Habiba haben sie bei Rae und Ricky gelassen.«
»Verdammt!« Na ja, vielleicht konnte Zach ja auch dort bleiben. Hy und ich waren heute abend bei den beiden zum Essen eingeladen, um unser Höllenweihnachten zu planen, also würde ich ihn einfach mitnehmen. Was mich daran erinnerte, daß ich spät dran war. Ich reichte Ted ein Foto von John Seabrook, das mir Matty gegeben hatte. »Könntest du das vielleicht auf dem Heimweg bei diesem Fotografen in der Howard Street vorbeibringen?«
»Kein Problem. Duplikate?«
»Ein Dutzend.«
»Wird schon gehen.«
»Danke. Schönes Wochenende.«
»Moment!«
»Was?«
»Wegen dem Wettbewerb – du hast recht, das meiste von diesem Krempel hier ist nicht verwendbar. Deshalb sammle ich Geld für neue Sachen.«
»Ich bin kein Goldesel.«
»Geizkragen.«
Ich seufzte. »Wieviel?«
»Für die Chefin scheint mir ein Zwanziger angemessen.«
»Zwanzig Dollar!«
»Du willst doch auch, daß wir Ehre einlegen, oder?«
»Wenn ich dir zwanzig Dollar gebe, dann kauf gefälligst eine verdammt gute Dekoration.« Ich kramte das Geld aus meiner Handtasche und gab es ihm widerstrebend. »Was ist der erste Preis?«
»Eine Spende von allen anderen für eine karitative Einrichtung unserer Wahl.«
Ich gab so ein Schnauben von mir, auf das der alte Ebenezer Scrooge stolz gewesen wäre, und ging in Micks Büro.

»Klar«, sagte mein Neffe, »ich mache mich heute noch an diese Seabrook-Sache.« Er lümmelte in seinem Drehstuhl, die langen Beine auf seinem Papierkorb, eine Hand auf seinem Power Book. Sein Verhältnis zu diesem Ding, das letztlich nichts weiter als ein Gebilde aus Silikonchips und Plastik ist, kam mir immer schon

ziemlich unnatürlich vor, aber ich schätze die Ergebnisse, die er diesem Teufelsapparat entlockt.
Plötzlich ging mir auf, daß es sehr ungewöhnlich für Mick war, so spät noch im Büro zu sein, erst recht an einem Freitag. »Wie kommt's, daß du noch hier bist?«
»Konnte mich einfach noch nicht aufraffen, die Straße runterzuspazieren.« Er bewohnte jetzt Raes früheres Apartment im Bay-Crest-Komplex, ein kurzes Stück den Embarcadero runter.
»Triffst du dich heute nicht mit Keim?« Charlotte Keim war meine neueste Mitarbeiterin und die ältere Frau in Micks Leben – sechsundzwanzig Jahre gegenüber seinen zarten neunzehn, aber sie erklärte, er »mache ja auf älter«. Sein Mund zuckte, und er beugte sich über die Notizen, die er sich zu Seabrook gemacht hatte, so daß ich nur noch seinen blonden Oberkopf sah. »Lottie ist mit jemand anderem aus.«
»Wem?«
»Woher, zum Teufel, soll ich das wissen? Sie ist ein freier Mensch, sie kann machen, was sie will.«
»Mick, ist alles okay?«
»Ach, verpiß dich, Shar.«
»Nein, mal im Ernst –«
»Alles klar – okay? Wenn ich diesen ganzen Scheiß verkraftet habe, der letzten Sommer über meine Familie reingebrochen ist, werde ich es garantiert auch verkraften, wenn Lottie ein paar kleine Spielchen spielt. Und jetzt verzieh dich und laß mich arbeiten.«

»Du wärst auch außer dir«, sagte meine Schwester, »wenn dein Mann gerade bei dir reinspaziert wäre und sich mit zweien von deinen Kindern davongemacht hätte.«
»Charlene, beruhige dich.« Ricky als Kindesentführer? Wieso sollte er so was tun? Er und Charlene hatten das gemeinsame Sorgerecht. »Erzähl mir genau, was passiert ist.«
Zischendes Lufteinziehen, dann Stille. Charlene rauchte Dope – was sie aufzugeben geschworen hatte, weil Vic in dieser Hinsicht streng war.
»Okay, er war fast die ganze Woche in L.A., im Zenith-Apartment.« Zenith Records war die Plattenfirma, die Ricky dieses Jahr mit zwei Partnern gegründet hatte.

»Und?«

Sie zog wieder an dem Joint. Ich trommelte mit den Fingern auf meinem Schreibtisch und lächelte zerstreut zu Zach hinüber, der in dem Lehnsessel unter meiner Schefflera saß.

»Und«, fuhr sie jetzt fort, »er war so beschäftigt, daß er es die ganze Zeit nicht geschafft hat, die Kinder zu sehen. Und heute nachmittag kommt er fröhlich hier reingestürmt und sagt: ›Wer will mit mir nach San Francisco fliegen?‹ Und eh ich mich's versehe, haben Molly und Lisa ihre Siebensachen gepackt und sind weg.«

»Und warum rufst du mich an? Willst du, daß ich ihm sage, er soll sie zurückbringen?«

»Du liebe Güte, nein! Es ist zur Abwechslung mal friedlich hier. Ich wollte mich nur über seine selbstherrliche Art beschweren.«

»Na ja, so habt ihr ein ruhiges Wochenende, du und Vic –«

»Vic ist in New York.«

»Ah.« Jetzt verstand ich. Während ihrer Ehe mit Ricky war meine Schwester viel zuviel allein gewesen, wenn er Tourneen gehabt hatte. Daß ihr neuer Mann jetzt an der Ostküste weilte, mußte bei ihr so eine Art Déjà-vu auslösen.

Sie fuhr fort: »Ich glaube, was mich wirklich ärgert, ist, daß Jamie und Brian nicht auch mitwollten. Seit sie im Oktober bei Ricky war, ist Jamie ein komplettes kleines ... Arschloch. Und Brian ... na ja, Vic hat ihm einen neuen Computer gekauft – für den er sich bis heute nicht bedankt hat –, und seither ist er irgendwo im Cyberspace. Ich glaube, er hat gar nicht mitgekriegt, daß sein Vater hier war. Wenn sie auch mitgegangen wären, dann säße ich jetzt im Flieger nach New York.«

Statt dessen suhlte sie sich in Selbstmitleid und kiffte sich die Hucke voll. Den Impuls kannte ich auch, nur daß meine Droge Weißwein war. »Wann kommt Vic zurück?«

»Morgen abend.«

»Na ja ...«

»Ich weiß, du denkst, ich mache aus einer Mücke einen Elefanten. Aber verdammich, Shar, Ricky kommt hier reinspaziert, bester Laune, weil er wieder nach Hause zu Rae kann, und verspricht den Kindern einen Flug und ein vergnügliches Wochenende, und in der Zwischenzeit sitze ich hier ... gefangen.«

»Es tut weh, den ganzen alltäglichen Kram zu machen und dann einfach an die Wand gespielt zu werden. Ich kann dir nur sagen: Halt aus.« Eine Scheidung, von der Kinder betroffen waren, so lernte ich, war eine komplizierte und traurige Sache, ganz egal, wie zufrieden die Eltern mit ihrem jeweiligen neuen Leben waren.

Ich legte auf und winkte Zach. »Auf geht's.«

Wenigstens wußte ich jetzt, daß er bei Rae und Ricky willkommen sein würde, da es auf ein Kind mehr wohl auch nicht mehr ankam. Und ihr Grundstück war mit einem sehr guten Sicherheitssystem ausgestattet.

»... auf meinem Bankkonto. Siebzigtausend mehr, als ich dachte.«

»Was?« Ich transferierte das Handy in meine linke Hand und steuerte zwischen den Steinsäulen von Seacliffe hindurch. »Noch mal langsam, von Anfang an«, sagte ich zu Matty, wobei ich zu dem mittlerweile wieder verstummten Zach hinübersah und hoffte, er würde nicht mitkriegen, wie erregt sie war.

»Okay, also: Auf dem Weg zum Flugplatz habe ich gemerkt, daß ich zu wenig Bargeld dabeihatte. Ich fahre noch eben beim Lucky Store vorbei, wo eine Filiale der Bank of America ist, und gehe an den Automaten. Ich ziehe hundert Dollar, nehme meine Karte und den Buchungsbeleg raus und gucke nach meinem Kontostand. Und da steht es – siebzigtausend. Ich bin fast tot umgefallen. Und diese Automaten – Sie wissen ja, man kann sich seine Kontovorgänge zeigen lassen. Das hab ich getan. Und Tatsache, siebzigtausend Dollar, gestern eingegangen.«

»Wie? Von wem?«

»Keine Ahnung. Wenn ich morgen hier wäre, würde ich zu meiner Filiale gehen und nachforschen.«

»Wo sind Sie jetzt?«

»Auf dem Flugplatz. Die Maschine ist aufgetankt und abflugbereit.« Sie hielt inne. »Was glauben Sie, McCone? Hat das was mit John zu tun, oder ist es einfach nur ein Computerfehler?«

»Schwer zu sagen.«

»Könnten Sie dem irgendwie nachgehen, während ich in Sacramento bin?«

»Dazu brauchte ich wohl eine Vollmacht.«
»Hm, keine Zeit mehr. Ich muß um acht dort sein, um mit den Leuten von meiner Sponsorfirma zu essen, und bin sowieso schon zu spät dran.«
»Ab wann sind Sie unter der Motelnummer erreichbar, die Sie mir gegeben haben?«
»Nach dem Essen. Ab elf spätestens.«
Als ich das Handy zuklappte, sah ich, daß Zach mich beobachtete. Sein Gesicht war ernst und ein bißchen ängstlich. »Mit Matty ist irgendwas.«
»Nichts Schlimmes – sie ist nur durcheinander.« Ich legte ihm die Hand auf die Schulter. Zuerst zuckte er zurück, aber dann überlegte er es sich anders und ließ sich die Berührung gefallen. »Kein Grund zur Sorge, Kiddo«, übernahm ich automatisch Mattys Anredeform. »Aber wo wir jetzt gleich bei meinen Freunden sind, will ich dich lieber vorwarnen: Betrachte dieses Wochenende am besten als eine interessante Begegnung mit einer Art primitiver Kultur.«

Schrille Little-Savage-Schreie brachen los, als Hy uns die Tür des Hauses aus Redwood und Glas auf dem Steilufer über dem Strand von China Beach öffnete. Ich hatte mir schon gedacht, daß er vor uns dasein würde, weil ich seine Citabria auf dem Abstellplatz von Oakland gesehen hatte, und der Anblick seines uralten Morgan, der normalerweise in einer Garage beim Flughafen stationiert war, draußen am Bordstein hatte meine Vermutung bestätigt. Sein verzweifelter, leicht irrer Blick und die Art, wie er sich mit den Fingern durch die dunkelblonde Haarmähne fuhr, sagten mir, daß er wünschte, er wäre auf seiner Ranch geblieben.
Ich hatte ihn seit Wochen nicht mehr gesehen und wollte die Arme um seinen Nacken schlingen und mich eng an seinen langen, schlaksigen Körper pressen, wollte diese Lippen küssen, die jetzt gerade einen verkniffenen Strich unter dem struppigen Schnauzbart bildeten. Statt dessen machte ich ihn mit Zach bekannt.
Er gab dem Jungen die Hand und erklärte ihm, er sei ein alter Freund von Matty. Er wollte noch etwas hinzusetzen, doch wildes Gekreische schnitt ihm das Wort ab, und Füße trappelten

durch die Diele hinter ihm. Kurz nachdem der Lärm verhallt war, erschien Rae und lugte um ihn herum. Ihr sommersprossiges Gesicht war gerötet, und ihre langen goldroten Locken lösten sich aus dem Kamm, der sie im Zaum halten sollte.

Sie sagte: »Little Savages ist allerdings der passende Name.«

Zach und ich traten ein, und es gelang mir, ihm Rae vorzustellen, ehe zwei flachsköpfige Mädchen – elf und neun – aus dem Wohnzimmer und durch die Bogentür der Küche stürmten und mich im Vorbeisausen johlend begrüßten. Meine Nichten Molly und Lisa.

Rae faßte sich an die Stirn und musterte Zach besorgt, als erwarte sie, daß er sich der wilden Jagd anschlösse. Seine stille Art schien sie jedoch zu beruhigen, und sie sagte: »Lisa und Molly haben entdeckt, daß diese offene Architektur eine hervorragende Rennbahn abgibt. Ich habe Kopfschmerzen, und Ricky hat sich über den Gin hergemacht, also könnt ihr euch denken, wie der Abend verläuft.«

»Wie geht Habiba mit all dem um?«

»Sie sitzt still und beobachtend da, als sei sie das erstemal im Zirkus und ziemlich überzeugt, daß es ihr nicht gefällt.«

Hy steuerte in Richtung Küche. Als wir ebenfalls dort ankamen, hatte er sich ein Bier aufgemacht – und nicht das erste, wie ich der Zahl der leeren Flaschen in der Altglastonne entnehmen konnte. Der Raum war groß, mit handgemachten Kacheln, Dielenboden und einer Hackblock-Arbeitsinsel in der Mitte. An dieser lehnte Ricky und hielt sich an einem üppigen Martini fest. Habiba, die ihn als eine ihrer Vaterfiguren adoptiert hatte, saß dicht neben ihm auf einem Hocker. Als er mich umarmen wollte, hakte sie einen Finger in seine Gürtelschlaufe, als hätte sie Angst, er könne ihr entschwinden. Ihre dunklen Augen unter dem dicken schwarzen Pony waren ein bißchen glasig.

Rickys Blick ähnelte dem von Habiba, und sein dichtes, kastanienbraunes Haar war ebenso zerzaust wie das von Rae. Sein hübsches Gesicht war von Leidensfalten zerfurcht, und als jetzt ein neuerliches Kreischen aus dem Wohnzimmer herüberschallte, erschauerte er. Trotz seines offenkundigen Unbehagens mußte ich lächeln. Mr. Savage, der Superstar, hatte sich sichtlich in etwas hineinmanövriert, was er jetzt bereute. Ich wandte mich ab und umarmte Habiba, die mich ungewöhnlich fest umklammerte.

Die neunjährige Habiba und ich waren enge Freundinnen, auf eine Art, die die dreißig Jahre Altersunterschied aufhob. So etwas kommt vor, wenn man mit einem Menschen Schlimmes durchgemacht und ihn dabei durch und durch kennengelernt hat. Die Kleine war klug und couragiert – aus bestem Holz geschnitzt.
Ich hatte Zach gerade allen Anwesenden vorgestellt, als eine neue Welle tobender kleiner Mädchen über die Küche hereinbrach. Hy, Habiba, Zach und ich fuhren zusammen.
Rae sah Ricky verzweifelt an: *Tu was!* Er guckte so hilflos zurück, daß niemand auf die Idee gekommen wäre, er hätte je mit einem Kind zu tun gehabt – geschweige denn mit sechsen. Und da warf Rae die Arme in die Luft und explodierte.
»Jetzt reicht's!« schrie sie.
Lisa erstarrte, einen Fuß in der Luft. Molly, die die ältere und ergo die Anführerin war, kam schliddernd auf den blanken Dielen zum Stehen. Sie drehte sich um und fragte: »Was?«
»Ich sagte, es reicht! Ihr macht uns alle wahnsinnig mit diesem Gerenne. Laßt das jetzt bleiben!«
Molly sah ihre Schwester an. Die beiden wechselten einen finster-verschwörerischen Blick. Dann straffte sich Molly zu ihrer vollen Kindergröße, auf eine rotzig-hochmütige Art, die mich lebhaft an Charlene im selben Alter erinnerte.
»Du hast mir gar nichts zu sagen«, verkündete sie. »Du bist nicht meine Mutter!«
Au Backe, dachte ich, in der Erwartung, daß Rae in Tränen ausbrechen und aus der Küche stürzen würde.
Doch sie überraschte mich – uns alle. Als Ricky sich von dem Hackblock abstieß, um seine Tochter am Schlafittchen zu packen, stoppte Rae ihn mit einer Handbewegung und sah die beiden Mädchen streng an. Dann richtete sie sich ebenso kerzengerade auf wie Molly und dräute von der ganzen Höhe ihrer einsfünfundfünfzig auf sie herab.
»Ich bin vielleicht nicht deine Mutter, junge Dame«, sagte sie, »aber ich bin das Alpha-Weibchen in diesem Haus. Und das gibt mir das Recht« – sie legte eine unheilschwangere Pause ein und hob den Arm, als wolle sie ihn auf Molly niedersausen lassen – »dich zu foltern!«

Ehe Molly sich rühren konnte, hatte Rae sie an den Oberarmen gepackt, umgedreht und in einen Klammergriff genommen. Meine Nichte wand sich und schrie empört. Rae hob sie so weit hoch, daß ihre strampelnden Füße überm Boden hingen. Dann mischte sich das Schreien mit Kichern; Rae kitzelte sie.

Ich sah Lisa an. Sie hatte sich an den Küchenschrank zurückgezogen, und ihr Gesicht war eine Studie zum Thema Schock und Neid. Rae hatte ihre Reaktion ebenfalls bemerkt. »Komm her, Lisa«, rief sie. »Hilf mir. Sonst« – sie streckte eine Hand aus und ließ Molly los, die in Richtung Wohnzimmer floh – »entwischt sie noch!«

Eine Sekunde zögerte Lisa. Dann grinste sie und faßte Raes Hand. Gemeinsam machten sie sich an die Verfolgung.

Ricky schloß die Augen. »Gott steh uns bei.«

Drei Paar Füße trappelten durchs Wohnzimmer. Neuerliches Kreischen und Quieken. Dann verkündete Rae vom anderen Ende des Raums aus: »Okay, ich habe gewonnen! Runter mit euch – in den Kerker!«

Noch mehr Geschrei, das dann von einer zuknallenden Tür erstickt wurde.

Stille. Wonnige Stille.

»Kerker?« sagte Habiba mit geweiteten Augen. Zach sah ähnlich entsetzt drein.

Ricky verwuschelte Habibas Haar und grinste Zach an. »Keine Folterkammer, Kids. Nur das Souterrain; es ist schalldicht, weil ich dort unten mein Probestudio habe. Ein guter Platz, um die beiden unterzubringen, findet ihr nicht?«

Habiba lächelte überlegen. Wenn sie hier übernachtete, durfte sie immer in einem der oberen Gästezimmer schlafen.

Zach verschränkte die Arme, lehnte sich neben Habiba an den Hackblocktisch und gab sich möglichst lässig. An mich gewandt, sagte er: »Primitive Kultur – kann man wohl sagen.«

Ich ging zu Hy hinüber und lehnte kurz die Stirn an seine Schulter. »Und?« fragte er und strich mir übers Haar. »Was gibt's Neues im Ermittlungsbüro McCone?«

Ich wußte, er fragte sich, was Zach hier machte. Ich hatte seine Anwesenheit noch nicht richtig erklärt. Ich schüttelte den Kopf, um zu signalisieren, daß ich vor den Kindern nicht darüber spre-

chen wollte, und sagte: »Nicht viel.« Und an Ricky gewandt, setzte ich hinzu: »Charlene hat mich vorhin angerufen.«
»Zweifellos, um sich darüber zu beschweren, daß ich ihr Lisa und Molly entführt habe.«
»Eher, um sich darüber zu beschweren, daß die anderen nicht mit wollten. Sie hat Jamie als kleines Arschloch bezeichnet.«
Er lächelte leise. »Charly hat die Worte noch nie auf die Goldwaage gelegt, oder? Jamie nimmt die Scheidung schwerer als die anderen, und sie tut mir leid, aber ich habe alles versucht, um an sie ranzukommen. Als sie im Oktober hier war – du und Red, ihr wart da gerade an dieser Sache in Oregon –, da habe ich ihr angeboten, meine American-Express-Karte zu nehmen und sich ein paar schöne Sachen für ihr Zimmer zu kaufen. Sie hat gesagt, sie brauche keine ›Scheißsachen‹, weil sie sowieso nie mehr wiederkommen würde. Und dann hat sie das ganze Wochenende schmollend vor der Glotze gesessen.«
Hy fragte: »Und Brian?«
»Im Cyberspace verschollen – seine Art, mit Problemen umzugehen. Für mich ist er auch unerreichbar.«
»Aber Molly und Lisa scheinen ja ganz okay, wenn auch ein bißchen ... na ja ...«
»Hy, du brauchst dich nicht so taktvoll auszudrücken. Sie sind die absolute Pest, aber ich liebe sie trotzdem. Und ja, sie werden es packen, jetzt, wo sie merken, daß Red keine böse Stiefmutter ist – oder wie immer man Daddys Beziehungspartnerin heutzutage nennen mag. Ich dachte mir schon, daß das so kommen würde, deshalb habe ich ja gehofft, die vier Kleinen übers Wochenende hier haben zu können. Das hätte uns allen an Weihnachten eine Menge Strapazen erspart.«
Während Ricky und Hy sich unterhielten, hatte ich Habiba beobachtet. Auf dem Hackblock stand ein offenes Glas mit Oliven, und ihre Hand kroch verstohlen darauf zu. Sie stibitzte eine Olive, steckte sie in den Mund und sah zu Ricky empor. Gleich darauf mauste sie noch eine. Er tat, als hätte er sie ertappt, machte ein grimmiges Gesicht und zwinkerte ihr dann zu. Habiba wartete, bis er seine Aufmerksamkeit wieder Hy zuwandte, stibitzte dann zwei weitere Oliven und bot Zach eine an. Nach kurzem Zögern griff er zu.

Plötzlich überkam mich eine Welle der Dankbarkeit diesem Mann gegenüber, den ich immer noch Bruder Ricky nannte und der – obwohl er zeitweilig vergessen zu haben schien, was praktisches Vatersein hieß – soviel Herz für einsame und entwurzelte Kinder hatte. Er konnte nichts tun, um die schlimmen, traurigen Dinge ungeschehen zu machen, die Habiba in ihrem jungen Leben widerfahren waren, genausowenig, wie er den Schmerz aufheben konnte, den er und meine Schwester ihren eigenen Kindern zugefügt hatten. Doch er versuchte es mit kleinen, bescheidenen Dingen: er wußte, daß Oliven Habibas Lieblingsleckerei waren, und hatte absichtlich das Glas offen stehenlassen.
Und Habiba vermochte offenbar ebenfalls Einsamkeit und Unbehagen bei anderen zu erkennen: sie hatte gemerkt, wie Zach sich fühlte, und selbst einen vorsichtigen kleinen Versuch gemacht, ihn zu trösten. Durch seine Reaktion ermutigt, kletterte sie von dem Hocker, das Olivenglas in der Hand, und fragte ihn: »Willst du mal was echt Cooles sehen?«
»Äh ... klar.«
»Darf ich's ihm zeigen, Ricky?«
»Warum nicht?« Er sah ihnen nach, wie sie zur Küchentür entschwanden, und rief dann: »Aber behaltet eure Kleider an!«
Habiba drehte sich um, stemmte eine Hand in die schmale Hüfte und krauste angewidert die Nase: »Manchmal bist du echt blöd!«
Als sie weg waren, fragte ich: »Worum ging's denn?«
»Sie zeigt ihm unseren Whirlpool.« Im Solarium neben ihrem Schlafzimmer befand sich eine Massagewanne, von der aus man auf die Golden Gate Bridge, die Marin-Halbinsel und den Pazifik schauen konnte. »Habiba hat rausgefunden, daß Red und ich zusammen in die Wanne steigen, und zwar, wie sie es ausdrückt, ohne Badesachen. Sie findet das schrecklich – und faszinierend.«
Rae kam wieder herein, inspizierte etwas im Backofen, was wie Lasagne roch, und übernahm Habibas Hocker. »Ich habe sie vor der Hobbyraumglotze geparkt und eins von den Videos eingelegt, die du ausgeliehen hast«, erklärte sie Ricky. »Und ich habe ihnen, zu unser aller Bestem, versprochen, sie könnten dort unten essen.«
»Danke, daß du so nett zu meinen gräßlichen Kindern bist, Red.«
»Sie sind nicht gräßlich. Sie wissen nur noch nicht, wie sie sich uns gegenüber verhalten sollen.«

»Na ja, hoffentlich lernen sie's bald, oder wir sind beide in Kürze reif für die Klapsmühle.« Er hob sein Glas an ihren Mund, aber sie stieß aus Versehen mit der Hand dagegen und verschüttete Martini auf ihren blauen Pulli. Mit der Gelassenheit eines Menschen, der Kleckereien gewohnt ist, schnippte sie die Tröpfchen weg, stabilisierte das Glas und trank. Das erinnerte mich an den Abend, als sie sich kennengelernt hatten: Da war sie so hingerissen gewesen, daß sie sich einen Becher Cola auf den Fuß hatte fallen lassen.

Ich sah zu Hy hinüber. Er lächelte mich an, und ich wußte, was er dachte. Letzten Sommer, als ich offen und vehement gegen diese mir absurd erscheinende Beziehung gewesen war, hatte er darauf beharrt, sie würden einander guttun. Ein Hauch von Was-hab-ich-gesagt in diesem Grinsen, Ripinsky.

»Okay«, sagte er jetzt zu mir, »erzähl uns, was der Sohn von Matty Wildress' Freund bei dir macht.«

»Tja, du weißt doch, es kam mir gleich komisch vor, daß sie mich vier Monate zu früh an meine Zweijahresprüfung erinnert. In Wirklichkeit wollte sie mich anheuern, aber wie sie nun mal ist, konnte sie nicht direkt damit rausrücken.« Ich hob an, ihnen alles zu erklären, aber in den Tiefen meiner Handtasche, die ich auf der Arbeitsfläche abgestellt hatte, piepte plötzlich mein Handy los. Das Handy war das Geschenk meiner Belegschaft zu meinem Vierzigsten gewesen – ein Versuch, mich an die kurze Leine zu legen, argwöhnte ich. Einen Moment lang war ich versucht, nicht dranzugehen, aber dann fischte ich es heraus und klappte es auf.

»McCone?« Wieder Matty.

»Ja. Was gibt's?«

»Viel, aber ich kann im Moment nicht drüber reden. Ich bin auf dem Flugplatz, wo die Show stattfinden soll, und versuche gerade, jemanden zu finden, der mich zum Motel mitnimmt. Hier sind alle möglichen Leute vom Kunstflugclub und ... Meinen Sie, Sie könnten herkommen?«

»Heute abend noch?«

»Wenn es Ihnen nichts ausmacht. Ich muß Ihnen etwas zeigen, was ich in meiner Maschine gefunden habe. Ich könnte Ihnen ein Zimmer im Motel buchen, das Sponsoren-Essen abkürzen und Sie dort treffen.«

In ihrer Stimme war etwas Hartes, was ich noch nie gehört hatte – und auch ein Hauch von Panik. »Moment.« Ich hielt die Muschel zu und fragte Hy: »Was hältst du davon, nach Sacramento raufzufliegen, damit ich Matty heute abend noch treffen kann?«
»Geht nicht.« Er gestikulierte mit der Bierdose.
»Ich fliege. Ich habe nichts getrunken.«
»Okay. Ich leiste dir gern Gesellschaft.«
Ich sagte Matty, wir würden beide möglichst schnell kommen. Dann entschuldigte ich mich bei Rae und Ricky für unseren vorzeitigen Aufbruch und ging nach oben, um Zach zu sagen, daß ich weg mußte. Als ich an die Tür zum Solarium kam, fand ich ihn und Habiba im Schneidersitz auf dem breiten Rand des Whirlpools, das leere Olivenglas zwischen sich. Sie hatten die kleinen Spots an der Decke angeknipst; in der spiegelnden Fensterscheibe sah ich sie die Köpfe zusammenstecken und angeregt miteinander reden. Habiba sprach rasch und leise: » ... echt schrecklich. Erst meine Mom, dann meine Großmutter und meine Nanny und dann mein Dad. Alle weg. Immer, wenn ich gedacht habe, es kann nicht mehr schlimmer kommen, ist doch noch was Schlimmes passiert.«
Zach sagte etwas, was ich nicht verstehen konnte.
»Ja, war's auch. Aber ich hatte Leute, die mir geholfen haben. Sharon und Hy. Anne-Marie und Hank. Und jetzt hab ich auch noch Ricky und Rae, wenn ich sie brauche.«
Wieder sagte er leise etwas.
»Doch, hast du. Du hast diese Matty. Und Sharon ist auch auf deiner Seite, das merkt man. Das heißt, daß du all die anderen auch hast. Und ...« Sie sah verlegen weg. »Und du kannst immer mit mir reden, wenn du magst.«
Ich ging und überließ Zach der Obhut dieses kleinen Mädchens, das so unendlich weise für sein Alter war.

4

Eine Aufziehpuppe aus Plastik.
Der Vergleich schoß mir in den Sinn, als Matty Hy und mir die Tür ihres Motelzimmers öffnete. Ich versuchte ihn wegzuschieben – schließlich war das hier Matty, eine der selbstbewußtesten

und dynamischsten Frauen, die ich kannte –, aber das Bild wollte nicht verschwinden. Der starre Blick, das maskenhafte Gesicht, die unnatürlichen Bewegungen – das alles erinnerte an einen Automaten mit einer Schneckenfeder im Inneren, die ihn, einmal entsichert, ruckend und wackelnd ins Verderben marschieren lassen würde.
Mir nickte sie kurz zu. Von Hy ließ sie sich umarmen, stand aber stocksteif da.
Ich setzte mich auf einen Stuhl neben einem runden Tischchen und kramte in meiner Tasche nach meinem Voice-Control-Recorder. Hy umarmte kaum je jemanden außer mir, und ich brauchte einen Moment, um die alten Fragen, die beiden betreffend, zum Verstummen zu bringen.
Das Motel war von der Sorte, die sich vorwiegend um Freeway-Abfahrten schart, in diesem Fall um die Abfahrt vom Interstate 5, ein paar Meilen nordwestlich der Hauptstadt des Bundesstaats. Während die Halle einigen Western-Kitsch aufwies – Kakteen, Wagenräder und rustikale Möbel aus Aststücken –, war Mattys Zimmer neutral eingerichtet und jeder Gegenstand entweder am Boden oder an der Wand verschraubt. Ein Ort zum Übernachten, wenn man weiter nichts verlangte als ein bißchen Sauberkeit.
Hy riß mich aus der Betrachtung einer gerahmten Serie bedeutungsloser Farbkleckse, indem er sich zu mir an den Tisch setzte. Matty saß auf der Bettkante. Ihr Gesicht war so passiv, daß ich für einen Moment vergaß, was ich sie hatte fragen wollen. »Okay«, sagte ich schließlich in forciert beruhigendem Ton, »hier sind wir. Was wollten Sie uns zeigen?«
Sie griff in den Reisesack zu ihren Füßen und zog ein flaches, weißes, wolliges Etwas heraus. Es hatte eine schwarze Schnauze und Beine und an der Seite ein appliziertes rotes Satinherz. Ich starrte es an und versuchte zu ergründen, worum es sich handeln mochte.
Sie versuchte zu lächeln. »Verrückt, was? Das ist eine Wärmflasche, als Lämmchen verkleidet. Man füllt sie durch dieses dümmliche Mäulchen hier. Ein Geschenk von meinem ersten Kunstflugcoach, Jim Powell. Ein Witz, weil er mitten im Winter angefangen hat, mich zu trainieren, und mir immer kalt war.«

»Und das haben Sie in Ihrer Maschine gefunden?«
»Ja. Vor etwa einer Woche war das Ding plötzlich verschwunden. Ich war beunruhigt, weil ich es immer dort liegen hatte – als Glücksbringer, verstehen Sie? Bevor Jim es mir geschenkt hat, hat er mir eine Liste gemacht. Die hat er dann zusammengerollt und reingesteckt. So eine Liste, wie ich sie meinen Schülern mache, wenn sie ihren Pilotenschein kriegen, nur auf die Kunstfliegerei bezogen.«
Ich erinnerte mich wohl an meine eigene Liste, die immer noch zu meinen teuersten Schätzen gehörte. Außer praktischen Tips und ermunternden Worten hatte Matty auch noch lustige Empfehlungen aus alten Flughandbüchern darauf geschrieben: »Gehen Sie nie mit leckendem Motor in die Lüfte«, »Der Aviator trägt beim Fliegen keine Sporen«, »Es ist ratsam, eine gute Blechschere an einem Platz aufzubewahren, der im Unglücksfall für Flugzeuglenker und Passagier leicht zugänglich ist.« Und ganz unten stand: »Sie sind eine gute Pilotin, McCone. Fliegen Sie wohl, freudig und viel.«
Ich fragte: »Und heute abend ist das Lämmchen wieder aufgetaucht?«
»Ich habe es hinter dem Sitz entdeckt, als ich nach dem Festmachen mein Gepäck rausnehmen wollte. Heute morgen war es noch nicht da. Natürlich habe ich gleich nachgeguckt, ob Jims Liste noch drinsteckt. Sie war da, aber eingerollt in das hier.« Sie popelte mit dem Zeigefinger im Rachen des Lämmchens, zog eine Papierrolle hervor, löste das äußere Blatt und streckte es mir hin.
Ich strich es auf dem Tisch glatt. Hy beugte sich mit darüber, und wir studierten es beide. Ein Brief, in einer krakeligen, schwer lesbaren Handschrift.

Liebe Matty,
ich hoffe, Du liest diesen Brief nie, aber wenn Du's tust, werde ich schon über eine Woche weg sein und auch – wenn überhaupt – nicht so schnell zu Dir und Zack zurückkommen. Und auf keinen Fall nach Los Alegres.
Folgendes ist lebenswichtig, und Du mußt dich genauestens dran halten. Es wird Dein und Zachs Leben retten.

Ich habe dafür gesorgt, daß Dir telegrafisch 70 000 $ auf Dein Bankkonto überwiesen werden. Dein Bankfilialleiter, Jeff Collins, ist ein Freund von mir, und er weiß, daß Du das Geld bar ausgezahlt kriegen sollst. Ich habe ihm eine Geschichte von einer lukrativen Investitionsmöglichkeit aufgetischt, also setz einfach nur Dein nettes Lächeln auf und tu geheimnisvoll, wenn er Dir die Würmer aus der Nase ziehen will.
Sobald Du das Geld hast, nimm Zach und verschwinde aus Los Alegres. Verabschiede Dich von niemandem, nicht mal von den Paynes, und vor allem: Sag niemandem, wo Du hin willst.
Daß ich weggegangen bin, hat nichts mit uns beiden zu tun, Matty. Du bist eine wunderschöne, starke Frau – toll in jeder Hinsicht. Und deshalb weiß ich, daß ich Dir Zach anvertrauen kann. Tu, was immer Du tun mußt, benutze andere Namen, geh irgendwohin, wo Dich keiner kennt, verhalte Dich unauffällig. Und erziehe meinen Jungen so, wie ich es tun würde – mit Liebe. Ich kann Dir nicht erklären, was los ist – jetzt nicht und wahrscheinlich überhaupt nie. Bitte vertrau mir. Aber wenn ich das hier irgendwie überlebe, werde ich Dich finden, wo immer Du bist. Das verspreche ich Dir.
In Liebe, John

Ich las den Brief zweimal durch und fragte Matty dann: »Sind Sie sicher, daß das Johns Schrift ist?«
Sie nickte und biß sich auf die Lippe.
»Warum sollte er sich die Mühe machen, den Brief in dem Lämmchen zu verstecken?«
»Das ist der sicherste Weg, ihn mir im Bedarfsfall in die Hände zu spielen. Er weiß, daß ich dieses Wochenende die Show habe, und er weiß auch, daß ich vorher immer Jims Liste lese.«
»Okay, John könnte den Brief in das Lämmchen gesteckt haben, bevor er gegangen ist, aber wie ist das Ding heute wieder in Ihre Maschine gekommen?«
»Er hat jemanden vom Flugplatz gebeten, es dort hineinzulegen, schätze ich. Ich habe meine Maschine in Hangar B stehen, da gehen ständig Dutzende von Leuten ein und aus. John könnte irgendwem eingeredet haben, das Lamm solle eine Überraschung oder ein Scherz sein.«

»Okay, und das Geld – wo könnte er so viel her haben?«
»Keine Ahnung. Er –«
»Ich würde sagen, wir haben schwerwiegendere Probleme als rauszukriegen, wie John an die siebzigtausend gekommen ist.« Hys Stimme war rauh vor Zorn. »Er sagt, es ist lebenswichtig, daß ihr euch an seine Anweisungen haltet, du und Zach – es geht um euer Leben. Matty, was ist das für ein Typ, mit dem du dich da eingelassen hast?«
»Ein anständiger Kerl. Ich bin sicher, es gibt für das alles eine vernünftige Erklärung.«
»Klar. Ein anständiger Kerl, der dich ohne Vorwarnung in irgendwas reinzieht. Ein anständiger Kerl, der ohne ein Wort abhaut und dich und seinen Sohn in der Gefahr allein läßt.«
»Okay, das reicht.«
Aber Hy war noch nicht fertig. »Eins sag ich dir«, erklärte er, »du wirst morgen nicht fliegen.«
Ihr Oberkörper straffte sich. »Oh, doch, ich werde fliegen. Du hast mir gar nichts zu befehlen, Ripinsky.«
»In diesem Fall tue ich es aber. Du wirst –«
»Genauso weitermachen wie geplant. Ich werde fliegen, und ich werde es gut machen. Und ich werde auf gar keinen Fall Johns Geld nehmen und verschwinden. Ich gebe doch nicht mein ganzes Leben auf, nur weil er sich in irgendeinen Schlamassel reingeritten und verkrochen hat.«
Ich sagte: »Sein Brief klingt nach mehr als irgendeinem Schlamassel, vor dem er sich verkrochen hat. Wenn Sie dazunehmen, was Wes Payne uns erzählt hat, sieht es aus, als ob er irgendeine Konfrontation gesucht und sie womöglich nicht überlebt hat.«
»Er ist nicht tot! Das kann nicht sein!«
»Sie müssen diese Möglichkeit einkalkulieren. Und wenn es so ist, dann werden Sie doch nicht wollen, daß Sie und sein Sohn die nächsten Opfer sind.«
»Toll! Wirklich großartig!« Der letzte Rest ihrer Selbstbeherrschung bröckelte jetzt, und wieder sah ich im Geist ein Aufziehspielzeug rasch auf die Tischkante zu wackeln.
»Matty, es ist doch nur diese eine Show. Nur dieses eine Mal, können Sie nicht –«

»Nein! Ich sagte doch schon, ich darf mich dem Druck nicht beugen. Es fängt damit an, daß ich nicht fliege. Und dann würde ich mich selbst so verrückt machen, daß ich nicht mehr fliegen könnte.«
»Ich glaube nicht, daß es so verhängnisvoll –«
»Oh, doch, es ist verhängnisvoll. Und ob! Was zum Teufel bildet John sich ein, daß er mir so was zumutet? Wie kann er mich bitten, mich in Luft aufzulösen? Himmel noch mal, wenn ich tue, was er will, werde ich nie mehr fliegen können! Wenn mich irgendwer sucht, dann doch zuerst auf dem Flugplatz. Und außerdem könnte ich meinen Namen auf dem Pilotenschein nicht ändern, ohne eine bürokratische Spur zu hinterlassen. Was sollte ich machen? Wie könnte ich so leben?«
»Siebzigtausend Dollar reichen eine ganze Weile, wenn man sparsam ist, aber darum geht es jetzt nicht. Ich habe schon einen Mitarbeiter darauf angesetzt –«
»Geld! Sie glauben, ich rede vom Geld, McCone? Ich rede davon, wer ich bin. Und ich bin nun mal Fliegerin. Verdammt, wie ist John nur darauf verfallen, mir das hier anzuhängen, mir sein Kind anzuhängen?«
Sie hielt inne, weil ihr die Luft ausging, und schien ihre eigenen Worte nachhallen zu hören. »O Gott, das mit Zach habe ich nicht so gemeint. Ich liebe den Jungen, als wäre er mein eigener Sohn. Ich muß ihn schützen. Aber wie kann ich das, wenn ich nicht mal weiß, vor wem oder was? Selbst wenn wir flüchten würden, garantiert das doch nicht, daß wir sicher wären.«
Hy und ich wechselten einen Blick. Sein Zorn war verraucht, und sein Stirnrunzeln zeigte an, daß er zutiefst betroffen und verwirrt war.
Ich sagte: »Niemand spricht von Flüchten. Zach ist im Moment erst mal sicher, und wir werden dafür sorgen, daß es so bleibt. Alles, was wir wollen, ist, daß Sie nicht fliegen, bis wir geklärt haben, was Sache ist.«
»Ich kann nicht aus dieser Show aussteigen, McCone. Das ist, als ob ich aus meinem Leben aussteigen würde.«
Ich konnte das verstehen, wenn es mir auch nicht paßte. Jeder Mensch hat seine Methode, in emotional zerrüttenden Situationen stark zu bleiben, er selbst zu bleiben, wenn ihn die Umstän-

de seiner Identität zu berauben drohen. Mattys Methode war es zu fliegen – und gut zu fliegen.
Hy strich sich jetzt den Schnurrbart und betrachtete sie sinnierend. »Okay«, sagte er, »ich biete dir einen Deal an.«
»Was?« Mißtrauisch.
»Du fliegst – aber nur, wenn ich vorher den Check mache.«
»Mein Mechaniker und ich –«
»Nein, diesmal nicht. Es könnte sein, daß sich jemand an deiner Maschine zu schaffen macht, und wenn irgendwer die Anzeichen erkennt, dann ein ausgefuchster alter Mechaniker wie ich.«
Sie schwieg.
»Also?«
»Mein Gott, du hast wohl zu lange diese Abenteuerspielchen gespielt!«
»Versuch du nicht, nun den Vogel Strauß zu spielen.«
Ich sagte: »Er hat recht, Matty. Und das wissen Sie auch.«
»Ach, verdammt!« Sie warf kapitulierend die Arme in die Luft. »Macht, was ihr wollt. Alles, was ich will, ist fliegen.«
»Gute Entscheidung, Ms. Wildress.« Er stand auf, zog sie hoch und umarmte sie wieder. »Jetzt solltest du zusehen, daß du ein bißchen Schlaf kriegst. Wir müssen morgen schon früh auf den Flugplatz.« Und zu mir sagte er: »Gehen wir, McCone. Wir haben noch einiges zu regeln.«

Die Motelbar war gerammelt voll, aber Hy und ich schafften es, eine Ecknische zu erobern. Während ich Drinks bestellte, inspizierte er die Gratis-Hors d'œuvres und kam mit zwei Tellern voller Fleischklößchen und Taquitos, Hühnerflügeln und Pizza-Rolls zurück. Es war offenbar alles mikrowellenerhitztes Tiefkühlzeug – nicht zu vergleichen mit der hausgemachten Lasagne bei Rae und Ricky, die wir verpaßt hatten.
Er sah meine skeptische Miene und sagte: »Ja, ich weiß, aber es gibt nichts anderes, weil das Restaurant schon zu hat. Absurde Zeit zum Zumachen. Kann ich mal dein Handy benutzen?«
Ich zog es aus meiner Handtasche, reichte es ihm und sah mich um, ob jemand an den Nachbartischen etwas gemerkt hatte. Was ich überhaupt nicht ausstehen kann, ist die ostentative Handy-Telefoniererei in Restaurants, Geschäften und Supermärkten.

Letzte Woche erst hatte mein Handy gepiept, als ich gerade im Safeway eine reife Avocado aussuchen wollte, und vor Verlegenheit wäre ich fast hinter eine Hürde Kürbisse gehechtet.

Niemand guckte her, als Hy das San Franciscoer Büro von Renshaw und Kessell International – der Unternehmensschutzfirma, an der er zu einem Drittel beteiligt war – anrief und einen Wachtposten zu dem Haus in Seacliff abstellen ließ. Dann rief er dort an und sprach mit Ricky, der im letzten Sommer reichlich Erfahrung mit der Arbeit von RKI gemacht hatte. Als Hy das Handy zuklappte und mir zurückgab, fragte er: »Hast du eine Waffe dabei?«

»Ja.« Ich tätschelte meine Handtasche. »Matty klang am Telefon so panisch, daß ich meine Achtunddreißiger mitgenommen habe.«

»Gut. Wir müssen Matty vor und nach dem Flug schützen. Wenn wir deine Waffe haben, brauche ich nicht erst eine aus unserem hiesigen Büro zu requirieren.«

»Glaubst du, hier hat es wirklich jemand auf sie abgesehen?«

»Schwer zu sagen, wenn wir keinen blassen Schimmer haben, was eigentlich läuft.«

»Also, was wissen wir überhaupt?« Ich schlang ein Fleischklößchen hinunter und begann, die einzelnen Punkte an den Fingern abzuzählen. »John Seabrook ist ein Mann, dessen Vergangenheit nur zehn Jahre zurückreicht. Ein Mann, der sich mit einer Weihnachtsbaumfarm über Wasser zu halten versucht und kein Geld hat, die Küche renovieren zu lassen – der aber siebzigtausend Dollar lockermachen kann. Er hat sein Verschwinden offensichtlich erst zwei Tage vorher geplant. Die Vorbereitungen sollten unter anderem gewährleisten, daß Matty das Geld in bar zur Verfügung hat, falls er bis zu einem bestimmten Datum nicht wieder zurück ist. Daß die Überweisung erfolgt ist, impliziert, daß sein Vorhaben irgendwie schiefgelaufen ist. Und er behauptet, Mattys und Zachs Leben sei in Gefahr.«

»Und kündigt an, er werde sie finden, wenn er ›das hier‹ überleben würde.«

»Wenn er was überleben würde?«

»Weiß der Himmel.« Seine Mundwinkel zogen sich grimmig nach unten.

Ich aß einen schlaffen Taquito und probierte dann einen Hühnerflügel. Gräßlich. Die Pizza-Rolls waren unwesentlich besser. Hy schien nicht willens, die Situationsanalyse fortzusetzen, also sah ich mich in der Bar um, während ich das Junk-Food mit Wein hinunterspülte. Die Bar war voll von lebhaft diskutierenden Leuten in Freizeitkleidung, und ich hätte wetten können, daß viele Flieger darunter waren, die zu der Flugshow wollten.

Man erkennt es leicht, wenn Flieger sich übers Fliegen unterhalten, denn sie haben eine obsessive und oft richtig poetische Art, mit den Händen zu reden. Jetzt gerade sah ich die schlanken Finger einer Frau eine Rollenkehre beschreiben, am Nebentisch vollführten die plumpen Hände eines Mannes einen Looping. Da sie alle hier in der Bar saßen und Drinks vor sich stehen hatten, wußte ich, daß keiner von ihnen an der Show morgen teilnehmen würde, ja, höchstwahrscheinlich hatten die meisten noch nie etwas Schwierigeres zustande gebracht als einen Spin. Doch genau wie Hy und ich teilten sie mit den Kunstflugprofis die tiefe Liebe zum Fliegen und das Wissen, daß es keinen größeren Thrill gibt, als mit einer Maschine, die man total im Griff hat, ein perfektes Manöver hinzulegen.

Ich wandte mich wieder Hy zu. Er starrte in die Tiefen seines Glases, das er zwischen den Händen drehte. Dachte vermutlich an Matty. Vielleicht an das, was diese ehernen Bande zwischen ihnen geschmiedet hatte. Ich zögerte einen Moment, aus Angst vor dem, was möglicherweise herauskommen würde, wenn ich seine Gedanken unterbrach. Dann fragte ich: »Was?«

Er sah lächelnd auf. »Ich habe nur gerade an das gedacht, was du vorhin zu Matty gesagt hast: Wir werden dafür sorgen, daß Zach sicher ist. Wir bitten sie, nicht zu fliegen, bis wir rausgefunden haben, was Sache ist.«

»Und?«

»Scheint, als ob wir immer mehr zusammenarbeiten. Erst diese Sache drunten in Baja, dann diese Höllenpartie aus der Karibik hierher zurück und schließlich im Sommer die Geschichte mit Ricky. Und jetzt Matty und Zach.«

»Ich wollte dich nicht in meinen Fall mit reinziehen. Fühl dich nicht verpflichtet –«

»Es macht mir nichts aus. Ganz im Gegenteil sogar. Wir sind ein verdammt gutes Team. Und außerdem bin ich in Mattys Schuld.«
»Ich dachte, sie wäre in deiner. Warum hätte sie mir sonst diese ganzen verbilligten Flugstunden geben sollen?«
»Bist du je auf die Idee gekommen, sie könnten subventioniert worden sein?«
»Von ...? Oh, Ripinsky, das hast du nicht getan!«
»Und ob. Ich brauchte dich als Kopilotin.«
Ich wußte nicht, ob ich mich ärgern oder geschmeichelt fühlen sollte. Einerseits hatte er mich zu einer Wohltatenempfängerin degradiert, protegiert von einem anonymen Förderer. Andererseits war ihm so viel an mir gelegen, daß er mir ermöglicht hatte, was ich mir so sehnlich gewünscht hatte. »Wenn ich gewußt hätte –«
»Hättest du's abgelehnt, und dann hätte ich dir selbst Flugstunden geben müssen. Und das wäre die reine Hölle gewesen. Aber so oder so – für mich stand fest, daß aus dir eine Pilotin werden sollte.«
»Warum?«
Er zuckte die Achseln, jetzt auf einmal verlegen. »Ach, ich habe wohl gedacht, wenn du die Fliegerei so lieben lernst, wie ich sie liebe, werde ich dich nicht verlieren.«
Er offenbarte normalerweise so wenig von seinen Gefühlen, aber wenn er es tat ...
Ich legte die Hand auf seinen Unterarm und drückte ihn. »Du hättest mich nicht verloren – Flugstunden hin oder her. Aber jetzt bin ich in deiner Schuld. All diese moralischen Verpflichtungen: deine, meine, Mattys.«
»Ja.« Sein Blick wurde melancholisch, als ich ihren Namen erwähnte, und er trank seinen Rest Bier aus. »Bestell uns noch eine Runde, okay? Ich hol uns inzwischen noch was von diesen schlappen Hors d'œuvres-Imitaten.«
Ich winkte der Bedienung und sah Hy nach, wie er sich zwischen den vollbesetzten Tischen durchzwängte. Groß, schlank und auf herbe Art gutaussehend, veranlaßte er etliche Frauen zwischen unserem Tisch und dem Büfett, die Köpfe zu drehen.
Seltsam. Wir besaßen zusammen ein Haus. Wir lebten zusammen ein Leben, das zwar eher unkonventionell war, uns aber beiden

gefiel. Er liebte mich, ich liebte ihn – das war inzwischen geklärt und ausgesprochen. Doch obwohl ich geglaubt hatte, all seine Geheimnisse zu kennen, mußte ich jetzt feststellen, daß es da immer noch Punkte seiner Vergangenheit gab, die absolutes Sperrgebiet waren.
Und es war eine beunruhigende Erkenntnis, daß einer dieser Punkte mit meiner Freundin Matty Wildress zu tun hatte.

5 Die weite Ebene nordwestlich von Sacramento, wo sich der Flugplatz befand, lag unter einer Bodennebeldecke. Zwar war die Nacht kristallklar gewesen, als Hy und ich hier gelandet waren, aber der kalte Erdboden hatte die Lufttemperatur bis zum Taupunkt gesenkt, und jetzt verhüllten Nebelschwaden das Flachland und die fernen Berge. Diese Art Nebel hält der Sonne jedoch meist nicht lange stand, und um kurz vor neun konnte ich das helle Rund bereits ahnen.
Der Flugplatz war klein: nur eine Start- und Landebahn, ein Hangar und wenige Gästeabstellplätze – was uns veranlaßt hatte, die Citabria auf dem Sacramento Metro Airport zu lassen und einen Mietwagen zu nehmen. Man war schon dabei, Zuschauerbänke und niedrige Absperrungen zu errichten; zwei Männer mühten sich, ein rot-weiß-blau gestreiftes Zelt auszurollen, und Imbißwagen trafen ein. Eine Zeitlang stand ich fröstelnd da und sah zu, wie Hy und Matty um die schlanke gelbe Maschine herumgingen und den Check durchführten, wozu unter anderem die Überprüfung der Bremshydraulik, der Treibstofftanks, des Propellers, der Klappen und Ruder gehörte. Matty war heute morgen wieder ganz die alte: kläräugig und voller Selbstvertrauen. Das lange Haar hatte sie mit einem fröhlichen gelb-roten Schal zurückgebunden – dasselbe Strahlenmuster wie auf den Tragflächen ihrer Maschine. Hy dagegen war schweigsam und nachdenklich gewesen, seit uns der Weckruf um sieben aus dem Schlaf gerissen hatte.
Als sie die Motorabdeckung öffneten und die Köpfe über die Innereien der Maschine beugten, beschloß ich, ein bißchen herum-

zuspazieren. Der Anblick erinnerte mich an das letztemal, daß Hy und ich so über einem Motor gehangen hatten; mein erster und einziger Notreparaturversuch war auf eine Art und Weise mißglückt, die ihn, mich und Habiba beinahe das Leben gekostet hätte.

Inzwischen hatte die Sonne ein Loch in den Nebel gebrannt, und ihr Durchbruch schien die eintreffenden Piloten und Mechaniker aufzumuntern. Leute riefen und winkten einander zu, grüßten mich höflich und vermieden geflissentlich jede Bemerkung über das Wetter. Es bringt Unglück, darüber zu reden. Obwohl Flieger von sich behaupten, sämtliche Kapricen des Wetters zu durchschauen, gibt es doch nur wenige, die nicht insgeheim glauben, daß es von einer launischen und boshaften Gottheit kontrolliert wird, die jedes Wort mitbekommt.

Ich ging den Platz entlang und bewunderte die parkenden Maschinen. Jede war auf ihre Weise schön. Da standen Pitts Specials, jene winzigen Doppeldecker, die viele Jahre als die besten amerikanischen Kunstflugmaschinen gegolten hatten, eine schlanke, aggressive Extra 300 S, ein tschechischer Zlin-Eindecker, etliche Eigenbauten, eine rotweiße Chipmunk Special. Ich blieb stehen und unterhielt mich mit dem Besitzer einer Vorkriegs-Bücker Jungmeister, der behauptete, dieser blaue Doppeldecker sei die einzig wirklich taugliche Maschine für eine saubere gerissene Rolle. Er machte mich mit zwei Tragflächenakrobaten bekannt, einem Ehepaar, dessen Spezialität synchrone Bewegungen auf einem fliegenden Doppeldecker waren. Obwohl das in meinen Augen ziemlich wahnsinnig war, wirkten die beiden ganz locker und normal, als sie mir Geschichten über Tragflächenartisten und waghalsige Piloten der zwanziger und dreißiger Jahre erzählten. Nach einer Weile wanderte ich weiter und bewunderte von fern eine belgische Stampe, deren Besitzer – nach der finsteren Miene, mit der er die Tragflächen wachste, zu urteilen – heute keinen guten Tag hatte.

Schließlich wandten sich meine Gedanken wieder der Arbeit zu. Ich zog mich in den Mietwagen zurück, nahm mein Handy heraus und wählte die Nummer von Micks Apartment. Niemand da, nur der Anrufbeantworter. Als ich im Büro anrief, informierte mich Ted – der auch samstags kommt, dafür aber montags mor-

gens freimacht, wenn Neals Buchladen zu hat –, daß mein Neffe ebenfalls da war.
Mick klang extrem fröhlich für jemanden, dessen Freundin mit jemand anderem ausgeht. Vielleicht war Keims Date gestern abend ja schiefgelaufen, und vielleicht war sie noch bei ihm vorbeigekommen, um ihm zu sagen, was für ein Goldstück er war. Aber wahrscheinlicher war, daß seine gute Laune mit irgendeinem Triumph am Computer zu tun hatte.
Ich fragte: »Und? Hast du was für mich?«
»Was ziemlich Komisches. Ich erzähl's dir der Reihe nach. Angefangen habe ich mit den Sozialversicherungsnummern, die du mir für Seabrook und den Jungen genannt hast. Sie sind echt – oder weisen zumindest keinen der offensichtlichen Fehler auf, die gefälschte meistens an sich haben, wie zum Beispiel eine Neun vorn oder vier Nullen am Ende. Als nächstes habe ich gecheckt, in welchem Staat sie ausgestellt wurden; drei-acht-vier und drei-acht-sechs stehen für Michigan, was mit den Geburtsurkunden übereinstimmt.«
»Was ist mit den Geburtsurkunden? Sind die auch echt?«
Bedeutungsvolles Zögern – ein sicheres Zeichen, daß da etwas war. »Na ja, die Ämter für Bevölkerungsstatistik haben am Wochenende nicht offen und die Krankenhausarchive auch nicht. Aber was ich gemacht habe, war, das Telefonverzeichnis des Großraums Detroit nach den genannten Ärzten durchzusuchen. Keine Nummer für den Doc, der Seabrook auf die Welt geholt hat – er ist vermutlich tot –, aber eine Privatnummer für den Arzt, der Zachs Geburt geleitet hat. Als ich ihn angerufen habe, hat er mir gesagt, er ist im Ruhestand.«
»Gute Arbeit, Mick! Konnte er sich an die Seabrooks erinnern?«
»Bestens. Sie waren mit seinem Sohn befreundet. Und an das freudige Ereignis erinnert er sich auch.«
Jetzt sagte mir der Klang seiner Stimme, daß er eine Überraschung in petto hatte. »Und?« fragte ich ungeduldig. Ich haßte es, wenn Mick seine Ergebnisberichte so in die Länge zog – und genau deshalb tat er es.
»Und«, sagte er, »der kleine Zachary war schwarz.«
»Was?«
»Wie auch seine Eltern.«

»Ach.« Ich schwieg einen Moment. »Tja, dir ist ja wohl klar, was das bedeutet?«

»Daß wir's mit falschen Identitäten zu tun haben.«

»Du sagst, der Sohn des Arztes war mit den Seabrooks befreundet. Weiß der Alte, ob er noch Kontakt zu ihnen hat?«

»Hat er nicht. Die Seabrooks zogen weg, als Zach etwa fünf Monate war. Der Sohn hat nie wieder was von ihnen gehört, und kein anderer Arzt hat je die Patientenunterlagen der Frau angefordert.«

»Ich gehe jede Wette ein, daß die echten Seabrooks tot sind, und zwar schon über zehn Jahre. Und daß der Mann, der sich für John Seabrook ausgibt, diese Geburtsurkunden an sich gebracht und darauf falsche Identitäten für sich und seinen Sohn aufgebaut hat.«

»Moment mal«, sagte Mick. »Steht auf Geburtsurkunden die Hautfarbe?«

Ich schloß die Augen und versuchte, die von Seabrook heraufzubeschwören, aber es gelang mir nicht. »Ich weiß nicht, aber selbst wenn, kann man das ändern.«

»Und was ist mit den Sozialversicherungsnummern?«

»Der falsche John Seabrook hat sie vermutlich beantragt, nachdem er an die Geburtsurkunden gekommen war.«

»Ich würde gern mal einen Blick auf sein Einzahlungskonto werfen.«

»Das würde dir auch nichts sagen; es reicht nur bis zu dem Zeitpunkt zurück, als er in Los Alegres aufgetaucht ist.«

»Trotzdem ...«

»Nein, Mick. Nein. Die Sozialversicherungsbehörde hütet ihre Unterlagen strenger als sonst irgendeine Bundesbehörde. Selbst das FBI darf da ohne Gerichtsbeschluß keinen Einblick nehmen.«

»Es muß doch einen Weg geben.«

»Mick, ich sagte nein!«

Er stieß den gequälten Seufzer eines Vollbluthackers aus. Einige Monate, ehe er bei mir angefangen hatte, war er in den Computer der Schulaufsicht von Pacific Palisades eingedrungen und hatte gewisse Informationen gewinnbringend weitergegeben – eine Missetat, die seine Eltern veranlaßt hatte, ihn aus Südkalifornien zu verbannen und meiner zweifelhaften Obhut zu unterstellen.

»Okay«, sagte er, »aber du hast doch nichts dagegen, wenn ich ein paar andere Sachen checke?«
Noch vor einem Jahr hätte ich wissen wollen, was das genau für Sachen waren, aber jetzt gab ich ihm einfach nur grünes Licht und verabschiedete mich.
Vielleicht, dachte ich, hatte ich deshalb kapituliert, weil ich wußte, daß ich Mick ohnehin von nichts abhalten konnte, was er sich einmal in den Kopf gesetzt hatte. Oder vielleicht hatte ich auch zuviel mit – häufig über die Grenzen des Legalen hinausgehenden – Unternehmen wie Renshaw und Kessell zu tun gehabt, um meine Skrupel aufrechtzuerhalten. Aber wahrscheinlich bröckelten diese einfach unter der Einwirkung einer Welt, die das alles einen Scheißdreck kümmerte.

Ich würde Matty nicht sagen, was Mick herausgefunden hatte – jedenfalls nicht, bevor sie ihr Programm hinter sich hatte, frühestens in fünf Stunden. Und ich wollte auch nicht weiter herumstehen, während sie und Hy ihre ausgiebigen Checks durchführten – nicht, wenn hier alles sicher schien und es anderswo Spuren zu verfolgen gab.
Wieder draußen auf dem Platz, unterbrach ich Hys minutiöse Inspektion des Zündsystems und bat ihn um die Schlüssel der Citabria. Er sah verdutzt auf, erklärte Matty, er sei gleich wieder da und begleitete mich zum Parkplatz. »Wo willst du hin?«
»Nach Los Alegres.« Ich nahm die Achtunddreißiger aus meiner Handtasche und gab sie ihm. »Hier, falls du sie brauchst.«
»Aber wieso Los Alegres?«
»Es hat sich was ergeben – nichts Großartiges, aber etwas, was mir sagt, daß ich dort möglichst bald ein paar Leute befragen sollte. Ich kann locker rechtzeitig wieder hier sein, um Matty fliegen zu sehen.«
Er nickte und fischte den Schlüssel aus seiner Tasche.
»Wie sieht's mit ihrer Maschine aus?« fragte ich.
»Soweit alles sauber. Und damit es so bleibt, habe ich unser Büro in Sacramento gebeten, einen Mann rüberzuschicken, der Mattys Mechaniker hilft, das Baby bis zum Start zu sitten.«
»Wie zuverlässig wirkt der Mechaniker auf dich?«

»Nach seinem Verhalten zu urteilen, würde ich sagen, er würde sein Leben für sie hergeben.«
»Hoffentlich wird das nicht notwendig sein.«

Nach meinem gestrigen Abflug in der Cessna war die Rückkehr in der Citabria etwa so, wie wenn man mit einem Porsche heimkommt, nachdem man mit einem VW losgefahren ist. Meine Tanks waren ziemlich leer, deshalb rollte ich zu den Treibstoffpumpen hinüber, wo mich Bob Cuda, einer der Tankwarte, mit verdutztem Blinzeln empfing. Ich stellte den Motor ab, legte die Schlüssel aufs Instrumentenbord und sprang hinaus.
»Sie haben sich ja ganz schön verbessert«, sagte Bob, als er die Erdung am Auspuff anbrachte.
»Ist nur geliehen.«
»Da muß Sie aber jemand schon sehr mögen, um Ihnen so eine Schönheit zu borgen.« Er strich über die hochangesetzte weiße Tragfläche, musterte die blaue Silhouette einer fliegenden Möwe am Heck – das Emblem einer Umweltorganisation, die Hy einmal geleitet hatte und in deren Vorstand er immer noch saß.
Ich holte Bob die Trittleiter, während er den Treibstoffschlauch heranzog. Als er die Trittstufen erklomm und den rechten Tank zu füllen begann, blies ihm der starke Seitenwind – gegen den ich beim Landen heftig hatte ankämpfen müssen – die Parkakapuze über das graue Haar.
»Sagen Sie, Bob, eine Frage. Sie sind doch immer noch viel drüben in den Hangars, bei Ihren Mechanikerkumpels.«
»Schon. Warum?«
»Matty hat festgestellt, daß ein paar Sachen aus ihrer Maschine verschwunden sind. Nichts Wertvolles, aber sie hat doch gemeint, ich soll dem mal nachgehen.«
Er schob die Kapuze zurück und sah mich stirnrunzelnd an. »Warum …? Oh, klar, hatte glatt vergessen, in welcher Branche Sie tätig sind.«
»Haben Sie in letzter Zeit hier irgendwelche Fremden bemerkt?«
Er zog den Füllstutzen heraus und schraubte den Tankdeckel wieder drauf, wobei er ein nachdenkliches Gesicht machte. »Na ja, ich kenn nicht alle, die hier landen und wieder starten. Gibt immer Fremde, die hierher an die Pumpen kommen.«

»Ist irgendeiner länger hier gewesen, vielleicht im Hangar B herumspaziert?«

»Nicht, daß ich wüßte. In dem Hangar würd ein Fremder sofort auffallen. Bestimmt würde ihn jemand fragen, was er da will.« Er reichte mir den Füllstutzen, stieg herunter und zog die Trittleiter zur linken Tragfläche hinüber. Ich folgte ihm und reichte ihm den Füllstutzen wieder.

»Kennen Sie Mattys Freund?« fragte ich.

»John? Yeah, zum Grüßen reicht's.«

»Ist er viel hier?«

»Man sieht ihn schon öfters.«

»Und was macht er dann?«

»Auf Matty warten.«

»Redet er mit jemandem?«

»Meistens sitzt er im Diner, trinkt ein Bier und plaudert ein bißchen mit den Leuten, die so reinkommen. Aber vor ein paar Wochen, da hab ich gesehen, wie er sich mit Gray Selby unterhalten hat.«

Das interessierte mich. Gray Selby war einer der Fluglehrer und nicht gerade ein Fan von Matty. Er war Kampfflieger im Vietnamkrieg gewesen und hielt wenig von Frauen im Cockpit und noch weniger von Frauen in der Kunstfliegerei. Während einige andere Fluglehrer, die weiblichen Flugschülern gegenüber ebenfalls skeptisch waren, eine Na-ja-mal-sehen-Haltung einnahmen, war Selby ein knallharter Sexist, der sich schlichtweg weigerte, Frauen zu unterrichten. Und während die anderen die ersten waren, die Anerkennung zollten, wo sie verdient war, kam von Selby nichts dergleichen, ganz egal, welche fliegerischen Leistungen eine Frau vollbringen mochte. Matty hatte sich immer gegen ihn behauptet, indem sie seine sarkastischen Bemerkungen auf witzige Art konterte. Meine Art, mit Selby umzugehen, war, ihn zu ignorieren.

Bob fragte: »Was hat das mit Mattys verschwundenen Sachen zu tun?«

»Nichts. Ich bin nur neugierig. Ich habe John noch nicht kennengelernt.«

Das schien den Tankwart zu befriedigen. Er reichte mir den Füllstutzen wieder herunter, und ich hängte ihn ein und entfernte die

Erdung, während er meine Kreditkarte eingab. Nachdem ich den Zettel unterschrieben hatte, folgte er mir zur Citabria zurück und strich noch einmal mit wehmütigem Blick über die Tragfläche.

»Irgendwann demnächst«, erklärte ich, »komme ich mit der Maschine wieder hier rauf, und dann machen wir beide einen kleinen Rundflug.«

»Danke, das wär toll.«

Es würde nie passieren. Bob war siebenundfünfzig, hatte den größten Teil seines Erwachsenenlebens hier auf dem Flugplatz verbracht, liebte Flugzeuge mehr als sonst irgend etwas auf der Welt – und hatte eine Todesangst vor dem Fliegen. Er wäre im Erdboden versunken, wenn er gewußt hätte, daß alle hier seine raffinierten Ausreden, warum er nie mitflog oder Flugstunden nahm, längst durchschauten, also spielten alle dieses Spiel mit. Doch genauso, wie Vorsicht einen guten Piloten ausmacht, kann Angst vor dem Fliegen einen guten Tankwart ausmachen. Niemand, der Bob kannte, fühlte sich nach dem Auftanken bemüßigt zu überprüfen, ob er die Tankdeckel auch richtig festgeschraubt hatte.

Ich ließ die Citabria auf dem Besucherabstellplatz und ging zu der Werkstatt, die neben Flugschule und Flugzeugvermietung lag. Ich hatte gehofft, den Mechanikern hier ein paar Fragen stellen zu können, aber die Werkstatt war geschlossen. Das Vermietungsbüro war offen und machte das übliche rege Samstagsgeschäft, also ging ich rein und bat die Frau hinterm Tresen nachzusehen, ob Gray Selby heute da sei. Laut Plan war er mit einem Schüler unterwegs und mußte in einer Stunde – um zwölf – wieder zurück sein.

Ich setzte mich in einen Kippsessel neben der Tür, plauderte ein bißchen mit alten Bekannten, die an mir vorbeikamen, und streute gelegentlich eine Frage nach John Seabrook oder eventuellen fremden Besuchern in Hangar B ein. Niemand konnte mir etwas sagen, was über Bob Cudas Auskünfte hinausging. Bald schon leerte sich der Raum, weil die Leute nach Hause, in den Diner oder in die Lüfte entschwanden. Um zehn nach zwölf war Gray Selby immer noch nicht wieder da, also nahm ich mir die Zeitschrift *Flight Training* und versuchte mich in einen Artikel über

Vergaservereisung zu vertiefen – ein Thema, über das ein Flieger gar nicht genug wissen kann. Ich konnte mich jedoch nicht konzentrieren und merkte, wie ich Absätze ein zweites und drittes Mal las. Schließlich legte ich das Heft weg.

In dem gemütlichen Raum hingen maßstabsgetreue Flugzeugmodelle von der Decke, und die Wände schmückten Fotos von Flugschülern, aufgenommen am Tag ihres ersten Alleinflugs. Ich suchte meins und fand eine jüngere Ausgabe meiner selbst, die die Tragflächenstrebe der alten Cessna umarmte, das lange Haar windzerzaust, das breiteste Grinsen der Welt im glühenden Gesicht.

Es heißt immer, der erste Alleinflug sei das berauschendste Erlebnis, das es gibt. Und das stimmt auch.

Halb eins auf der Uhr hinterm Tresen. Ich würde Selby noch zehn Minuten geben und dann einen Burger einpfeifen und zusehen, daß ich nach Sacramento zurückkam.

Ich sah ihn durchs Fenster: ein kleiner, gedrungener Mann mit kurzgeschorenem weißem Haar. Er trug seine alte lederne Pilotenjacke – jenes Kleidungsstück, das in seiner Militärzeit die Elite der Marineflieger vom gemeinen Fliegervolk unterschieden hatte und dies bis heute tat. Hinter ihm zockelte ein Flugschüler her – höchstens zwanzig, mit hängenden Schultern und blassem, erschöpftem Gesicht. Selby nahm immer zwei Stufen auf einmal, stürmte energisch durch die Tür und fing sie gerade noch ab, ehe sie dem jungen Mann ins Gesicht schlug. Über die Schulter sagte er: »Du wirst es nicht schaffen, Junge, wenn du dir das nicht abgewöhnst. Und vor lauter Schiß am Knüppel zu ziehen, ist die hirnrissigste Angewohnheit, die man haben kann – der kürzeste Weg ins Grab.«

Der Flugschüler sagte nichts, ging einfach nur mit dem Flugbuch zum Tresen, um zu zahlen. Ich sah ihm nach, und mein Mitleid mit ihm schlug rasch in Zorn auf Selby um.

Sicher, grundsätzlich hatte er recht; was der Schüler da gemacht hatte, konnte zu einem schlimmen Unfall führen. Wenn man als Flugneuling Angst kriegt, dann meist deshalb, weil man denkt, man stürzt ab. Sobald die Maschine sinkt, reagiert man instinktiv damit, am Knüppel zu ziehen, um die Nase hochzureißen. Logisch und natürlich, aus Laiensicht. Doch Überziehen kann zu einem Strömungsabriß führen, und wenn das in geringer Höhe passiert – etwa beim Starten oder Landen –, rast man zu schnell in Richtung Boden, um den Fehler noch korrigieren zu können. Wenn ein Fluglehrer merkt, daß ein Schüler zu diesem Reaktionsmuster neigt, sollte er ihn ruhig, sachlich und freundlich auf die Gefahr hinweisen. So, wie Matty es bei mir gemacht hatte. Ohne Sprüche vom »kürzesten Weg ins Grab«.

Selby steuerte ebenfalls auf den Tresen zu, sei es, um den Jungen noch weiter zur Schnecke zu machen oder um auf den Unterrichtsplan zu schauen. Ich stand auf und trat ihm in den Weg. Im ersten Moment erkannte er mich nicht, aber dann verengten sich seine Augen, und seine Mundwinkel zogen sich säuerlich nach unten. »Ms. McCone«, sagte er, »Cuda sagt, Sie hätten eine Schönheit von einer Citabria drüben auf dem Abstellplatz stehen.«

»So ist es, Mr. Selby.« Ich streckte ihm die Hand hin.

Der Fluglehrer sah mich an, als offerierte ich ihm meinen Müll. Dann sah er seinen Schüler in Richtung Tür streben. »Hey«, rief er, »hast du dich für nächste Woche eingetragen?«

»... Ich weiß nicht, ob ich kann. Ich rufe Sie an.«

Der junge Mann war schon um uns herum zur Tür gewitscht, ehe Selby hinzusetzte: »Hey, ich hab dein Flugbuch noch nicht abgezeichnet!«

»Sieht aus, als hätten Sie gerade einen Schüler verloren«, sagte ich. Er sah mich finster an. Tiefe, mürrische Falten entstellten seine ansonsten regelmäßigen Züge. Er könnte ein attraktiver Mann sein, dachte ich, wenn er nicht diese Unzufriedenheit ausstrahlen würde – eine Unzufriedenheit, die sich noch verstärkt hatte, seit ich ihn das letztemal gesehen hatte. Zu meiner eigenen Überraschung wurde mir klar, daß Selbys Machogehabe und blinde sexistische Vorurteile nur der Schaum auf einem Kessel siedender Wut waren.

Er sagte: »Sind Sie hier, um mir eins reinzuwürgen, McCone?«

Ich schüttelte den Kopf.

»Warum dann? Ihre Freundin, Ms. Wildress, werden Sie hier nicht finden. Sie ist droben in Sacramento, bei einer Flugshow – die große Kunstflugmeisterin spielen.«

Ich beschloß, seinem kaum verhohlenen Zorn direkt zu begegnen. »Stört Sie das?«

Ein Tic zuckte unter seinem rechten Auge. Er schob die Lippen vor und produzierte ein furzartiges Geräusch. »Warum sollte es?«

»Na ja, es klingt, als würde Ihnen das ganz schön stinken.«

»Was mich stört – oder, um Ihre wenig damenhafte Ausdrucksweise aufzugreifen, was mir stinkt –, ist, wenn Leute wie Sie diesen Warteraum hier blockieren. Wenn Sie nicht wegen Wildress hier sind oder um eine unserer Maschinen zu mieten, warum können Sie dann nicht woanders –«

»Und warum können wir beide nicht endlich einen Waffenstillstand schließen?«

Er hatte sich aggressiv vorgebeugt und mir seine Worte ins Gesicht gespuckt. Jetzt wich er zurück. »Was?«

»Waffenstillstand, Mr. Selby. Sie haben mir nie was getan, ich habe Ihnen nie was getan. Na ja, ich gebe zu, meine Wortwahl war nicht die gepflegteste, und meine Bemerkung über Ihren Flugschüler war taktlos. Und ich entschuldige mich dafür.«

Selby war Mattys spitze Zunge gewohnt, und da er mich mit ihr assoziierte, hatte er von mir ähnliches erwartet. Meine Entschuldigung hatte ihn aus dem Konzept gebracht, und als ich jetzt noch hinzusetzte: »Haben Sie ein bißchen Zeit?«, war er völlig verwirrt.

»Äh...« Er sah auf seine Armbanduhr. »Tja, meine nächste Stunde ist erst um zwei.«

»Dann lade ich Sie zum Mittagessen ein.«

»Warum?«

»Ich würde Sie gern ein bißchen aushorchen.«

»Worüber?«

»John Seabrook.«

Ich bemerkte ein seltsames Flackern in seinen blauen Augen. »Seabrook, hm? Und Sie sind Privatdetektivin. Ist sie endlich so schlau, ihm mal auf den Zahn zu fühlen?«

Ich lächelte.

»Wird auch Zeit, daß sie auf den Trichter kommt.«

»Mr. Selby, Sie sind genau der Mann, den ich sprechen muß.«

»Wie kommen Sie darauf, daß er was verbirgt?« knüpfte ich an Selbys vage Bemerkungen von eben an.

Er zerquetschte ein Zellophanpäckchen mit Salzkräckern, öffnete es und ließ die Krümel auf sein Chili rieseln. Dann gab er Tabasco, Ketchup und schwarzen Pfeffer dazu, probierte und nickte befriedigt. »Okay«, sagte er mit vollem Mund, »mal sehen, was Sie von dieser Geschichte halten. Dort drüben an der Hartmann Road« – er zeigte zum Nordrand des Flugplatzes – »ist so eine asphaltierte Wendeschleife. Sollte die Zufahrt zu einer Wohnsiedlung werden, die nie gebaut wurde.«

»Ich weiß, welche Stelle Sie meinen.«

»Vor anderthalb Jahren, im Juli, fing es an, daß dort dieser Pickup stand. So ein-, zweimal die Woche. Und drinnen saß jemand – John Seabrook.«

»Was hat er da gemacht?«

»Zugeguckt, wie die Flugzeuge starten und landen. Ein, zwei Stunden hat er dort gesessen. Und einfach nur geguckt.«

»Sind Sie sicher, daß es Seabrook war?«

»Klar bin ich sicher. Ich muß auf dem Heimweg dort vorbei, also hab ich's mir zur Aufgabe gemacht, mir den Kerl genau anzugucken.«

»Warum?«

»Er kam mir verdächtig vor.«

»Verdächtig, weil er die Flugzeuge beobachtet? Das tun doch viele Leute.« Wie zum Beweis hob genau in diesem Moment eine Mooney Ranger ab, und mein Blick folgte ihr automatisch.

Selby sah ihr auch nach. »Na ja, man kann nicht vorsichtig genug sein.« Er spießte eine Fritte von seinem Beilagenteller auf, stippte sie in das Chili und steckte sie in den Mund. »Es war Seabrook, hundertprozentig, und das ging so den ganzen Sommer und bis in den Herbst rein. Und dann – schwupp – ist er mit Matty verbandelt. Und hat einen Vorwand, hier vom Diner aus den Flugzeugen zuzugucken.«

»Aber das tun doch alle hier, Mr. Selby.«

»Yeah, das ist ja genau der Punkt. Sie fahren hier raus, essen und gucken. Sie lungern nicht in ihrem Pickup am Straßenrand rum. Sie brauchen nicht erst mit einer Fliegerin anzubandeln, um hierherkommen, sich hinsetzen, was bestellen und gucken zu können.«

»Ich bezweifle sehr, daß Matty für Seabrook nur ein Vorwand war, an seine Seven-Niner-Burger zu kommen.«

»Warum war er dann vorher nie hier?«
»Vielleicht ist er schüchtern. Vielleicht war er auf Diät.«
»McCone, wenn Sie mich nicht ernst nehmen –«
»Sorry. Erzählen Sie weiter.«
»Okay. Nach einer Weile habe ich mir so meine Gedanken gemacht. Matty erzählt jedem, der Typ hat was gegen's Fliegen, will sich nicht mal zu ihr reinsetzen. Aber welcher Mensch hockt Woche für Woche stundenlang da und beobachtet Flugzeuge, wenn er was gegen's Fliegen hat?«
»Bob Cuda.«
Selby schnaubte verächtlich und machte eine wegwerfende Handbewegung. »Cuda ist geistig zurückgeblieben. Ich rede von normalen Menschen.«
Wer ist schon normal? dachte ich. Sie? Ich? Aber das Argument war nicht von der Hand zu weisen. »Also haben Sie beschlossen, dem nachzugehen?«
»Und ob. Man kann nicht vorsichtig genug sein.«
»Aber warum? Doch bestimmt nicht um Mattys willen.«
»Du grüne Neune, nein. Die kann selbst auf sich aufpassen. Mir ging es um die Sicherheit des Platzes hier.«
»Ach, Sie dachten, daß Seabrook womöglich einen Terroranschlag auf den städtischen Flugplatz von Los Alegres plant?«
Er sah mich ärgerlich an. »Okay, McCone, Sie sind aus der großen Stadt, fliegen jetzt von SFO und Oakland aus. Für Sie sind wir hier ein Provinznest. Aber gucken Sie sich mal um, das hier ist eine wohlhabende Kommune. Stecken Sie mal die Nase in die Hangars hier, gehen Sie die Abstellplätze lang, da stehen Millionenwerte rum. Mattys Maschine hat allein schon eine Viertelmillion gekostet, und diese Klassikerkollektion im Hangar C – also, ich will lieber gar nicht erst schätzen, was die bringen würde.«
»Sie haben recht, daran habe ich nicht gedacht.«
Etwas besänftigt, sah Selby auf meinen Teller. »Essen Sie die Gurke da?«
»Bedienen Sie sich.«
»Und die Sicherheit der Maschinen ist nicht alles«, fuhr er fort. »Die letzten Jahre kommen hier immer öfter umgebaute Zweimotorige durch – mit Extrafrachtraum. Da fragt man sich doch, was die transportieren.«

»Drogen oder sonstige Schmuggelware?«
»Möglich. Und wenn da einer sitzt und guckt, wie sie landen und starten, einer, der nicht gerade gut Freund mit der Polizei ist... das gibt einem doch zu denken.«
»Sie haben also ein Auge auf Seabrook gehabt und...?«
»Na ja, ich wollte ihm nicht zu dicht auf die Pelle rücken, damit er nichts merkt. Hätte ja komisch ausgesehen, wo Matty und ich doch nie die dicksten Freunde waren. Also hab ich einfach nur Augen und Ohren offengehalten. McCone, kennen Sie den Unterschied zwischen einer Tauch- und einer Umlaufschmierung?«
»Nein.«
»Außer Mechanikern kennen den nur wenige Leute. Er ist auch nicht mehr weiter wichtig, jetzt wo sie das Vereisungsproblem bei Tauchschmierungen gelöst haben. Eigentlich ist es nur ein motortechnisches Detail. Aber Seabrook wußte, daß Continental-Motoren Tauchschmierung haben. Ich habe ihn mit Steve, dem Chefmechaniker, drüber reden hören.«
»Also versteht er was von Motoren. Ist das ein Verbrechen?«
Selby ignorierte die Frage. »Wenn man hinter einer größeren Maschine startet, wo sollte man dann losrollen, um Wirbelschleppen zu meiden?«
»Am selben Punkt wie die größere Maschine oder vorher.«
»Und hochziehen?«
»Vor dem Abhebepunkt der größeren Maschine.«
»Wie viele Flugstunden hatten Sie hinter sich, als Sie das gelernt haben?«
»Zehn? Zwölf? Keine Ahnung.«
»Tja, Seabrook hat das mit null Stunden gewußt.«
»Mit wem hat er sich darüber unterhalten?«
»Mit Mark Casazza, über die riskante Art, wie ein Schüler von Mark hinter einer Citation gestartet ist.«
»Ah.«
»Da waren noch andere Sachen, und alle verdammt komisch.«
»Ich verstehe, worauf Sie hinauswollen. Und wie lange haben Sie diese Lauscherei« – Selby runzelte die Stirn, und ich verbesserte mich – »wie lange haben Sie die Ohren offengehalten?«
»Sechs Monate etwa, alles in allem, sooft sich die Gelegenheit ergab. Und Notizen hab ich mir auch gemacht. Und vor etwa drei

Wochen hab ich dann beschlossen, mich mal mit dem guten John zu unterhalten.«

»Worüber?«

»Essen Sie den halben Burger da noch?«

Ich hatte es vorgehabt, aber um der Aufrechterhaltung unseres fragilen Rapports willen schob ich ihm meinen Teller hin. »Worüber?« wiederholte ich.

»Übers Wetter.«

»Übers Wetter?«

»War das einzige Thema, was mir einfiel, wo er nicht mißtrauisch werden würde. Er war sowieso schon auf der Hut vor mir – Matty muß ihm wohl gesagt haben, daß sie mich von Herzen haßt. Also hab ich mich ihm gegenüber beschwert, daß ich am Vortag meine Stunden wegen der niedrigen Wolkenuntergrenze hätte ausfallen lassen müssen. Ich habe gesagt, hoffentlich könnte ich sie heute alle durchziehen, ehe die Wolken wieder runterkämen. Und Seabrook hat gemeint, wahrscheinlich würde ich's schaffen, wenn ich in der Platzrunde bliebe, weil da immer noch vierhundert Fuß Spielraum wären und die Wolkendecke ziemlich statisch wirkte.«

»Und was besagt das?«

»Lassen Sie mich kurz Ihr Gedächtnis auffrischen, wie das mit der Platzrundenregelung hier ist. Die Wolken hingen direkt über den Bergen –«

»Zweitausend Fuß.«

»Und die Regelhöhe ist –«

»Elfhundert.«

»Zweitausend minus elfhundert macht neunhundert.«

»Minus der vorgeschriebenen fünfhundert Abstand zur Wolkendecke macht vierhundert.«

Selby grinste triumphierend. »Der Kerl kannte nicht nur die Sichtflugvorschriften, sondern auch die Höhe dieser Berge und unsere Platzrundenregelung.«

Ich dachte kurz nach. »Könnte er das nicht aus Gesprächen mit Matty wissen?«

»Er ist kein Flieger, steht nicht mal auf Fliegen. Warum sollten sie über so was geredet haben? Und selbst wenn, wieso hätte er sich's merken sollen? Oder so schnell ausrechnen können?«

»Das stimmt. Wieso? Es sei denn –«

»Das ist noch nicht alles. Von da aus habe ich das Gespräch auf den Absturz am Somona Mountain gebracht. Letzten Monat, Sie haben's doch sicher gelesen?«

»Ja.« Je länger ich fliege, desto öfter ertappe ich mich dabei, wie ich Zeitungsartikel über Flugzeugabstürze studiere – nicht, um mich selbst verrückt zu machen, sondern um mich zu vergewissern, daß sie auf irgendwelche Pilotenfehler zurückgingen, die ich hoffentlich nie machen würde.

»Tja«, fuhr Selby fort, »dabei hab ich das Unfallfunkfeuer erwähnt, und der Teufel soll mich holen, wenn Seabrook nicht genau gewußt hat, daß das auf 121,5 sendet.«

»Wie haben Sie das rausgefunden?«

»Er hat mich korrigiert, als ich 121,7 gesagt habe. Ich hab so getan, als hätt ich's mit unserer Platzfrequenz hier durcheinandergebracht – 122,7.«

Ich rührte mit dem Trinkhalm in meinem Eistee und dachte darüber nach. Nur sehr wenige Nicht-Flieger wissen etwas über das Unfallfunkfeuer – ein für alle Flugzeuge vorgeschriebenes Sendegerät, das durch einen Aufprall ausgelöst wird und Notsignale auf zivilen und militärischen Frequenzen sendet.

Ich sagte: »Das Unfallfunkfeuer sendet auf einer universellen Notruffrequenz; das könnte er auch wissen, wenn er zum Beispiel mit Seefahrt zu tun gehabt hätte.«

»Mag sein, aber wenn man dazunimmt, was ich sonst noch aufgeschnappt habe...«

»Sie wollen also sagen, John Seabrook ist Flieger?«

Selby nickte. »So, wie ich die Sache sehe, will der Bursche aus irgendeinem Grund nicht, daß Matty oder sonst jemand was davon erfährt. Aber er kann fliegen, und er liebt die Fliegerei. Warum sollte er sonst dort drüben an der Straße sitzen und den Flugzeugen zugucken? Und dann fängt er was mit Matty an und kann hier rumhängen, solange er will, und das – wie nennt ihr Stadtleute das noch mal? –, das Flair schnuppern. Aber weil er dauernd unter Fliegern rumhängt – und sogar mit einer Fliegerin zusammenlebt –, wird er unvorsichtig. Er fängt an, Fehler zu machen, Sachen zu sagen, die ihn jedem, der richtig hinhört, sofort verraten. Und er macht einen Haufen Fehler.«

Einen Haufen Fehler – oder vielleicht nur einen zuviel.

6 »McCone! Hierher!«

Ich schaute mich suchend um, konnte aber nicht ausmachen, woher Hys Stimme kam. Es war jetzt klar und erstaunlich warm, und das schöne Wetter hatte eine Menge Leute zu der Flugshow gelockt. Noch immer strömten Menschen durch das Tor vom Parkplatz herein, viele mit Kühltaschen, Decken und Klappstühlen beladen. Andere standen vor den Imbißständen Schlange, füllten die Bänke, drängten sich gegen die niedrigen metallenen Absperrgitter rings um das Flugfeld. Wieder andere sahen sich in dem gestreiften Zelt um, wo ein Pilotenshop seine Waren feilbot, oder bewunderten die Eigenbauten-Ausstellung des lokalen Vereins für experimentelles Fliegen.

Schweißperlen standen mir auf der Stirn, und ich fühlte mich in meinem zu dicken Pullover gefangen. Ich wischte mir mit dem Ärmel übers Gesicht und beschirmte meine Augen mit dem Unterarm, während ich weiter nach Hy ausspähte. Vom Geruch der mexikanischen Spezialitäten eines nahen Imbißwagens und von der Hitze wurde mir etwas flau, und ich wünschte, ich hätte Selby nicht den größten Teil meines Mittagessens überlassen.

Hy rief wieder nach mir. Ich wirbelte herum, und ein kleines Mädchen rannte in mich hinein und kleckerte mir Eis auf den Fuß.

Ein Raunen stieg aus der Menge auf. Die Leute vergaßen vorübergehend ihre Colas und Würstchen, legten die Köpfe in den Nacken, hielten sich die Hände über die Augen und verfolgten, wie die blaue Bücker Jungmeister, mit deren Besitzer ich am Morgen gesprochen hatte, Rauchstreifen an den Himmel malte. Das rote Zickzackmuster auf den oberen Tragflächen war leicht zu erkennen, da sich die Maschine im Rückenflug befand.

»Sehen Sie sich das an, Herrschaften«, verkündete eine Stimme über Lautsprecher, »eine perfekte kubanische Acht.«

Endlich entdeckte ich Hy. Er zwängte sich gerade um ein Kamerateam von KXTV-News herum. Er faßte mich an der Hand, führte mich in Richtung Absperrung und fragte: »Was in aller Welt hat dich so lange aufgehalten?«

»Der Verkehr – sowohl auf dem Sacramento Metro als auch auf der Schnellstraße hier raus. Wann fliegt Matty?«

»Sie ist als nächste dran.«

Als wir bei der ersten Zuschauerreihe ankamen, rutschte eine junge Frau in einem Latexanzug ein Stück beiseite, und wir quetschten uns neben sie. Hy sagte: »Danke, daß Sie uns die Plätze freigehalten haben.«
Ich beugte mich vor, die Hände auf der oberen Querstange der Absperrung, und spähte zum Rollfeld hinüber. Mattys klar konturierter Eindecker stand am Rollhalteort, bereit, auf die Startbahn einzubiegen, sobald der Doppeldecker seine Vorführung beendet hatte und gelandet war.
Ich sagte: »Ich hätte ihr gern noch Glück gewünscht.«
»Sie hätte dich auch gern noch gesehen. Hier – das hat sie für dich dagelassen.« Er zog den gelbroten Schal, den sie am Morgen um die Haare getragen hatte, aus der Tasche. »Du sollst damit winken, damit sie weiß, daß du heil zurück bist.«
»Typisch Matty – immer um andere besorgt.« Ich nahm den Schal und setzte einen Fuß auf die Mittelstange der Absperrung. Hy stemmte mich hoch, und ich winkte wie wild. Matty reckte eine Hand aus der offenen Kanzel und wedelte, zwei Finger zum Siegeszeichen gespreizt. Dann verschwand die Hand wieder, und die Haube schloß sich.
Hy half mir hinunter, und ich schlang mir den Schal um den Hals. »Wie geht's ihr?«
»Sie ist schon seit Stunden total high. Ich kann dir sagen, McCone, der Adrenalinspiegel hier ist ansteckend.«
Ich spürte die Erregung in seinen Händen und seinem Körper, fühlte sie auch in mir aufsteigen.
Der Platzsprecher sagte: »Und jetzt – der Hammerhead-Turn.«
Ich sah zu dem Doppeldecker hinauf; der Pilot steuerte nun am höchsten Punkt eines Turns um und ging in einen immer rasanteren Sturzflug, wobei er eine weiße Rauchfahne hinter sich herzog. Mein Magen tat einen Satz, als säße ich mit im Cockpit.
Hy drückte meine Schultern. Ich lehnte mich gegen ihn, sah den Piloten die Maschine abfangen, nur ein paar hundert Fuß über der Landebahn. Hy fragte: »Hast du in Los Alegres was rausgefunden?«
»Ja – etwas, was Matty gar nicht gefallen wird.« Während mein Blick immer noch der blauen Maschine folgte, berichtete ich Hy von meinen Gesprächen mit Mick, Bob Cuda und Gray Selby.

»Feiner Kerl, dieser Seabrook«, sagte Hy, als ich fertig war. »Hat sie angelogen, der Schweinehund. Sie und sein eigenes Kind schutzlos im Stich gelassen. McCone, wir müssen ihnen helfen.«
»Das werden wir auch.«
»Du klingst so zuversichtlich.«
Ich sagte achselzuckend: »Das ist der erste Schritt zum Zuversichtlichsein.«
»Aufgepaßt, Herrschaften!«
Das Raunen der Menge schwoll an, als der blaue Doppeldecker am höchsten Punkt eines Loopings in eine schnelle Rolle überging. »Meine Güte«, sagte ich zu Hy. »Was macht er da?«
»Das nennt sich ›Avalanche‹.«
»Klingt gefährlich.«
»Kann es auch werden.«
Der Doppeldecker ging aus der schnellen Rolle nahtlos in den Abwärtsbogen des Loopings über.
»Einen Riesenapplaus für Joe, Herrschaften!«
Neben mir sagte die junge Frau, die uns die Plätze freigehalten hatte, zu ihrem wesentlich älteren Begleiter: »Warum macht jemand freiwillig so was?«
»Weil es Spaß macht, Schatz.«
Ich sah Hy an. Unsere Blicke trafen sich. Ja und nein, sagten seine Augen. Ich nickte.
Die Kunstfliegerei hat viele Aspekte, und Spaß ist nur einer davon. Das Ganze ist auch eine Frage von Disziplin und Opferbereitschaft, endlosem Üben und permanenter Selbstprüfung. Es geht dabei um Macht und Kontrolle: die Maschine dazu zu kriegen, daß sie genau das macht, was man will. Es geht darum, der Natur zu trotzen: der Schwerkraft und den menschlichen Schwächen ein Schnippchen zu schlagen. Es geht um die Überwindung von Angst und das Hinausschieben der eigenen Grenzen.
Und auf professionellem Niveau schließlich geht es um die Lust am Auftritt. Die Piloten, die für Geld und Ruhm Kunstflugdarbietungen liefern, sind die Rock'n' Roller der Fliegerei. Doch statt ihre Namen in Neonschrift leuchten zu sehen, schreiben sie ihre Kunst mit Rauch an den Himmel.
Der Doppeldecker schoß jetzt fast senkrecht empor, tauchte dann ebenso steil wieder herab und fing sich mit sekundenbruchteilge-

nauem Timing. Während die Menge noch jubelte, gewann er wieder Höhe und setzte gemächlich zum Landeanflug an. Doch im Endanflug wackelte der Pilot noch mit den Tragflächen – ein übermütiger Gruß an die Zuschauer. Sie quittierten die Landung mit anerkennendem Gejohle.

Ich spähte über das Flugfeld zu Mattys gelber Maschine hinüber; sie wirkte so klein und zerbrechlich, wie sie dort am Rollhalteort stand. Die Lautsprecheranlage krächzte und pfiff.

»... Matty Wildress, die im September bei den amerikanischen Kunstflugmeisterschaften den zweiten Platz belegte. Matty fliegt eine Stirling Silver Star-Spezial – dreihundertsechzig PS, mit einer Rollkapazität von dreihundert Grad pro Sekunde. Dieses in Arkansas gebaute Ganzmetallflugzeug ...«

Ich blendete die Stimme des Platzsprechers aus, als Matty auf die Rollbahn ausbog. Vollgas, Fahrt gewinnen und weich anziehen.

Sie begann ihre Vorführung mit einem simplen Looping; sie war bekannt dafür, daß sie mit den Zuschauern spielte, indem sie mit täuschend einfachen Figuren begann und dann plötzlich richtig loslegte. Im Geist vollzog ich ihre Aktionen mit: Knüppel anziehen; Vollgas, wenn die Star durch die Vertikale geht; Knüppel locker lassen, wenn sie im Rückenflug den höchsten Punkt passiert; im Abwärtsbogen Gas wegnehmen. Maschine abfangen und geraderichten.

In Gedanken nicht schwer, aber ich war holprige Loopings in sechseinhalbtausend Fuß Höhe geflogen, und sie flog einen perfekten, nur wenige hundert Fuß über dem Boden.

»Ziemlich banaler Anfang«, bemerkte der Mann neben uns.

Wieder wechselten Hy und ich einen Blick. *Wart's ab.*

Die Star schoß empor und zog eine Rauchfahne hinter sich her. Schraubte sich höher und höher – eine Ballerina bei einer Pirouette. Dann im Sturzflug wieder herab. Und Abfangmanöver, etwa hundert Fuß über der Rollbahn. Der Sprecher stieß einen bewundernden Ausruf aus, die Menge johlte.

Als nächstes eine hohe Spirale, die eine korkenzieherförmige Rauchspur hinterließ. Dann eine langsame Rolle in Normallage, schwieriger als eine schnelle. Ein hoher Looping, gefolgt von einer Serie fröhlicher S-Figuren, die Schlangenlinien an den Himmel malten.

»Gott, ist sie gut!« entfuhr es mir.
Sie schoß jetzt in Rückenlage dahin. Das rote Strahlenmuster auf den Tragflächen funkelte in der Nachmittagssonne. Die Star erreichte die Platzmitte, taumelte dann plötzlich Heck über Bug vorwärts. Wieder und wieder.
»Toll!« sagte der Mann neben uns. Die Menge fand das offensichtlich auch.
Ich packte Hys Arm. »Was ist das?«
»Lomcovák. Das tschechische Wort für einen starken Drink, der einen durchschüttelt und munter macht. Es gibt unendlich viele Variationen dieser Figur; man sieht sie nie zweimal in der gleichen Form. Da wirken extreme negative Beschleunigungskräfte, und sie handhabt sie großartig.«
»Da ist es, Herrschaften – das Kunstflugmanöver überhaupt! Einen Riesenapplaus für Matty. Sie sehen die nächste US-Meisterin vor sich. Noch ein paar Jahre, und sie wird die Weltmeisterschaft holen.«
Wieder setzte Matty zu einem Looping an, diesmal in größerer Höhe.
Ich fragte Hy: »Was glaubst du, was sie als Abschluß bringt?«
»Keine Ahnung. Sie – was zum Teufel . . .!«
Die Star war jetzt im Abwärtsbogen – schoß viel zu schnell herab.
»Mein Gott«, rief Hy, »sie nimmt das Gas nicht weg.«
Ich umklammerte die obere Querstange der Absperrung. Zog mit der rechten Hand daran, als könnte ich den Leistungshebel für sie bedienen. Hys Finger machten dasselbe mit meiner Schulter.
Eine unheimliche Stille legte sich über den Platz; jede Bewegung, außer der der Star, schien zu gefrieren. Die Sekunden dehnten sich endlos, während die Maschine senkrecht herabstürzte.
»Matty! Nein!« Hys Stimme, meine wie ein Echo.
Die Star krachte auf die Landebahn. Metall barst und knickte. Schreie brachen aus der Menge, aber die Explosion übertönte sie. Ich fiel gegen Hy, als der Feuerball emporstieg. Hys Finger um meine Schulter erschlafften, und er stöhnte auf.
Ich stieß mich von ihm ab und begann, über die Absperrung zu klettern.
»McCone! Halt!«

Ich schwang die Beine hinüber, sprang runter und rannte auf den emporquellenden Rauch und die Flammen zu.
»Bleib stehen!«
Die Hitze war stark, der Rauch dick und ölig. Ich blieb stehen und rang nach Luft.
»Verdammt, was tust du!« Hys Hand packte meinen Arm über dem Ellbogen.
Ich fuhr herum und sah seinen wilden Blick. Versuchte mich loszureißen, aber seine Finger krallten sich in mein Fleisch.
»Ripinsky, wir müssen zu ihr!«
Er rührte sich nicht. Ich hieb auf seine Hand ein, um seinen Griff zu lösen. Er drückte noch fester zu. Dann schlang er beide Arme um mich und zog mich an seine Brust.
Ich sah über die Schulter zurück. Schwarzer Rauch und orangerote Flammen, ein Feuerwehrwagen unterwegs. Menschen, die panisch herumrannten. Schreien und Brüllen und dieses gräßliche Röhren der Flammen, die –
O Gott, Matty ...!
Hy zerrte mich zu dem Absperrgitter zurück, schob es weg und bugsierte mich mit stählernen Armen in Richtung Parkplatz. Ich stolperte über irgendwas. Als er mir aufhalf, schaute ich zu Boden und sah den gelbroten Schal schlaff von meinem Hals hängen.
Er drängte mich weiter. Wir bewegten uns gegen den Strom, zum Ausgang. Ich stolperte wieder. Wieder fing er mich auf. Meine Widerstandskraft erlahmte, und ich lehnte mich gegen ihn. Mein Gesicht war naß. Ich berührte es mit den Fingerspitzen, hörte mich schluchzen. Weinte ich schon lange?
Ich sah Hy an. Keine Tränen. Seine Augen waren tränenlos, geweitete schwarze Pupillen in einer totenbleichen Maske – und um den Mund grimmige Entschlossenheit.
Wir waren schon zwischen den geparkten PKWs, Pickups und Vans angelangt, als er endlich etwas sagte. »Wo hast du den Mietwagen abgestellt?«
»... Weiß nicht.«
»Wo?«
»Ich weiß nicht! Ripinsky, wir können hier nicht weg. Matty –«
Er stieß mich gegen einen Van. Hielt mich an den Schultern und sah mir in die Augen.

Ich starrte ihn durch tränenverklebte Wimpern an und erinnerte mich daran, was Anne-Marie Altman an dem Tag, an dem ich ihn kennenlernte, über ihn gesagt hatte.

Er ist immer noch gefährlich.

»Matty ist tot«, sagte er tonlos. »Hier können wir nichts mehr tun.«

Ich wollte antworten, aber mein Kehlkopf funktionierte nicht.

»Die Verkehrssicherheitsbehörde wird die Sache untersuchen«, fuhr er fort, »und sie werden nichts Stichhaltiges finden; von der Maschine ist nicht genug übrig. Aber du und ich, wir wissen, was passiert ist: jemand hat an der Star herummanipuliert. Nachdem Matty und ich den Check gemacht hatten.«

Stimmte das? Oder wollte er sich nur selbst einreden, daß er nichts für das konnte, was passiert war? Nein, er war jemand, der immer die Schuld auf sich nahm, wenn er einen Fehler gemacht hatte. Aber vielleicht hatte er ja etwas übersehen? Nein, er hatte sein Leben lang mit Flugzeugen zu tun gehabt. Ihm wäre nicht die kleinste Kleinigkeit entgangen, nicht, wenn es um die Sicherheit eines Menschen ging, der ihm viel bedeutete.

»Es könnte ein Pilotenfehler gewesen sein«, sagte ich. »Sie war so gestreßt –«

»McCone, dieser letzte Looping war für Matty ein Kinderspiel. Sie war nicht gestreßt genug, um einen solchen Fehler zu machen – du hast doch gesehen, wie sie den Rest ihres Programms hingekriegt hat.«

»Aber was dann …?«

»Irgendwas ist im Cockpit passiert. Etwas, was sie gerade lange genug abgelenkt hat.«

Ich hielt die Luft an. Vor meinem inneren Auge flackerten Bilder auf, wie es wohl für sie gewesen sein mußte. Das war mehr, als ich verkraften konnte – als ich je würde verkraften können. Ich schüttelte den Kopf, um sie zu verscheuchen.

»McCone?«

Ich sah Hy an. Tief in seinen Augen war ein zorniges Glimmen. Unter der Isolierschicht des Schocks fühlte ich dasselbe Glimmen in mir um sich greifen.

»Ripinsky, wir sollten mit den Leuten von der Verkehrssicherheitsbehörde reden –«

»Nein, wir reden mit niemandem.« Sein Blick suchte mein Gesicht ab – wonach? Ich wußte es nicht, aber gleich darauf hatte er es offenbar gefunden. »Wir reden mit niemandem«, wiederholte er sanft, »weil ich nicht will, daß mir irgendwelche Beamten in die Quere kommen. Weil ich nämlich selbst rausfinden werde, wer Matty das angetan hat. Und wenn ich's rausgefunden habe, bringe ich das Schwein um.«

Er würde es tun. Das wußte ich. Er hatte schon Menschen getötet.

Ich schloß die Augen, um aus dem Strudel der Emotionen herauszukommen. Konzentrierte mich einzig und allein auf die Tage und Jahre, die hinter uns lagen, die Tage und Jahre, die wir noch vor uns hatten.

Dann sagte ich, aus Gründen, die nichts mit Matty und alles mit Hy zu tun hatten: »Ich bin an deiner Seite.«

Drei Jahre zuvor

»Wie ist unsere Höhe, McCone?«
»... neunhundert Fuß.«
»Und unsere Geschwindigkeit?«
»Außer Kontrolle.«
»Und wie sollte sie sein?«
»Fünfundsechzig.«
»Und in welcher Höhe sollten wir jetzt beim Endanflug sein?«
»Ein ganzes Ende tiefer.«
»Und was machen Sie nun?«
»Vollgas und noch eine Runde.«
»Bravo!«
»Das macht Ihnen wohl Spaß, was?«
»Es würde mir noch viel mehr Spaß machen, wenn Sie die Vergaservorwärmung abschalten und diese Klappen einfahren würden.«
»Ui! Ich wußte doch, ich habe was vergessen.«
»Schon gut. Erst Gas geben, dann alles andere. Okay – wissen Sie, was Sie gerade gemacht haben?«
»... Ich weiß nicht genau, was Sie meinen.«
»Als Sie sich für eine weitere Platzrunde entschieden haben, haben Sie Urteilsvermögen bewiesen. Mit etwas Nachhilfe meinerseits natürlich.«
»Meine Güte, Matty, ich treffe jeden Tag Entscheidungen – und die meisten sind gar nicht so übel.«
»Aber die treffen Sie nicht auf dem linken Sitz eines Flugzeugs, im Endanflug. Das war eine Premiere. Also, wollen Sie nicht noch mal versuchen, die Kiste runterzubringen?«
»Okay... Los Alegres, hier Cessna drei-zwo-Sierra, erneuter Landeanflug.«

»Sie müssen wissen, McCone, das A und O beim Fliegen – der Kern der ganzen Sache – ist ein klares Urteilsvermögen. Sie entscheiden in der jeweiligen Situation nach bestem Wissen und Gewissen, und dann setzen Sie Ihre Entscheidung um – ohne Zögern. Und wenn das den Abbruch eines Starts oder einer Landung bedeutet, dann kümmern Sie sich nicht drum, was die Leute da unten auf der Diner-Terrasse von Ihnen denken. Tun Sie's einfach, ohne Rücksicht auf Ihren Stolz.«
»Reden wir jetzt gerade vom Fliegen? Oder vom Leben?«
»Was glauben Sie? Hey, sieh mal an – ein perfekter Gleitpfad. Sie sind schon so gut wie unten.«

Zweiter Teil
23.–27. November

7 »Ich versuche den Schlüssel zu Mattys Zimmer zu kriegen«, sagte ich zu Hy.

Er nickte und stellte sich in den Eingang zur Motelbar. Ich ging durch die leere Halle zum Empfangstresen. Der schockbedingte Isoliermechanismus funktionierte wieder; ich fühlte mich so ruhig und zielgerichtet, als sei das alles eine ganz normale Aktion im Zuge einer Routineermittlung. Der Portier las die Zeitschrift *People*; er sah kaum auf, als ich sagte, ich hätte meinen Schlüssel zu Zimmer 211 verlegt. Er griff einfach nur an das Bord, wo die Zweitschlüssel hingen. Ich nahm den, den er mir reichte, und ging rasch zu Hy zurück.

Er stand stocksteif da und starrte auf den Großbildfernseher, der in dem fast leeren Raum lief. Mein Blick wurde von den Sensationsbildern eines Sondernachrichtenspots angezogen: emporquellender Rauch, verbogene Wrackteile, Feuerwehrleute beim Löschen. Dann wurde die Horrorszene durch ein Werbefoto von Matty abgelöst. Ich stöhnte auf und wandte mich ab. Hys Gesicht blieb starr. Er legte den Arm um mich, als wir hinausgingen.

»Glaubst du, im Programm für die Bay Area bringen sie das auch?« fragte ich.

»Höchstwahrscheinlich. Hast du schon mal erlebt, daß sich das Fernsehen eine richtig gute Katastrophenstory entgehen läßt?«

»Mein Gott, wenn Zach das sieht! Er soll es nicht auf diese Weise erfahren!«

»Ruf besser an und warne Rae oder Ricky.«

Ich fischte mein Handy heraus und wählte ihre Nummer, während wir um den Motel-Pool herumgingen. Rae meldete sich mit zittriger Stimme. Als ich anhob, den Grund meines Anrufs zu erklären, sagte sie: »Zu spät. Die Kinder haben herumgezappt und gerade den Nachrichtenspot gesehen.«

»Verdammt! Wie hat Zach reagiert?«
»Schockiert. Er ist auf die Terrasse rausgerannt und steht jetzt dort am Geländer und starrt aufs Wasser. Ricky will ihm einen Moment Zeit lassen und dann versuchen, ihn zu trösten.«
»Der arme Junge! Hör mal, wir sind hier gleich fertig. Ich werde direkt zu euch kommen und gucken, ob ich etwas tun kann.«
»Okay, wir erwarten dich. Shar, was wird jetzt mit Zach?«
Gute Frage. Da John Seabrook, soweit bekannt, keine Angehörigen hatte, mußte Zach eigentlich dem Jugendamt übergeben werden, bis es gelang, seinen Vater ausfindig zu machen. Aber diese Form des Verlassenseins konnte ich einem sensiblen Jungen in einer solchen Extremsituation nicht zumuten – schon gar nicht, wenn ich allen Grund zu der Annahme hatte, daß sein Leben bedroht war. »Ich weiß, es ist viel verlangt –«
»Nein, ist es nicht. Er ist hier willkommen, solange er einen Unterschlupf braucht. Weißt du, du solltest vielleicht Hank oder Anne-Marie einschalten. Zach sollte doch wohl einen Rechtsbeistand haben, jemanden, der für seine Interessen eintritt, falls sein Vater nicht wieder auftaucht.«
»Gute Idee. Wir reden weiter drüber, sobald Hy und ich zurück sind.« Ich unterbrach die Verbindung, als wir vor der Tür von Nummer 211 ankamen. Matty hatte das Zimmer noch behalten, weil sie vorgehabt hatte, sich vor dem Rückflug nach Los Alegres noch etwas auszuruhen. Als ich den Schlüssel ins Schloß steckte, fragte ich Hy: »Was genau suchen wir eigentlich?«
»Seabrooks Brief. Matty hat das Lamm mit in die Maschine genommen, aber ich vermute, daß sie den Brief hiergelassen hat. Der Brief war ihr unheimlich, und sie hat bestimmt gedacht, es bringt Unglück, ihn mit an Bord zu nehmen.«
»War sie wirklich so abergläubisch?«
Er trat achselzuckend ein. »Nicht abergläubischer als du oder ich.«
»Ich bin nicht abergläubisch.«
»Nein? Warum trägst du dann dieses Stück Koralle, das Hank dir aus Hawaii mitgebracht hat, immer im Portemonnaie mit dir herum? Warum packst du es automatisch um, wenn du das Portemonnaie wechselst?«
»... Keine Ahnung. Gewohnheit?«

»Würdest du ohne das Ding fliegen?«
»Ich würde nicht mal ohne das Ding über die Straße gehen.«
»Da siehst du's.«
Das Zimmer war nachmittäglich warm und stickig. Das Zimmermädchen war dagewesen, aber auf dem Tischchen stand noch ein halber Becher Kaffee. Ein T-Shirt mit einem Bild von Beryl Markham und dem Aufdruck »Frauen gehört die Hälfte des Himmels« hing über einem der Stühle. Ich schaute schnell weg.
Hy ging geradewegs zu dem Seesack, der auf der niedrigen Kommode stand, grabbelte darin herum und förderte Seabrooks Brief zutage. Er reichte ihn mir und suchte weiter.
»Wir haben den Brief, Ripinsky. Laß uns heimfliegen und uns um Zach kümmern.«
»Moment noch. Da ist er ja.« Er hielt ein schwarzes, ledergebundenes Notizbuch hoch. »Mattys Terminkalender.«
Ich nahm ihn und blätterte die letzten paar Wochen durch. »Hör dir das mal an. Mittwoch, fünfzehn Uhr: ›Dr. Sandler wg. John.‹«
»Was für ein Doktor?«
»Steht nicht da.«
»Und warum hat sie ihn wegen Seabrook konsultiert?«
Ich schüttelte den Kopf und steckte Notizbuch und Brief in meine Tasche. »Können wir jetzt los?«
»Ja, aber ich will noch kurz am Empfang fragen, wann Mattys Mechaniker sein Zimmer geräumt hat. Ich wette, heute morgen schon und nicht erst heute nachmittag.«
»Ich verstehe gar nichts.«
»Als Matty und ich nach dem Mittagessen auf den Platz zurückkamen, war der Mechaniker Ed Cutter verschwunden. Er hat uns heute morgen erzählt, er wolle noch eine Nacht bleiben und heute abend mit Freunden feiern, aber dann hat er Matty eine Nachricht hinterlassen, er müsse wegen einer dringenden Familienangelegenheit weg. Sie hat das für bare Münze genommen. Ich hätte es nicht tun dürfen.«
»Du meinst, es war Cutter, der an der Maschine herummanipuliert hat?«
»Wer sonst? Unser Mann war schon da, bevor wir mit der Flugvorbereitung fertig waren, und ich habe ihn angewiesen, niemanden außer Cutter auch nur in die Nähe zu lassen. Als Matty

und ich auf den Platz zurückkamen, hat er gesagt, Cutter habe im Cockpit herumgewerkelt, aber sonst habe kein Mensch die Maschine berührt.«

»Was glaubst du, was Cutter dort drin gemacht hat?«

»Irgendwas installiert – eine Rauchbombe, was weiß ich. Vermutlich ferngezündet. Cutter kannte Mattys Programm, er muß gewußt haben, in welcher Höhe und Lage sie die Maschine nicht mehr würde abfangen können, falls sie abgelenkt würde.«

»Dann hat er also nur so getan, als ob er fortmüßte –«

»Und in Wahrheit irgendwo unter den Zuschauern gesessen und auf den Knopf gedrückt. Verdammt, McCone, ich habe mich total in ihm getäuscht, und das verzeihe ich mir nie.«

Zwei Stunden später kamen wir bei dem Haus in Seacliff an. Rae machte uns auf, sah mir einmal kurz ins Gesicht und nahm mich in die Arme. Ricky tauchte auf, umfaßte Hys Hand und sagte: »Tut mir leid, Mann.«

Hy nahm die Beileidsbekundung mit einem distanzierten Nicken entgegen. Auf dem ganzen Rückflug von Sacramento war er schweigsam gewesen, so schweigsam wie Zach gestern auf dem Flug von Los Alegres hierher. Als Rae mich losließ, fragte ich: »Wie geht's Zach?«

»Er ist immer noch auf der Terrasse und redet kein Wort. Ricky und Habiba haben versucht, zu ihm durchzudringen – vergebens.«

»Laß mich mal.« Ich flüchtete auf die Toilette, wo ich mir das Gesicht wusch und eine gefaßte Miene aufzusetzen versuchte. Dann ging ich nach unten.

Im Souterrain des Hauses gab es hinten eine freitragende Terrasse, die hoch über dem Strand von China Beach schwebte. In der dichter werdenden Dämmerung sah ich Zachs schmale Gestalt aufrecht und völlig reglos am Geländer stehen. Der kräftige Seewind zauste seine Locken und ließ sein zu dünnes Baumwollhemd wie eine Flagge peitschen. Ich ging durch den Raum, den Rae und Ricky als Aufenthaltsraum für die Kinder eingerichtet hatten, blieb dann aber stehen, als ich Habiba an der Glasschiebetür entdeckte.

Sie stand genauso still da wie Zach, wachsam, eine Hand um die Kante des buntgemusterten Vorhangs gekrallt. Ihre Knöchel waren weiß vor Anstrengung, und als ich neben sie trat, sah ich eine Träne über ihre Wange kullern. Ich wischte sie mit den Fingern weg.

Ohne mich anzuschauen, sagte sie: »Er steht schon die ganze Zeit so da, seit wir's im Fernsehen gesehen haben.«

»Rae sagt, du hast versucht, mit ihm zu reden.«

»Er hat gesagt, ich soll weggehen.«

»Es tut ihm weh, Habiba.«

»Weiß ich ja. Aber ich dachte, ich könnte ihm helfen. Mir ist genauso weh getan worden.«

»Du kannst ihm helfen. Laß ihm nur ein bißchen Zeit.«

Nach einem kurzen Moment ließ sie seufzend den Vorhang los. »Sharon, warum müssen solche Sachen passieren?«

»Sie müssen nicht passieren. Sie ... passieren einfach.« Was für eine unzulängliche Antwort. Ich fühlte mich selbst ganz klein und ohnmächtig.

Nicht so Habiba. Sie wandte sich mir zu, und ihre dunklen Augen funkelten. »Das sollten sie aber nicht!«

»Nein.«

»Wirst du Zachs Vater zurückholen?«

»Ich werd's versuchen.« John Seabrook zu finden, war jetzt doppelt notwendig. Nur er konnte mir sagen, wer einen Grund gehabt hatte, Matty umzubringen.

»Streng dich an«, sagte Habiba. »Er braucht seinen Vater ... so wie ich meinen gebraucht hätte!«

Erstaunt über den vorwurfsvollen Unterton in ihrer Stimme, musterte ich sie genauer. Ja, ihr Zorn richtete sich gegen mich. Es gab mir einen schmerzhaften Stich, als ich begriff, daß sie irgendwann zwischen letztem Frühjahr und jetzt herausgefunden haben mußte, daß ich hilflos dabeigestanden hatte, als ihr Vater umgebracht worden war. Ich streckte die Hand nach ihr aus, aber sie wirbelte herum und rannte in Richtung Treppe.

Ich preßte die Finger auf die Augen, um die neuerlichen Tränen zurückzudrängen. Dann ging ich nach draußen zu Zach.

Er drehte sich nicht um, als ich näher kam, obwohl ich absichtlich laut auftrat. Als ich neben ihm stand, sah ich, daß seine Augen starr auf die Marin-Halbinsel gerichtet waren. Ich

legte ihm die Hand auf die Schulter; trotz der Kälte zitterte er nicht. »Zach«, sagte ich, »es tut mir leid.«
Keine Reaktion.
»Wir müssen reden.«
Er schüttelte meine Hand ab.
»Ich hatte Matty auch sehr gern.«
Schweigen.
»Wenn man leidet, hilft es, mit jemandem zu reden, der aus demselben Grund leidet.«
Er beugte sich vor, die Arme auf dem Geländer, und starrte jetzt auf den Strand hinunter. Es war inzwischen dunkel geworden, und nur die weißen Schaumkronen der Wellen waren erkennbar. Der Nebel wallte heran, und der klagende Chor der Schiffshörner setzte ein. Zach erschauerte bei dem Geräusch. Ich zog meine Lederjacke aus und legte sie ihm um die Schultern. Dann lehnte ich mich neben ihm ans Geländer und wartete.
»Sharon?«
Ein einzelnes zögerliches Wort, aber immerhin ein erster Schritt.
»Ja?«
»Haben Sie... waren Sie dabei?«
»Ja.«
»War es schrecklich?«
»Es ging sehr schnell.«
»Glauben Sie, Matty hat Angst gehabt?«
»Ich glaube, daß sie dazu keine Zeit hatte.«
»Aber Sie wissen es nicht sicher.«
»Nein, das nicht. Aber ich war auch schon in Situationen, wo ich beinahe gestorben wäre, und ich war viel zu beschäftigt mit Kämpfen, um Angst zu haben.«
»Aber Sie sind nicht gestorben. Matty wohl.«
Darauf hatte ich keine Antwort. Gott, in so was war ich wirklich nicht gut!
Wir lehnten ein Weilchen schweigend am Geländer. Dann sagte Zach: »Ich glaube nicht, daß Matty je Angst gehabt hat.«
»Ich auch nicht.« Das war gelogen, aber ich wollte ihm helfen, es sich einzureden. Er würde schon genug verkraften müssen, auch ohne die quälenden Bilder, die ich selbst vor mir gesehen hatte – und die ich nie im Leben ganz loswerden würde.

Wieder längeres Schweigen. Dann fragte er: »Was wird jetzt mit mir?«
»Rae und Ricky möchten gern, daß du hierbleibst, bis wir deinen Dad ausfindig gemacht haben. Ist dir das recht?«
»Mir egal. Ich will nur nicht nach Hause oder zu Onkel Wes. Oder zurück in die Schule.«
»Das verstehe ich. Möchtest du jetzt mit reinkommen? Es ist ganz schön kalt hier draußen.«
»Gleich.«
»Soll ich schon vorgehen?«
»... Nein, bleiben Sie hier.«
»Okay.« Ich lauschte dem Klagegeheul der Nebelhörner und wartete, daß er weiterredete.
»Matty hat echt nie Angst gekriegt«, sagte er schließlich. »Einmal, da hat sie mich in der alten Cessna mitgenommen, damit ich Fotos für ein Schulprojekt machen konnte, und auf einmal ist der Motor ausgefallen. Sie mußte auf der Wiese landen, und sie hat mir die ganze Zeit genau erklärt, was sie macht, damit ich nicht die Panik kriege.«
»In Krisensituationen war sie sehr gut.«
»Mein Dad ist auch so. Ich habe nur ein einziges Mal erlebt, daß er Angst hatte.«
»Wann war das?«
»Als meine Mom gestorben ist.«
Ich runzelte die Stirn. Matty hatte mir erzählt, John sei nach Los Alegres gekommen, als Zach noch ein Baby war. Ich war davon ausgegangen, daß er seine Mutter gar nicht gekannt hatte. »Wie alt warst du da?«
»Etwa zwei.«
Wenn ich's recht bedachte, wirkte er älter als elf. »So weit kannst du dich zurückerinnern?«
»Hm. Dad sagt immer, ich hätte mir das nur ausgedacht, so was sei gar nie passiert. Aber es war so. Darum will er ja auch nicht über sie reden.«
»Das verstehe ich nicht.«
»Na ja, deswegen, wie sie... wie es war. Schrecklich, ganz schrecklich. Wie bei Matty.«
Ich wartete.

»Jemand hat sie erschossen. Sie kam gerade aus dem Laden raus. Dad und ich, wir haben im Auto auf sie gewartet. Wir haben gesehen, wie es passiert ist.«

»Es ist nicht viel, woran er sich erinnert«, sagte ich. »Nur, wie seine Mutter ihnen zuwinkt, bevor sie erschossen wird, und wie ihn sein Vater samt Kindersitz vom Rücksitz reißt.«

»Aber diese Details«, sagte Rae kopfschüttelnd. »Die sind so plastisch. Ihr rosa Kleid, das Blut, der Ehering seines Vaters, als der ihn packt, wie in Nahaufnahme, der Sand auf der Fußmatte im Fond.«

»Wie hat er den Supermarkt noch mal genannt?« fragte mich Ricky.

»Good-bye-Markt.«

»Symbolisch vielleicht, weil er sich dort von seiner Mom verabschieden mußte.«

Er, Rae, Hy und ich saßen am Feuer im Wohnzimmer, wo die Vorhänge gegen den dichten Nebel zugezogen waren. Zach und Habiba unterhielten sich jetzt, da ihre keimende Freundschaft wiederhergestellt war, leise in der Küche, und meine ungewöhnlich stillen Nichten waren zum Fernsehen nach unten gegangen. Anfangs hatte ich mir Sorgen gemacht, welche Wirkung der Nachrichtenspot wohl auf sie gehabt haben mochte, aber Ricky hatte mit ihnen geredet und mir versichert, sie seien so weit okay. Bei einem Zoobesuch am Vormittag hatten sie sich prima mit Zach verstanden, und seine Verzweiflung hatte ihnen mehr zu schaffen gemacht als die brutalen Videoaufnahmen von der Szene auf dem Flugplatz. Da sie ohnehin mit zuviel Fernsehen groß geworden waren, waren sie wohl immun gegen Katastrophen auf dem Bildschirm, seien sie fiktiver oder realer Art.

»Interessant finde ich Seabrooks Reaktion«, sagte ich. »Seine Frau kommt aus dem Laden und wird erschossen, aber statt zu ihr zu laufen, schützt er seinen Sohn.«

Ricky sagte stirnrunzelnd: »Welcher Vater würde das nicht tun, wenn dort draußen ein Heckenschütze lauert?«

»Aber Zach erinnert sich, daß sein Vater und er im Schatten einiger Bäume ganz am anderen Ende des Supermarkt-Parkplatzes warteten. Wie kommt Seabrook in dieser Entfernung auf die

Idee, die nächsten Schüsse könnten Zach gelten? Und warum glaubt er elf, zwölf Jahre später, Matty und auch Zach seien in Gefahr?«

Neben mir auf dem Sofa spannte sich Hys Körper an. Ich nahm seine Hand und rückte dichter an ihn heran. Er drückte meine Hand, war aber mit den Gedanken woanders.

»Ich wollte, ich könnte einschätzen, wie verläßlich Zachs Erinnerung ist«, sagte ich. »Können sich Kinder an Sachen erinnern, die passiert sind, als sie höchstens zwei waren?«

Rae, die mit hochgezogenen Beinen in der Ecke des anderen Sofas saß, streckte einen bestrumpften Fuß von sich und stupste gegen Rickys Oberschenkel. »Wir haben doch hier einen Kinderexperten – wenn man es gestern abend auch kaum hätte meinen sollen.«

Er fing ihren Fuß ein und hielt ihn fest. »Okay, ich hatte einen kleinen Ausfall. Wer hat das nicht manchmal? Aber auf deine Frage: Ich würde sagen, Zachs Erinnerung ist ziemlich verläßlich. Diese Details, das sind genau die Dinge, die sich in traumatischen Situationen bei Kindern festsetzen.« Er lächelte bitter. »Erinnerst du dich noch an die Gutenachtgeschichten deiner Tante Clarisse?«

Tante Clarisse war eine psychisch gestörte Frau gewesen, die so getan hatte, als liebte sie Kinder, während sie sie in Wirklichkeit nicht ausstehen konnte. Meiner Meinung nach hatte sie eine sadistische Ader gehabt, die die des Marquis de Sade in den Schatten stellte. Diese äußerte sich in Gestalt gräßlich brutaler Gutenachtgeschichten, die garantiert nächtliches Geschrei zur Folge hatten. Im Lauf ihres Lebens hatte sie ihr Bestes getan, zwei Generationen unserer Familie psychisch zu traumatisieren.

»Wie könnte ich sie je vergessen?«

»Eben. Als Brian knapp zwei war, haben deine Schwester und ich die alte Clarisse endlich von den Kinderbetten verbannt. Weiß der Himmel, warum wir so lange gewartet haben. Aber Brian kann die Geschichte vom Wolf, der dem ungezogenen kleinen Jungen das Herz herausreißt, bis heute Wort für Wort hersagen. Und es würde mich nicht überraschen, wenn er auch noch manchmal davon träumt.«

»Großer Gott!« rief Rae aus.

»Ja, Red, sie war ein gemeines altes Biest. Und noch ein Beispiel. Es rückt Charly und mich nicht gerade in ein besonders vorteilhaftes Licht, aber die hier Anwesenden haben in dieser Hinsicht ja ohnehin keine Illusionen mehr. Als Lisa unterwegs war und Charly mir sagte, sie sei ›versehentlich‹ wieder schwanger geworden, flogen zwischen uns die Fetzen. Ich weiß nur noch, daß dabei eine ganze Menge Porzellan, Lampen und Gläser zu Bruch gingen. Ich kann dir nicht sagen, was genau, aber Molly – die damals zwei war – kann dir mit Leichtigkeit eine vollständige Liste liefern.«

»Verstehe.«

Hy sagte: »Also ist Zachs Erinnerung vermutlich richtig. Was mich zu dem Schluß bringt, daß John Seabrook damals etwas getan hatte, was seine Familie in Gefahr brachte.«

Ich nickte. »Und nachdem seine Frau umgebracht worden war, hat er sich und Zach neue Identitäten gebastelt und sich in Los Alegres versteckt.«

»Versteckt – genau wie er es Matty aufgetragen hat. Verdammt, McCone, wir hätten ihr raten sollen, seine Anweisungen zu befolgen. Oder wenigstens von der Bildfläche zu verschwinden, bis wir herausgefunden hätten, was Sache ist.«

»Nachträgliche Vorwürfe nützen nichts, das weißt du genau.«

»Ich weiß gar nichts, außer daß Ed Cutter für ihren Tod zahlen wird. Dafür werde ich sorgen.«

8

Die Scheinwerfer des alten Morgan schwenkten durch den Hof von Pier 24½. Geisterhafte Schatten huschten in dem Doppellichtkegel und verzerrten die Konturen vertrauter Dinge. Wir stiegen aus und erklommen die Eisentreppe, wobei unsere klappernden Schritte das Grollen des Verkehrs auf der Brücke kontrapunktierten. Quer über dem Laufgang lag ein Lichtstreifen. Mick war schon in seinem Büro. Mein Neffe hatte willig, ja, geradezu freudig auf das Ansinnen reagiert, an einem Samstagabend um zehn hierherzukommen – ein sicheres Zeichen, daß mit Charlotte Keim Schluß war.

Oder vielleicht doch nicht. Als wir uns der Tür näherten, hörte ich Keims kehlig-laszives Lachen, gefolgt von den Worten: »Jau! Gut so!« Der texanische Akzent, den abzulegen sie sich hier in San Francisco so sehr bemüht hatte, kam immer wieder durch, wenn sie erregt war, und jetzt war er unüberhörbar. Mick sagte: »Noch nicht, meine Schöne. Warte.« Keim lachte wieder.
Jeder, der die beiden nicht kannte, wäre wohl davon ausgegangen, daß sie bei irgendeinem Sexspielchen waren, und wenn diese Szene woanders stattgefunden hätte als hier im Büro, hätte ich diese Möglichkeit auch nicht ausgeschlossen. Doch hier waren ihre Computer für sie der Nabel des Universums, und so war ich nicht weiter überrascht, als ich im Eintreten sah, daß Mick über seinem Power Notebook saß, während Charlotte Keim so dicht über seiner Schulter hing, daß ihre langen brünetten Locken seine Wange kitzelten.
»Ich hab's!« rief er aus.
Ich fragte: »Was?«
Er schwenkte so jäh herum, daß Keim das Gleichgewicht verlor und er sie um die Taille fassen mußte, um sie zu halten. »Herrgott, Sharon, mach so was nicht noch mal!«
»Sorry.« Der Verkehrslärm von oben hatte die Eigenschaft, Geräusche innerhalb des Gebäudes zu überdecken – was mich selbst oft beunruhigte, wenn ich spät nachts noch allein hier arbeitete. »Was hast du gefunden?«
»Die Adresse, die ich für dich ausfindig machen sollte. Ed Cutter wohnt an der Airport Road in einem gottverlassenen Teil von Sonoma County, nordöstlich von Healdsburg. Es war gar nicht so leicht, das rauszukriegen, weil –«
Ich schnitt seine Selbstbeweihräucherungsarie ab, indem ich Hy fragte: »Weißt du, wo das ist?«
»Vielleicht. Vor etwa sechs Monaten habe ich in Willits aufgetankt, und der Tankwart dort hat mich mit einem Typen namens Matthews bekannt gemacht, der eine Twin Comanche fliegt. Der Tankwart hat fallenlassen, daß ich mal für die K-Air in Südostasien geflogen bin, und da hat sich rausgestellt, daß dieser Matthews Pilot bei einer der anderen großen Chartergesellschaften dort unten war. Er hat vor ein paar Jahren einen stillgelegten Flugplatz in der Gegend von Healdsburg gekauft und macht jetzt

von dort aus Charterflüge. Er hat mich gefragt, ob ich nicht gelegentlich mal einen Job brauchen könne. Ich habe natürlich nein gesagt. Aber er meinte, ich solle doch mal vorbeischauen, es gebe da auch einen guten selbständigen Mechaniker auf dem Gelände. Das könnte Cutter sein. Ich habe eine Fliegerkarte im Auto, ich gehe sie eben holen.«

Als ich mich wieder Mick zuwandte, sah er beleidigt drein, weil ich ihn unterbrochen hatte. Keim hockte auf der Schreibtischkante und versuchte ihn aufzumuntern, indem sie ihren Fuß an seiner Wade rieb. Ich war nicht in der Stimmung, ihm um den Bart zu gehen, und legte ihm daher rasch dar, was er noch für mich recherchieren solle.

Die Herausforderung war groß genug, um ihn aus seiner Schmollecke herauszuholen. Als ich fertig war, sagte er: »Ich weiß nicht, Shar. Tödliche Schüsse auf einem Supermarktparkplatz vor zehn oder zwölf Jahren. Sand auf der Fußmatte eines Wagens. Nicht gerade die üppigsten Ansatzpunkte.«

»Vergiß nicht, da ist noch was. Der Good-bye-Markt.«

»Wie Dad schon sagte, vermutlich ein symbolischer Name –«

»Oder ein realer – Good B-u-y.«

»Ah, ja. Das würde die Sache erheblich erleichtern. Sonst noch was?«

»Die Adresse eines gewissen Dr. Sandler, wahrscheinlich in der Gegend von Los Alegres.«

Keim sagte: »Kinderspiel. Das übernehme ich.«

Ich schüttelte den Kopf. »Dich kann ich nicht auch noch darauf ansetzen. Du hast schon genug zu tun.«

»Laß mich Mick nur heute nacht unter die Arme greifen.«

»Na ja, okay – aber nur heute nacht. Und jetzt habe ich noch eine schlechte Nachricht.« Ich berichtete von dem Flugzeugabsturz.

»Tut mir leid, Shar«, sagte Mick. »Ich weiß, Matty hat dir wirklich viel bedeutet. Aber ohne Auftraggeber –«

»Matty hat mir eine Anzahlung gegeben. Wir werden den Fall bearbeiten, bis das Geld aufgebraucht ist.«

In diesem Moment kam Hy wieder herein, eine auseinandergefaltete Fliegerkarte in den Händen. Er breitete sie auf dem Schreibtisch aus und zeigte auf einen Punkt, der mit den Kringeln für die beiden Flugplätze von Healdsburg und Cloverdale ein Dreieck bildete. »Da ist es.«

Ich beugte mich darüber und studierte die genaue Lage des magentafarbenen Kringels mit einem R für *Restricted Airfield*, einen privaten oder nur beschränkt zugänglichen Flugplatz.

Er setzte hinzu: »Wenn wir uns beeilen, können wir in einer Stunde dort sein.«

»Heute nacht noch?«

Er nickte und faltete die Karte zusammen.

Irgendwie war ich davon ausgegangen, daß es länger dauern würde, den Mann aufzuspüren, der den Sabotageakt an Mattys Maschine verübt hatte. Ich hatte geglaubt, daß wir Zeit haben würden, uns einen Aktionsplan zurechtzulegen ...

Hy, der mein Zögern bemerkte, sagte: »Laß uns ein Stück gehen und die Sache durchsprechen.«

Der Nebel hing reglos und trübe über der Hafengegend, verschleierte die Sicherheitsscheinwerfer und dämpfte das Licht der Straßenlaternen entlang des Embarcadero. Eine dicke, wärmliche Decke, die sich möglicherweise landeinwärts ausdehnen und die Sicht behindern würde. Für Hy natürlich kein Problem, er hatte über zwanzig Jahre Instrumentenflug auf dem Buckel und würde sicher eine Wetterberatung einholen und notfalls einen Flugplan aufgeben. Oder vielleicht würde er auch, falls ein Sichtflug unmöglich war, das Unternehmen für heute abblasen. Ich konnte ihn ja darauf hinweisen, daß ein Flugplan einen Beweis dafür liefern würde, daß er bei Cutter gewesen war, und daß ein Instrumentenflug ohne Aufgeben eines Flugplans gegen die Bestimmungen verstieß –.

Aber wann hatte sich Hy je an Bestimmungen gebunden gefühlt?

Er nahm meinen Arm und führte mich zu dem Gehweg entlang des Piers. »Hast du jetzt doch Bedenken mitzumachen, McCone?«

»Das Wetter macht mir Sorgen. Und es sieht aus, als ob dieser Flugplatz in den Bergen läge. Bei dem Nebel dort zu landen, könnte riskant sein – selbst für dich.«

»Wenn wir bis morgen warten, erwischen wir Cutter vielleicht gar nicht mehr. Er hat sicher vor, aus der Gegend zu verschwinden, bevor jemand dahinterkommt, was er getan hat.«

Wir erreichten das Ende des Piers. Er ließ meinen Arm los und lehnte sich ans Geländer, auf eine Art, die mich an Zach auf der Terrasse in Seacliff erinnerte. Noch eine schmerzgequälte Gestalt, die auf schwarzes Wasser hinunterschaute.
Ich fragte: »Was willst du tun, wenn du Cutter vor dir hast?«
Er antwortete nicht.
»Was willst du tun?« fragte ich noch mal. »Ich muß es wissen.«
»Du weißt, was ich tun will.«
»Ja.«
»Aber ich werde es nicht tun. Cutter ist nicht derjenige, welcher.«
»Wieso?«
»O ja, er hat an der Maschine herummanipuliert, da bin ich mir sicher. Aber er hat es für Geld getan. Er ist nicht derjenige, der das Ganze geplant hat, aber er kann mir bestimmt sagen, wer es war.«
»Und wenn er's sagt? Was dann?«
»Du meinst, was ich dann mit Cutter machen werde? Gar nichts.«
Mein Schweigen mußte ihm sagen, daß ich ihm das nicht abnahm. Er hob den Kopf und sah mich an. Seine Augen glitzerten im Licht der Sicherheitsscheinwerfer. »Ich bin vielleicht verrückt, McCone, aber ich bin nicht völlig wahnsinnig. Und es wäre völlig wahnsinnig, zu einem Flugplatz zu fliegen, wo man mich kennt, und einen Mann zu töten. Meine Rache hebe ich mir für denjenigen auf, der den Anschlag geordert hat.«
Ich nickte, trat zu ihm ans Geländer und schaute aufs Wasser hinaus. Ein Partyschiff tuckerte vorbei. Sein Kielwasser schwappte hoch gegen die Pfeiler. Nebel hüllte es ein, dämpfte den Lichtschein der Fenster, verschluckte die sorglose Partygesellschaft.
Samstag abend ...
Am Lake Tahoe waren Anne-Marie und Hank jetzt vermutlich nach einem guten Essen und einem harmlosen kleinen Spielchen in einem der Casinos auf dem Rückweg zu der Hütte, die Hank von seinem Vater geerbt hatte. Hier in der City, gleich drüben auf dem Telegraph Hill, servierten Ted und Neal gerade Cognac zum Abschluß einer ihrer noblen Dinnerpartys – diesmal ein chinesisches Luxusmenü, ihr neuester kulinarischer Trip. Am anderen Ende der Stadt lagen Rae und Ricky jetzt in ihrem Whirlpool,

ohne Badesachen. Und in Südkalifornien war meine Schwester wieder mit ihrem neuen Ehemann vereint – und herzlich froh, wenigstens zwei ihrer Kinder los zu sein. Verflixt noch mal, selbst Mick und Charlotte hatten einen tollen Abend, auf ihrer romantischen Reise durch den Cyberspace.

Und wir beide? Wir waren im Begriff, bei kritischen Wetterbedingungen zu einem abgelegenen Flugplatz zu fliegen. Einen Weg einzuschlagen, von dem nicht absehbar war, wohin er führen würde. Ich hatte nie an Blutrache geglaubt und Hy auch nicht. Konnte es sein, daß uns Mattys Tod so verändert hatte, daß wir dazu imstande waren?

»Manchmal muß man gegen die Regeln verstoßen, McCone.«

Das wußte ich, weil ich es auch schon getan hatte – immer wieder.

»Bist du noch dabei?«

»Ich bin noch dabei.«

Vor uns blinkte das Leuchtfeuer des Flugplatzes – grün, weiß, wieder grün.

»Die Bahnbeleuchtung auf diesen Privatplätzen ist manchmal funkgesteuert. Probieren wir's mal.« Hy drückte ein paar Tasten am Sprechfunkgerät der Citabria.

Binnen weniger Sekunden flammten drunten die Lichter auf: die blauen des Rollfelds, die weißen der Landebahn. Der Nebel war doch nicht ins Inland vorgedrungen, und das Flugfeld lag jetzt klar umrissen unter uns. Auf der rechten Seite konnte ich ein dunkles Gebäude ausmachen.

»Wir fliegen erst mal drüber weg und gucken es uns an.« Hy nahm das Gas weg, flog langsam, suchte den Boden ab. Ich preßte die Nase an die hintere Scheibe, erkannte einen Wohntrailer und ein paar abgestellte Maschinen.

»Da ist Matthews' Comanche«, sagte er. »Wundert mich, daß er nicht rausgekommen ist, um zu schauen, wer seine Platzbeleuchtung aktiviert hat.« Er ging in den Gegenanflug, drehte in den Queranflug und dann in den Endanflug.

»Ich glaube, ich habe an der Zufahrt dort noch einen Trailer gesehen«, sagte ich. »Zumindest waren da Lichter.«

»Könnte Cutters Domizil sein.«

»Wie willst du die Sache angehen?«

»Ich werde Matthews erzählen, der Motor muckt, und ich möchte, daß der Mechaniker ihn sich mal anguckt. Wenn es Cutter ist, werden wir sagen, wir möchten uns mal die Füße vertreten, und dann dort rüberspazieren.«
»Und wenn Matthews drauf besteht, Cutter zuerst anzurufen?«
»Dann müssen wir ihn irgendwie davon abbringen. Ich will nicht, daß Cutter vorgewarnt ist – oder daß Matthews mithört, was wir mit ihm reden.«
Er konzentrierte sich jetzt auf den Landevorgang, ging in den Slip, um rasch Höhe zu verlieren. Wir legten eine perfekte Dreipunktlandung hin und rollten gleich darauf an dem Gebäude vorbei, das ich aus der Luft gesichtet hatte – ein Hangar, über Nacht verriegelt. In Matthews' Wohntrailer war kein Licht zu entdecken, obwohl direkt daneben ein Jeep parkte.
Hy sagte: »Er ist vermutlich ausgegangen – Samstag abend. Wenn wir Glück haben, brauchen wir uns gar nicht mit ihm zu befassen.« Er manövrierte auf den Abstellplatz neben der Comanche und stellte den Motor ab. Als ich ausstieg, befestigte er bereits die letzte Haltekette. »Gehen wir.«
Wir gingen die Rollbahn entlang, zu der Zufahrtsstraße. Der Platz versank wieder im Dunkeln, als sich die Beleuchtung automatisch abschaltete. Rings um uns erhoben sich sanfte Hügel, und der Himmel darüber war mondhell und sternenklar, obwohl von Westen Hochnebelfetzen herandrifteten. Die Luft war frisch und so kalt, daß ich unseren Atem sehen konnte. Tannenduft drang in meine Nase, und es gab mir einen schmerzhaften Stich, als ich an die Weihnachtsbaumfarm dachte und an das Haus, in das Matty nie mehr zurückkehren würde.
Hys Stimme erlöste mich von dem Bild. »Hast du deine Waffe noch dabei?«
»Ja.«
»Halt sie bereit. Wer weiß, was Cutter macht, wenn er uns sieht.«
Ich zog die 38er aus meiner Umhängetasche und steckte sie in meinen Hosenbund.
Wir erreichten die Straße und folgten ihr in Richtung der Lichter, die ich vorhin gesehen hatte. Bis auf das Knirschen unserer Schritte war die Nacht völlig still. Ich trat neben den Schotter, damit das Gras unser Schrittgeräusch dämpfte. Hy tat es mir nach.

Jetzt konnte ich die Silhouette des Trailers erkennen, etwa zwanzig Meter vor uns. Alle Fenster waren hellerleuchtet, und ein weißer Pickup stand auf der uns zugewandten Seite neben der Eingangstreppe.
»Es ist Cutters Trailer«, flüsterte Hy. »In diesem Wagen ist er heute morgen gekommen.« Er beschleunigte seinen Schritt, aber ich blieb zurück. »Was ist?« fragte er ungeduldig.
Ich schüttelte den Kopf und sah mich um. Ein ungutes Gefühl, leise, aber beharrlich.
»Komm schon, McCone.«
Auf halbem Weg blieb ich wieder stehen. »Horch.«
Er spitzte die Ohren. »Ein Fernseher. Herrgott, nach dem, was er getan hat, sitzt er hier und sieht fern.«
Wir überquerten die Straße, näherten uns dem Haus. Ich warf einen Blick auf den Pickup und sah, daß die hinteren Reifen platt waren. Und auf der Heckklappe lag –.
»Ripinsky, da!«
»Was…? Großer Gott.«
Es war ein Hund. Rasse undefinierbar, das lange Fell verfilzt und blutig. Gekrümmt und verrenkt lag er da, als sei er über die Heckklappe auf den Angreifer losgesprungen.
Ich packte Hys Arm und flüsterte: »Laß uns von hinten rangehen.«
Um den Trailer herum war das Grundstück kahl, aber auf unserer Seite stand eine Tannenreihe als Windschutz. Wir huschten hinüber und arbeiteten uns rasch im Schutz der Bäume den Grundstücksrand entlang. Etwa sieben Meter freies Gelände lagen zwischen den Tannen und der Rückseite des Trailers. Ich sah Hy fragend an, und er nickte: *Ich gehe zuerst, gib du mir Feuerschutz.* Ich zog die 38er, hielt sie mit beiden Händen und sah mich um; nichts regte sich in der Umgebung, und zu hören waren nur der Wind in den Tannenästen und das Gemurmel des Fernsehers. Ich nickte zurück: *Geh, ich bin bereit.*
Er rannte geduckt über das freie Stück und preßte sich flach an die dünne Trailerwand; es rumpelte wie Theaterdonner. Ich spannte alle Muskeln an, die Pistole schußbereit, aber von drinnen kam keine Reaktion. Nach einem kurzen Moment folgte ich ihm und bemühte mich, nicht an die Blechwand zu kommen.

Der Trailereingang war in der Mitte der Seitenwand. Ich guckte um die Ecke und sah einen schmalen Lichtstreifen aus der halbgeöffneten Tür über die vier Stufen fallen. Das Fernsehgeräusch war jetzt deutlicher – das mechanische Giggeln und Juchzen einer Sitcom. Großer Gott, dachte ich, am Tag einen Mord begehen und am Abend *Die Brady-Familie* gucken. Hy stieß mich an, und ich schob mich um die Ecke, drückte mich die Wand entlang und schlich, die Pistole schußbereit, die Stufen hinauf. Das Konservengelächter erschallte, aber drinnen im Trailer lachte niemand mit.
Ich sah mich nach Hy um, deutete mit dem Kinn auf die Tür: *Ich gehe jetzt rein.* Er nickte und betrat hinter mir die Stufen. Ich straffte mich, hob die Pistole, stieß die Tür mit dem Fuß auf und war schon durch, ehe sie an die Trailerwand knallen konnte. Ich ließ Blick und Waffe einmal durch den Raum schwenken und fand ihn leer.
Eine Art Wohnküche, in der der Fernseher vor einem leeren Fernsehsessel lief. Jemand war vor kurzem noch hiergewesen: eine halbleere Bierflasche und ein voller Aschenbecher standen auf dem Tisch, und frischer Zigarettenqualm überlagerte den Geruch von abgestandenem Rauch und nassem Hund. Zu meiner linken ging ein kleiner Flur ab. Ich glitt ihn entlang und inspizierte das einzige Schlafzimmer und den Waschraum. Niemand da, aber das Fenster des Schlafraums stand offen. Das Fliegengitter war abgenommen und, wie es schien, hastig beiseite geworfen worden.
Als ich in den Wohnraum zurückkam, hatte Hy die Bradys zum Schweigen gebracht. Die Nacht war wieder still – so still, daß die Tropfen, die in das Spülbecken fielen, wie Trommelschläge klangen. Ich berührte die Bierflasche mit dem Handrücken. Lauwarm. »Sieht aus, als ob Cutter durchs Schlafraumfenster ausgestiegen ist.«
»Was zum Teufel ist hier vor sich gegangen?«
Ich schüttelte den Kopf.
»Ich will mir noch mal den Hund anschauen.«
Eine Aufgabe, die ich nicht freiwillig übernommen hätte. Als er hinausging, steckte ich die 38er in meine Tasche zurück, zog mir Handschuhe an und machte mich daran, einen Haufen Post auf

der Frühstückstheke durchzusehen. Hauptsächlich Reklamemüll, ein paar überfällige Rechnungen und Reiseprospekte für alle möglichen Ziele, die meisten in warmen Gegenden. Winteranfangsträume, oder hatte der Mechaniker verreisen wollen – womöglich für immer?

Hy kam wieder herein, die Lippen weiß, die Augen zorndunkel. »Die Hinterreifen sind zerschlitzt, und der arme Kerl wurde aus nächster Nähe erschossen, buchstäblich zerfetzt. Sieht aus, als hätte der Schütze Wadcutters benutzt.«

Hohlspitzgeschosse, die zersplittern und enormen Schaden anrichten. Der totale Overkill für einen Hund, und auch für einen Menschen. Und besonders beliebt bei Profi-Killern. »Der Täter kommt also hier an ...«

»Und der Hund bellt los. Er knallt ihn ab und zerschlitzt dann die Reifen.«

»Das glaube ich nicht. Warum läßt er den Hund nicht einfach bellen und wartet, daß Cutter rauskommt, um nachzugucken, was los ist?«

»Vielleicht wollte er das ja, aber Cutter ist dringeblieben. Also erschießt er den Hund, um ihn zum Schweigen zu bringen. Dann geht er rein in den Trailer, aber Cutter ist schon durchs Fenster abgehauen.«

»Und statt ihn zu verfolgen, nimmt er sich erst die Zeit, die Reifen zu zerschlitzen?«

»Na ja, wohin soll man hier schon zu Fuß flüchten? Spricht doch alles dafür, daß Cutter zum Flugplatz und zu Matthews' Trailer gerannt ist. Der Schütze hat sich das vermutlich auch gesagt und die Reifen zerstochen, damit Cutter nicht wieder zu dem Pickup zurückkommen und wegfahren konnte.«

»Aber wenn Cutter den Flugplatz erreicht und Matthews alarmiert hat –«

Hy sah mich an und nickte. »Laß uns nachschauen, McCone.«

Wir fanden Matthews hinter seinem Jeep, neben sich eine kurzläufige Schrotflinte. Er war nicht dazu gekommen, auch nur einen Schuß abzugeben. Cutters Leiche klemmte zwischen dem Hangar und einer Mülltonne – das letztmögliche Versteck. Beide Männer waren mit mehreren Schüssen getötet worden.

Im grellen Schein der Stablampe, die Hy aus seinem Flugzeug geholt hatte, entpuppten sich die beiden Leichen als die mit Abstand am schlimmsten zugerichteten, die ich je gesehen hatte. Ich blieb gerade lange genug dort stehen, um mich zu vergewissern, daß jede Hilfe vergebens war, und verzog mich dann hinter eine Zwergeiche, um mich heftig zu übergeben. Hy behielt sich zwar in der Gewalt, aber ich sah, daß es ihm ebenfalls zusetzte.

Als ich zur Citabria zurückkam, schmiegten wir uns im Cockpit aneinander, um uns zu wärmen. Er sagte: »Was meinst du – ein eiskalter Profi oder eine persönliche Sache?«

»Ich würde sagen, ein Profi, dem sein Job Spaß macht. Er hatte es auf Cutter abgesehen; Matthews ist ihm nur in die Quere gekommen.«

»Lieber Himmel, in was ist John Seabrook da reingeraten?«

Ich umklammerte meine Ellbogen, von einem jähen Kälteschauer erfaßt, der nur wenig mit der Temperatur zu tun hatte. Dann fragte ich: »Wer ist hier zuständig? Das Sheriffbüro von Sonoma County, schätze ich.«

»McCone, wir können es nicht melden.«

»Warum nicht?«

»Aus demselben Grund, aus dem wir auch nicht mit den Leuten von der Verkehrssicherheitsbehörde reden konnten.«

»Wir können die Männer doch nicht einfach so hier liegenlassen.«

Er streckte den Arm über die Sitzlehne, griff unter mein Kinn und hob meinen Kopf so an, daß er mir in die Augen schauen konnte. »Für die macht das keinen Unterschied mehr. Das weißt du auch.«

Ich packte sein Handgelenk, hielt es fest. Er hatte recht, aber irgend etwas in mir scheute davor zurück, die Leichen einfach dem räuberischen Nachtgetier zu überlassen. Außerdem setzte ich meine Lizenz aufs Spiel, wenn ich es unterließ, einen Doppelmord zu melden.

»Okay, ich weiß, wie dir zumute ist«, sagte Hy nach kurzem Schweigen. »Wir hauen hier ab und melden es anonym.«

»Ich kann doch gleich anrufen, von meinem Handy.«

»Nein. Die Notrufzentrale kann Anrufe zurückverfolgen. Auch wenn sie vielleicht nicht in der Lage sind, dich zu orten, erscheint deine Nummer womöglich trotzdem auf dem Monitor, und sie ist nun mal auf dich eingetragen. Wir fliegen nach Santa Rosa und benutzen ein Münztelefon. Ich rufe an, und wenn mich jemand identifiziert, warst du überhaupt nicht dabei.«

»Du sollst nicht die ganze Verantwortung –«

»Du hast was zu verlieren. Ich nicht.«

Ich zögerte und versuchte, klar zu denken. »Okay, dann müssen wir dafür sorgen, daß dich niemand identifiziert. Mir gefällt der Gedanke nicht, von Santa Rosa anzurufen; wir waren schon öfters am späten Abend dort, und es war immer noch Betrieb.«

»Stimmt. Also von irgendwo, wo bestimmt niemand ist. Sea Ranch oder vielleicht Ocean Ridge.«

»Wieso an der Küste?«

»Weil wir beide jetzt unseren ›Probierstein‹ brauchen. Das ist der einzige Ort, wo wir vielleicht ein bißchen Ruhe finden.«

Zwei Stunden später lagen wir im Bett in unserem Häuschen am Meer. Wir versuchten gleich nach der Ankunft miteinander zu schlafen – ein fiebriges Kleider-vom-Leib-Gereiße, das keinem von uns etwas brachte. Zu viele Dämonen, die nicht durch einen einzigen hitzigen Akt zu bannen waren, zu wenig Zärtlichkeit und emotionale Nähe. Schließlich verwarfen wir das Vorhaben und lagen einfach nur nebeneinander im Dunkeln, die Hände ineinander verflochten. Und diese simple Berührung linderte den Schmerz ein wenig, löschte etwas von dem Horror aus.

Als Hy längst in einen unruhigen Schlaf gefallen war, lag ich immer noch wach und dachte an Matty, Cutter, Matthews. Für sie war jetzt immer Nacht. Was immer auf uns zukam, Hy und ich würden zumindest den Morgen erleben.

9

»Der Nebel lauert dort draußen wie ein gottverdammter Truthahngeier. Ich würde am liebsten nur schnell einen Kaffee trinken und zusehen, daß wir in die Bay Area zurückkommen.«

Ich wandte mich vom Kühlschrank ab, als Hy in unseren zentralen Eß-, Koch- und Wohnraum kam. »Spricht nichts dagegen –

mehr als Kaffee gibt es sowieso nicht. Das Brot, das wir im September hiergelassen haben, taugt allenfalls noch für die Herstellung von Penicillin.«

Er ging ans Fenster, zog die Vorhänge auf und starrte verdrossen aufs Meer hinaus. »McCone, ich habe nachgedacht. Vielleicht sollten wir diese verrückte Aktion wirklich abblasen, bevor wir zu tief drinstecken.«

Vielleicht sollte ich sie für mich abblasen, meinte er. Wie er schon gestern abend gesagt hatte: Ich hatte etwas zu verlieren. Er nicht.

»Wir stecken schon zu tief drin«, erklärte ich. »Letzte Nacht –«

»Herrgott, so was will ich nicht noch mal sehen müssen. Ich habe mein Maß an Horror gehabt, als ich reiche Flüchtlinge und Drogenbarone aus Kriegsgebieten geschafft habe.«

»Ich weiß.« Ich goß Kaffee in zwei Henkelbecher und brachte ihm einen. Er bedankte sich und trank geistesabwesend, den Blick immer noch auf den Horizont geheftet. »Von dem Rachemoment mal abgesehen«, fuhr ich fort, »vergißt du da ein paar Sachen: Matty hat mich engagiert, damit ich John finde, und dann ist da jetzt noch Zach. Er braucht seinen Vater.«

»Ach, wirklich? Sein Vater steckt da in etwas drin, was ihn für seine gesamte Umgebung zu einer Gefahr macht.«

Das war nicht zu bestreiten. Ich nahm meinen Kaffee mit zum Sofa, kuschelte mich in eine Ecke und zog die bloßen Füße unter meinen langen Bademantel. »Trotzdem«, sagte ich. »Irgendwas muß mit dem Jungen passieren, und der erste Schritt ist in jedem Fall, die Sache mit seinem Vater zu klären.«

»Kannst du dir potentiell langwierige Ermittlungen leisten von dem Geld, das dir Matty als Anzahlung gegeben hat?«

»Nein, aber ich habe da eine Idee –« Das Telefon klingelte. »Wer in aller Welt weiß denn, daß wir hier sind?« sagte ich im Abnehmen.

»Da bist du!« rief Mick aus. »Ich habe bei dir zu Hause und im Büro immer nur den Anrufbeantworter erreicht, und dein Handy ist tot.«

»Oh, ich muß vergessen haben, es gestern abend nach der Landung wieder einzuschalten.«

»Ralph und Allie hast du wohl auch vergessen.«

Meine Katzen. Die würden mich sicher für meine lange Abwesenheit büßen lassen, wenn ich wieder nach Hause kam. »Ich bin

vielleicht vergeßlich, aber ich vernachlässige keine Tiere. Ich habe mit der Kleinen von nebenan abgemacht, daß sie die Katzen füttert, wenn sie weder mein Auto noch Licht sieht.«
»Kein Wunder, daß sie so gegrient haben, bevor sie über die Dose Friskies hergefallen sind, die ich ihnen gegeben habe.«
»Du warst bei mir zu Hause?«
»Von da rufe ich ja an. Ich habe mir Sorgen um dich gemacht und wollte sicherstellen, daß dich niemand unter der Dusche erwürgt hat.«
»Ganz schön schwarze Phantasie.«
»Liegt in der Familie. Na, jedenfalls, als ich sie gefüttert hatte, fiel mir ein, daß dieser Flugplatz, wo ihr gestern abend hin wolltet, näher bei eurem Häuschen liegt als bei San Francisco. Also hab ich's mal probiert.«
»Das mit dem Flugplatz ...« Ich sah Hy an. »Du und Keim, ihr habt doch niemandem was davon gesagt, oder?«
»Wir sind nicht so dumm, mit Außenstehenden über unsere Ermittlungen zu reden. Warum, ist dort irgendwas passiert?«
»Ich kann jetzt nicht drüber reden, aber du wirst vermutlich was im Fernsehen sehen oder in der morgigen Zeitung lesen. Und das ist das erstemal, daß du von diesem Ort hörst.«
»... Kapiert.«
»Warum rufst du an?«
»Na ja, erstens mal hat Lottie diesen Dr. Sandler aufgespürt, Robert mit Vornamen. Er hat eine Allgemeinpraxis in Los Alegres. Sie hat dort angerufen und ihm auf den Anrufbeantworter gesprochen, daß er sich mit dir in Verbindung setzen soll. Aber jetzt das Interessante: In der Ansage hieß es unter anderem: ›Falls Sie einen Termin für eine Flugtauglichkeitsuntersuchung wollen, kommen Sie bitte dienstags oder donnerstags.‹«
»Das ist allerdings interessant.« Nur bestimmte Ärzte sind von der amerikanischen Flugbehörde autorisiert, Flugtauglichkeitsatteste auszustellen. Warum hätte Matty einen von ihnen wegen John konsultieren sollen? Aber natürlich konnte Robert Sandler auch einfach der Hausarzt der Seabrooks sein ...
»Nicht annähernd so interessant wie das, was ich gefunden habe«, sagte Mick. »Du hattest recht mit dem Good-Buy-Markt; das ist eine kleine Kette an der Westküste Floridas. Ich habe über

die Library of Congress alte Indexe von Tageszeitungen dieser Gegend aufgerufen und ein paar Artikel über einen tödlichen Schuß auf dem Parkplatz ihrer Filiale in Gulf Haven gefunden, vor zehn Jahren und acht Monaten, im März.«

»Das ging ja schnell! Und die Einzelheiten?«

»Tja, das dortige Lokalblatt ist zu klein, um ein Volltext-Online-Archiv zu haben, und die Geschäftsstellen sind am Wochenende natürlich zu. Also habe ich eine Story aus der *Saint Petersburg Times* runtergeladen. Ich lese sie dir mal vor.«

Ich schnappte mir Papier und Bleistift und machte Notizen, während er las. Als er fertig war, fragte ich: »Kannst du mir einen Gefallen tun? Buche mir irgendeinen Flug, ab« – ich sah auf meine Armbanduhr – »drei Uhr heute nachmittag, irgendwohin, von wo ich Gulf Haven mit dem Auto erreichen kann. Und buche mir auch gleich einen Mietwagen.«

»Mir egal, wo ich hinkomme«, sagte Zach. »Lassen Sie mich hier oder stecken Sie mich woanders hin, wie Sie wollen. Ich will nur nicht zurück nach Los Alegres.« In dem riesigen Armsessel in Raes und Rickys Wohnzimmer wirkte er trotz seiner Körperlänge ziemlich klein.

Hank Zahn nahm seine Hornbrille ab, hielt sie gegen das Licht und prüfte sie auf Schmierflecken. Das war eine Verzögerungstaktik, die ich ihn auch schon im Gerichtssaal hatte anwenden sehen. »Du mußt doch irgendeine Vorliebe haben.«

Zach zuckte die Achseln.

Hank setzte die Brille wieder auf und verlagerte seinen Blick auf mich. »Kann ich dich mal kurz in der Küche sprechen?«

Ich nickte, und wir gingen hinaus. Im Haus herrschte Sonntagabendruhe. Ricky war mit Molly und Lisa zum Flughafen gefahren, und Rae saß in ihrem Arbeitszimmer und arbeitete – vermutlich an dem Manuskript eines Romans, über den sie bisher mit keinem von uns hatte reden wollen.

Hank lehnte an der Hackblockinsel, die Arme über dem blauen Skipullover verschränkt. »Ich weiß, Zach ist deprimiert und durcheinander, aber er macht es mir nicht gerade leicht zu entscheiden, was wir für ihn tun sollen.«

»Nein.«

»Meine Empfehlung muß vom Wohl des Kindes ausgehen. Bei einem Jungen in Zachs Alter möchte ich gern dessen eigene Wünsche berücksichtigen.«

»Tja, falls es irgendwas hilft, kann ich eindeutig sagen, daß seiner Sicherheit am ehesten gedient ist, wenn er hier bleibt und der RKI-Posten auch.«

»Wie ernst ist deiner Meinung nach die Bedrohung seines Lebens?«

»Sehr ernst.«

Er fuhr sich mit den Fingern durch das drahtige graubraune Haar. »Ich muß dich noch ein paar Sachen fragen. Diese Klientin von dir, die umgekommen ist – in welchem Verhältnis stand sie zu Zachs Vater?«

»Sie war seine Lebensgefährtin, seit fast einem Jahr.«

»Und er hat den Jungen ihrer Obhut überlassen?«

»Ja. Ich habe einen Brief von ihm an meine Klientin, in dem er das ausdrücklich erklärt.«

»Und sie wiederum hat ihn deiner Obhut überlassen?«

»Um seiner Sicherheit willen.«

»Das war eine mündliche Vereinbarung?«

»Ja.«

»Irgendwelche Zeugen?«

»Nur Zach.«

Er überlegte. »Und der Vater – wie lange ist er schon verschwunden?«

»Über eine Woche.«

»Und es gibt keine lebenden Verwandten?«

»Falls doch, wüßte ich nicht, wie man sie benachrichtigen sollte.«

»Und du bist aktiv bemüht, den Vater ausfindig zu machen?«

»Ja.«

»Wie beurteilst du die Chancen?«

Ich zögerte, am liebsten hätte ich Hank die ganze Geschichte erzählt. Ihm konnte ich trauen; wir waren eng befreundet, seit wir als Studenten im selben Haus gewohnt hatten, und ich lud bei ihm oft Sachen ab, die ich nur wenigen anderen Leuten erzählt hätte. Aber obwohl er mein Anwalt war, war ich mir nicht sicher, ob die Einzelheiten dieses Gesprächs unter das Anwaltsgeheim-

nis fielen. Da Hy und ich die Grenzen des Legalen schon so weit überschritten hatten, wollte ich Hank nicht in die Situation bringen, womöglich gegen einen von uns aussagen zu müssen.
Er sah den Konflikt in meinem Gesicht. »Okay, ich habe volles Vertrauen in deine Fähigkeiten, daher unterstelle ich mal, daß die Antwort positiv ausfällt. Und ich bin der Meinung, daß Zachs Wohl am ehesten gedient ist, wenn er hier bleibt, bis du seinen Vater gefunden hast oder aber mit Sicherheit sagen kannst, daß er unauffindbar oder tot ist.«
»Das ist gut, Hank.«
»Hoffen wir's; die rechtliche Lage ist bestenfalls durchwachsen. Hast du gesagt, du willst heute noch nach Florida?«
»Ja, Nachtflug.« Das war der einzige Flug, für den ich noch einen Platz gekriegt hatte.
»Darf ich fragen, wer die Ermittlungen finanziert, nun wo deine Klientin tot ist?«
Ich hatte mir auf dem Rückweg von unserem Häuschen meinen Plan genau zurechtgelegt; das war jetzt eine gute Gelegenheit, ihn Hank testhalber zu unterbreiten. »Sag mir, was du davon hältst: Ich hatte kein Vertragsformular bei mir, als mich Matty – die Klientin – engagiert hat, aber sie hat mir einen Scheck ausgestellt und darauf vermerkt, es handle sich um eine Anzahlung. Das stellt doch einen impliziten Vertrag dar, oder?«
Er nickte.
»Ich kann also davon ausgehen, daß ich meiner vertraglichen Verpflichtung – John Seabrook zu finden – so lange nachzugehen habe, wie der Vorschuß reicht. Und daß ich darüber hinausgehende Kosten möglicherweise ihrem Nachlaß gegenüber geltend machen kann.«
»Wenn es einen Nachlaß gibt, ja.«
»Es gibt ihn, in gewisser Weise. Auf dem Konto, das durch den Scheck bezogen wurde, liegt eine beträchtliche Summe, die Seabrook an dem Tag, an dem Matty mich angeheuert hat, telegrafisch dorthin überwiesen hatte. Der Brief, den ich bereits erwähnt habe, belegt, daß das Geld dafür bestimmt war, daß sie für Zach sorgen und seinen Schutz gewährleisten sollte.«
»In diesem Fall würde jede Forderung deinerseits an dieses Konto wahrscheinlich anerkannt werden.«

»Okay, mein Honorar und meine Unkosten sind also gedeckt. Aber gehen wir noch einen Schritt weiter: Mal angenommen, Zach nimmt dich als Anwalt? Das können Kinder, ich weiß es noch von der Sache mit Habiba letztes Frühjahr. Dann könntest du mich als sein Interessenvertreter beauftragen, Seabrook zu finden.«

»Wozu das, Shar? Ich berate Zach gern umsonst.«

»Aber wenn du mich mit den Nachforschungen betraust, erstreckt sich das Anwaltsgeheimnis auch auf mich. Und man könnte mich nicht zwingen, irgendwelche Fragen bezüglich der Ermittlungen zu beantworten.«

In Hanks Augen stand jetzt Besorgnis. Er sah mich schweigend an. Die Sekunden schleppten sich dahin, bis ich mich abwandte und an einem Schnappschuß von Rae und Ricky herumzuspielen begann, der mit einem Magnetpin schief am Kühlschrank aufgehängt war. »Sag was!« rief ich schließlich aus.

»Bist du in Schwierigkeiten?«

»... Nein.«

»Rechnest du damit, in Schwierigkeiten zu geraten?«

»Vielleicht.«

»Mein Rat lautet: Halt dich da raus. Aber wann hast du schon jemals auf meinen Rat gehört.«

»Äh, letztes Jahr, als du gesagt hast, ich soll meine Dachrinnen und Fallrohre reinigen lassen?«

»Siehst du? Eine beiläufige Bemerkung bei einer Essenseinladung an einem verregneten Abend beherzigst du. Aber den kostbaren juristischen Rat, den ich dir erteile, ignorierst du.«

»Hank –«

»Ich weiß – spar's dir. Okay, ich muß diesen Brief sehen, in dem es um das Geld und um John Seabrooks Gründe für die Überweisung geht.«

»Kannst du nicht mein Wort darauf nehmen, daß er existiert?«

»Nein, kann ich nicht. Steht in dem Brief irgendwas, was ich nicht lesen soll?«

Ich schwieg, versuchte mich an den genauen Wortlaut zu erinnern.

»Ach, um Himmels willen, mach mir einfach eine Kopie und schwärze die betreffenden Stellen ein!«

Ich nickte lächelnd.
»Und jetzt würde ich vorschlagen, bevor du mich endgültig in den Wahnsinn treibst, laß uns rübergehen und Zach fragen, ob er mich überhaupt als seinen Anwalt will.«
»Er will dich bestimmt. Habiba hat dich das ganze Wochenende in den höchsten Tönen gepriesen.«

10 *Montag morgen, Gulf Haven, Florida*

»Normalerweise würde ich sagen, machen Sie, daß Sie aus meinem Büro und meinem Zuständigkeitsbereich verschwinden«, erklärte Lieutenant Mack Gifford vom Police Department von Gulf Haven. »Ich kann Privatdetektive nicht leiden, und Ihre kalifornische Lizenz können Sie sich hier an den Hut stecken.«
Während ich innerlich meine Antwort formulierte, sah ich zu, wie der Lieutenant eine Zigarette aus einem Päckchen auf seinem Tisch schüttelte und in seiner Hemdtasche nach einem Feuerzeug fischte. Er war schlank und drahtig, mit einem schmalen Gesicht und einem schmallippigen Mund, den tiefe Mißmutsfalten einklammerten. Sein weicher Südstaatenakzent – aus einem der Grenzstaaten vielleicht? – milderte die Härte seiner Worte, nicht aber die Intensität dessen, was ich in seinen dunklen Augen sah und für mühsam kontrollierten Zorn hielt.
»Sie sagen ›normalerweise‹?«
»Ja.« Er blies einen Rauchstrom zur Decke seines kleinen Büros empor. »Aber Sie sagen, Sie interessieren sich für den Fall Marie Fuller, und das verbindet uns. Lassen Sie mich noch mal rekapitulieren: Sie suchen einen Mann, von dem Sie glauben, daß er Ron Fuller ist und unter falschem Namen in Ihrem Bundesstaat gelebt hat. Eine Routinesuche nach einem abgängigen Schuldner.«
»So ist es.«
»Er muß ja einen Haufen Schulden zurückgelassen haben, daß Sie den ganzen weiten Weg hierher machen.«
»Mein Klient ist ein wohlhabender Rechtsanwalt, und ich muß gestehen, daß mich die Sache gepackt hat, nachdem ich die

frühere Identität des Vermißten aufgedeckt hatte. Zumal seine Frau ermordet wurde.«
Giffords Miene war neutral; ich konnte nicht ablesen, ob er mir meine Story abnahm oder nicht. Als er nichts sagte, half ich ihm auf die Sprünge. »Sie haben damals die Ermittlungen geleitet...«
»Mein Pech, daß es gerade mich getroffen hat. Der Fall ist mir seit über zehn Jahren ein Dorn im Fleisch – schmerzhaft genug, daß ich bereit bin, meine Regeln zu brechen und mit Ihnen zu reden.« Er stieß sich vom Schreibtisch ab, schwenkte mit seinem Drehstuhl ein Stück zur Seite und schaute auf das Rauchen-verboten-Schild an der Wand. »Wobei«, setzte er mit einer schiefen Grimasse hinzu, »ich meine Regeln öfters breche.«
Ich lächelte leise und wartete ab.
»Wir haben hier jede Menge Regeln, Gesetze und dergleichen«, fuhr Gifford fort. »Den meisten brauchen wir nicht groß Geltung zu verschaffen. Wir haben die üblichen Probleme mit Drogen und den Desillusionierten, aber das ist es auch schon im großen und ganzen.«
»Das mit den Drogen verstehe ich ja, die sind überall. Aber wieso Desillusionierte?«
»Ms. McCone, was wissen Sie über unseren Ort?«
»Nur das, was ich beim Reinfahren gesehen habe.«
»Dann will ich Ihnen was erzählen, was diese Fuller-Sache vielleicht ins rechte Licht rückt. Gulf Haven ist einer dieser Orte, aus denen niemand stammt. Vor dreißig Jahren war es praktisch noch nicht existent. Die Gegend hier hat nicht viel zu bieten, nicht mal die Golfküste, nur den Fluß. Aber dann kam irgendwann diese Erschließungsgesellschaft, kaufte billig Land auf, baggerte die Kanäle aus, baute überall Häuser mit Privatanlegern. Leute, die die Winter droben im Norden satt hatten, schlugen zu: Rentner natürlich, aber auch junge Leute und Familien.
Die Rentner kommen hierher und stellen fest, daß das Alltagsleben in Florida nicht so ist wie der Urlaub, in dem sie am Hotelpool in Miami oder Lauderdale gesessen und exotische Rumdrinks geschlürft haben. Statt dessen besteht das Leben aus Hitze und Langeweile und dem Warten auf den monatlichen Besuch des Schädlingsbekämpfers, der die Kakerlaken vertilgen soll. Viele von diesen Leuten hängen nur noch in den klimati-

sierten Einkaufszentren rum, andere gehen buchstäblich an Resignation zugrunde, und eine beträchtliche Zahl bringt sich auf die eine oder andere Weise selbst um. Die Jüngeren kommen dahinter, daß die Arbeitsmarktsituation in diesem Teil des Staats lausig ist; sie müssen Jobs annehmen, die sie droben im Norden nie für sich in Betracht gezogen hätten. Die Schlauen treiben Schadensbegrenzung, packen ihre Sachen und gehen wieder zurück. Die Dummen – da heißt das Ergebnis Suff, Drogen und eheliche Gewalt, was zu einer hohen Rate an Tötungsdelikten führt.«

»Höher als anderswo?«

»Acht, neun Prozent über dem Durchschnitt. Selbstmordpakte, Frauen, die ihre Männer umbringen. Männer, die ihre Frauen umbringen. Eltern, die ihre Kinder umbringen. Besoffenes Herumgeballere auf Partys.« Er hielt inne und sah mir genau ins Gesicht. »Aber was wir hier nicht haben, sind Tötungsfälle, die wie bestellte Killermorde aussehen.«

»Meinen Sie den Mord an Marie Fuller?«

»Jawohl, Ma'am. Eine Kugel, Kaliber zweiundzwanzig, mitten ins Herz. Ein sauberer, kaltblütiger Mord. Niemand hat den Schützen gesehen; er ist cool und methodisch vorgegangen, in der panischen Menge untergetaucht. Als ich an den Tatort kam, war er vermutlich schon über alle Berge. Ich wußte, wir würden ihn nie fassen, habe aber trotzdem die üblichen Schritte unternommen. Und dann waren Fuller und sein Sohn plötzlich verschwunden.«

»Wie lange nach dem Mord?«

»Sofort. Ich kam nicht mehr dazu, ihn zu befragen. Wußte nicht mal, daß er dabeigewesen war, bis einer meiner Männer einen Nachbarn der Fullers befragt hat, der im Supermarkt mit Marie gesprochen hatte. Mrs. Fuller sagte, sie habe es eilig, weil es so heiß sei und ihr Mann und ihr Sohn draußen in einem Wagen mit einer kaputten Klimaanlage warteten.«

»Fuller ist einfach weggefahren und hat seine sterbende Frau dort liegenlassen?«

»Scheint so. Ganz schön kaltherzig, finden Sie nicht?«

Auf den ersten Blick ja, aber er hatte vermutlich gewußt, daß er für seine Frau nichts mehr tun konnte, und sich daher entschieden, sich und seinen Sohn in Sicherheit zu bringen. »Ist Fuller noch mal nach Hause gefahren, oder hat er die Stadt direkt verlassen?«

»Keine Ahnung. Von den Nachbarn hat ihn niemand gesehen. Das beweist weder das eine noch das andere.«

»Was wurde aus dem Haus und der Habe der Fullers?«

»Das Haus war gemietet. Nachdem meine Leute ihre persönlichen Dinge durchgesehen hatten, habe ich dem Vermieter gesagt, er soll alles einlagern. Schätze, inzwischen hat er sich der Sachen irgendwie entledigt.«

»Haben Sie irgendwas Aufschlußreiches gefunden?«

»Nein. Ihre Sachen waren alle billig und relativ neu. Es gab keine persönlichen Papiere, Andenken oder Briefe – gar nichts. Die Fullers waren Leute ohne große Vergangenheit und Gegenwart.«

»Und Sie sagen, Sie haben die Nachbarn abgeklappert?«

»Ja. Niemand wußte irgendwas über die Familie. Sie hielten sich für sich, hatten weiter keine Kontakte als die übliche Grüßerei und ein paar Worte übers Wetter.«

»Womit hat Fuller sein Geld verdient?«

»Er hat sich für einen Schriftsteller ausgegeben.«

»Ausgegeben?«

»Haben Sie schon mal von einem Schriftsteller gehört, der weder einen Computer noch eine Schreibmaschine besitzt?«

»Aber seine Rechnungen hat er bezahlt?«

»Pünktlich, über ein Konto bei einer hiesigen Bank. Bis auf die Miete. Sein Bruder hatte das Haus angemietet, bevor die Fullers hierherzogen, und er hat auch weiterhin an jedem ersten einen Scheck geschickt.«

Seabrook hatte also einen Bruder. »Wissen Sie seinen Namen noch?«

»Klar – Dave Fuller. Aber als wir ihn ausfindig machen wollten, stellte sich raus, daß er nie unter der Adresse gewohnt hat, die auf den Schecks angegeben war. Die Kreditauskunft, die der Vermieter über ihn eingeholt hat, bezog sich auf jemand anderen.« Gifford lachte ohne Heiterkeit. »Dieser Dave Fuller arbeitete für den Marshals Service und fand es gar nicht komisch, daß jemand von seiner Bonität profitiert hatte.«

Wieder eine Sackgasse. »Und Sie haben nie einen Verdächtigen zu fassen gekriegt?«

»Nein, und das wird auch nie passieren. Ich bin überzeugt davon, daß Fuller den Anschlag auf seine Frau geordert hat – daß er das Ganze schon länger geplant hatte, warum auch immer. Und jetzt kommen Sie und erzählen mir, er habe unter falschem Namen in Kalifornien gelebt, da drängt sich mir doch die Frage auf: Mußte noch eine Frau seinetwegen sterben?«

Ich trat aus dem Polizeirevier in die gleißende Mittagssonne und fischte nach meiner Sonnenbrille. Es war ein lieblicher Tag – um die fünfundzwanzig Grad. Kein Vergleich mit dem Wetter bei meinem letzten Besuch hier in Florida. Da war es schwülheiß gewesen, was es mir noch zusätzlich erschwert hatte, aus diesem Staat herauszukommen, während ein anderer Privatdetektiv an meinen Fersen klebte.

Warum, fragte ich mich, hatten sich diese Floridaner alle gegen mich verschworen? Eine halbe Stunde hatte mich Mack Gifford mit Fragen nach meinen Ermittlungen bombardiert. Ich war ihnen unter Berufung auf das erweiterte Anwaltsgeheimnis ausgewichen, was ihn dazu getrieben hatte, mir ein Ultimatum zu setzen: Ich solle ihm genau erzählen, was ich über Fullers Verbleib wisse, oder sofort aus seinem Zuständigkeitsbereich verschwinden. Ich hatte – völlig wahrheitsgemäß – geantwortet, daß ich nicht die leiseste Ahnung hätte, wo Fuller stecke. Gifford hatte mir nicht geglaubt und mir die Tür gewiesen.

Als ich in meinem gemieteten Ford den Parkplatz der Polizeiwache verließ, fuhr ein Streifenwagen an und folgte mir. Offenbar sollte er mich aus der Stadt eskortieren. Ich fuhr ein paar Querstraßen weiter und franste mich dann zu dem Highway durch, der zum Flughafen von Fort Myers führte. Eine elegante weiße Brücke schwang sich über den Fluß; als ich am höchsten Punkt ankam, sah ich den Streifenwagen an den Rand hinüberziehen und wenden. Gifford mochte meinen Worten nicht geglaubt haben, aber seine Beamten hatte mein Tun offensichtlich überzeugt. Ich fuhr weiter über die Brücke, fand meinerseits eine Wendemöglichkeit und fuhr nach Gulf Haven zurück.

Die Hauptstraße hatte mehr von einer Strip Mall als von einem Ortszentrum. Die Häuser waren niedrige, pastellfarbene Quader, keines höher als drei Stockwerke, bis auf ein Bankgebäude, das alles überragte und irgendwie deplaziert wirkte. Unbebaute, sandige Grundstücke verrieten mangelnde Planung oder vielleicht auch mangelnden Cash-Flow auf seiten der Baugesellschaft, und die spillerigen Palmen auf den Gehwegen waren gelbblättrig und vertrocknet, als hätten sie eine Krankheit. Auf der Herfahrt vom Flughafen hatten mich die flache Landschaft und die karge Vegetation deprimiert, jetzt gab dieser Ort meiner Stimmung den Rest. Mit einem Auge nach Streifenwagen ausspähend, hielt ich in einer Parklücke und konsultierte die Karte, die die Mietwagenfirma mitgeliefert hatte. Dann machte ich mich auf den Weg zu dem ehemaligen Wohnviertel der Fullers.

Die Anwohner des Gulf Breeze Drive schienen den Kampf gegen braune Rasenstellen und kränkelnde Pflanzen verloren gegeben zu haben. Die einstöckigen, pastellfarbenen Einfamilienhäuser lagen an einem schmalen Kanal, und an vielen Anlegern waren Segel- oder Motorboote vertäut. Das ehemalige Fullersche Haus – Nummer 318 – hatte einen von Orangenbäumen flankierten Eingang. Die Früchte verfaulten überwiegend am Boden und verströmten einen ekelerregend süßlichen Geruch. Ich läutete, aber niemand machte auf.

Im rechten Nachbarhaus reagierte eine junge Frau auf mein Klopfen an die Fliegentür. Nein, beschied sie mich, die Fullers habe sie nicht gekannt; sie und ihr Mann seien erst vor einem Jahr aus Brooklyn hergezogen. »Versuchen Sie's mal bei Mr. Simmons«, sagte sie. »Nummer dreihundertsechzehn. Der ist Rentner und wohnt schon ewig hier.«

Mr. Simmons wirkte nicht alt genug, um Rentner zu sein, geschweige denn, »schon ewig« irgendwo zu wohnen. Fit und sonnengebräunt, nur in Shorts und Bootsschuhen, war er bestimmt keinen Tag älter als fünfzig. Als ich ihm das Foto von John Seabrook zeigte, sagte er, ja, an die Fullers erinnere er sich. Er führte mich in ein großes, grünweißes Wohnzimmer, wo trotz der relativen Kühle ein Deckenventilator emsig kreiste. Hinter einer Glastür glitzerte ein Pool in der Sonne, und auf dem Kanal dahinter schaukelte ein Kajütboot im Kielwasser eines davonzischenden Motorboots.

Simmons sagte: »Ich wollte mir gerade ein Bierchen genehmigen. Trinken Sie eins mit?«

»Gern, danke.« Ich folgte ihm in die angrenzende Küche und sah zu, wie er zwei Dosen öffnete und das Bier in Pilsgläser umgoß. Ein Topf mit etwas, was wie Sauce Marinara roch, köchelte auf dem Herd vor sich hin; aus einem Kofferradio kam klassische Musik. Simmons bedeutete mir, an dem weißen Rattanfrühstückstisch Platz zu nehmen, und stellte ein Glas vor mich hin.

»Und warum suchen Sie Ron und Billy?« fragte er.

Sein Ton war warm gewesen, als er gesagt hatte, er erinnere sich an sie. Die Schuldnersuch-Story würde unser Verhältnis trüben. Also lieferte ich ihm eine verkürzte Version der Wahrheit: Fuller sei verschwunden und habe seinen Sohn allein zurückgelassen, weshalb man mich beauftragt habe, ihn ausfindig zu machen. »Sehr oft«, sagte ich, »liegt der Schlüssel zur Gegenwart eines Menschen in dessen Vergangenheit. Was können Sie mir über die Fullers erzählen?«

»Tja, Sie wissen, wie Marie ums Leben gekommen ist?«

Natürlich erinnerte er sich daran am besten. »Ja. Schreckliche Tragödie. Sie war so eine nette Frau. Als sie nebenan einzogen, war ich gerade in einer sehr schlimmen Phase. Meine Frau hatte mich verlassen, und ich war verzweifelt – nicht mehr ganz richtig im Kopf, um ehrlich zu sein. Marie Fuller hat alles für mich getan: mir einen Eintopf gebracht, wenn sie gemerkt hat, daß ich nicht ordentlich aß, mich ab und an zum Essen eingeladen. Ron hat mir geholfen, meinen Anleger nach einem Sturm wieder zu reparieren. Und der kleine Junge war so ein Schatz; sie haben ihn beide vergöttert. Ich kann mir nicht vorstellen, daß Ron Billy einfach im Stich läßt.«

»Er hat es vielleicht nicht freiwillig getan. Hatten die Fullers auch noch Kontakt zu irgendwelchen anderen Nachbarn?«

»Nein, ich war der einzige, bei dem sie eine Ausnahme gemacht haben. Ich nehme an, mir gegenüber fühlten sie sich sicher. Im großen und ganzen bin ich ein harmloser Bursche, und sie haben gespürt, daß ich auch Schlimmes durchgemacht hatte.«

»Was meinen Sie mit ›Schlimmes durchgemacht‹? Bezogen auf die Fullers?«

»Ich bin nie genau dahintergekommen, aber da mußte irgendwas gewesen sein, was sie extrem ängstlich gemacht hatte. Sie blieben immer in der Nähe des Hauses, außer um die nötigsten Besorgungen zu machen. Die Fensterläden waren immer zu, die Türen auch. Sie haben sogar auf ihrer Glasveranda Jalousien angebracht. Ich war, offen gestanden, erstaunt, daß Ron mir mit dem Anleger helfen wollte, und mir ist aufgefallen, daß er sich immer nach den vorbeifahrenden Booten umgeschaut hat, als könnte ihm irgendwer etwas tun wollen.«

»Hat er je mit Ihnen über diese Ängste geredet?«

»Nein. Ich hatte mich gerade entschlossen, das Thema mal anzuschneiden, als Marie erschossen wurde und Ron und Billy verschwanden.«

»Haben Sie Ron nach dem Mord noch mal gesehen? Mit ihm geredet?«

»Ich hab's versucht. An dem betreffenden Nachmittag habe ich gerade einen alten Film im Fernsehen geschaut, als plötzlich die Meldung eingeblendet wurde. Natürlich bin ich sofort rüber zu Ron, um zu gucken, ob ich was tun kann. Da kam ein Mann an die Tür. Er sagte, er sei Rons Bruder und habe alles im Griff.«

»Komische Ausdrucksweise. Können Sie ihn beschreiben?«

»Ungefähr so alt wie ich jetzt – neunundvierzig. Kurzes blondes Haar, glattrasiert, beiger Busineßanzug. Da war weiter nichts Auffälliges an seinem Äußeren oder seiner Art zu reden, aber er kam mir irgendwie komisch vor. Ron hatte nie was davon gesagt, daß er einen Bruder hier in der Gegend hatte, und der Mann sah ihm nicht besonders ähnlich.«

»Sie haben das Haus also gar nicht betreten?«

»Nein, hab ich nicht. Da stand ein grauer Buick in der Einfahrt, mit hiesigem Kennzeichen. Ich bin wieder heimgegangen und habe rübergeguckt. Ein paar Minuten drauf kamen der Blonde und ein dunkelhaariger Mann mit Koffern aus dem Haus und luden sie in den Buick. Dann sind Ron und der Junge mit dem Blonden weggefahren. Es sah nicht aus, als würden sie gezwungen, aber ich habe mir trotzdem so meine Gedanken gemacht. Der Dunkelhaarige ging wieder rein; nach einer Viertelstunde schleppte er ein paar Kartons zu Rons Wagen raus und fuhr damit los. Und das war das letzte, was ich von den Fullers gesehen und gehört habe.«

Ich dachte über das Szenario nach, das er geschildert hatte. »Mr. Simmons, war die Polizei bei Ihnen, um Sie über die Fullers zu befragen?«

»Ja, eine Viertelstunde, nachdem der zweite Mann das Haus verlassen hatte.«
»Haben Sie den Polizisten von dieser Sache erzählt?«
»Nein.«
»Warum nicht?«
»Ich wollte wohl Ron und den Jungen schützen. Der Beamte, der mich befragt hat, hat angedeutet, Ron habe vielleicht irgendwas mit Maries Tod zu tun, und ich wußte, das konnte nicht sein. Als jemand, der eine Ehe hinter sich hatte, in der die Liebe einseitig war, hatte ich ein Auge für echte wechselseitige Gefühle. Ron hat Marie sehr geliebt.«
Ich dachte an den Ehering, der immer noch bei Fullers Schätzen lag, und nickte. »Wissen Sie, wer der Vermieter der Fullers war?«
»Eine hiesige Immobilienmaklerin namens Suzie Kurth. Sie hat eine eigene Firma, Kurth und Partner, am Boulevard.«
Ich dankte Simmons für die Zeit, die er mir gewidmet hatte, und er brachte mich zur Tür, aber als ich erst mal draußen war, schien es ihm schwerzufallen, mich gehen zu lassen. »Wissen Sie«, sagte er, »Maries Tod hat mich sozusagen wachgerüttelt. Vorher war ich Versicherungsagent, immer unter Dampf, um das dicke Geld zu machen. Aber als sie auf so absurde Weise getötet wurde, habe ich erkannt, daß das alles gar nichts bedeutet, und mich zur Ruhe gesetzt. Ich habe die Entscheidung kein einziges Mal bereut.«
Vielleicht hätte Mattys Tod mich wachrütteln sollen, aber statt dessen hatte er mich nur auf meine Weise unter Dampf gesetzt. Ich war mir nicht sicher, ob das gut war, aber es war nun mal die einzige Reaktion, die mir zu Gebote stand.

»Ja, Mack Gifford hat das Mobiliar inventarisiert, aber ich habe die Sachen der Fullers nicht eingelagert.« Suzie Kurth schüttelte das kurze blonde Lockenhaar und sah ungeduldig auf ihre Armbanduhr. Zeit war ein kostbares Gut; es galt, Courtagen zu verdienen, und bei mir bestand darauf keine Aussicht.
»Was ist damit passiert?«
»Suzie«, sagte die Sekretärin, »das Notariat ist auf Leitung eins.«
»Fragen Sie, ob Sie mir was ausrichten können. Ich habe in fünfzehn Minuten einen Termin bei diesem Harborside-Objekt.« Sie

ging in Richtung Tür und winkte mir, ihr zu folgen. »Wie war noch mal Ihre Frage?«
»Die Sachen der Fullers – was ist damit passiert?«
»Ach, ja.« Sie hielt mir die Tür auf, und wir traten auf den Gehweg hinaus. Der Himmel hatte sich bezogen, und ein Hauch von Regen lag in der Luft. Suzie Kurth schnupperte und murmelte: »Hätte den Schirm mitnehmen sollen.«
»Die fullerschen ...?«
»Lassen Sie mich nachdenken.« Sie schloß die Augen und klimperte mit einem Schlüsselbund. »Genau – der Bruder. Er kam mit einem Möbelwagen und hat alles abgeholt.«
»Ron Fullers Bruder?«
»Ganz recht. Larry mit Vornamen.«
»Wissen Sie noch, wie er aussah?«
»Blendend, wenn man auf Typen mit Button-Down-Kragen steht.«
»Alter? Haarfarbe?«
»Anfang Dreißig. Braunes Haar, dunkel. Blaue Augen. Aber ganz und gar nicht mein Typ.«
Ein anderer Bruder – wohl eher nicht mit ihm verwandt. »Hat Gifford die Herausgabe der Sachen genehmigt?«
»Nein, aber er hatte sie ja durchgesehen, also bin ich davon ausgegangen, daß es okay ist, sie einem Verwandten zu überlassen. Und Gifford hat auch nie wieder danach gefragt.« Sie sah wieder auf die Uhr. »War's das? Ich muß weg.«
»Ich würde gern den Mietvertrag der Fullers sehen, falls er sich noch in Ihren Akten befindet.«
»Sorry, aber so lange hebe ich Papierkram nicht auf. Das Haus war, offen gestanden, sowieso nur eine Last; alle Mieter wurden geschieden oder sind gestorben.«
»Ein verhextes Haus, würde ich sagen.«
Suzie Kurth sah mich streng an. »Ms. McCone, verhexte Häuser gibt es nicht, nur notorische Pechvögel.«

Ich fuhr auf den Parkplatz des Good-Buy-Markts und hielt neben der zerzausten Kiefernreihe am äußersten Rand. Zehn Jahre und acht Monate war es her, daß John Seabrook – damals noch Ron Fuller – von dieser Stelle aus mit angesehen hatte, wie seine

Frau erschossen wurde. Über zehn Jahre – was glaubte ich, was mir ein Besuch dieses Ortes einbringen würde, außer morbiden Gefühlen, die Alpträume nährten?
Dennoch saß ich da und beobachtete die Kunden, die den Supermarkt betraten und verließen. Sah im Geiste eine Frau in einem rosa Kleid ihrem Mann und ihrem Sohn über den Parkplatz hinweg zuwinken. Hörte den Schuß, dann die Schreie der Umstehenden. Ich schloß die Augen, und die Geräusche vermengten sich mit dem Knall einer Explosion und den Schreien der Zuschauer bei der Flugshow. Die Bilder gingen jetzt durcheinander: Matty, die mir winkte, die Finger zum Siegeszeichen gespreizt... die winkende Frau im rosa Kleid... mein panischer Versuch, zu dem brennenden Wrack zu laufen... John Seabrooks panisches Bemühen, seinen Sohn zu retten...
Der Stoff, aus dem die schlimmsten Alpträume waren, und das an einem lieblichen Nachmittag in Florida, während die Sonne durch die regenschwangeren Wolken drang und einen Regenbogen malte.
Ich öffnete die Augen und drängte die schrecklichen Visionen zurück, hielt sie in Schach, während ich mich darauf konzentrierte, was ich jetzt tun sollte. Sinnlos, die Leute vom Supermarkt zu befragen; zehn Jahre waren eine lange Zeit, was das menschliche Gedächtnis und wohl auch die Verweildauer von Verkäuferinnen anbelangte.
Denk nach, McCone. Denk drüber nach, was damals geschehen ist.
Eine Kugel, Kaliber zweiundzwanzig, mitten ins Herz. Ein sauberer, kaltblütiger Mord.
Ein sauberer Mord, und dann das spurlose Verschwinden der Restfamilie. Mann und Sohn, abtransportiert von zwei Unbekannten, die sich für Verwandte ausgaben. Unter Zurücklassung fast all ihrer Habe. Ihrer Habe und des Leichnams der Marie Fuller. Wie hatte der Mann, den Matty als John Seabrook kennengelernt hatte, seine Frau einfach im Leichenschauhaus liegenlassen können, wenn er andererseits seinen Ehering noch über zehn Jahre nach ihrem Tod im Samtkästchen aufbewahrte?
Er hatte keine andere Wahl gehabt.
Ich blieb noch ein paar Minuten reglos sitzen, während sich ein

Gedanke in meinem Kopf herausschälte. Dann nahm ich mein Handy heraus, entschlossen, diesen Gedanken dem Menschen zu unterbreiten, auf dessen Urteil ich am meisten vertraute. Aber Hy war weder bei mir zu Hause noch im RKI-Büro in San Francisco. Ich probierte es in meinem Büro, dann bei Rae und Ricky, für den Fall, daß Hy Zach besucht hatte. Niemand hatte ihn gesehen. Doch als ich schließlich im Nord-Terminal des Flugplatzes von Oakland anrief und mit einem Freund von uns sprach, der dort arbeitete, erfuhr ich, daß Hy heute früh abgeflogen war.

»Sichtflug?« fragte ich.

»Sichtflug, und er wollte nicht recht damit rausrücken, wohin. Alles, was er gesagt hat, war ›bißchen in der Gegend rum‹.«

Jetzt war ich besorgt. Ich rief rasch in unserem Häuschen an. Keiner da. Dasselbe auf Hys Ranch am Lake Tufa. Hy war unterwegs und hüllte sich in Schweigen – immer ein schlechtes Zeichen.

Aber daran konnte ich jetzt auch nichts ändern. Ich ging eine innere Checkliste durch und rief dann meine Freundin Adah Joslyn beim Morddezernat des Police Department von San Francisco an.

»McCone! Lebst du noch? Du mußt ganz schön außer Form sein; ich habe dich seit Wochen nicht mehr im Fitneßcenter gesehen.«

»Ich war mit Arbeit eingedeckt. Hör mal, hast du noch Kontakt zu Craig Morland?« Morland war ein FBI-Agent aus Washington, der vor etlichen Monaten vorübergehend nach San Francisco abgestellt worden war. Er hatte Joslyn sehr geholfen, als sie sich selbst in ernsthafte Schwierigkeiten gebracht hatte, und ich vermutete, nur die Entfernung hat verhindert, daß ihre Beziehung intimer wurde.

Sie sagte spitz: »Wie geht's dir, Adah?«

»Oh, danke, mir geht's gut, McCone.«

»Tut mir leid, daß ich so lange nichts von mir habe hören lassen, Adah.«

»Ach, schon gut.«

»Es tut mir leid, okay? Aber ich rufe von meinem Handy aus an, für fünfundsiebzig Cents die Minute plus Ferntarif aus Florida, und es ist wichtig.«

»Und ich dachte, du rufst an, um mich nach meinem Liebesleben auszufragen.«

Ich sah sie vor mir: in einem ihrer schicken Outfits, in ihren Drehsessel zurückgelehnt, die langen Beine von sich gestreckt und übereinandergeschlagen, ein ironisches Lächeln im honigbraunen Gesicht.

»Dann hast du also noch Kontakt zu Craig. Ich muß unbedingt mit ihm reden – heute noch.«

»Ich gebe dir seine Dienstnummer.«

»Nein, das reicht nicht. Auf einer Dienstleitung kann er über das, was ich wissen will, nicht reden, und außerdem wird er sowieso nicht gewillt sein, mir meine Fragen zu beantworten. Du bist der einzige Mensch, der ihn dazu kriegen kann.«

»Tja, wenn's um Craig geht, bin ich ziemlich gut im Rumkriegen. Du sagst, es ist wichtig?«

»Ja.«

»Ich rufe ihn an, schaue, was sich machen läßt, und melde mich dann wieder.«

»Danke, Adah.«

»Weißt du, McCone, manchmal frage ich mich wirklich, ob sich das gelohnt hat.«

»Ob sich was gelohnt hat?«

»Mir von dir mein verflixtes Leben retten zu lassen. Ich habe immer gehört, wenn man jemandem das Leben rettet, fühlt man sich für den betreffenden Menschen verantwortlich und glaubt, auch weiter was für ihn tun zu müssen. Aber seit du mir das Leben gerettet hast, tue ich immer nur was für dich.«

Nachdem ich das Handy wieder zugeklappt hatte, blieb ich noch auf dem Parkplatz stehen und verfolgte das Kommen und Gehen der Good-Buy-Markt-Kunden.

Andere Leute kommen wegen der Sonne und der Strände nach Florida, sagte ich mir, aber du nicht. Du kommst hierher, um zwanghaft auf die Stelle zu starren, wo eine junge Frau, die du gar nicht kanntest, vor über zehn Jahren einen gewaltsamen Tod starb. Die Fixierung auf solche finsteren Dinge ist gefährlich. Aber ich konnte mich nicht aufraffen, den Motor anzulassen und loszufahren.

Ein Trio von jungen Müttern kam lachend aus dem Supermarkt, die Sprößlinge sicher in den Kindersitzen der vollgepackten Einkaufswagen verstaut. Zwei halbwüchsige Jungen düsten auf Skateboards vorbei und kommunizierten laut schreiend. Ein älteres Ehepaar ging noch mal seine Einkaufsliste durch, teilte sich die wöchentliche Aufgabe mit der heiteren Selbstverständlichkeit, die glückliche gemeinsame Jahre mit sich bringen. Ein Ladengehilfe schubste einen Einkaufswagen präzise in eine lange Schlange von Artgenossen, die er in den Supermarkt zurückschieben wollte, und erntete dafür ein Lächeln von einer hübschen Blondine.

Alle taten sie jene vielen kleinen Dinge, die das Gewebe unseres Alltags ausmachen – ohne sich darüber im klaren zu sein, wie schnell dieses Gewebe durch einen Eingriff wie einen einzelnen Schuß zerfetzt werden kann.

Plötzlich überkam mich ein solches Gefühl der Isolation, daß sich ein dumpfer Schmerz unter meinem Brustbein ausbreitete. Ich sah auf meine Armbanduhr. In fünfzig Minuten ging ein Flug nach Miami. Ich konnte ihn kriegen, dann in die Nachmittagsmaschine nach San Francisco umsteigen. Nach Hause zurückkehren, Hank erklären, daß John Seabrook unauffindbar war, ihm das Problem Zach überlassen. Hy sagen, daß wir diese verbissene und potentiell gefährliche Aktion aufgeben mußten. Wieder ein normales Alltagsleben führen.

Klar. Und Katzen können unbeschadet aus dem neunten Stock fallen.

Ein normales Alltagsleben war eine Illusion, jedenfalls für mich. Vielleicht hatte ich so was Ähnliches gehabt, als ich ein rotwangiges Cheerleader-Mädel auf der High-School gewesen war. Doch selbst damals hatten meine federnden Bewegungen, mein strahlendes Lächeln und meine kecken kleinen Manierismen nur private Dämonen kaschiert. Und am Ende war mir die Anstrengung zuviel geworden; meine Fassade war an dem Tag ins Bröckeln gekommen, an dem ich mein letztes Rad geschlagen hatte.

»War gar nicht leicht, Craig rumzukriegen«, sagte Adah Joslyn, »und reden will er mit dir nur persönlich.«

»Wo und wann?«
»Heute abend um acht, in der Raffles Bar in Georgetown.« Sie nannte mir die Adresse, in der Nähe vom DuPont Circle. »Schaffst du das?«
»Ich kriege sicher noch rechtzeitig einen Flug von Miami nach Washington.«
»Dann sage ich also zu. Ruf mich an, wenn was dazwischenkommt.« Sie zögerte. »McCone, irgendwas ist mit Craig. Ich kriege es nicht zu fassen, aber wir telefonieren immer ein paarmal wöchentlich, und er ist so ... anders.«
»Wie?«
»Einfach anders. Guck mal, ob du's auch merkst und vielleicht dahinterkommst, was es ist. Um ehrlich zu sein, ich habe irgendwie Angst um ihn.«

11 *Montag abend, Washington*

Adah hatte recht: Craig Morland hatte sich wirklich verändert. Als ich die dunkle kleine Bar in Georgetown betrat, dachte ich zunächst, der FBI-Agent hätte mich versetzt. Doch dann sah ich einen schlanken Mann in Trainingsanzug und Joggingschuhen von einem der Hocker steigen und auf mich zukommen. Ich hatte Morland noch nie anders als mit Anzug und Krawatte gesehen, selbst wenn er nicht im Dienst war, und schon gar nicht kannte ich ihn mit Schauzbart und wilder sandfarbener Mähne. Vielleicht ja ein äußerer Niederschlag innerer Prozesse, aber mit Sicherheit eine Verbesserung gegenüber dem steifen, ziemlich farblosen Mann, den ich im Frühjahr erlebt hatte. Warum war Adah besorgt?
Doch dann ergriff ich seine ausgestreckte Hand und sah ihm in die Augen. Sah vermutlich genau das, was sie spürte, konnte es aber ebensowenig benennen wie sie.
Morland bestellte mir ein Glas Wein und sich noch einen Scotch, und wir gingen mit unseren Gläsern zu einer Sitznische ziemlich weit hinten. Als er sich setzte, sah er sich um, als wollte er sich

vergewissern, daß wir garantiert außer Hörweite der anderen Gäste waren. Dann beugte er sich über den Tisch und sagte leise: »Also, was sind das für Fragen, von denen Sie Adah gesagt haben, ich würde sie nicht beantworten wollen?«

»Zuerst mal würde ich Ihnen gern ein Szenario schildern.«

Ich erzählte ihm detailliert von dem Mord an Marie Fuller und dem Verschwinden ihres Mannes und ihres Sohnes. »Wonach klingt das in Ihren Ohren?«

Er sagte achselzuckend: »Könnte vieles sein. Warum fragen Sie mich?«

»Weil ich glaube, daß die beiden Männer in Fullers Haus von der US-Justiz waren. Genauer gesagt, vom Marshals Service.«

»Wieso? Weil der Mann, auf den sich die Kreditauskunft für den Mietvertrag bezog, für den Marshals Service arbeitete?«

»Das ist ein Punkt, aber es gibt noch weitere. Die Fullers benahmen sich, als fürchteten sie Vergeltung für irgendwas, was sie getan hatten. Mack Gifford sagt, Maries Erschießung war ein Auftragsmord, und so klingt es auch tatsächlich, selbst die Presse hat das angedeutet. Der Nachbar der Fullers sagt, sie hätten keine Freunde gehabt und nie irgendeinen Verwandten in der Nähe erwähnt, aber dennoch konnte Ron die Männer, die ihn und seinen Sohn dann wegbrachten, unmittelbar nach dem Mord auf den Plan rufen.«

Morland nickte, die Augen nachdenklich zusammengekniffen.

Ich fuhr fort: »Der Nachbar ging nach dem Mord zu Fullers Haus hinüber. Er glaubt nicht, daß der Mann, der ihm die Tür öffnete, wirklich Fullers Bruder war, sagt aber andererseits, er habe nicht das Gefühl gehabt, daß Fuller und sein Sohn das Haus unter Zwang verließen. Für mich klingt das so, wie ich mir vorstelle, was abgelaufen wäre, wenn die Familie im Bundes-Zeugenschutzprogramm gewesen wäre.«

»Ich hatte immer schon den Verdacht, daß Sie eine überschäumende Phantasie haben.« Aber Craigs Lächeln drang nicht bis in seine Augen.

»Würde es so ablaufen?«

»Könnte sein. Oder auch nicht.«

»Haben Sie das auf der FBI-Akademie gelernt – Fragen auf diese Art auszuweichen?«

»Das ist, um ehrlich zu sein, eine selbsterworbene Fähigkeit.« Er orderte gestikulierend noch einmal dasselbe für uns beide – ein Hinhaltemanöver.
Ich fragte: »Könnten Sie mein Gedächtnis ein bißchen auffrischen, was das Zeugenschutzprogramm anbelangt?«
»Wüßte nicht, was dagegen spricht. Daraus machen wir kein Geheimnis.«
»Ich habe die Bezeichnung ›Zeugenschutzprogramm‹ gehört, aber auch ›Zeugensicherheitsprogramm‹. Welche ist richtig?«
Er sagte achselzuckend: »Beide, schätze ich. Ich habe schon Leute ›Sisek‹ sagen hören, was soviel heißt wie ›Sicherheitssektion‹. Aber sie nennen es auch Schutzprogramm, also können Sie sich's aussuchen.«
Das war auch nur bei einer Bundesbehörde möglich – daß die Leute, die für ein Programm verantwortlich waren, sich nicht auf einen Namen dafür einigen konnten.
Craig fuhr fort: »Es wurde Anfang der siebziger Jahre eingerichtet, als Gemeinschaftsprojekt des FBI, der Strafjustizbehörden und des Marshals Service. Die Marshals führen es durch.«
»Und es ist in erster Linie für Leute gedacht, die gegen Vertreter des organisierten Verbrechens aussagen?«
»Ursprünglich war das der Zweck, ja. Aber es sind auch Zeugen im Programm, die gegen nichtorganisierte Drogendealer, Waffenschieber oder wen auch immer ausgesagt haben. Außerdem haben wir hier zu Beginn der neunziger Jahre das Kurzzeit-Schutzprogramm eingerichtet, für Zeugen, die nicht für immer untertauchen müssen. Und verschiedene andere Unterbereiche – New York zum Beispiel – haben eigene Programme. Früher war Zeugeneinschüchterung etwas, was sich auf die höheren Etagen des organisierten Verbrechens beschränkte, aber inzwischen wird sie überall praktiziert, bis runter zum kleinen Straßengangster. Niemand zögert mehr, einen Zeugen zu beseitigen. Sie sehen also, ich weiche Ihrer Frage nicht wirklich aus, wenn ich sage, Ihr Szenario könnte auf das Programm hindeuten oder auch nicht. Die Fullers könnten unter dem Schutz verschiedenster Justizorgane gestanden haben – oder auch unter gar keinem.«
»Für wie wahrscheinlich halten Sie's, daß sie in irgendeinem Programm waren?«

»Ich würde sagen, es kann durchaus sein.«

»Und wenn die Bedrohung schwerwiegender und langfristiger Natur war, wäre es dann nicht logisch, daß der Marshals Service die betreffende Institution war?«

Er schwieg, während der Kellner unsere Drinks brachte, und sah ihm erst noch eine Weile nach, ehe er antwortete. »Wie kommen Sie auf schwerwiegend und langfristig?«

»Weil Ron Fuller, unter anderem Namen, über zehn Jahre später noch immer in Panik ist.«

Morland zog eine Augenbraue hoch.

»Mehr kann ich Ihnen nicht sagen. Schweigepflicht – ich stehe im Auftrag eines Anwalts.«

»Die Rechtmäßigkeit dieses Anspruchs ist umstritten.«

»Okay, vielleicht könnte man mich zwingen, vor einem Geschworenengericht auszusagen, aber Ihnen oder irgendwelchen anderen Polizeibeamten brauche ich keine Informationen zu liefern.«

»Es sei denn, Sie behindern laufende Ermittlungen.«

»Die gibt es meines Wissens nicht.«

Er grinste skeptisch.

»Okay«, sagte ich, erpicht darauf, von dieser Schiene herunterzukommen, »Zeugen, die in das Bundesprogramm aufgenommen werden, werden umgesiedelt und bekommen neue Jobs, neue Papiere und einen neuen Namen?«

»Auf behördlichem Weg. Der Identitätswechsel ist streng legal, unsere Beamten dürfen schließlich keine betrügerischen Handlungen begehen.«

Das hatte ich nicht gewußt, und es sprach dagegen, daß die neuen Identitäten der Fullers als John und Zach Seabrook vom Staat stammten. Die Geburtsurkunden, die ich in Johns Unterlagen gefunden hatte, waren mit großer Sicherheit durch einen weitverbreiteten illegalen Trick beschafft worden – so weit verbreitet, daß die Einwohnerbehörden inzwischen schon Sicherheitsvorkehrungen dagegen getroffen hatten.

Ich ignorierte diesen Haken für den Moment und fuhr fort: »Mal angenommen, ich habe gegen jemanden ausgesagt und werde bedroht. Was tue ich, um in das Programm aufgenommen zu werden?«

»Sie beantragen es über die Justizbehörde, die für den Fall zuständig ist. Wenn Ihr Antrag durchkommt, gehen Sie zum nächsten Marshal-Büro und lesen ein Dokument durch, die sogenannte Einverständniserklärung. Darin sind die Bedingungen des Programms dargelegt. Wenn Sie meinen, daß Sie damit leben können, zeichnen Sie jede Seite mit Ihren Initialen ab, unterschreiben das Ding, geben Ihre sämtlichen alten Ausweise ab, und schon sind Sie drin. Ein Deputy Marshal wird beauftragt, für Ihren Schutz zu sorgen, Ihnen eine neue Identität zu verschaffen, Sie umzusiedeln. Wenn Sie später irgendwelche Probleme haben oder ein Krisenfall eintritt, können Sie sich an ihn wenden.«

»Kommt es je vor, daß Leute das Programm ablehnen?«

»Manchmal schon. Die Auflagen sind ziemlich streng.«

»Zum Beispiel?«

»Das Wichtigste ist, daß Sie nie mehr in die sogenannte Gefahrenzone zurückkehren dürfen – dorthin, wo die Bedrohung am größten ist. Das ist normalerweise der Heimatort der betreffenden Person, wo die meisten Verwandten und Freunde wohnten. Sie dürfen auch nirgends hin, wo Sie irgend jemanden kennen, damit entfallen auch alle sonstigen Verwandten und Freunde. Niemand aus Ihrem früheren Leben darf Sie anrufen; Sie selbst können solche Leute anrufen, aber die Marshals sehen es gar nicht gern. Jedwede Post von Menschen aus Ihrer Vergangenheit muß über ein Postfach des Marshals Service gehen, und Päckchen – also etwa Weihnachts- und Geburtstagsgeschenke – sind ganz verboten.«

»Das muß hart sein.«

»Für einen normalen Menschen ja. Mal angenommen, Sie haben alte Eltern: Sie müssen sie verlassen, in dem Wissen, daß Sie sie nie mehr wiedersehen werden, es sei denn, auf dem Totenbett oder im Sarg. Wenn sie dann sterben, dürfen Sie nicht an der Beisetzung teilnehmen. Ein privater letzter Abschied in Gegenwart eines Deputy Marshal ist alles, was Ihnen vergönnt ist.«

»Ich verstehe, was Sie meinen.«

»Oh, das ist noch nicht alles. Sie dürfen Ihren alten Beruf nicht mehr ausüben und kriegen höchstens noch miese Jobs, weil Sie keine Referenzen haben. Wieder studieren oder einen neuen Beruf erlernen, können Sie auch nicht, weil Sie nicht an Ihre Zeugnisse herankommen. Sie dürfen Ihren früheren Hobbys nicht mehr nachgehen. Sie haben Angst, neue Freundschaften zu schließen, weil Sie befürchten, daß Ihnen irgendwas entschlüpft, daß Sie vielleicht Ihre Frau oder Ihre Kinder versehentlich beim richtigen Namen nennen. Wenn Sie unverheiratet sind, können Sie keine wirklich enge Beziehung eingehen, weil eine der Auflagen des Programms lautet, daß Sie niemandem von Ihrer Vergangenheit erzählen dürfen. Und Sie haben zwar echte Papiere – Sozialversicherungskarte, Führerschein, Geburtsurkunde –, können aber weder eine Kreditauskunft noch Patientenunterlagen beibringen. Alles, was Sie betrifft, alles, wofür Sie Ihr Leben lang gearbeitet haben, ist ausgelöscht.«

Im Zuge dieser Erklärungen war Morlands normalerweise sanfte Stimme lauter und emotionaler geworden. Er mußte es selbst gehört haben, denn er sah sich um und drosselte seine Lautstärke. »Sie merken wohl, daß mich dieses Thema richtig in Rage bringt. Das Programm nützt vor allem den Leuten, die es am wenigsten verdienen, wie etwa Kleingangstern, die einen Neuanfang suchen. Die unschuldigen Zufallszeugen irgendwelcher Verbrechen und die guten Staatsbürger, die das Richtige zu tun glauben, indem sie sich melden – das sind diejenigen, die leiden.«

»Das klingt, als hätten Sie einige Erfahrung mit Leuten in dem Programm.«

»Von meinen Informanten sind etliche dabei. Manche sind damit klargekommen, andere nicht. Ein paar sind an dem Punkt angelangt, wo sie sich sicher fühlten und wieder zu ihren alten Gewohnheiten und an ihre alten Stammplätze zurückkehrten. Sie wurden erkannt und umgelegt.

Ich will Ihnen ein Beispiel erzählen: eine nette Frau mittleren Alters, ledig, Buchhalterin, mit engen familiären Bindungen, einem regen Sozialleben, ehrenamtlichem Engagement. Sie entdeckte, daß eine Firma, bei der sie einen Zeitjob hatte, massive Geldwäsche beging, und kam mit der Information zu uns. Die Drohungen setzten schon vor dem Prozeß ein, und danach beantragte sie dauerhaften Schutz. Die Marshals siedelten sie aus Virginia nach Neumexico um. Der einzige Job, den sie sich ihr zu suchen bequemten, war der als Verkäuferin bei einer Pizzakette. Sie mieteten ihr ein schäbiges Apartment und erklärten ihr, jetzt sei sie auf sich gestellt. Sie ging

zur Arbeit, verkroch sich abends und am Wochenende in ihrer Wohnung, schloß keine Freundschaften, machte gar nichts.
Nach einer gewissen Zeit setzten ihr die Isolation und Entwurzelung zu. Den zuständigen Deputy Marshal kümmerte das nicht weiter. So was kommt vor. Er stellte sie vor die Wahl, sich mit der Situation abzufinden oder aus dem Programm auszuscheiden. Schließlich rief sie mich an und fragte, ob ich die Marshals überreden könne, sie woandershin umzusiedeln oder ihr wenigstens einen besseren Job zu beschaffen. Ich konnte es nicht, und sie muß das wohl ebenfalls als Gleichgültigkeit gedeutet haben, denn sie rief nie wieder an. Sechs Wochen später verstieß sie gegen die Regeln und besuchte ihre Familie in Virginia – der Gefahrenzone. Die Marshals kamen dahinter und schlossen sie aus dem Programm aus. Sie kehrte nach Hause zurück und wurde keine vier Wochen später auf offener Straße erschossen, als sie auf dem Weg zu einem Vorstellungsgespräch war.«
»Das ist ja schrecklich!«
»Ja. Und es ist kein Einzelfall. Und noch schlimmer ist, daß dieser Abschaum da draußen – der sich zum Teil in den besten Kreisen bewegt – nichts dabei findet, Menschen wie sie abzuknallen. Und das Allerschlimmste ist, daß die Justizbehören nichts dagegen tun können oder manchmal auch gar nichts tun wollen.«
»Wie meinen Sie das – nichts tun wollen?«
Er sah in sein Glas und murmelte nach einer kurzen Schweigepause: »Gott, warum mache ich das?«
Ich wartete.
Er sah mich wieder an, und jetzt erkannte ich, was ich vorher schon in seinen Augen gesehen hatte: Gereiztheit, Zorn und eine gewisse Leere.
»Sharon, Sie sind die letzte, der ich erzählen sollte, was ich zu erzählen im Begriff bin – und vielleicht tue ich es ja genau deshalb. Versuchen Sie dran zu denken, daß dieses Gespräch nie stattgefunden hat.«
Ich nickte.
»Jedes Jahr werden nahezu hunderttausend Kriminalsachen von verschiedenen FBI-Stellen an die Justizbehörden weitergegeben. Die Justizbehörden prüfen sie und verfahren damit – indem sie Anklageerhebung beschließen oder auch nicht. Was glauben Sie,

welcher Prozentsatz dieser hunderttausend Fälle ohne Anklageerhebung ad acta gelegt wird?«
»Keine Ahnung.«
»Über sechzig Prozent. Gut, manche sind geringfügig, oder es gibt schwerwiegende Probleme mit der Beweislage oder den Zeugen. Aber andere –«
Uns gegenüber in der Sitznische hatte sich ein Paar niedergelassen. Morland rutschte die Sitzbank entlang, bis er direkt neben mir saß. Er legte seine Hand auf meine und sprach so leise, als hätten wir ein trauliches Stelldichein. »Nehmen wir mal einen hypothetischen Fall. Sagen wir, unser Einsatzbüro in San Francisco hat gegen einen Geschäftsmann ermittelt, der zufällig einer der Hauptwahlkampffinanciers des Präsidenten war. Den Namen des Präsidenten können Sie je nach Ihrer politischen Ausrichtung einsetzen. Jedenfalls, wir können hieb- und stichfeste Beweise dafür beibringen, daß der Geschäftsmann in Drogentransaktionen verwickelt ist. Die Sache geht an den zuständigen Staatsanwalt, und der beschließt nach entsprechender Prüfung, trotz der klaren Beweislage keine Anklage zu erheben. Was glauben Sie, wieso?«
Ich schüttelte den Kopf.
»Deshalb, weil der Geschäftsmann seinen Senator angerufen hat, dem er ebenfalls eine ordentliche Wahlkampfspende hat zukommen lassen. Der Senator hat einen netten kleinen Telefonplausch mit dem Oval Office geführt. Das Oval Office wiederum hat den Justizminister angerufen, der vom Präsidenten ernannt wird und diesem rechenschaftspflichtig ist. Und schwupp, erhält der Staatsanwalt in San Francisco Weisung, die Sache fallenzulassen oder sich nach einem neuen Job umzugucken.«
»So läuft das wirklich?«
»Und ob das so läuft.« Morlands Finger um meine Hand waren starr, seine Augen jetzt hart und zornig.
Ich sagte: »Sie scheinen ja ziemlich desillusioniert, was das System betrifft.«
»Mehr als desillusioniert. Das war ein allmählicher Prozeß. Als ich zum FBI ging, war ich ziemlich naiv; ich konnte mir nicht vorstellen, daß solche Deals stattfinden, und schon gar nicht, daß das Justizministerium daran beteiligt ist. Später habe ich es dann mit Rationalisierungen versucht: Politische Stabilität ist unerläßlich

für das Wohl der Nation, wir können nicht zulassen, daß der Ruf unserer höchsten Mandatsträger Schaden nimmt. Na ja, nach einer Weile war mir klar, daß das Selbstbetrug ist, aber ich habe mir immer noch gesagt: So funktioniert unser System nun mal, es ist widerwärtig, aber es funktioniert.«

»Und jetzt?«

»Jetzt wissen Sie, warum ich mich von Adah habe überreden lassen, Sie zu treffen. Es ist mir einfach alles scheißegal. Ich bin ins Schleudern geraten und lege es drauf an, ganz aus der Kurve zu fliegen.«

»Warum?«

Er sah weg, die Lippen aufeinandergepreßt. »Da kommt vieles zusammen. Die Einzelheiten sind unwichtig.«

»Liegt es unter anderem an diesem ganzen Mist, der in Zusammenhang mit der Diplo-Bomber-Sache letztes Frühjahr passiert ist?«

»Ja, unter anderem.« Er sah mich wieder an. »Genug über mich. Was wollen Sie noch?«

»Wenn die Fullers tatsächlich im Zeugenschutzprogramm wären, gäbe es dann irgendeine Möglichkeit, wie ich an die Details herankommen könnte?«

»Klar. Unser ADVT – automatisches Datenverarbeitungs- und Telekommunikationssystem – ist nicht so sicher, wie es sein sollte. Etwa eine halbe Million Insider haben Zugang dazu, und es gibt immer jemanden, der Informationen mißbraucht, sei es aus Spaß oder aus Profitgier. Oder um der alten Zeiten willen. Natürlich würden Sie und dieser Insider eine kriminelle Handlung begehen.«

Er stand schwankend an eben der unsichtbaren Linie, die ich selbst schon so oft überschritten hatte. Einige dieser Überschreitungen bereute ich, und ich brachte es nicht über mich, ihm den Schubs zu geben, auf den er wartete.

»Einen legalen Weg gibt es nicht?«

»... Na ja, Sie könnten es vom anderen Ende her aufrollen.«

»Wie?«

»Sie wissen, wann Marie Fuller umgebracht wurde. Sie wissen, daß der Ehemann noch immer in Panik ist. Das deutet darauf hin, daß er die Hauptzielscheibe war, der Zeuge. Wenn die Bedrohung so schwerwiegend und langfristig ist, sollte es doch irgendwelche

öffentlich zugänglichen Informationen über die Umstände geben, aus denen sie erwachsen ist.«
»Ich verstehe, was Sie meinen.«
»Und ich verstehe, warum Sie mein Angebot ablehnen. Es bleibt bestehen, falls der legale Weg nichts bringt. Aber versuchen Sie's erst mal vom anderen Ende her. Sie wissen ja, wie man das macht.«
Ich wußte es nicht genau – aber Mick bestimmt.

12 *Dienstag morgen, San Francisco*

Alice, meine gescheckte Katze, rannte vor mir die Eingangsstufen hinauf und kratzte wild an der Tür. Ich bemühte mich, Hand- und Reisetasche im Griff zu behalten und gleichzeitig den Schlüssel ins Schloß zu fummeln.
»Keine Panik«, sagte ich. »Ich bin ja da, es ist alles wieder gut.«
Weder Alice noch ihr rotgetigerter Bruder Ralph waren Nachtgeschöpfe, im Gegenteil, sie haßten es, nach Einbruch der Dunkelheit noch draußen sein zu müssen. Ich war mir sicher, daß sie am Sonntag abend drin gewesen waren, und ich hatte die kleine Tochter der Curleys von nebenan angewiesen, sie in meiner Abwesenheit einzusperren, aber offenbar war doch wenigstens eins der gerissenen Viecher entwischt – was es jetzt zutiefst bereute.
Graues Licht drang durch die Fenster von Wohn- und Gästezimmer und vertrieb die Dunkelheit in der Diele. Ich stellte die Alarmanlage wieder an, während Alice in die Küche flitzte – zweifellos zu ihrem Freßnapf. Gähnend schleppte ich die Tasche, die ich unterwegs kein einziges Mal aufgemacht hatte, zu meinem Schlafzimmer im hinteren Teil des Hauses.
Eine Serie von Nachtflügen quer durch die Staaten lag hinter mir – Bewegung war mir immer noch lieber gewesen als ein Motelzimmer oder endlose Stunden auf dem Washingtoner Flughafen –, und ich fühlte mich entsprechend zerknittert und fertig. Obwohl ich in den Fliegern fest geschlafen hatte, hatte ich das Auschecken in San Francisco, den Shuttle-Transfer zum Park-

platz und die Heimfahrt mehr oder minder auf Autopilot hinter mich gebracht. Ich brauchte dringend einen Kaffee und eine Dusche. In meiner Hast hielt ich mich nicht damit auf, im Wohnzimmer Licht anzuknipsen. Ich verschätzte mich mit dem Lampentischchen neben dem Sofa und knallte mit der Tasche dagegen. Die Lampe kippte aufs Sofa, und jemand stöhnte protestierend auf. Erschrocken tastete ich nach dem Schalter für die Deckenlampe.

Hy blinzelte mich über die Kante eines buntgemusterten Baumwollüberwurfs hinweg an. Seine dunkelblonden Locken glichen einer Clownsperücke, seine Augen waren rot, und auf seinem Kinn sproß ein Zweitagebart. »Lieber Himmel, McCone, willst du die Toten auferwecken?«

Meine Überraschung verwandelte sich in Erleichterung und schlug gleich darauf in Ärger um. Ich hatte ihn jeweils zwischen den Flügen zu erreichen versucht, und er war die ganze Zeit hier gewesen. »Warum hast du mich mit dem Anrufbeantworter reden lassen?«

»Was hast du in Florida rausgefunden?«

»Wo warst du gestern den ganzen Tag?«

»Was haben wir überhaupt für eine Uhrzeit?«

»Wo ist Ralph? Hast du Alie rausgelassen?«

Er grinste, setzte sich auf und fuhr sich durch das wirre Haar. »So kommen wir nicht weiter. Ralph hat im Gästezimmer gelegen und geschlafen, als ich ihn das letztemal gesehen habe. Alie ist vermutlich rausgewitscht. Ich bin erst vor ein paar Stunden hier angekommen, und seither hat das Telefon nicht geklingelt. Und was die komplizierteren Dinge betrifft, fang du an. Was hast du rausgefunden?«

»Warum machst du nicht erst mal Kaffee, ehe wir reden? Ich muß dringend unter die Dusche.«

»Alles klar.«

Als ich mich in meinen langen weißen Frotteebademantel gewickelt hatte und in die Küche ging, war der Kaffee fertig. Hy hielt beim Eingießen inne, sah mich an und sagte: »Warum macht es mich nur so an, wenn du diesen Bademantel trägst?«

»Keine Ahnung. Er verhüllt doch alles.«

»Vielleicht ist ja das – das mysteriöse Moment. Komm her und gib mir einen Kuß.«

Ich ging zu ihm hin, und eine Welle der Lust erfaßte mich, als er mich umarmte. Nicht mal seine kratzigen Bartstoppeln dämpften diese seltsame Mischung aus Erregung und Geborgenheit, die ich jedesmal verspürte, wenn ich zu ihm zurückkam. Dann hielt er mich auf Armeslänge von sich und sagte: »Ich glaube, ich werde dir solche Bademäntel in allen Farben kaufen, für den Fall, daß sie irgendwann nicht mehr hergestellt werden.«

»Tu das. Aber jetzt erst mal...«

»Kaffee.«

Wir nahmen unsere Becher mit ins Wohnzimmer und schoben den Baumwollüberwurf und das Polsterkissen, das er sich unter den Kopf geknautscht hatte, beiseite. »Du weißt doch, es gibt hier so was Praktisches wie ein Bett«, erklärte ich. »Du hättest nicht auf dem Sofa auf mich zu warten brauchen.«

»Ich wollte ja ins Bett, glaub mir, ich habe mich hier nur kurz ausgestreckt, um meine Augen ein bißchen auszuruhen, und das nächste, was ich weiß, ist, daß mir diese Lampe aufs Hirn fällt. Also, wie war dein Trip?«

»Ertragreich. Ich bin am Ende in Washington gelandet.« Er hörte mit wachsender Erregung zu, wie ich ihm die Ereignisse der letzten vierundzwanzig Stunden schilderte.

»Das hat Hand und Fuß, McCone. Jetzt erzähle ich dir, was ich gemacht habe, mal sehen, wie das alles zusammenpaßt. Gestern morgen habe ich noch mal über diesen Ed Cutter nachgedacht. Dabei ist mir eins aufgegangen: Wer ihn dazu bringen wollte, irgendwas in Mattys Maschine zu installieren, hätte ihn kaum einfach so angesprochen, oder?«

»Wohl nicht. Du hast selbst gesagt, Cutter schien Matty total ergeben. Jeder, der das sah, hätte da wohl Bedenken gehabt.«

»Genau. Also darf man wohl daraus schließen, daß die Person, die Cutter angestiftet und später dann umgebracht hat, irgendwas über ihn wußte, was wir nicht wissen.«

Ich nickte. »Etwas, was diese Person zu der Annahme brachte, daß Cutter der richtige Mann für den Job war. Vielleicht auch etwas, was der oder die Betreffende als Druckmittel gegen ihn einsetzen konnte.«

»Genau das meine ich. Also habe ich folgendes gemacht: Gestern haben die Zwo-acht-neun und ich ganz Nordkalifornien abgeklappert. Ich habe so oft aufgetankt, daß auf meiner Kreditkartenabrechnung ein ordentlicher Batzen Geld zusammenkommen wird, und mit weiß der Himmel wie vielen Tankwarten, Mechanikern, Piloten und Flugzeugvermietern geredet. Ich habe etwa siebenundachtzig Tassen Kaffee getrunken, sechs Cheeseburger gegessen und Dutzende von Miet- und Reparaturpreislisten in den Büros eingesammelt – und das alles nur, um Fragen stellen zu können, ohne daß es allzusehr auffällt.
Ich bin gelandet, habe alles angequatscht, was in der Nähe war, und dann gesagt: ›Hey, habt ihr schon von den Morden gehört, Samstag abend auf diesem Platz drüben bei Healdsburg?‹ Natürlich hatten alle davon gehört. Und dann habe ich gesagt: ›Kanntet ihr diese Burschen?‹ Und etliche Leute kannten sie. Und das Ergebnis dieser ganzen Quasselei – von der Strapaze für meine Magenschleimhaut ganz zu schweigen – war, daß Ed Cutter Dreck am Stecken hatte. Und Matthews auch.«
»Inwiefern?«
»Das ist das Interessante daran. Niemand konnte – oder wollte – mir Genaueres sagen. Aber irgendwie schien überall klar zu sein, daß die Parole lautete: Wenn du irgendwas Zwielichtiges willst, geh zu Cutter oder Matthews.« Er lachte kopfschüttelnd. »Ich hätte gleich merken müssen, daß mit diesem Flugplatz irgendwas faul war. Wenn ich jetzt an mein Gespräch mit Matthews in Willits zurückdenke, geht mir auf, wie sehr es ihn interessiert hat, daß ich früher mal für die K-Air gearbeitet habe. Er war ja selbst in Südostasien, und dieser Laden hatte nun mal einen bestimmten Ruf. Ich wette, als er mich gefragt hat, ob ich nicht gelegentlich einen Job brauchen könnte, wollte er vorfühlen, ob ich bereit wäre, unterhalb der Radargrenze zu fliegen.«
»Schmuggelflüge.«
»Richtig.«
Ich dachte darüber nach, während ich von meinem Kaffee trank. »Okay, und was war Cutters Rolle bei der Sache?«
»Wahrscheinlich, unregistrierte Umbauten an Maschinen vorzunehmen – Änderungen, die, wenn sie in den Papieren verzeichnet

wären, die Flugbehörde darauf gebracht hätten, daß diese Maschinen für illegale Zwecke benutzt werden. Sitze auszubauen, um Platz für zusätzliche Fracht zu schaffen, Zusatztanks oder spezielle Radargeräte zu installieren.«

»Interessant. Bist du im Zuge deiner Erkundungen auch in Los Alegres gewesen?«

»Nein. Die Leute dort wissen, daß ich mit Matty befreundet war. Sie hätten mich sofort durchschaut.«

»Na ja, von mir wissen sie auch, daß ich mit Matty befreundet war, aber ich habe auch nie einen Hehl daraus gemacht, daß ich für sie gearbeitet habe. Vielleicht kann ich ja heute nachmittag mal hinfahren und noch ein paar Fragen stellen. Und gleichzeitig rausfinden, ob es eine Trauerfeier für sie gibt.«

»Wieso fahren? Nimm doch die Zwo-acht-neun.«

»Nein. Ich will auch noch zu Seabrooks Ex-Partner auf der Weihnachtsbaumfarm, dafür brauche ich meinen Wagen.«

Er nickte, schaute weg und fixierte den kalten Kamin. Nach einem Weilchen sagte er: »Weißt du, McCone, es war ein verdammtes Glück, daß Cutter schon tot war, als wir am Samstag abend dort ankamen. Ich habe dir zwar gesagt, ich würde ihm nichts tun, aber jetzt bin ich mir nicht mehr so sicher, ob ich ihn nicht doch mit bloßen Händen umgebracht hätte, wenn er mir lebend untergekommen wäre und die Sache gestanden hätte.«

»Und ich bin mir gar nicht sicher, ob ich dir nicht dabei geholfen hätte.«

»Großer Gott, wir sind wirklich nicht mehr ganz zurechnungsfähig.«

»Scheint so. Ich warte die ganze Zeit auf ... auf eine Art Normalisierung oder so was. Auf einen Hauch des Gefühls, daß ich lieber Gerechtigkeit will als Rache.«

»Kommt aber nicht.«

»Nein.«

»Das Problem ist, daß es jetzt so scheint, als wäre Mattys Tod nur ein Steinchen in einem großen Mosaik. Vielleicht wird uns nie die Genugtuung zuteil, die Person zur Strecke zu bringen, die dafür verantwortlich ist.«

»Vielleicht ist das, wo wir jetzt dran sind, ja wichtiger, als eine einzelne Person zur Strecke zu bringen.«

Ich verbrachte einen Teil des Vormittags in meinem Büro, um den Papierkram aufs laufende zu bringen und Mick an seine neue Aufgabe zu setzen. Wie erwartet, nahm mein Neffe die Herausforderung, die Vergangenheit der Fullers zu ergründen, freudig an und stürzte sich gleich in die Arbeit. Als ich ging, sprach er gerade mit seinem Power Book wie mit einer Frau: »Wir beide haben heute ein paar heiße Stündchen vor uns, Baby!«

Da Seacliffe fast am Weg zur Golden Gate Bridge lag, beschloß ich in letzter Minute, noch bei Rae und Ricky vorbeizufahren, um nach Zach zu schauen. Die Einfahrt zu dem Haus aus Redwood und Glas stand voller Autos, und nachdem ich die gestrenge Kontrolle des RKI-Manns passiert hatte, öffnete mir Rickys Keyboarder Pete Sherman die Tür. Dienstag und Mittwoch, so fiel mir verspätet ein, waren ja die Probentage, für die zwei Bandmitglieder aus Südkalifornien herbeiflogen und zwei andere mit dem Auto aus ihren Wohnorten in der Bay Area kamen.

Pete hielt mich ein Weilchen in der Eingangsdiele auf, indem er mir einen Stapel nagelneuer Fotos von seiner kleinen Tochter zeigte, und verwies mich dann zur Küche. Dort fand ich Ricky bei einem Bagel mit Cream-Cheese, während sein rothaariger Drummer Jerry Jackson im Kühlschrank kramte. Als Jerry meine Stimme hörte, drehte er sich um, zwinkerte mir zu und streckte mir ein Mayonnaiseglas hin. »Stell das mal da auf die Arbeitsplatte, okay?«

Ich stellte das Glas neben ein erstaunliches Sortiment von kaltem Fleisch und Delikatessalaten und ging zu Ricky hinüber.

»Wie war dein Trip?« fragte er.

»Produktiv. Ich bin kurz vorbeigekommen, um nach Zach zu schauen.«

»Der ist nicht da. Red mußte nach Monterey – irgendwas wegen einer Aussage in einer Sache, mit der sie letztes Jahr bei RKI zu tun hatte. Sie fand, Zach brauchte mal ein bißchen Abwechslung, also hat sie ihn mitgenommen und ihm versprochen, heute nachmittag mit ihm ins Aquarium zu gehen.«

»Nett von ihr. Sie ist doch nicht die ganze Strecke in der Rumpelkiste gefahren?« Reds uralter American Rambler trug diesen Spitznamen absolut zu Recht.

Ricky grinste, ein triumphierendes Blitzen in den Augen. »Nein, sie hat meinen Porsche genommen. Ich glaube, ich habe sie endlich davon überzeugt, daß ihre Kiste eine Gefahr für die Allgemeinheit darstellt. Sie hat sich sogar bereit erklärt, noch diese Woche mit mir nach einem neuen Wagen zu gucken.«

»Was glaubst du, was sie für einen nimmt?«

»Na ja, ich weiß, was sie gern hätte – einen von diesen geilen japanischen Sportflitzern. Ob sie ihn sich von mir schenken läßt, ist eine ganz andere Frage.« Er hob hilflos die gespreizten Hände. »Diese Frau sträubt sich wirklich, irgendwas von mir anzunehmen; ein Wunder, daß sie nicht darauf besteht, Miete zu zahlen.«

»Wenigstens weißt du, daß sie dich liebt und nicht dein Geld.«

»Daran hat sie allerdings nie den geringsten Zweifel gelassen. Aber ich schwöre dir... Deine Schwester mußte ich heiraten, weil Mick unterwegs war, und jetzt muß ich womöglich Red heiraten, um sie dazu zu kriegen, an meinem Reichtum teilzuhaben.«

»Du erwägst ernsthaft, wieder zu heiraten?«

»Schwester Sharon, ich bin der geborene Ehemann.« Er sah in mein Gesicht und lächelte über das, was er dort las. »Ja, ich weiß – du denkst, ich bin auch der geborene Filou. Nein, jetzt nicht mehr. Die Zeiten sind vorbei.«

Ich glaubte ihm – fast. Die Zeit würde es zeigen.

»Noch mal zu Zach«, sagte ich. »Wie geht's ihm?«

»Mittelprächtig. Er ist immer noch schrecklich still, und man merkt, daß er trauert. Gestern abend, als wir ins Bett gegangen sind, konnten wir ihn weinen hören. Aber er hat sich so weit geöffnet, daß er jetzt mit uns beiden darüber redet, wie sehr er Matty und seinen Dad vermißt, und wir kümmern uns nach besten Kräften um ihn.«

»Ich bin euch wirklich dankbar. Hör mal, ich fahre von hier nach Los Alegres. Vielleicht kann ich ja noch was von seinen Kleidern und sonstigen Sachen holen. Gibt es irgendwas, was er vielleicht gern hätte?«

»Er hat ein paarmal gesagt, er wollte, er hätte seinen Discman dabei. Und dann noch irgend was von einem Buch, das er gerade gelesen, aber nicht eingepackt hat. Science-fiction? Ich glaube. Schau doch mal, ob du's findest.«

»Mach ich, wenn ich in das Haus komme.«

Hinter mir rief Jerry: »Voilà!«

Ich drehte mich um und sah den Drummer bewundernd vor dem dicksten aller De-Luxe-Sandwiches stehen. Er mußte den halben Kühlschrankinhalt draufgepackt haben.
»Gott sei Dank kann man das von der Steuer absetzen«, sagte Ricky.

Auf dem Flughafen von Los Alegres wehte die Flagge auf Halbmast.
Ich stellte den MG beim Terminalgebäude ab und marschierte auf den Platz, in Richtung der Zapfsäulen, wo Bob Cuda gerade eine Bonanza auftankte. Als die Maschine davonrollte, ging ich zu dem Tankwart hinüber. Seine Schultern hingen, und er grüßte mich schwunglos. »Eine schöne Reverenz für Matty«, sagte ich und zeigte auf den Flaggenmast.
»Ist das mindeste, was wir tun können. Lieber für sie als für so einen verflixten Politiker. Was führt Sie her? Sie sind doch nicht immer noch dran rauszufinden, wer die Sachen aus ihrer Maschine genommen hat, oder?«
»Nein. Johns Sohn ist bei Freunden von mir in San Francisco, und ich bin hergekommen, um noch was zum Anziehen für ihn zu holen.«
»Demnach ist John immer noch unterwegs. Weiß er das mit Matty überhaupt?«
Ich hatte die im Wind peitschende Flagge beobachtet, aber jetzt wandte ich mich wieder Bob zu, außerstande, mein Erstaunen zu verbergen. »Sie wissen, wo er ist?«
»Na-ah. Er hat's mir nicht genau gesagt, nur, daß er eine Zeitlang weg und nicht erreichbar ist.«
Er hatte es dem Tankwart erzählt, nicht aber der Frau, mit der er zusammenlebte – der Frau, die er in höchste Gefahr gebracht hatte. »Wann hat er Ihnen das gesagt?«
»Am Tag, bevor er gefahren ist. Matty sollte vor der Show wissen, daß er an sie denkt, deshalb hat er mich gebeten, ihr am Freitag nachmittag ihr Glücksbringer-Lamm wieder in die Maschine zu legen. Ich glaube, innendrin war eine Botschaft von ihm oder so was.« Bob runzelte die Stirn. »Das Lamm – gehörte das auch zu den Sachen, von denen sie gemeint hat, sie wären ihr geklaut worden?«

Ich nickte geistesabwesend. Wenigstens war jetzt die Frage beantwortet, wie das Lamm wieder in die Maschine gekommen war. »Haben Sie Matty je gesagt, daß Sie wußten, daß John weg wollte?«
»Nein. Das Lamm sollte doch eine Überraschung sein, und ich hatte Angst, alles zu verderben, wenn ich was sage. Wissen Sie, ob sie die Botschaft oder was es war gekriegt hat?«
»Hat sie.«
»Tja, wenigstens das.«
»Ja.« Ich schaute übers Flugfeld. Trotz der idealen Wetterbedingungen war hier heute auffällig wenig los. Mattys Tod schien den kleinen Flugplatz regelrecht gelähmt zu haben. »Bob, haben Sie von der Sache mit Mattys Mechaniker Ed Cutter gehört?«
»Daß er erschossen worden ist? Ja, kein Wunder.«
»Weil er in illegale Aktivitäten verstrickt war?«
»Na ja, das Gerücht ging um. Über Matthews, den anderen Mann, der erschossen wurde, auch. Komisch, daß es genau an dem Tag passiert ist, an dem Matty umgekommen ist.«
»Wußte sie über Cutter Bescheid?«
»Kann ich mir nicht vorstellen. Matty war immer so korrekt, sie hätte ihn bestimmt angezeigt, wenn sie was gewußt hätte. Cutter war ein neuer Mechaniker, arbeitete erst ein paar Monate für sie. Ich hab versucht, sie zu warnen, Andeutungen zu machen, aber ich glaube nicht, daß es bei ihr angekommen ist.«
»Wenn Sie's versucht haben, dann haben's andere doch bestimmt auch getan. Sieht ihr gar nicht ähnlich zu ignorieren, was Freunde sagen – oder Gerüchte nicht mitzukriegen.«
Cuda seufzte. »Der alten Matty nicht, nein. Aber das letzte Jahr war sie anders. Sie war verliebt und nicht viel hier, außer zu ihren Stunden und zum Training. Sie wissen doch, wie sie uns immer genannt hat? Ihre Flugplatz-Familie. Tja, aber dann hat sie eine richtige Familie gefunden.«
»Apropos Familie, wissen Sie, ob irgendwelche Angehörigen von ihr eine Trauerfeier arrangiert haben?«
Bobs Mund wurde verkniffen. »Kennen Sie ihre Schwester? Die aus Red Bluff?«
»Nicht persönlich.« Ich hatte nicht mal gewußt, daß es sie gab.

»Na ja, Mark Casazza hat sie kennengelernt, als sie letzten Sommer hier war, und wußte ihren Namen noch. Also hat er sie angerufen und gefragt, was jetzt passieren soll. Sie hat gesagt, sie hat sich mit der Verkehrssicherheitsbehörde und dem Gerichtsmediziner von Sacramento County in Verbindung gesetzt und kommt diesen Monat noch, Mattys Sachen holen.«

»Das ist alles?«

»Das ist alles. Wenn Sie mich fragen, diese Schwester ist kalt wie ein Fisch.«

Unsentimental allemal. Matty hatte von einer kaputten Familie gesprochen; offenbar war sie noch kaputter als meine. Immerhin ehrten die McCones ihre Toten. Klar, da war mein Großvater väterlicherseits, dessen Asche immer noch in einem Wandschrank im Haus meines Vaters stand. Grandpa hatte Friedhöfe gehaßt, und bisher hatte sich niemand aufraffen können, darüber zu befinden, was mit seinen sterblichen Überresten passieren sollte.

»Aber es gibt trotzdem eine Trauerfeier«, fuhr Bob fort. »Sonntag nachmittag. Ein paar von uns wollen zu einem Lieblingsplätzchen von Matty fliegen, paar Worte sagen, paar Geschichten austauschen. Sie können gern kommen, wenn Sie wollen – und Ihr Freund auch.«

»Sie wollen fliegen?« Es war draußen, ehe ich es zurückhalten konnte.

Zu meiner Überraschung lächelte Bob. »Sie sind mir also auch auf die Schliche gekommen. Anscheinend hat sich niemand all die Jahre von mir bluffen lassen. Ja, ich werde fliegen – mit Mark. Er hat mir versprochen, nichts zu tun, was mir noch mehr Angst macht, als ich eh schon hab. Komisch, ich wollte mein Leben lang fliegen und hab mich doch nie überwinden können. Aber für Matty kann ich's.«

Sein Leben war im Begriff, sich zu verändern. Matty hatte das Leben so vieler Menschen verändert, und das gelang ihr auch noch im Tod.

Ich fragte: »Wo ist dieses Plätzchen?«

»Draußen an der Küste – Bodega Head. Nicht weit von da ist ein Privatlandeplatz. Der Besitzer war mit Matty befreundet, wir können dort landen.«

Ich hätte es wissen müssen. Vor ein paar Jahren waren Hy und ich in Los Alegres gewesen und mit Matty in der alten Schul-Cessna 172 in diese Richtung geflogen. Über der Landzunge dort, wo die Bodega Bay ins offene Meer übergeht, hatte sie mich gebeten, das Steuer zu übernehmen, und still auf dem linken Sitz gesessen und heiter-entspannt runtergeguckt. Bodega Head war zwar schön, aber doch nicht schöner als viele andere Küstenstellen, und ich hatte mich gefragt, was dieser Ort für sie Besonderes hatte.
Jetzt spürte ich einen wehmütigen Stich in der Brust, als ich begriff, daß ich es nie erfahren würde.

13

Die Frau im Flugschulbüro war gerade am Telefonieren, also ging ich um den Tresen herum und schaute selbst auf den Plan: Nur Gray Selby unterrichtete heute.
»Das paßt«, knurrte ich, während ich mit dem Finger die Spalte hinunterfuhr und feststellte, wann er von seiner letzten Flugstunde zurückkommen mußte. Durch eine solche Kleinigkeit wie einen tödlichen Absturz innerhalb der Flugplatz-Familie ließ sich doch ein Selby nicht aus seiner Alltagsroutine bringen. Teufel noch mal, er schnappte sich wahrscheinlich gerade Mattys Schüler.
Wieder draußen, schaute ich zu den Bergen empor und sah, daß sich über ihnen dunkelbäuchige Wolken türmten. Der Wind hatte gedreht, die Luft war kühler geworden. Novemberwetter, rasch wechselnd und für Flieger gefährlich. Ich mußte daran denken, wie Matty einmal mit geübtem Blick den spätherbstlichen Himmel studiert und zu mir gesagt hatte: »Wenn ich so was sehe, weiß ich, da kommt was.«
Sie sagte es so bestimmt, daß ich mir sicher war, gleich in die Mysterien des Wetters eingeführt zu werden, und ich fragte eifrig: »Was?«
Sie hatte achselzuckend geantwortet: »Irgendwas.«
Bei dieser Erinnerung mußte ich nicht lächeln, wie das sonst wohl der Fall gewesen wäre. Vielmehr überkam mich eine neue Welle der Trauer und der Wut auf die Person, die Matty auf dem Gewissen hatte.

Als ich auf den Parkplatz der Seabrookschen Weihnachtsbaumfarm fuhr, setzte der Regen ein – dicke, platschende Tropfen, die mich in meinem MG einsperrten, bis es nach ein paar Minuten nachließ. Das rot-grüne Holzhaus zierte eine Tannenzweiggirlande, mit gold- und silberfarbenen Bändern umwunden, die jetzt völlig durchweicht waren. Holzrentiere tummelten sich auf dem schmalen Rasenstück. Ein schmutzig-weißer Pickup stand rechts neben dem Gebäude, und ich klopfte an das zweiflüglige Tor, in der Hoffnung, Wes Payne anzutreffen.

Nach ein paar Sekunden wurde ein Riegel geöffnet, und die eine Torhälfte schwang auf. Payne lugte heraus. Heute sah er nicht aus wie ein fröhliches Weihnachtsmanndouble. Sein Gesicht war blaß, die Augen gerötet, der Mund hart. Er blinzelte verdutzt, als er mich erkannte.

»Sie hätten doch nicht den ganzen Weg hierherzukommen brauchen, nur weil ich angerufen habe.«

»Sie haben mich angerufen? Wann?« Ich trat meine Dreckschuhe auf einer Fußmatte ab und folgte ihm hinein.

»Vor zwei, drei Stunden. Ich wußte nicht recht, ob ich's tun sollte, aber die Frau hat gemeint, es sei das einzig Richtige.«

»Was ist passiert?«

»Zach ist verschwunden. Die Frau und ich, wir waren übers Wochenende bei unserer Tochter in Danville. Wie wir das mit Matty gehört haben, wollten wir bei den Leuten anrufen, wo der Junge hätte sein sollen, aber dort war keiner. Gestern abend haben wir sie dann endlich erreicht, und es hat sich rausgestellt, daß er gar nicht dort war, weil der Sohn von den Leuten krank geworden ist – so krank, daß sie die letzten drei Tage hauptsächlich im Krankenhaus von Santa Rosa zugebracht haben.«

»Himmel, ich hätte Ihnen Bescheid sagen sollen! Zach ist am Freitag mit mir nach San Francisco geflogen. Er ist jetzt dort bei Freunden von mir.« Wie dumm, nicht bedacht zu haben, daß sich die Paynes Sorgen machen würden.

»Oh, na, da bin ich aber froh. Wie geht's ihm?«

»Ganz gut. Die Leute, bei denen er ist, können gut mit Kindern umgehen und mögen ihn. Er ist also in guten Händen.«

»Er kann auch jederzeit zu uns kommen.«

Natürlich konnte ich nicht voraussetzen, daß Payne klar war, in welcher Gefahr Zach schwebte, und ich wollte die Zeit nicht mit langen Erklärungen vergeuden. »Ich weiß, aber er will nicht zurück nach Los Alegres. An einem Ort, der für ihn nicht mit Erinnerungen behaftet ist, wird er vielleicht besser mit dem Schock fertig.«

Payne nickte ernst. »Ist vielleicht wirklich das Beste so, nach dem, was ich drüben vorgefunden habe. Ich bin gestern rübergegangen, für den Fall, daß Zach sich daheim verkrochen hätte. Das ganze Haus ist verwüstet. Das war auch ein Grund, warum ich Sie angerufen habe.«

»Vandalismus?«

Payne zuckte die Achseln und wich meinem Blick aus.

»Haben Sie die Polizei benachrichtigt?«

»Nein. Ich geb's ungern zu, aber ich dachte, Zach hätte vielleicht im Haus randaliert, nachdem er das mit Matty gehört hatte.«

»Das ist eine völlig logische Annahme«, sagte ich, obwohl ich mir so etwas von dem stillen, wohlerzogenen Jungen nicht vorstellen konnte. »Und hier im Verkaufsbüro? Ist da auch irgendwas angerührt worden?«

»Jetzt, wo Sie fragen – da war wirklich jemand an den Akten und Schreibtischschubladen. Ich hab erst nicht weiter darauf geachtet, weil ich dachte, Sie und Matty hätten die Sachen vielleicht neulich so zurückgelassen. Aber später ist mir dann eingefallen, daß Sie ja alles wieder aufgeräumt hatten.«

»Wenn ich's recht verstehe, haben Sie also einen Schlüssel zu dem Haus?«

»Klar. John und ich hatten ein Abkommen, daß jeder beim anderen nach dem Rechten guckt, wenn der nicht da ist.«

»Würden Sie ihn mir mal ausleihen? Ich will ein paar Sachen für Zach holen und kann mir bei der Gelegenheit gleich mal den Schaden ansehen.«

Payne zog einen Satz Schlüssel aus der Tasche und reichte ihn mir. »Der mit dem Nagellackpunkt drauf ist für die Vordertür – hat sich die Frau ausgedacht.«

»Danke. Ich bringe sie wieder zurück, und dann können wir uns noch ein bißchen unterhalten.«

Als ich die Tür des Farmhauses öffnete, quietschte sie protestierend in den Angeln, als wollte sie sagen, daß ich kein Recht hatte, hier einzutreten. Der Flur war kalt, und hinter mir wehte ein Regenschwall herein und platschte auf die glänzenden Dielen. Ich schloß die Tür, knipste die altmodische Deckenlampe an und vermied es gezielt, auf die Fotos an den Wänden zu gucken.

Links von mir war ein Wohnzimmer, dominiert von einem Fernsehturm. Ein schäbiges braunes Cordsofa und ein alternder Lederfernsehsessel standen vis-à-vis. Die Polster beider Sitzmöbel waren aufgeschlitzt, die Füllung herausgezerrt. Ein CD-Ständer war leer, die CDs lagen aufgeklappt am Boden. Videokassetten waren ähnlich mißhandelt worden. Selbst die Asche im Kamin war durchwühlt und auf dem Teppich verstreut worden.

Kein Vandalismus. Eine Durchsuchungsaktion. Aber es war unmöglich zu sagen, worauf sich die Suche gerichtet hatte.

Auf der anderen Flurseite lag ein Mehrzweckraum, in dem ein Eichenholzschreibtisch, ein Lauftrainer, ein Bücherregal und ein großer, mit allem möglichen Zeug übersäter Tisch standen. Die Schreibtischschubladen waren auf den Boden ausgekippt worden. Ich ging den verstreuten Inhalt durch, fand die üblichen stornierten Schecks, Bankauszüge, bezahlten und unbezahlten Rechnungen, alles auf Mattys Namen. Zwischen Informationsschreiben und Bulletins der Flugbehörde lagen ein paar Postkarten und Briefe von Leuten, deren Namen mir nichts sagten: »Kauai ist wunderschön und um diese Jahreszeit völlig menschenleer. Nächstesmal müßt Ihr beide auch mitkommen!« »Deine Tante Martha erholt sich gut von ihrer Operation. Sie wünscht sich sehr, Du könntest kommen.« »Hey, alte Angelkumpanin, was macht der gutaussehende Mann, den Du an Land gezogen hast?«

Die Bücher in den Regalen – überwiegend Fliegerei-Standardwerke – waren zwar durchstöbert, aber nicht herausgerissen worden. An den Kartenstapel und an Mattys Flugrechner hatte niemand gerührt. Als ich den Tisch inspizierte, sah ich ihren Plotter neben einem Stapel Reiseprospekte liegen, und es gab mir einen Stich: Nie wieder würde sie dieses Instrument benutzen, um Flugschülern zu demonstrieren, wie man einen Überlandkurs bestimmt. Einen Moment lang erwog ich, ihn als Andenken ein-

zustecken, aber dann besann ich mich eines Besseren: Zach hatte Spaß am Fliegen, vielleicht würde er eines Tages Verwendung für den Plotter und den Flugrechner haben.
Wieder in der Diele, mußte ich über einen Haufen Kleider hinwegsteigen, die aus einem Einbauschrank unter der Treppe gezerrt worden waren. Ich erspähte eine Daunenjacke in Zachs Größe und hob sie auf. Die Weste, die er am Freitag auf dem Weg nach San Francisco angehabt hatte, war nicht annähernd warm genug. In der Küche fand ich zerschlagenes Geschirr und verstreute Utensilien; die Kühlschranktür stand offen: Milch, Butter und Gemüse gammelten vor sich hin.
Ich schüttelte den Kopf, schloß die Tür und ging wieder zur Treppe zurück. Mattys und Johns Schlafzimmer war gründlich durchwühlt worden – Bettlaken waren heruntergerissen, Kissen und Matratzen zerschlitzt, Sachen aus den Schränken gezerrt. Der Anblick der umgekippten Kommodenschubladen erinnerte mich an etwas; ich durchsuchte die ringsum verstreuten Dinge, bis ich das Samtkästchen mit Johns Ehering fand, hob es auf und steckte es in meine Tasche. Er – oder Zach, falls sein Vater nicht mehr zurückkehrte – würde es in Sicherheit wissen wollen.

In Zachs Zimmer war die Durchsuchung kursorischer gewesen. Um so schnell wie möglich wieder wegzukommen, sah ich mich nach seinem Discman um, schnappte mir eine Handvoll CDs und ging an den Schrank. Auf einem Bord lag ein großer Seesack; ich zog ihn herunter und packte ihn mit Kleidungsstücken voll. Ein Taschenbuch mit einer phantastischen Mondlandschaft auf dem Cover lag aufgeschlagen auf dem Nachttisch – vermutlich das Buch, das er gerade gelesen hatte. Ich steckte es in den Seesack und ging nach unten.
Als ich die Vordertür schloß, gab sie wieder ein protestierendes Quietschen von sich – der Versuch des Hauses, mir zu sagen, daß selbst meine unbefugte Anwesenheit besser war, als einsam und verlassen gewaltsamen Eindringlingen preisgegeben zu sein.

Als ich auf die Weihnachtsbaumfarm zurückkam, stand Wes Payne hinterm Ladentisch und schrieb, in Gedanken offensichtlich woanders, mit lila Fettkreide Preisschilder. Als er mich ein-

treten hörte, sah er mich einen Moment mit leerer Miene an. Dann fragte er: »Haben Sie gefunden, was Zach braucht?«
»Ja, das Haus ist ganz schön übel zugerichtet.«
»Sieht aber nicht aus wie das Werk von Vandalen.«
»Ich würde sagen, jemand wollte rausfinden, wo John hingefahren ist. Ob mit oder ohne Erfolg, läßt sich nicht sagen.« Ich trat an den Ladentisch und lehnte mich dagegen. »Hätten Sie was dagegen, daß ich die Schlüssel behalte, für den Fall, daß Zach noch irgendwas braucht?«
»Nur zu. Ich habe noch einen Satz zu Hause.«
»Danke. Wären Sie bereit, mir ein paar Fragen zu beantworten?«
»Warum nicht? Reden hält mich vom Grübeln ab. Versuchen Sie immer noch, John ausfindig zu machen?«
»Ja – jetzt für Zach. Wissen Sie, ob der Hausarzt der Seabrooks ein gewisser Doktor Robert Sandler ist?«
»Ja. Ursprünglich war er Mattys Arzt, aber John und Zach sind dann auch zu ihm gegangen.«
»Wieso könnte Matty einen Termin bei ihm gemacht haben, um ihn wegen John zu konsultieren?«
»Hat sie das getan?«
»Es stand in ihrem Terminkalender, für letzten Mittwoch, den Tag, bevor sie mich angerufen hat. Kann es sein, daß sie dachte, John sei vielleicht krank?«
»Schon möglich, aber ich glaube nicht, daß ihm was gefehlt hat.«
»Warum nicht?«
»Ach, verdammt – warum soll ich jetzt noch ein Geheimnis draus machen? Es sollte eine Weihnachtsüberraschung für Matty werden. John war bei Dr. Sandler wegen der Untersuchung für den Pilotenschein; er nimmt Flugstunden drüben auf dem Flugplatz von Petaluma. Ich schätze, Matty hat was geahnt und war bei Sandler, um sich zu vergewissern.«
»Ich dachte, John haßt das Fliegen.«
»Ja, schon, aber er hat gesagt, das würde er überwinden, wenn er erst mal Flugstunden nehmen würde. Er wollte die Begeisterung fürs Fliegen mit Matty und Zach teilen können.«
»Wann hat er damit angefangen?«
»Ist höchstens sechs Wochen her. Er ist es sehr intensiv angegangen, war drei-, viermal die Woche ein paar Stunden dort. Deshalb

mußte er mich auch einweihen, weil er mich für die Baumfarm brauchte, wenn er weg war.«
Interessant. John Seabrook, der die Kenntnisse eines erfahrenen Piloten verraten hatte, nahm Flugstunden. Für mich hieß das, daß sein Pilotenschein auf seinen richtigen Namen lautete. Er konnte nicht einfach ein paar Auffrischungsstunden nehmen, sondern mußte noch mal ganz von vorn anfangen. »Wissen Sie den Namen des Fluglehrers?«
»War irgendein komischer Name. John hat mal drüber gewitzelt – so ein Name sei nicht gerade die beste Reklame für jemanden, dem man sein Leben anvertrauen soll.« Payne dachte nach. »Ja, das war's: Grimly. Den Vornamen weiß ich nicht.«
Nicht die beste Reklame war untertrieben. Aber dieser Name würde es erleichtern, den Fluglehrer zu finden.

Ich wollte noch mal mit Gray Selby reden, also fuhr ich wieder durch den Ort und zur anderen Seite hinaus, in der Hoffnung, daß Selby trotz des Regens noch auf dem Platz war, womöglich seinem letzten Schüler eine Theoriestunde gab.
Ich fand sie an dem großen Tisch in der Flugschule, über eine Fliegerkarte gebeugt. Selby erklärte gerade die Bedeutung der verschiedenen Symbole mit einer Geduld, die ich ihm gar nicht zugetraut hätte. Er bemühte sich, finster zu gucken, als ich reinkam, aber es war ein halbherziger Versuch, und schließlich streckte er fünf Finger in die Höhe und tippte auf seine Uhr. Ich nickte, setzte mich neben das Telefon, das für die Flugschulkunden reserviert war, und rief Dr. Sandlers Praxis an. Als ich den Arzt an der Strippe hatte, klang er gehetzt.
»Entschuldigen Sie, daß ich noch nicht zurückgerufen habe, Ms. McCone. Ich habe die Notiz auf meinem Schreibtisch liegen.«
»Ich will Ihre Zeit nicht lange in Anspruch nehmen. Soweit ich weiß, war Matty Wildress eine Patientin von Ihnen.«
»Sind Sie eine Angehörige?«
»Eine Ex-Schülerin und Freundin und außerdem die Privatdetektivin, die sie beauftragt hat, John Seabrook ausfindig zu machen.«
»Aha. Sie müssen wissen, ich darf keine –«
»Es geht mir nicht um vertrauliche Informationen. Ich weiß, daß John Seabrook wegen der Flugtauglichkeitsbescheinigung bei Ih-

nen war, und ich weiß auch, daß Matty letzte Woche einen Termin bei Ihnen hatte, um Sie zu fragen, was John von Ihnen wollte. Alles, was ich jetzt noch wissen will, ist, ob sie da war und ob Sie ihre Fragen beantwortet haben.«

»Sie war da, und ich habe ihr erklärt, daß ich ihr nicht sagen könne, warum Seabrook bei mir gewesen sei.«

»Hat sie Ihnen erzählt, daß er verschwunden ist?«

»Ja. Ich habe ihr dringend geraten, Vermißtenanzeige zu erstatten.«

»Aber Sie haben ihr trotzdem nicht gesagt, warum –«

»Ich konnte mir nicht vorstellen, was sein Verschwinden mit der Tatsache zu tun haben sollte, daß er fliegen lernen wollte.« Jetzt klang der Arzt defensiv. »Ich habe ihr gesagt, um seine Gesundheit brauche sie sich keine Sorgen zu machen.«

Wenigstens hatte er sie in diesem Punkt beruhigt. Ich dankte dem Arzt und legte auf.

Selbys Flugschüler war jetzt dabei, die Karte zusammenzufalten und seine Sachen einzupacken. Der Fluglehrer wandte sich mir zu, die Hände in die Hüften gestemmt, um seine übliche Macho-Pose bemüht. Aber der Versuch scheiterte, und er gab es auf. »Immer noch an dem Fall, McCone?«

»Ja. Sind Sie für heute fertig?«

»Bin ich.«

»Ich würde Sie gern zu einem Bier einladen.«

Er zögerte. »Ein Bier könnte ich schon vertragen, aber nicht hier im Diner. Zu deprimierend, der ganze Laden. Kennen Sie Mario's, im Zentrum?«

»Kenne ich.«

»Treffen wir uns in fünfzehn Minuten dort.«

Das Mario's war an der Main Street – eine dieser klassischen Bars mit Neon-Martinis in den Fenstern und jeder Menge Glasziegeln, Vinyl und Chrom. Ich nutzte die Zwischenzeit, um Rücksprache mit meinem Büro zu halten, daher saß Selby schon in einer Sitznische, als ich aus dem Regen in die Bar trat. Kaum hatte ich mich ihm gegenübergesetzt, kamen zwei eiskalte Krüge Bier.

Er prostete mir mit seinem zu und trank. »Nett, jemanden zu haben, mit dem man seinen Kummer ertränken kann.«

»Kummer weswegen?«
»Wegen Wildress natürlich. Was für ein gottverdammter Jammer.«
Ich sah ihn überrascht an.
»Ja, ich weiß. Sie glauben, mein Standpunkt zu Frauen im Cockpit läßt nicht zu, daß es mir an die Nieren geht, wenn eine Frau auf diese Art stirbt. Aber ich will Ihnen was sagen – im Tod sind wir alle gleich. Herrgott, was für ein Ende. Ich, ich fliege schon fast mein ganzes verdammtes Leben lang. Himmel noch mal, ich habe einen Krieg überlebt, habe mitangesehen, wie es rechts und links von mir Kameraden erwischt hat. Selbst jetzt, wo ich hier in diesem Kaff und auf diesem... bezaubernden kleinen Flugplatz gestrandet bin, verliere ich noch ab und zu Freunde. So ist das nun mal, wenn man nur Flieger kennt, wir sind ein kleines Völkchen. Aber das ist alles nichts dagegen, daß diese Frau dort oben die tollsten Manöver fliegt, und im nächsten Moment ist sie nur noch... Toast.«
»Das stimmt. Ich war dabei, als es passiert ist.«
»Kratzt es Sie an?«
»...Bißchen.«
»Wenn Sie nur einen Funken Mumm im Leib haben, dürfen Sie das nicht zulassen.« Er setzte sein Bier ab, die Augen in die Ferne gerichtet. »Ich habe in N'am F-4 geflogen – Phantomjäger, von einem Flugzeugträger aus. Klar sind Leute nicht wieder zurückgekommen, und jedesmal, wenn man vom Flugdeck abgehoben hat, wußte man, man kann als nächster dran sein. Aber ich habe nicht zugelassen, daß es mich ankratzt, und wenn ich dann wieder auf dem Träger gelandet bin und gespürt habe, wie der Haken ins Seil greift – ich sage Ihnen, McCone, das war das Größte, was man erleben kann.«
Während des Vietnamkriegs hatten die Jägerstaffeln beim Militärflughafen Miramar, nicht weit vom Haus meiner Eltern in San Diego, Manöver abgehalten. Ich dachte daran, wie die Phantomjäger den Himmel durchschnitten hatten, schnell, elegant und tödlich. »Wenn man so eine Maschine geflogen hat, muß einem doch alles andere –«
»Sie haben's erfaßt. Und jetzt fragen Sie sich, warum ich mit meiner Erfahrung hier in diesem Kaff hocke und Flugstunden gebe.«

»So ähnlich.«
»Mit zwei Worten: familiäre Verpflichtungen. Alte, kranke Eltern, ein behinderter kleiner Bruder. Also bin ich nach Hause zurückgekommen, und da bin ich geblieben. Ich kann Ihnen sagen, es war ein ganz schöner Hammer, mit achtundzwanzig feststellen zu müssen, daß mein Leben vorbei ist, und es dann noch mit der allgemeinen Einstellung in diesem Land zu tun zu haben.«
»Sie meinen die Einstellung zu Leuten, die im Vietnamkrieg gekämpft hatten?«
Er nickte.
»Ihre Generation hatte wirklich miese Karten.«
»Was wissen Sie schon darüber? Sie waren doch bloß ein Kind damals. Das ist gut so, da haben Sie wenigstens nicht zu denen gehört, die uns angespuckt haben.« Er griff nach seinem Bierglas und trank in einem langen Zug. Knallte das Glas wieder hin.
Ich wartete einen Moment, ehe ich sagte: »Ich war nicht so klein, daß ich nicht mitgekriegt hätte, was lief. Mein Vater war Berufsoffizier bei der Navy und mußte sich selbst mehrmals anspucken lassen.«
Selby sah mich an, und die Wut in seinen Augen kühlte allmählich ab. Seufzend sagte er: »Ach, Teufel noch mal, McCone, ich bin schon so lange wütend. So lange, daß ich es leid bin. Können wir jetzt über was anderes reden? Zum Beispiel darüber, warum Sie immer noch auf der Suche nach John Seabrook sind? Wildress ist tot, ihr bringt das doch nichts mehr.«
»John hat einen Sohn – Zach. Vielleicht haben Sie ihn schon mal hier auf dem Platz gesehen?«
»Ach, ja, richtig. Nettes Kerlchen. Machen Sie das jetzt seinetwegen?«
»Ja.«
»Das ist gut. Der Junge braucht Freunde, die sich um ihn kümmern. Er braucht einen Vater. Also, was wollen Sie von mir?«
»Sie haben Seabrook genau beobachtet, deshalb dachte ich, sie hätten vielleicht etwas mitgekriegt, was heute vor zwei Wochen passiert sein muß. Matty hat mir erzählt, sie war mit John im Diner zum Mittagessen verabredet. Als sie von ihrer Flugstunde zurückkam, war er da, aber er wirkte ziemlich aufgeregt und er-

klärte, er könne nicht mit ihr essen. Können Sie sich daran erinnern?«

»Vor zwei Wochen... War das der Tag – ja, genau! Die Typen mit der Silver Ranger.«

»Was für Typen?«

»Okay, das war so: Ich hänge draußen auf der Terminalterrasse rum, und diese Silver Ranger – brandneuer, scheißteurer Privatjet, gebaut von Stirling Aviation – landet hier. Der Passagier steigt aus und kommt zum Terminalgebäude rüber, während der Pilot die Maschine festmacht. Dann entdeckt er den Diner und marschiert über den Parkplatz. Seabrook ist gerade angekommen und steigt aus seinem Pickup, um das Tor aufzumachen, damit er auf den Platz fahren kann. Sie sehen sich, und selbst auf die Entfernung merke ich, daß die Überraschung auf beiden Seiten groß ist. Sie reden kurz miteinander, dann geht der Typ zum Diner weiter, und Seabrook steigt wieder in seinen Pickup und fährt zu den Flugschulabstellplätzen, wo Wildress und ihr Flugschüler gerade eingetrudelt sind.«

»Haben Sie mitgekriegt, wie das Verhältnis der beiden war? Wirkte es freundschaftlich?«

»Herzlich, würde ich sagen. Aber mit dem Piloten – das war ein ganz anderes Paar Stiefel. Seabrook steigt also bei den Abstellplätzen aus und umarmt Matty, aber dann sieht er den Piloten von der Ranger weggehen und erstarrt. Diesen Mann kann er gar nicht leiden. Der Pilot ändert seinen Kurs, steuert genau auf ihn zu. Seabrook sagt irgendwas zu Matty, springt dann wieder in seinen Pickup und rast davon.«

»Und der Rangerpilot?«

»Bleibt stehen und schaut ihm nach. Mittlerweile bin ich neugierig geworden, also gehe ich zu ihm rüber und frage ihn, ob ich ihm irgendwie helfen kann. Er sagt, er will den Chefmechaniker sprechen. Ich sage ihm, wie der Mann heißt, und zeige ihm, wo die Werkstatt ist.«

»Wissen Sie den Namen des Piloten?«

»Na-ah.«

»Können Sie ihn beschreiben?«

»Klar. Circa einsfünfundachtzig, richtig mager. Schwarzes Haar – zu gleichmäßig schwarz, gefärbt, würde ich sagen –, mit Gel zurückgekämmt, und in der Stirn so ein spitz zulaufender Haaransatz. Kantiges Gesicht, vorstehende Wangenknochen, dunkle Augen. Könnte Indianerblut in den Adern haben, wie Sie. Glattrasiert, Südstaatenakzent.«

»Sie würden einen hervorragenden Zeugen abgeben. Und der Passagier?«

»Schätzungsweise einsfünfundsiebzig, untersetzt. Silbergraues Haar – passend zur Maschine –, und zwar jede Menge. Große, höckrige Nase, sah aus wie schon mal gebrochen – ein Mann, wie ihn Frauen auf männliche Art gutaussehend finden. Kein Bart, kleine U-förmige Narbe am Kinn. Augenfarbe weiß ich nicht, er trug eine Sonnenbrille.«

»Und das Flugzeugkennzeichen? Das haben Sie sich nicht zufällig gemerkt?«

»Klar doch.« Er tippte sich an die rechte Schläfe. »Ich habe ein gutes Gedächtnis, und wenn's um Zahlen geht, ist es schon fast fotografisch. Drei-drei-eins-sieben-Juliett.«

Ich notierte es auf einem Zettel, der lose in meiner Handtasche herumlag. »Eins noch – wie heißt der Chefmechaniker?«

»Steve Buchanan.«

»Wissen Sie seine Telefonnummer?«

»Nein, aber er steht im hiesigen Telefonbuch.«

»Danke, Gray, ich bin Ihnen was schuldig.«

»Ja, das sind Sie. Wie wär's, wenn Sie noch ein Bier springen lassen? Mir ist heute abend gerade danach zumute, hier zu sitzen und ein paar Bierchen auf Wildress zu trinken.«

»Ja, an den erinnere ich mich«, sagte Steve Buchanans Stimme. »Hieß Calder Franklin. Der Typ, der bei ihm war, hieß Winthrop Reade. Sie wollten geschäftlich nach Seattle und hatten ein kleines Problem mit ihrer Silver Ranger – nichts, was ich nicht wieder hingekriegt hätte, und ich kann Ihnen sagen, es war eine Freude, mal in so eine Schönheit reingucken zu dürfen.«

Ich transferierte das Handy in meine rechte Hand und kurbelte das Seitenfenster des MG ein Stückchen herunter. Das Gebläse hatte noch nie richtig funktioniert, und die Windschutzscheibe war so beschlagen, daß ich kaum die Regenschleier sehen konnte, geschweige denn durch sie hindurch.

»Haben Sie während der Reparatur mit den beiden geredet?« fragte ich.

»Ein bißchen. Reade hat nicht viel gesagt, die beiden konnten sich wohl nicht besonders gut leiden. Aber Franklin, der war freundlicher.«

»Und worüber haben Sie sich unterhalten?«

»Na ja, über die Maschine natürlich. Aber er hat sich hauptsächlich für Matty interessiert, fand sie richtig scharf. Als ich ihm gesagt habe, daß sie Wettkämpfe fliegt, mit einer Silver Star, war er total beeindruckt. Hat gefragt, ob sie single sei. Schien ziemlich enttäuscht, als ich gesagt habe, sie lebt mit jemand zusammen.«

»Hat er gefragt, mit wem?«

»Ja. Aber ich hab ihm nur gesagt, mit einem Mann, der eine Weihnachtsbaumfarm ein Stück westlich von Los Alegres hat.«

Und daraufhin war John Seabrook erneut abgetaucht.

14

»Das Flugschulbüro von Petaluma hat zu, deshalb kann ich mir diesen Grimly nicht vornehmen. Und Mick findet einfach keine Methode, an den Background der Fullers ranzukommen. Und ich stehe da wie der Ochs vorm Berg – was soll das überhaupt heißen? Wie steht ein Ochs vorm Berg?«

Hy patschte neben sich auf das Sofapolster. »Entspann dich, McCone.«

Ich tigerte weiter vor dem Wohnzimmerkamin auf und ab. »Ich kann ja verstehen, daß John wieder fliegen wollte, jetzt, wo er mit Matty zusammen war. Aber was ich nicht verstehe, ist, warum er das Risiko eingegangen ist.«

»Fliegen ist eine Leidenschaft, das weißt du auch. Und es war über zehn Jahre her. Er fühlte sich in seiner neuen Identität sicher.«

Ich mußte daran denken, was Craig Morland über seine Informanten gesagt hatte, die in das Zeugenschutzprogramm aufgenommen worden waren: »Ein paar kamen an den Punkt, wo sie

sich sicher fühlten, wieder zu ihren alten Gewohnheiten und Stammplätzen zurückkehrten; sie wurden erkannt und umgebracht.« John war erkannt worden, nur weil er auf einem Flugplatz gewesen war – einem seiner alten Stammplätze.
»Laß es ein bißchen ruhen«, sagte Hy.
»Oh, na klar, du hast es gerade nötig, mir gute Ratschläge zu geben. Du, der du gestern in ganz Nordkalifornien rumgeflogen bist –«
»Hierher!«
»Jetzt redest du schon mit mir wie mit einem Hund!«
»Du benimmst dich auch wie ein Hund, der einen verscharrten Knochen nicht mehr wiederfindet.«
Ich ließ mich auf das Sofa plumpsen, verschränkte aber die Arme vor der Brust und achtete darauf, daß zwischen uns ein gebührender Abstand war. Hy zog mich zu sich hinüber und begann, mein Ohr zu beknabbern. Ich wehrte mich, aber dann begann er, meinen Hals zu küssen. Halsküsse wirken bei mir immer.
Nach einem Weilchen sagte ich: »Ich verstehe trotzdem nicht, warum Mick es nicht schafft –«
»Ich bin am Verhungern. Soll ich Pizza bestellen?«
»Er ist ein Computergenie, Herrgott noch mal! Das sollte für ihn doch ein leichtes sein.«
»Salami, Sardellen, Champignons, Pepperoni?«
»Vielleicht schlägt ihm das Geturtel mit Keim ja aufs Hirn. Vielleicht war es doch ein Fehler, sie einzustellen. Oliven und Extra-Käse, dazu.«
»Groß oder extragroß?«
»Extragroß. Den Rest können wir kalt zum Frühstück essen.«
»Ich rufe an. Dein Job ist es, den Tisch zu decken und den Wein aufzumachen.«

Grimly war eine Frau – Sara mit Vornamen.
Wir trafen uns am nächsten Morgen um neun in einem Coffeeshop mitten in Petaluma. Der Regen hatte aufgehört, der Himmel war klar, und sie freute sich auf einen vollen Unterrichtstag, nachdem sie all ihre Flugschüler telefonisch vergattert hatte, Stunden zu nehmen, solange das Wetter es zuließ. Sie war etwa fünfundzwanzig, zierlich, dunkelhaarig und sehr enthusiastisch.

Ihre Augen leuchteten, wenn sie übers Fliegen sprach, und sie gab zu, daß sie nur unterrichtete, um so viele Flugstunden zu sammeln, daß sie sich bei einer Airline bewerben konnte.
»Unterrichten ist ja okay, aber man muß die ganze Zeit arbeiten, nur um über die Runden zu kommen. Ich will mir eines Tages eine eigene Maschine kaufen, und die einzige Möglichkeit, das zu schaffen, ist ein richtig guter Job oder ein reicher Ehemann – und momentan komme ich nicht mal dazu, mich nach einem Freund umzuschauen.«
»Erzählen Sie mir von John Seabrook. Wie war er so als Flugschüler?«
Ihr Gesichtchen wurde ernst, und sie fischte umständlich ihren Teebeutel aus der Tasse. »Erklären Sie's mir noch mal. Sie sagten am Telefon, John sei verschwunden?«
»Schon seit zwei Wochen.«
»Und sein Sohn ist jetzt bei Freunden?«
»Richtig.«
»Und was ist mit der Freundin?«
»Das ist ... vorbei.«
»Dann braucht ihn der Junge. Ich werde Ihnen alles über John sagen, obwohl es normalerweise mein Grundsatz ist, nie über meine Flugschüler zu reden – aber was das dazu beitragen soll, daß sie ihn finden, weiß ich nicht. John war ein ungewöhnlicher Flugschüler. Ich habe ihn mit sechs Stunden allein fliegen lassen und hätte wahrscheinlich schon früher aussteigen können. Er hat die nötigen Stunden innerhalb eines Monats durchgezogen, war mehrmals die Woche da, hat selbst für die Theorieprüfung gelernt. Er hat sie mit Bravour bestanden und die praktische Prüfung auch auf Anhieb.«
»Er muß ja wirklich Talent gehabt haben.«
»Talent kann man das nicht nennen.«
»Wie denn?«
»Erfahrung.«
»Wollen Sie damit sagen, er konnte schon fliegen?«
»Er hatte das alles garantiert schon mal gemacht.«
»Und Sie haben ihn nicht darauf angesprochen?«
Sie zuckte die Achseln. »Ich habe mir gesagt, daß er schon seine Gründe haben wird – und daß die mich nichts angehen.«

»Hatten Sie keine Angst, damit Beihilfe zu einer betrügerischen Handlung zu leisten?«

»Was ist denn betrügerisch daran, die gesetzlichen Anforderungen für den Flugschein zu erfüllen? Der Mann hatte gültige Ausweispapiere und eine Gesundheitsbescheinigung. Er hat Schecks ausgestellt, und sie wurden eingelöst.«

Nüchtern und pragmatisch, und außerdem hatte sie das Geld gebraucht. »Hat John je über sich geredet? Über seinen Sohn, seine Freundin, seine Vergangenheit vielleicht?«

»Ich wußte, daß es den Sohn und die Freundin gab, mehr nicht. Er war ganz auf die Stunden konzentriert, als könnte er sich's nicht leisten, Zeit auf Konversation zu verschwenden.«

»Als er dann den Flugschein hatte – haben Sie da noch mal von ihm gehört?«

»Einmal. Er kam her und fragte mich, ob ich ihn auf einer Spornradmaschine einweisen könnte.«

»Wann war das?«

»Vor genau zwei Wochen. Muß an dem Tag gewesen sein, bevor er verschwunden ist. Wir nahmen eine Super Cub – seine Wahl. Er ist damit umgegangen, als hätte er sie sein Leben lang geflogen.«

Die Einladung auf meinem Schreibtisch sah vornehm und festlich aus, mit bunten Herbstblattarrangements, die die Goldschrift umrahmten. Ted und Neal gaben morgen mittag ein Thanksgiving-Essen, und obwohl sie es uns schon vor Wochen gesagt hatten, wurden Hy und ich formell aufs herzlichste eingeladen. Ich hatte den Festtag völlig vergessen.

»Gepflegte Häuslichkeit!« schnaubte ich und warf die Einladung beiseite.

»Was ist daran auszusetzen?« fragte Rae. Sie lümmelte in einem meiner Klientensessel, die Füße auf dem anderen.

»Nichts, außer daß heutzutage jeder damit beschäftigt zu sein scheint. Schau dich an: selbstgemachte Lasagne, einschließlich der Nudeln. Als nächstes wirst du eine Rezeptesammlung anlegen und putzige kleine Kärtchen ausgeben, auf denen steht: ›Küchengeheimnis von ...‹«

»Du bist nur sauer, weil du wegmußtest, bevor die Lasagne fertig war.«

»Nein, ich bin sauer, weil es im Leben Wichtigeres gibt als Tischtücher, die zum Geschirr und zum Silber passen – und weil das niemandem mehr klar zu sein scheint.«

Rae runzelte die Stirn, weil sie merkte, daß diese Kritik gegen sie ging. Weder sie noch Ricky hatten viel Hausrat in ihr neues Heim eingebracht, und seit Monaten kauften sie begeistert ein. Ich war ihnen mal am Union Square begegnet und hatte sie zu Gump's begleitet, wo ich fasziniert zugeschaut hatte, wie sie völlig ernsthaft über Besteck, Geschirr und Kristallgläser debattierten. Als es mir langweilig geworden war und ich mich abgesetzt hatte, waren sie immer noch unentschlossen gewesen, und das Verkaufspersonal war um sie herumgewieselt wie eine Ameisenarmee, die der prominenten Kundschaft immer neue Warenbrosamen anschleppte. Dieser Persönlichkeitswandel bei Ricky – der während der Ehe mit meiner Schwester kaum je am häuslichen Leben teilgenommen hatte, selbst wenn er physisch anwesend war – verblüffte und ärgerte mich abwechselnd.

Schließlich sagte Rae: »Gerade du solltest doch wissen, daß Dinge wie Tischwäsche, Geschirr und Silber unsere Mittel sind, uns die große böse Welt vom Leib zu halten.«

Das war eine Retourkutsche. Als Hy und ich das Häuschen in Besitz genommen hatten, war ich in einen Kaufrausch verfallen, der mich beinahe ruiniert hatte – eine peinliche Episode meines Lebens, an die ich nicht gern erinnert werden wollte.

»Und was haben Tischtücher, Geschirr und Silber Matty Wildress genützt?« fauchte ich.

Rae lief rot an und preßte die Lippen aufeinander, nicht reumütig, wie sie es früher gewesen wäre – wütend. Sie sah mich einen Moment streng an.

»Shar, ich weiß, du hast eine Freundin verloren, und das geht dir sehr nahe, aber das berechtigt dich nicht, es an uns übrigen auszulassen. Verdirb Ted und Neal nicht die Freude, indem du ihre Einladung ausschlägst. Es ist ihr erstes gemeinsames Thanksgiving, und es bedeutet ihnen eine Menge, ihre Freunde um ihren Tisch versammelt zu sehen. Genau wie es Ricky und mir eine Menge bedeutet, euch an unserem ersten gemeinsamen Heiligabend bei uns zu haben.«

Autsch. Sie hatte mit einem Schnitt den innersten Kern meines Verhaltens bloßgelegt und die faule Stelle herausgeschält.
»Ich hasse es, wenn du recht hast«, sagte ich.
»Gönn's mir – es kommt so selten vor.« Sie grinste, daß sich ihre Nase krauste.
»Wie war euer Ausflug ins Monterey-Bay-Aquarium?«
»Du meinst, wie es für Zach war? So là-là. Die Seeotter haben ihn zum Lachen gebracht, aber die heitern jeden auf. Danke, daß du die Sachen für ihn vorbeigebracht hast. Ein Hauch von Zuhause war genau das, was er gebraucht hat.«
Ich sah den Zustand dieses Zuhauses vor mir. Selbst wenn ich John Seabrook fand und wieder mit seinem Sohn zusammenführte – würden sie dort je wieder ein glückliches Leben führen können?
»Tja«, sagte ich, »danke, daß du so nett zu ihm bist.«
Ihr Blick kehrte sich nach innen. »Ich weiß noch gut, wie es ist, wenn man plötzlich niemanden mehr hat. Im Moment fühlt sich Zach so unsicher und ungeliebt, wie man sich nur fühlen kann.«
Raes Eltern waren bei einem alkoholbedingten Verkehrsunfall umgekommen, als sie noch klein gewesen war, und die Großmutter, die sie aufgezogen hatte, hatte sich alle Mühe gegeben, sie spüren zu lassen, was für eine Last sie war. Ich hatte den Verdacht, daß sie sich, trotz einer Frühehe und vieler kurzer, oberflächlicher Beziehungen, nie sicher oder geliebt gefühlt hatte, ehe Ricky in ihr Leben getreten war.
Sie sah auf ihre Uhr, stand auf und streckte sich. »Dann will ich wohl mal an die Arbeit gehen. Kommt ihr beide morgen zu Ted und Neal?«
»Ich weiß nicht, aber ich werde Ted sagen, wir tun unser Bestes.«
Sie zögerte, als ob sie noch etwas sagen wollte, nickte dann und verließ mein Büro.
Es gab Zeiten, da ich mir wünschte, ich wäre mehr wie Rae – weniger getrieben, mehr auf den privaten Teil meines Lebens ausgerichtet. Aber wo hörte das Berufliche auf und fing das Private an? Die Grenze zwischen beidem hatte sich durch Mattys Tod verwischt.

»Vielleicht kann ich dir ja helfen«, erklärte ich Mick.
Der kriegerische Ausdruck, der auf dem Gesicht meines Neffen erschien, erinnerte mich an jenen Tag, als er fünf gewesen war und ich ihn, Chris und Jamie gehütet hatte. Mit genau derselben Miene hatte er sich geweigert, seine Spielsachen einzusammeln, und ich hatte ganz ruhig gesagt: »Wenn die Sachen nicht in zwei Minuten in der Spielzeugkiste sind, bringe ich dich um.« Nie vorher oder nachher habe ich ihn so flitzen sehen. Und trotz Charlenes Befürchtungen, daß meine Erziehungsmethoden ihren Ältesten fürs Leben geschädigt hätten, zeigte er keinerlei Anzeichen devianten Verhaltens. Er war allenfalls ordentlicher als der Durchschnittsmann.
»Warum grinst du?« knurrte er.
»Nur so. Hör mal, warum reden wir nicht über die Probleme, die du mit diesen Recherchen hast? Woran genau hängt es denn?«
»Ich will dir zeigen, woran es hängt – daran!« Er zeigte auf zwei farbkodierte Computerkarten der Vereinigten Staaten, die mit Klebeband an der Wand über seinem Schreibtisch befestigt waren. »Dieses verdammte Land ist einfach zu groß!«
»Erklär's mir bitte.« Ich setzte mich auf eine Umzugskiste, die meine alten Akten enthielt. Obwohl wir schon seit dem Sommer hier residierten, war Ted noch nicht dazu gekommen, Aktenschränke dafür zu ordern.
»Okay, du hast mir gesagt, im Rahmen des Zeugenschutzprogramms wird versucht, die Leute umzusiedeln, und zwar in gebührende Entfernung von der ... wie hieß das noch mal?«
»Gefahrenzone.«
»Genau. Also, hier auf dieser Karte ist Florida rot. Ursprünglich hatte ich die anderen Staaten von den warmen zu den kalten Farben hin abgestuft, je nachdem, wie weit sie von Florida weg sind. Dann habe ich mich bei DIALOG eingeloggt –«
»Wo?«
»Shar, das ist ein großer kommerzieller Provider, den ich benutze – ach, Herrgott, warum versuche ich das überhaupt zu erklären? Du glaubst vermutlich, der Datenhighway ist irgendwo in Ohio!«
»Okay, ich weiß wieder, was DIALOG ist. Mach weiter.«

»Erst mal einen Schritt zurück. Ich bin von der Annahme ausgegangen, daß die Sache, in die Ron Fuller verwickelt war, aufsehenerregend gewesen sein muß, wenn jemand seine Frau umbringen läßt. Das hieß, die Zeitungsarchive waren zuerst angesagt. Es gibt in den USA einhundertzweiunddreißig Zeitungen mit Volltext-Online-Archiv, und davon kriege ich über DIALOG sechsundfünfzig. Ich habe mit der *Detroit Free Press* angefangen, weil ich dachte, Fuller hätte vielleicht irgendwelche Drähte nach Michigan, weil da die Seabrookschen Geburtsurkunden herkommen. Zunächst habe ich die zwei Jahre vor und nach dem Mord an Marie Fuller durchgecheckt, mit Suchbegriffen wie Drogen- und Waffenhandel und organisiertes Verbrechen.«

»Klingt vernünftig.«

»Nur, daß das Ergebnis gleich Null war. Dann habe ich mir Illinois vorgenommen. Dasselbe Resultat. Ich wollte mir gerade Indiana vorknöpfen, als es mir endlich aufging: Das sind alles Staaten mit kaltem Klima.«

»Und?«

»Wo verbringen Leute, die in solchen Gegenden leben, ihren Winterurlaub?«

»In der Karibik? Oh, klar – in Florida. Die Justizbehörden würden niemals jemanden aus einem dieser Staaten dorthin umsiedeln. Weil das Risiko viel zu groß wäre, daß er Urlaubern über den Weg läuft, die ihn von früher kennen.«

»Genau das habe ich mir auch gesagt, also habe ich diese Staatengruppe gestrichen, ebenso wie die Ostküste, und mich nach Westen orientiert. Die Leute hier draußen verbringen ihren Winterurlaub eher auf Hawaii oder in Mexiko. Es wäre logischer –«

»Diese Logik hat einen Fehler.«

»Wem sagst du das! Als John Seabrook ist Fuller hier gelandet. Sie hätten ihn nie nach Kalifornien umgesiedelt, wenn die Gefahrenzone hier in der Nähe wäre. Leider bin ich erst darauf gekommen, als ich schon eine Riesen-Dialog-Rechnung beisammen hatte. Aber da war es zehn Uhr, und ich hatte Kopfschmerzen und habe Schluß gemacht.«

»Und heute morgen?«

»Heute früh um vier habe ich plötzlich senkrecht im Bett gesessen und ›Scheiße!‹ gesagt. Die Prämisse, auf die ich die ganze Zeitungsrecherche gegründet hatte, war auch schon faul. Wenn die Sache nun keinen Staub aufgewirbelt hatte? Wenn sie aus irgendeinem Grund nicht in die Medien gedrungen ist? Ich hätte es von den Bundesgerichten her aufrollen sollen.« Er zeigte auf die zweite Karte. »Diese anderen farbkodierten Blocks repräsentieren die elf Bundesgerichtsbezirke.«

»Wie weit bist du damit gekommen?«

»Weit genug, um zu wissen, daß ich dir jede Menge Information über Berufungs-, Bankrott- und Zivilverfahren liefern kann. Aber bisher ist es mir noch nicht gelungen, eine Quelle für Strafverfahren zu finden. Und ich bin sicher, daß es ein Strafverfahren war, wegen des Killeranschlags auf Fullers Frau.«

»Aber es muß doch irgendwo eine Quelle geben. Diese Prozesse werden doch protokolliert.«

»Oh, klar, aber im Moment ist mein Hirn kurz vor dem Schmelzpunkt. Und weißt du was? Fünf Minuten, bevor du hier reingekommen bist, kam mir ein zweiter schrecklicher Gedanke: Wenn die Sache nun gar nie vor Gericht kam? Wenn ich falsch gehe in der Annahme, daß nur Kriminelle Killer dingen?« Micks Schultern fielen vornüber. »Dann kann es mir passieren, daß ich als weißhaariger alter Mann sabbernd und brabbelnd über einem völlig veralteten Power Book hocke, bevor ich irgendwas finde.«

»Ich glaube, du bist auf der richtigen Spur«, sagte ich zuversichtlicher, als ich war.

»Ja?«

»Klar. Bleib einfach dran und... ich sag dir was: Wenn du es findest, lade ich dich und Keim in ein Restaurant eurer Wahl ein.«

Er richtete sich auf. »Hier oder egal wo?«

»Beschränken wir es aufs Stadtgebiet.«

»Schade. Ich dachte an dieses Restaurant in Paris, von dem Dad mir erzählt hat. Aber der neue Laden, den sie letzten Sonntag auf den rosa Seiten besprochen haben, tut's vielleicht auch – hatte immerhin vier Sterne nach dem Dollarzeichen.« Er schwenkte wieder zu seinem Schreibtisch herum und begann die Tastatur zu bearbeiten.

Meine Motivationskünste hatten seit jenem Tag, an dem ich ihm gedroht hatte, ihn umzubringen, eine ganz schöne Entwicklung durchgemacht.

Als ich in Teds Büro vorbeischaute, um ihm zu sagen, wir würden versuchen, zum Thanksgiving-Essen zu kommen, streckte er mir den Telefonhörer hin. »Adah Joslyn.«
»Hallo«, sagte ich in den Hörer. »Danke, daß du das mit Craig hingekriegt hast.«
»Wie hat er auf dich gewirkt?«
»Anders. Ich glaube, er macht gerade einen ziemlichen Desillusionierungsprozeß durch, was das FBI angeht. Er zeigt alle Symptome einer Midlife-Krisis.«
»Ach. Ich dachte, die wären in den Achtzigern ausgestorben. Was glaubst du, wie schlimm es ist?«
»Schlimm. Er hat mir angeboten, mir geheime Informationen zu beschaffen – durch die Blume, aber deutlich genug.«
»Himmel, McCone! Du bist doch nicht darauf eingegangen?«
»Noch nicht.«
»Du darfst auf keinen Fall –«
»Ich werd's nicht tun, wenn ich's vermeiden kann. Aber weißt du was? Ich glaube, er war enttäuscht, daß ich's nicht getan habe. Er will da raus – dringend.«
»Warum kann er nicht einfach kündigen, wie ein normaler Mensch?«
»Weiß der Himmel. Vielleicht hat er eine dramatische Ader. Ich denke, du solltest mal mit ihm reden – ihn überreden, eine Zeitlang Urlaub zu machen.«
»Sollte ich vielleicht. Danke für den Rat.«

Die Art, wie Mick seine Grundprämissen in Frage gestellt hatte, steckte mich an. Ich ging wieder in mein Büro, in der Absicht, ein paar Briefe auf Band zu diktieren, begann aber statt dessen zu grübeln. Als Keim in der Tür erschien, war ich gerade auf dem besten Weg, mich selbst verrückt zu machen.
»Ich weiß, du hast gesagt, du kannst mich nicht für diesen Seabrook-Fall einsetzen, aber ich hatte ein bißchen Zeit übrig, und da konnte ich nicht widerstehen. Die Überweisung auf Matty Wildress' Konto kam von einer Bank auf den Cayman-Inseln.«
»Wie hast du das rausgefunden?«
»Das willst du nicht wirklich wissen.« Und damit drehte sie sich um und ging.

Nein, ich wollte es auch nicht wissen, aber eine Vogel-Strauß-Politik meinerseits konnte ein Desaster für meine Detektei bedeuten. Irgendwann demnächst würde ich mich mal mit meinen Angestellten hinsetzen und ein kleines Kolloquium über Berufsethos und Datenschutz halten. Das Problem, lernen zu müssen, wie man eine expandierende Firma führte, war keine Rechtfertigung dafür, die etwas zickzackförmige Grenze, die ich mir in dieser Hinsicht gesteckt hatte, so weit zu überschreiten. Ich war letzten Endes für das Tun meiner Leute verantwortlich, und ich mußte sie in die Schranken –

Genug der Selbstzerfleischung, McCone. Mittagszeit.

Ich ging den Embarcadero entlang, bis zum Miranda's, meinem Lieblingshafenimbiß, und bestellte einen Burger zum Mitnehmen. Ich ging damit zurück ins Büro und aß ihn am Schreibtisch, während ich Papierkram erledigte. Am Nachmittag kamen zwei potentielle Klienten; den einen verwies ich an Keim, die dank ihrer Computerkünste dafür prädestiniert war, sich in Firmen einschleusen zu lassen. Den anderen, eine Frau – ein Besorgter-Mutter-Fall, wie meine Freundin und Kollegin Wolf es zu nennen pflegte –, bekam Rae. Dabei war ich die ganze Zeit in Gedanken halb bei der Fuller-Sache. Ich spitzte die Ohren, in der Hoffnung, daß Mick den Laufgang entlangkäme, um zu verkünden, er habe das Problem gelöst. Und irgendwo im Untergrund nagte die ganze Zeit das Gefühl, daß ich irgendeinen Murks gemacht, irgendein wichtiges Quentchen Information übersehen hatte.

Es war schon halb vier, als mir klar wurde, daß ich wirklich gepfuscht hatte. Ich saß in dem Lehnsessel unter meiner Schefflera und starrte aus dem Fenster. Eine Cessna schwenkte in Richtung Treasure Island, so tief wie eben noch zulässig. Verkehrsüberwachung. Ich spähte hinauf, um das Kennzeichen zu entziffern. Eine Freundin von mir flog eine ganz ähnliche Maschine für Metro Traffic Control, das große Verkehrsbeobachtungsnetz, das die Radio- und Fernsehsender der Bay Area mit Information versorgte, und ich fragte mich –

»Verdammt, McCone!« rief ich aus und schnippte mit den Fingern. »Wie konntest du das übersehen?«

Irgendwo in meiner Handtasche waren die Notizen, die ich bei meinem gestrigen Gespräch mit Gray Selby im Mario's gemacht hatte. Ich kramte herum und fand sie schließlich in meinem Portemonnaie, zusammen mit dem Wechselgeld, das ich an der Zahlstelle der Golden Gate Bridge gekriegt hatte. Ein Musterbeispiel an Organisation! Ich überflog den bekritzelten Zettel, bis ich auf die Nummer 3317J stieß, setzte mich dann an meinen Schreibtisch und trommelte mit den Fingern auf der Kante herum. Wie vorgehen ...?

Hy hätte es mir natürlich sagen können, aber der war heute in La Jolla und unerreichbar, weil er in der RKI-Zentrale zu tun hatte. Die Flugbehörde konnte es mir natürlich auch sagen, aber die war ein Bürokratenladen und am Tag vor Thanksgiving um diese Zeit wohl kaum noch besetzt. Aber es mußte doch einen Weg geben ...

Plötzlich fiel mir dieser Benzinskandal ein, damals, als ich gerade fliegen gelernt hatte. Chevron hatte verunreinigtes Benzin an eine Reihe von Flugplätzen geliefert, unter anderem auch an den von Los Alegres. Als die Sache offenkundig wurde, oblag es den Managern der einzelnen Flugplätze, all diejenigen zu informieren, die das Zeug getankt hatten. Ich erinnerte mich wieder: Matty hatte Art Field, dem Platzmanager, geholfen, in einer zeitaufwendigen Prozedur Mikrofiches mit amerikanischen Flugzeugkennzeichen durchzugehen, damit Chevron die beschädigten Motoren der Betroffenen reparieren oder austauschen lassen konnte.

Ich rief die Auskunft an, ließ mir die Nummer des Flugplatzes geben und wählte sie. Art war da und klang so deprimiert, wie ich ihn noch nie gehört hatte. Kein Wunder: Er und Matty waren jahrelang Fliegerkollegen gewesen. Als ich ihm erklärte, was ich brauchte, war er sofort bereit, Namen und Adresse des eingetragenen Eigentümers jener Stirling Silver Ranger, die vor zwei Wochen kurz in Los Alegres zwischengelandet war, für mich herauszusuchen.

Ich trat durch die Tür zu Micks Büro und sagte: »Versuch's mal mit Arkansas.«

Er schwenkte herum und sah mich stirnrunzelnd an.

Ich setzte hinzu: »Vor allem in Zusammenhang mit der Firma Stirling Aviation in Alda.«

Ironischerweise war die Silver Ranger nicht nur vom selben Hersteller gebaut wie Mattys Maschine, sondern auch auf diesen eingetragen.

Mick machte große Augen und schüttelte den Kopf. »Da plage ich mich hier den ganzen Tag ab, und dann kommst du mit so einem Ansatzpunkt, ohne auch nur einen Computer zu benutzen. Ich will dich gar nicht fragen, wie du das gemacht hast.«

Auch gut. Ich war nicht scharf darauf, ihm erzählen zu müssen, daß sich die Information, die seiner Plackerei ein Ende hätte machen können, schon seit gestern nachmittag in meinem Besitz befand. »Irgendwas erreicht, was die Strafprozeßprotokolle angeht?«

»Ich wollte dich gerade rufen. Die Cornell-Universität hat eine Datenbank mit Millionen von Bundesbezirksgerichtsprozessen aus den letzten sechzehn Jahren. Das sind zwar nur Sachen, die bis zu Ende verhandelt wurden, aber es könnte trotzdem was bringen.«

»Was ist mit Zeitungen? Gibt es in Arkansas welche mit einem Volltext-Online-Archiv?«

»Ich gucke mal nach.« Er schwenkte zu seinem Schreibtisch herum und blätterte in einem Stapel von Ausdrucken. Ich setzte mich auf die Umzugskiste. Kurz darauf sagte er: »Nur eine – die *Arkansas Democrat Gazette*. Die ist vermutlich im ganzen Staat verbreitet.«

»Probier es damit und mit dem Cornell-Index.«

»Das wird aber ein Weilchen dauern, Shar.«

»Macht nichts.«

Er sah mich komisch an.

»Was ist? Hast du heute abend was vor?«

»Nein.«

»Was dann?«

»Ich kann mich nicht konzentrieren, wenn du hier lauerst.«

»Lauerst? Ich sitze einfach nur da.«

»Ich weiß, aber deine ... Präsenz ist raumfüllend.«

»Was meinst du mit Präsenz?«

Er seufzte. »Hat dir noch nie jemand gesagt, daß deine Persönlichkeit mächtiger als sonst ist, wenn du an irgendwas dran bist?«

»Nein. Wie mächtig ist sie denn sonst?«

»Ziemlich.«

Ich wußte nicht recht, ob ich das als Kompliment nehmen sollte.

»Geh nach Hause, Shar. Wenn ich was rausfinde, melde ich mich.«

»Ich hätte nie gedacht, daß ich den Tag erleben würde, an dem du mich herumkommandierst – und auch noch ungestraft.«

Er grinste und wandte sich wieder seinem Power Book zu. »Hat lange gebraucht, und in gewisser Weise ist es besser als Sex.«

Mick meldete sich an diesem Abend mehrmals. Um kurz nach neun rief ich Morland an, wobei ich ihn weckte, und bat ihn, sich im Computerarchiv der Justizbehörden so weit kundig zu machen, daß er mir ein paar Hypothesen bestätigen oder für falsch erklären könne. Er versprach, mich gleich morgen früh anzurufen. Um Mitternacht erschien Mick mit einem dicken Aktenordner. Um zwei Uhr morgens hatte ich diesen zweimal von vorn bis hinten studiert und die grobkörnigen Zeitungsfotos eines blonden jungen Manns mit Oberlippenbärtchen ausgiebig mit dem Bild von John Seabrook verglichen. Craig rief am Thanksgiving-Morgen um halb sieben an und lieferte mir die Bestätigung, die ich erwartet hatte. Um elf nahm ich einen Flug nach Dallas-Fort Worth. Dort hatte ich Anschluß nach Fayetteville in Arkansas, nur ein paar Meilen von dem Ort, wo alles begonnen hatte.

Drei Jahre zuvor

»Kriechen Sie mir nicht auf den Schoß, McCone. Bleiben Sie aufrecht und sitzen Sie's aus.«

»Tut mir leid. O Gott...«

»Sie werden doch nicht anfangen zu kotzen, oder?«

»Nein, ich kotze nicht – oft. Aber... uuups!«

»Nur ein kleiner Aufwind. Nichts, was Sie nicht schon kennen. Was ist denn heute mit Ihnen los?«

»Ich bin nervös, das ist alles, und diese Turbulenzen machen es nicht gerade besser.«

»Ist es wegen dem Absturz letzte Nacht?«

»... Wahrscheinlich schon. Eine von meinen sogenannten Freundinnen hat heute morgen angerufen, um es mir brühwarm zu berichten. Sie hat gesagt: ›Vielleicht läßt du ja jetzt diesen Irrsinn bleiben.‹«

»Und was haben Sie gesagt?«

»Danke für deine Fürsorge, aber ich habe heute um zwölf eine Flugstunde, und ich werde hingehen.«

»Braves Mädchen. Was hat Sie dieser Absturz gelehrt?«

»Daß der Pilot sich vermutlich nicht die Mühe gemacht hat, eine Wetterberatung einzuholen, weil er sonst gewußt hätte, daß diese Gewitterfront heranzieht, und gar nicht erst gestartet wäre.«

»Oder?«

»Oder daß er zwar eine Wetterberatung eingeholt, sie dann aber ignoriert hat, weil er dachte, er könnte dem Unwetter davonfliegen.«

»Was heißt?«

»Daß er dumm oder überheblich war – oder beides.«

»Sind Sie dumm oder überheblich?«

»Ich hoffe nicht.«
»Na, also. Wissen Sie, McCone, manche Menschen schleppen ein ganz schönes Päckchen Angst mit sich herum, was das Fliegen angeht, und wenn so was passiert, versuchen sie es einem aufzuhalsen. Dagegen kann man nichts machen, aber man kann sich weigern, das Päckchen dieser Leute mit an Bord seiner Maschine zu nehmen. Denken Sie sich das Cockpit als einen besonderen Ort, wo Ihnen absolut niemand dazwischenfunken kann.«

»Hey, Sie versuchen ja gar nicht mehr, mir auf den Schoß zu kriechen.«
»Nein.«
»Ganz schön starker Seitenwind. Wäre Ihnen wohler, wenn ich beim Landen die Hände am Knüppel hätte?«
»Nein. Seitenwind hatte ich schon öfters. Mit diesem hier kann ich es auch aufnehmen.«
»Ja, das können Sie. Und wenn wir unten sind und Sie heimkommen, was machen Sie dann?«
»Diese sogenannte Freundin anrufen und ihr sagen, sie soll sich verflixt noch mal um ihr eigenes Leben kümmern.«

Dritter Teil
28. November – 1. Dezember

15 *Freitag morgen, Fayetteville/Arkansas*

Ich stieg wieder in meinen Mietwagen, der vor dem Bundesgebäude in der East Mountain Street stand, und starrte finster die strenge Fassade aus Granit und Glas empor. Gestern abend hatte ich mir bei meiner einsamen Hilton-Zimmerservice-Version eines Thanksgiving-Mahls einen genauen Aktionsplan zurechtgelegt, um mit einem Minimum an Zeitaufwand an ein Maximum an Information zu kommen. Jetzt, um halb zehn Uhr morgens, schienen sich sämtliche Umstände gegen mich verschworen zu haben.

Es war kalt, aber klar, und Sonnenschein erhellte die hügeligen Straßen des Collegestädtchens. Fayetteville war ein attraktiver Ort mit einem Gemisch aus altmodischen Holzschindelhäusern und moderneren Bauten, und im Norden drängten sich die roten Backsteingebäude der Universität von Arkansas. In der Nähe meines Hotels stand ein klassisches altes Postamt – das mittlerweile ein Restaurant beherbergte – auf einem rechteckigen Platz, auf allen vier Seiten von Häusern umschlossen, die wohl aus der Mitte des neunzehnten Jahrhunderts stammten und jetzt alle möglichen schicken Läden beherbergten. So früh am Morgen nach dem Feiertag hatten sie noch zu, und auf den Straßen zeigten sich kaum Menschen. Selbst in der schäbigeren Gegend um das Gerichtsgebäude, wo es lauter Kautions- und Anwaltsbüros gab, sah ich nur wenige Leute, mit hochgezogener Schulter gegen den kalten Wind, zum Eingang des Gerichtsgebäudes eilen.

Durch eine dieser Türen war vor über zehn Jahren ein Mann namens Ash Walker gegangen, und dort drinnen, im Büro des Marshals Service, hatten er und seine Frau Andie Seite um Seite der Einverständniserklärung für das Zeugenschutzprogramm studiert und mit ihren Initialen abgezeichnet, ehe sie ihre wahre Identität für immer abgelegt hatten. Ash Walker, der sich dann in Ron Fuller und später schließlich in John Seabrook verwandelt hatte. Ash Walker, vormals Air-Force-Pilot, zu der Zeit Testpilot bei Stirling Aviation – und ein Mann, der zuviel wußte.

Ich hatte mir gar nicht erst die Mühe gemacht, beim Marshals Service vorbeizuschauen. Craig hatte mir alles geliefert, was ich brauchte, und bei den Marshals wäre wohl sowieso niemand bereit gewesen, mit mir zu reden. Aber ich hatte mit einem Bürohengst im FBI-Trakt gesprochen und erfahren, daß FBI-Agenten, die umfangreiche Ermittlungen gegen die Flugzeugwerke angestellt hatten, versetzt worden waren; das FBI, so wurde mir erklärt, dürfe ihren jetzigen Aufenthaltsort nicht preisgeben. Und wieder steckte ich in einer Sackgasse, es sei denn, ich verfolgte Aktionsplan B.

Aus meiner Jackentasche zog ich einen Zettel mit der Telefonnummer der Lokalredaktion der *Arkansas Democrat Gazette,* wo Iona Fowler, die Ashs Zeugenauftritte bei einer Reihe von Bundesgerichtsprozessen verfolgt hatte, als Reporterin tätig gewesen war. Ich rief an, fragte nach Fowler und erfuhr, daß sie nicht mehr bei der Zeitung war.

»Sie lebt jetzt irgendwo droben bei Berryville«, sagte der Mann am Apparat. »Hat eine Farm oder so was. Viel mehr kann ich Ihnen nicht sagen.«

Ich bedankte mich, unterbrach die Verbindung und nahm meine Karte hervor. Berryville lag etwa zehn Meilen östlich des historischen Ozark-Städtchens Eureka Springs, nicht weit von der Grenze zu Missouri. Eine Autostunde – höchstens zwei. Ich erfragte bei der Auskunft Iona Fowlers Nummer und rief an. Sie schien ganz erpicht darauf, mit mir zu reden, und gab mir mit einem leichten Akzent eine Wegbeschreibung, in der diverse größere und kleinere Landstraßen und schließlich sieben Meilen ungeteerten Feldwegs vorkamen. Ich erklärte ihr, ich sei schon unterwegs.

Der Freeway nach Norden führte mich durch Alda, wo die Stirling-Werke lagen. Aus derselben Art Impuls heraus, die mich auch den Good-Buy-Markt in Florida hatte aufsuchen lassen, nahm ich die Ausfahrt und folgte der parallel zum Freeway verlaufenden Straße, bis ich das Werksgelände fand: ein großes Flugfeld und zahlreiche nicht näher identifizierbare Gebäude und Hangars, die sich über ein Riesenareal verteilten. Das gesamte Gelände war von einem stacheldrahtgekrönten Maschengitterzaun umgeben, und ein frühes Stirling-Modell, die einmotorige Silver Explorer, stand auf einem Betonpodest in der Nähe des Einfahrtstors. Ich studierte die Anlage einige Minuten, fuhr dann weiter und dachte über das nach, was dort vor über zehn Jahren geschehen war.

Stirling Aviation war zu Beginn der fünfziger Jahre von dem Ex-Marineflieger David Stirling gegründet worden. Als die Firma vom Bau einmotoriger Flugzeuge zur Herstellung von mehrmotorigen Maschinen und Jets übergegangen war, war sie eins der potentesten Unternehmen innerhalb der aufstrebenden Flugzeug- und Raumfahrtindustrie von Arkansas geworden. Doch in den frühen achtziger Jahren hatte Sterling – ironischerweise bei einem Autounfall auf der Fahrt zum Flugplatz – eine schwere Behinderung davongetragen. Außerstande, seinen Aufgaben als Firmenchef weiter nachzukommen, hatte er das Werk seinem einzigen Nachkommen, dem sechsundzwanzigjährigen Duncan, übergeben.

Duncan Stirling erschien in den Zeitungsartikeln, die ich gelesen hatte, wahlweise als kriminelles Genie oder als reicher Jüngling mit einem gefährlichen Hobby, als geschickter Manipulator oder als naives Werkzeug seiner Mittäter, als ein Mann, der sich und seine Umgebung im Griff hatte, oder als Kokser, den seine Sucht im Griff hatte, als geselliger Mensch, der ausschweifende Partys gab, oder als Einzelgänger, der oft wochenlang verschwand. Alle waren sich darin einig, daß ihn Waffen, Kokain und das schnelle Leben mehr faszinierten als Flugzeuge. Und als ihm die uneingeschränkte Herrschaft über die Firma seines Vaters zufiel, erlag er dieser Faszination endgültig.

Binnen weniger Monate formierte Dunc, wie er unter Freunden hieß, einen Kader von geldgierigen und skrupellosen Piloten, die gegen gute Bezahlung geheime Missionen für ihn flogen. Einige rekrutierte er unter den Testpiloten des Werks, andere über jenes Beziehungsgeflecht, das jedes Geschäft, ob legal oder illegal, hervortreibt. Die Stirling-Werke wurden zum Hauptquartier einer

Flugzeugflotte, die Waffen exportierte und Drogen importierte. Beschäftigte, die ein Risiko für dieses Unternehmen darstellten, wurden entlassen, und die Umwandlung des Flugzeugwerks in einen zwielichtigen Millionenkonzern begann.

Irgendwann begann sich schließlich die Staatspolizei von Arkansas für die seltsamen Aktivitäten auf dem Werksflugfeld zu interessieren. Flugzeuge, die nachts ohne Landescheinwerfer landen, sind im Grunde noch nicht besonders ungewöhnlich. Viele Piloten, darunter auch ich, finden, daß Landescheinwerfer die Wahrnehmung verzerren, weil einem die Rollbahn schneller entgegenzukommen scheint. Doch die Tatsache, daß auf dem Stirling Field nach Einbruch der Dunkelheit Maschinen ohne Landescheinwerfer und ohne Positionslichter eintrafen, erregte Verdacht, zumal diese Flugzeuge auch nie auf den Radarschirmen des nahe gelegenen Flughafens von Fayetteville auftauchten. Und dann war da noch der intensive Lastwagenverkehr auf dem Flugfeld und der Umstand, daß Beschäftigte mitten in der Nacht in den Hangars zugange waren.

Die Staatspolizei zog das FBI hinzu, und es gab das übliche Kompetenzgerangel. Schließlich fuhr die Staatspolizei fort, das Werksflugfeld zu beobachten und Hinweisen verbitterter Ex-Stirling-Leute nachzugehen, während die Bundesermittler die Bankkonten und Steuerunterlagen der Firma unter die Lupe nahmen und einen allmählichen Rückgang der Produktion feststellten. Und Dunc Stirling ging wie gewohnt seinen Geschäften nach und ignorierte die Warnungen seiner Kumpane. Was immer er sonst noch gewesen sein mochte – er war in jedem Fall überheblich und hielt sich für unangreifbar; gewöhnliche Sterbliche wie die Polizei vermochten ihn nicht weiter zu stören.

Was Stirling schließlich zu Fall brachte, war seltsamerweise nicht der Haupterwerbszweig seiner Organisation, sondern ein kleines Nebengeschäft in Sachen Auftragsmord. Es begann damit, daß er einen seiner Piloten bat, sich um eine Ex-Freundin von ihm »zu kümmern«, die sich für ihr Schweigen über seine Machenschaften einen höheren Lebensstandard zu erhandeln suchte. Das nächste Opfer war ein Mechaniker, der aussteigen wollte, nachdem er von dem Mord erfahren hatte. Ein erster Mord mag noch eine Schockwirkung haben, aber Wiederholung führt auch hier zur Gewöhnung: Bald hatten einige von Duncs Angestellten keine Skrupel mehr, für Geld Leute aus der Welt zu schaffen, die dem Boß oder dessen Geschäftspartnern Schwierigkeiten machten. Und Dunc Sterling ahnte nichts von dem wachsenden Entsetzen eines Piloten namens Ash Walker.

Als Walker darauf angesprochen wurde, ob er nicht Import-Export-Missionen fliegen wolle, war er neunundzwanzig, kurz vor dem Bankrott und werdender Vater. Sechs Wochen später erlitt seine Frau eine Fehlgeburt, und Walker stürzte sich erbittert in den zwielichtigen Job. Er war immer auf dem schmalen Pfad der Tugend geblieben, und zum Lohn hatte man ihm im Zuge von Sparmaßnahmen eine vielversprechende militärische Karriere gekappt. Die Fluggesellschaften stellten niemanden ein, und sein eigenes kleines Charterunternehmen, für dessen Finanzierung er Haus und Flugzeug beliehen hatte, ging aus unerfindlichen Gründen baden. Und als er endlich einen guten Job gefunden hatte, fiel die Firma in die Hände eines Kriminellen. Die Belastung durch diese Situation trug zur Fehlgeburt seiner Frau bei.

Vielleicht, sagte sich Ash Walker, war er ja nicht für ein anständiges Leben gemacht.

Später würde Walker zugeben, daß ihn während seiner Zeit bei Stirling mancherlei Selbstzweifel geplagt hatten, aber etwas, woran er keine Sekunde zweifelte, war seine Unfähigkeit, Mord zu tolerieren – geschweige denn zu begehen. Während er sich still und leise in Duncs engeren Kreis vorarbeitete und schließlich sogar, als Dunc zeitweilig durch eine Knieverletzung gehandicapt war, als dessen Privatpilot fungierte, begann Walker Beweise zu sammeln und ein detailliertes Tagebuch zu führen. Und drei Jahre, nachdem Dunc an die Zerstörung dessen gegangen war, was sein Vater mühsam aufgebaut hatte, ging Walker in das Bundesgebäude in Fayetteville und übergab seine gesammelten Beweise dem FBI.

Die Justizbehörden handelten schnell und erhoben gegen Stirling und dessen Komplizen Anklage in mehreren Punkten, die von der Bildung einer kriminellen Vereinigung zur Verbreitung kontrollierter Substanzen bis hin zu Mord reichten. Doch an dem Tag nach der offiziellen Anklageerhebung entschied ein Bundesrichter in Fort Smith – ernannt von einem früheren Gouverneur, dessen Wahlkampfkasse von beträchtlichen Spenden David Stirlings profitiert hatte –, daß bei Duncan Stirling, trotz dessen Zugang zu Flugzeugen und großen Bargeldmengen, keine erhebliche Fluchtgefahr bestehe. Gegen eine von seinem Vater gestellte Kaution in Höhe von einer halben Million freigelassen, verschwand Dunc binnen vierundzwanzig Stunden. Ash Walker sagte überzeugend gegen die übrigen Angeklagten aus, und diese wurden allesamt verurteilt, aber der Mann, der hinter all dem steckte, kam ungeschoren davon.

Vielleicht konnten ihm normale Sterbliche ja wirklich nichts anhaben.

Sechs Monate nach dem letzten Urteilsspruch in Fort Smith wurde Ash Walkers Frau Andie – inzwischen Marie Fuller – auf einem Supermarktparkplatz in Florida erschossen. Ash und sein kleiner Sohn Roger wurden in eine sichere Wohnung des Marshals Service in Miami gebracht. Im Schutz der Dunkelheit schlüpften sie hinaus und verschwanden. Verschwanden so lange, bis ein Pilot namens Winthrop Reade, jetzt leitender Manager der wiedererblühten Firma Stirling Aviation, Ash auf dem Flugplatz von Los Alegres sichtete.

Schon bald war ich auf einem Highway nach Osten, der sich dann zu einer zweispurigen Straße verengte. Der Verkehr wurde allmählich spärlicher, als die Straße in die Ozarks hinaufführte. Das Asphaltband wand sich im Zickzack, und schwarzgelb gestreifte Baken warnten vor gefährlichen Kurven. Ich brachte mit viel Gas eine Serie von Serpentinen hinter mich und sah auf sanfte Täler hinunter, die grau waren von kahlen Bäumen. Der heftige Wind fegte trockene Blätter über die Straße und ließ den kleinen Wagen erbeben.

Touristenchalets und Motels zeigten an, daß ich mich Eureka Springs näherte. Am Abzweig zum historischen Distrikt des Städtchens landete ich hinter einer langsamen Straßenbahn, die mich an die Cable Cars von San Francisco erinnerte. Thanksgiving-Wochenende – die Bahn war gerammelt voll mit Touristen. Ihre sorglosen Gesichter erinnerten mich an meinen gestrigen Anruf bei Ted und Neal, vom Flughafen Fort Worth aus: Feiergeräusche im Hintergrund, darunter ein texanisch ange-

hauchtes Juchzen, das nur von Keim stammen konnte, und am Telefon Ted, der sagte, er finde es schade, daß Hy und ich nicht hätten kommen können, verstehe es aber.
Hy sei nicht da? fragte ich.
Nein, er habe angerufen und sich bedauernd entschuldigt.
Ted übergab an Neal, und nachdem wir ein Weilchen geredet hatten, rief Neal Rae an den Apparat, die mich wiederum an Ricky weiterreichte, der mir schließlich Zach gab. Nachdem ich mit fast allen Anwesenden gesprochen hatte, versuchte ich, Hy zu erreichen, aber er meldete sich weder unter einer seiner Nummern noch unter meiner eigenen.
Er war irgendwo anders – und tat was? Vor sich hinbrüten vermutlich, weil er sich unfähig und ohnmächtig fühlte. Er hatte Matty nicht schützen können, und jetzt sah er seine Chancen, ihren Tod zu rächen, schwinden. Als ich ihm gestern morgen gesagt hatte, dieser Trip nach Arkansas sei etwas, was ich allein machen müsse, war seine Frustration unübersehbar gewesen. Er verstand meine Begründung: Wir waren beide emotional viel zu stark in diese Sache verwickelt, und unter solchen Bedingungen neigten wir dazu, uns gegenseitig hochzuschaukeln, oft bis auf ein gefährliches Maß. Trotzdem paßte es ihm nicht, ausgeschlossen zu werden, und ich konnte es ihm nicht verdenken.
Als mein Flug nach Fayetteville aufgerufen wurde, war ich selbst bereits ziemlich am Grübeln. Im Lauf unserer Beziehung waren Hy und ich mit Hindernissen konfrontiert gewesen, die die meisten Paare auseinandergebracht hätten, aber wir waren sie geradewegs angegangen – gemeinsam. Ich belog ihn nicht; er belog mich nicht. Wenn wir uns über irgendein Vorgehen uneinig waren, trugen wir unsere Differenzen – oft hitzig – aus und fanden schließlich einen Kompromiß. Doch seit Mattys Tod hatten wir begonnen, einander mit Halbwahrheiten abzuspeisen und unseren Belangen getrennt nachzugehen. Ich wußte nicht mal genau, was er am Mittwoch im RKI-Hauptquartier gemacht hatte. Vielleicht ermittelte er ja sogar parallel zu mir.
Mit solchen Gedanken im Kopf – war es da ein Wunder, daß ich eine ganze Flasche teuren Chardonnay zu meinem einsamen Zimmerservice-Festmahl getrunken hatte?

Als die Straßenbahn abgebogen war, gab ich Gas und ließ die Fast-Food-Schuppen und allgegenwärtigen Souvenir- und Antiquitätenshops an mir vorüberziehen. In Berryville – das größer war, als ich gedacht hatte – wurde die Straße vierspurig, und ich hielt Ausschau nach meinem Abzweig. Iona Fowler hatte gesagt, er sei leicht zu übersehen, aber ich fand ihn ohne Probleme. Doch dann fuhr ich an meinem nächsten Abzweig vorbei, mußte umkehren, verpaßte den ungeteerten Feldweg und landete in Missouri.

Soviel zu meinen Navigationskünsten.

Als ich wieder zurückgefahren war, fand ich endlich den mit einem Sackgassenschild markierten Weg. Er führte mich an mehreren Farmhäusern vorbei, durch etliche achsbruchträchtige Schlaglöcher, in ein Tal und über einen Bach. Droben am Hang erstreckten sich Weiden, wo sich braunweißes Vieh gegen den kalten Wind zusammendrängte. Ein ansteigender Fahrweg teilte das Weideland und verschwand hinter einer Baumgruppe oben auf der Kuppe. Ich folgte ihm und kam zu einem hölzernen braunen Farmhaus mit einer roten Scheune dahinter.

Das Haus war klein und hübsch, auf zwei Seiten von einer Veranda umgeben, von der man das ganze Tal überblickte. Ein Collie lag am Fuß der Eingangstreppe, und als ich neben einem Jeep Cherokee hielt, stand der Hund auf, um mich zu begrüßen. Seine kalte Schnauze stupste gegen meine Hand, als ich ausstieg. Gemeinsam betraten wir die Veranda, und ich klopfte an die Tür und drehte mich dann um, um die Aussicht zu genießen: sanftes Weideland fiel zu einer kahlen Baumreihe hin ab, durch die ich das silbergraue Glänzen eines Flusses sehen konnte.

Die große, gutaussehende Frau, die mir öffnete, trug einen dicken blonden Zopf zu einer Krone um den Kopf gewunden. Sie sah über ihre lange Nase auf mich herab, auf eine Art, die hochmütig gewirkt hätte, wäre da nicht die lebhafte Neugier in ihren blauen Augen gewesen. Als ich ihr meinen Ausweis zeigen wollte, wedelte sie ihn weg.

»Kommen Sie schnell rein!« rief Iona Fowler. »Kalt wie Hexentitten heute, aber ich habe Kaffee gemacht und ein Feuer im Ofen. Nein, Jody, du nicht, du bist ganz dreckig, weil du wieder durch den Bach toben mußtest.« Sie drängte den Collie mit dem einen bestiefelten Fuß zurück, hielt mir die Tür auf und schloß sie demonstrativ vor dem Hund.

Der Raum, den ich betrat, war gemütlich, mit prallen Polstersesseln um einen Holzofen und vielen Pflanzen. An den Wänden hingen bunte Quilts, und in einem Erker standen eine Nähmaschine und daneben ein Tisch voller bunter Stoffschnipsel. Iona Fowler deutete auffordernd auf die Sessel und ging uns Kaffee aus der Küche am anderen Ende des Hauses holen. Als sie wiederkam, wärmte ich mir gerade die Hände am Ofen.

»Hübsch hier«, sagte ich, als sie sich in den Sessel mir gegenüber setzte, die Stiefel auszog und die langen, jeansbehosten Beine unterschlug.

»Danke. Das Plätzchen war wohl für mich bestimmt, kam an dem Tag auf den Markt, als ich beschloß, aus Fayetteville wegzugehen.«

»Wie sind Sie gerade auf diese Gegend gekommen?«

»Ich hatte Freunde in Berryville. Als mein Leben in Trümmer ging, haben sie gemeint, ich solle doch mal kommen und mich nach einem Haus umschauen.«

»Ihr Leben ging in Trümmer? Inwiefern?«

»Stimmt – Sie können das ja nicht wissen. Hatte mit meiner Artikelserie über Stirling Aviation zu tun. Nach den Prozessen sprach mich ein New Yorker Verlag an, ob ich nicht Lust hätte, die Serie zu einem Buch auszubauen. Krimis, die das Leben schreibt, Sie wissen schon. Als ich denen sagte, an der Sache sei mehr dran, als die meisten Leute ahnten, und ich traute mir zu, es zusammenzupuzzeln und durch Beweise zu untermauern, da waren sie noch enthusiastischer. Wir waren gerade dabei, den Vertrag auszuhandeln, als die Drohungen einsetzten: nächtliche Anrufe, kleinere Übergriffe auf mein Haus und meinen Wagen.

Na ja, ich bin nicht so leicht einzuschüchtern, aber als nächstes löschte jemand die Stirling-Dateien aus meinem Redaktionscomputer. Nicht weiter schlimm, ich machte immer Disketten. Aber in derselben Nacht, noch ehe ich Kopien machen und an einen sicheren Ort bringen konnte, wurde mein Haus angezündet, und ich verlor alles. Nicht nur die Disketten, sondern auch Bänder mit Interviews und meine Notizen über das, was mir gesagt worden war, ohne daß ein Band mitlief. Und als zwei Tage später vor dem Haus einer Freundin, wo ich untergekommen war, jemand auf mich schoß, sagte ich mir, zum Teufel damit. Ich hatte meinen Job sowieso aufgeben wollen, um das Buch zu machen, und an dem Tag, als das Versicherungsgeld kam, verließ ich die *Democrat Gazette* und Fayetteville.

»Was glauben Sie, wer hinter dem Ganzen steckte?«

»Der alte Stirling und seine politischen Gesinnungsfreunde. Ich war an einer Story über Korruption in höchsten Kreisen und hatte kein Geheimnis daraus gemacht.«

»Sie meinen, daß der Vater seine Beziehungen spielen ließ, um den Sohn gegen Kaution freizukriegen?«

»Ich bin überzeugt, das war nur dic Spitze des Eisbergs.«

»Ach?«

Fowlers Blick wich meinem aus. »Fragen Sie mich nicht, was da lief. Ich weiß es nicht. Ich bin nicht dazu gekommen, ernsthaft zu recherchieren. Oh, ich hätte das Material wahrscheinlich größtenteils rekonstruieren können, aber das schien mir so eine riesige Aufgabe, zumal in meinem deprimierten Zustand.«

Irgendwas stimmte da nicht. Da war etwas, was sie mir nicht sagte.

»Wissen Sie«, fuhr sie jetzt fort, »ich kam hier rauf und habe zwei ganze Jahre nur rumgesessen und mich selbst bemitleidet. Aber dann bin ich eines schönen Frühlingsmorgens aufgewacht und habe mir gesagt: ›Mädchen, es ist Zeit, daß du was tust, also raff dich auf, fahr in die Stadt und melde dich für diese Kurse in Viehzucht und Quilten an.‹« Ihr breiter Mund verzog sich zu einem Grinsen. »Jetzt habe ich all diese Fleischkühe und diesen ganzen Stoff. Und ich habe sogar einen Lebensgefährten. Sie werden ihn schon noch kennenlernen, falls er je beschließt, aus der Männerwelt rüberzukommen.«

»Männerwelt?«

»Die Scheune. Dort verkriecht er sich, wenn er nachdenken will, über... keine Ahnung, worüber. Sitzt am elektrischen Heizofen und schnitzt Köpfe.« Sie hielt stirnrunzelnd inne. »Ich weiß nicht, wenn ich schnitzen würde, dann bestimmt keine Köpfe. Aber das ist nun mal sein Ding, also soll er. Aber mal eine Frage: Warum interessieren Sie sich für so olle Kamellen wie diese Stirling-Sache?«

Um ihr das Gefühl zu geben, mir trauen zu können, lieferte ich ihr eine wahrheitsgemäße, wenn auch verkürzte Darstellung meiner Gründe, wobei ich besonders auf Zachs unglückliche Situation abhob. Sie hörte mir zu, ohne mich zu unterbrechen, und starrte dann düster und sichtlich betroffen in ihren Kaffeebecher. Schließlich sagte sie: »Tja, unter den Umständen will ich Ihnen gern helfen. Was wollen Sie wissen?«
»Fangen wir mit David Stirling an. Lebt er noch?«
»Ja, der alte Narr. Lebt immer noch in demselben Kalksteinkasten drunten in Alda. Hat ihn, wie ich höre, in einen Gedenkschrein für seinen Drogendealer und Mörder von Sohn verwandelt.«
»Nach dem, was Duncan getan hat?«
»Der Alte will das nicht wahrhaben. Bei diesem Autounfall hat wohl nicht nur sein Körper gelitten, sondern auch sein Gehirn. Er hat nie geglaubt, daß irgendwas von all dem wirklich passiert ist, jedenfalls nicht so, wie Ash Walker gesagt hat, und in seinen Augen könnte Dunc gar nichts Unrechtes tun. Er hat es wohl auch geschafft, das seinen politischen Gesinnungsfreunden einzureden – wie sonst wäre Dunc gegen Kaution freigekommen? Ein schlagendes Beispiel dafür, wie sehr der Alte in seinem Wahn befangen ist: Stirling Aviation ist zwar eine Aktiengesellschaft, aber er hält die Aktienmehrheit, und er hat seinen gesamten Anteil in einem Treuhandfonds für Dunc angelegt, für den Fall, daß der wieder auftaucht und reingewaschen wird.«
»Interessant. Diese Gesinnungsfreunde – was sind das für Leute?«
»Mächtige Drahtzieher hinter den Kulissen, Leute mit Geld.«
»Namen?«
»Charlie Vernon – große Nummer in der Geflügelindustrie. Ken Rule – Elektronik. Calder Franklin – Ex-Anwaltskammerpräsident und Stirlings Anwalt.«
Calder Franklin – der Mann, der die auf Stirling Aviation eingetragene Silver Ranger bei deren Zwischenlandung in Los Alegres geflogen hatte.
»Wie groß sind meine Chancen, an sie ranzukommen?«
Fowler überlegte. »Nicht groß. Sobald irgendein Außenstehender auch nur den Namen Stirling erwähnt, gehen sofort sämtliche Klappen runter.«

»Mich interessiert vor allem Calder Franklin. Sie sagen, er ist Stirlings Anwalt. Hat er auch Duncan vertreten?«
»Teufel noch mal, nein – die beiden können sich nicht riechen.«
»Warum?«
»Wer weiß? Sie konnten sich schon als Kinder nicht leiden.«
»Was ist Franklin für ein Mensch?«
»Kann ich gar nicht recht sagen. Gab mal eine Zeit, da dachten wir alle, er würde Generalstaatsanwalt werden, aber nach der Stirling-Geschichte war das vorbei. Er steckte zwar nicht mit drin, aber kein Politiker, der seine fünf Sinne beisammen hat, würde irgendwas mit jemand zu tun haben wollen, der mit den Stirlings assoziiert war. Seit damals hat sich Franklin immer hinter den Kulissen gehalten, aber er hat trotzdem Macht, soviel ist sicher. Er hat überall die Finger drin – und nirgends, wenn Sie verstehen, was ich meine.«
»Können Sie mir ein Beispiel nennen?«
»Was Konkretes fällt mir gerade nicht ein.«
Weiter in sie zu dringen, würde nichts bringen. Ich mußte einen Weg finden, an Franklin selbst heranzukommen. »Okay«, sagte ich, »wie sehen Sie meine Chancen, mit David Stirling zu reden?«
»Tja, das ist was ganz anderes. Sie könnten es schaffen, zu ihm vorzudringen, wenn Sie ihm eine passende Story auftischen.«
»Wie etwa?«
»Na ja, wenn Sie ihm zum Beispiel weismachen könnten, daß Sie wissen, wo Duncan ist. Ich habe gehört, er ist schwer krank – Krebs – und will seinen Sohn unbedingt noch mal sehen, bevor er stirbt.«
Der Gedanke, einem todkranken Mann falsche Hoffnungen zu machen, behagte mir gar nicht – bis ich mir in Erinnerung rief, daß die kriminellen Aktivitäten seines Sohnes aller Wahrscheinlichkeit nach zu Mattys Tod geführt hatten. »Noch mal zurück zu Duncan«, sagte ich. »Was können Sie mir über ihn erzählen?«
»Sie meinen, was für eine Art Mensch er ist? Komplex und widersprüchlich. Gab mal eine Zeit, bevor er in die knallharten Sachen eingestiegen ist, da verkehrten wir in den gleichen Kreisen. Damals war er ... na ja, mir fällt nur das Wort ›geheimnistuerisch‹ ein. Verschwand immer ohne jede Vorankündigung und

tauchte wieder auf, ohne irgendwem zu erklären, wo er gewesen war. Wenn man fragte, erntete man nur ein kryptisches Lächeln.«

»Wie lange und wie oft verschwand er?«

»Für ein, zwei Wochen, vielleicht alle zwei Monate. Später muß das dann wohl noch öfter vorgekommen sein, wenn auch für kürzere Zeit. So einen Drogen- und Waffenschmugglerring zu leiten, ist sicher ganz schön stressig. Na, jedenfalls, wenn er zurückkam, war er immer vergleichsweise entspannt – für Duncs Verhältnisse, heißt das.«

»Er verschwand immer allein?«

»Ja. Sprang in seine Silver Whisper, einen von diesen kleinen Stirling-Jets, und weg war er.«

»Okay, Sie sagen, er wirkte für seine Verhältnisse entspannt. Darf ich daraus schließen, daß er sonst ziemlich unter Strom stand?«

»Allerdings.«

»Kokain?«

»Na ja, man sah ihn schon mal auf einer Party ein paar Lines wegziehen, aber ich bezweifle sehr, daß er der Kokser war, als den ihn Teile der Presse hingestellt haben. Duncans Ding war Selbstkontrolle – in rigider Form –, aber es brauchte nicht viel, um sie zu erschüttern. Die kleinste Kleinigkeit ließ ihn hochgehen, und dann schrie er herum.«

»Paranoid?«

»Und ob.«

Ich sah die Fotos aus meiner Akte vor mir: hohe Stirn, Patrizierzüge und jene Sorte dunkle Augen, die seelenlos sein oder auch blitzende Splitter fragmentierter, heftiger Emotionen enthalten mochten – die schlechte Qualität der Bilder ließ darüber keine Aussage zu.

Ich fragte: »Was fällt Ihnen sonst noch zu ihm ein?«

Fowler dachte nach und fuhr sich mit der Zungenspitze über die Lippen. »Er liebte Waffen, trug immer eine mit sich herum. Einmal habe ich ihn auf einer Party ein Loch in die Decke schießen sehen. Er benutzte Frauen für sexuelle Zwecke, konnte sie aber nicht besonders leiden, hatte vielleicht sogar Angst vor ihnen. Für mein Gefühl wäre er genauso gut ohne sie ausgekommen, aber er fühlte sich wohl verpflichtet, seine Potenz unter Beweis zu stellen. Er nahm immer gern den kürzesten und leichtesten Weg – weshalb er es dann wohl auch auf die kriminelle Tour versucht hat, statt sich zu bemühen, die Firma weiter auszubauen. Er romantisierte sich selbst, sah sich als Abenteurer, Draufgänger, Rebell.«

»Sie scheinen ja ein ziemlich detailliertes Bild von ihm zu haben.«

Fowlers Mund bekam etwas Schmerzverzerrtes. »Das sollte ich wohl auch haben: Die Frau, die er ermorden ließ, weil sie zuviel wußte – Cindy Kershner –, war meine beste Freundin. Und glauben Sie nichts von dem, was die Presse über ihre angeblichen Erpressungsversuche schrieb: Cindy hatte keine Ahnung, was bei Stirling Aviation lief. Sie liebte Dunc, das arme naive Ding, und sie wollte Verbindlichkeit – das war ihr Verbrechen.«

»Tut mir leid.« Ich trank von meinem inzwischen lauwarmen Kaffee und überprüfte mein Aufnahmegerät, um ihr Zeit zu geben, sich wieder in den Griff zu kriegen. »Und Winthrop Reade? Er war doch Testpilot bei Stirling. Jetzt ist er Direktor.«

Etwas flackerte in Fowlers Augen auf – ein Emotionsfunke, der rasch erstarb. »Ja, er hat die Firma saniert, sie wieder ganz nach oben gebracht. Und jetzt haben ihn Stirling und seine politischen Gesinnungsfreunde auserkoren, um ihn als Kandidaten für den Senat aufzubauen. Reade hat Charisma, er ist intelligent und gerissen. Wenn er gewählt wird, wird er Dinge durchdrücken. Ich teile seine politischen Ansichten nicht unbedingt, aber ich gebe zu, daß Win es in Washington weit bringen kann – vielleicht sogar ganz nach oben.«

Jetzt runzelte Fowler die Stirn, als sorge sie sich, welche Art von Gesetzen Reade wohl durchdrücken würde. Nun ja, die politischen Ambitionen dieses Mannes gingen mich nichts an; was mich interessierte, war die Art seines Verhältnisses zu den Stirlings.

»Was qualifizierte ihn für einen Direktorenposten? Ich meine, ein Pilotenschein ist doch kein Betriebswirtschaftsdiplom.«

»Er ist bei einem Meister in die Lehre gegangen: In den Jahren, als Dunc die Firma zugrunde gerichtet hat, war Win der persönliche Assistent des Alten und sein Verbindungsmann zu dem sogenannten Management im Werk.«

»Reade hat also ein Doppelspiel betrieben?«

»... Er hat ausgesagt, er hätte nicht gewußt, was vor sich ging. Das war so: Dunc kannte Win schon sein Leben lang, die beiden sind praktisch wie Brüder aufgewachsen. Dunc wußte also, wie helle Win war und wie loyal dem Alten gegenüber. Dunc richtete es so ein, daß Win nur mit ihm persönlich in Kontakt kam und nur beschränkten Zugang zum Werk hatte. Und er ließ ihm gefälschte Produktionszahlen und Finanzaufstellungen vorlegen. Als Win schließlich merkte, was lief, war es schon zu spät, und das FBI sammelte bereits Beweise. Er ging zum Alten und versuchte, es ihm zu sagen, aber Stirling wollte nichts davon hören. Also beschloß Win, es einfach auszusitzen und Dunc den Kopf in die Schlinge stecken zu lassen. Und anschließend sammelte er die Scherben ein.«

»Er hätte doch zum FBI gehen können. Ash Walker hat es auch getan.«

»Walker hatte Beweise gesammelt; er hatte etwas, was er gegen Straffreiheit und Schutz eintauschen konnte. Win hatte ihnen nichts Konkretes zu bieten.«

»Aber schließlich hat er doch mit ihnen kooperiert.«

»Natürlich. Win war darauf aus, seinen eigenen Hintern zu retten, und das ist ihm auch gelungen.«

»Sie reden, als ob Sie Reade gut kennen würden.«

»Ach, zum Teufel, in Alda kennt jeder jeden. Wir sind zusammen aufgewachsen, Win und ich. Ich glaube, er hat mir sogar meinen ersten Kuß gegeben, beim Flaschendrehen.«

»Welcher Art ist Reades Verhältnis zu Calder Franklin?«

Fowler wirkte aufgeschreckt. »Warum interessieren Sie sich so für Cal?«

»Ich versuche mir ein Bild von den Leuten zu machen, die mit David Stirling zu tun hatten, das ist alles.«

»Tja, ich weiß gar nicht, ob da überhaupt irgendein Verhältnis besteht. Cal hat einiges für die Firma getan, also hatte er natürlich mit Win zu tun. Vielleicht ist er auch Wins persönlicher Anwalt; Win und der Alte waren ja quasi familiär verbunden, also steht es eigentlich zu erwarten.«

»Verstehen sich die beiden?«

»Ich nehme es an.«

»Und Reade – wie ist er so als Mensch?«

»Tja, obwohl ich ihn so lange Jahre kenne – und auf der High-School sogar mal etwa zwei Wochen fest mit ihm gegangen bin –, kann ich das kaum sagen. Er ist ein Chamäleon. Kann sehr charmant sein. Rücksichtslos, wenn's ums Geschäft geht. Ein Einzelgänger wie Dunc – er hat nie geheiratet –, aber nicht ohne soziales Geschick. Man kann ihn irgendwo hinstellen, und er fügt sich nahtlos ein. Hochintelligent und, wie gesagt, mit allen Wassern gewaschen. Man kriegt ihn nicht so leicht dran. Loyal – versteht sich. Er hat immer zu David Stirling gehalten, durch dick und dünn. Er hat mir mal erzählt, er sieht den Alten als so eine Art Ersatzvater. Und jetzt, schätze ich, betrachtet ihn der Alte als seinen Sohn.«

»Ich würde auch gern mit Reade reden.«

Fowler lächelte. »Versuchen Sie's beim Alten mit der Story, daß Sie wissen, wo Dunc ist. Wenn Sie zu ihm vordringen, treffen Sie auch Win. Auf keinen Fall würde so ein Gespräch ohne ihn stattfinden. Seien Sie überzeugend genug, und Sie werden noch heute nachmittag mit den beiden Tee trinken.«

16 Es gab tatsächlich Tee. Aus feinsten Porzellantassen, in die er aus einer Silberkanne gegossen wurde. Sahne, Würfelzucker, Zitronenscheibchen und dünne Vanillewaffeln wurden herumgereicht, ehe die junge Frau in Dienstmädchentracht David Sterlings rosenholzgetäfelte Bibliothek verließ.

Seit er krebskrank sei, erklärte mir der alte Mann im Rollstuhl, seien die kleinen täglichen Rituale für ihn lebenswichtig. »Wenn man das schleifen läßt«, sagte er, »macht man es dem Tod zu leicht.«

Das entschlossen vorgeschobene Kinn verriet, daß er dem Tod eine spannende Partie zu liefern gedachte, aber der Krebs hatte ihn bereits sichtlich gezeichnet: seine Augen lagen tief in ihren Höhlen, und seine Haut war papieren, sah aus, als müßten sie die feinen Knochen jeden Moment durchstoßen. Doch selbst unter seiner Wolldecke, die Füße in den weichen Ledermokassins auf der Fußstütze des Rollstuhls, hatte Stirling etwas Gebieterisches. Er mochte ja vielleicht die kriminellen Aktivitäten seines Sohns leugnen, aber ansonsten war er hellwach und im Vollbesitz sei-

ner geistigen Kräfte. Der alte Mann würde kämpfend untergehen, und bis dahin würde ihm niemand etwas vormachen.
Ich war froh, daß ich mir die Mühe gemacht hatte, mir meine Geschichte genau zurechtzulegen, sie mit Details auszupolstern und so eng an die Wahrheit anzulehnen, daß ich selbstsicher lügen konnte. Die Story würde einem strengen Kreuzverhör und eventuellen Recherchen seitens des alten Herrn standhalten müssen.
Stirling hatte gesagt, sein geschäftsführender Direktor werde ebenfalls kommen, und er war ganz offensichtlich nicht willens, zum Thema zu kommen, solange Winthrop Reade nicht dabei war. Wir machten Small talk: Ob ich das erstemal in Arkansas sei? Ja. Wie ich es hier fände? Wirklich ausgesprochen hübsch.
Ich musterte die Bibliothek des großen Kalksteinhauses an der Hauptstraße von Alda: Wo die Wände nicht von Einbauregalen voller Bücher über Flugzeuge und Fliegerei bedeckt waren, hingen lauter gerahmte Fotos – der Duncan-Stirling-Gedenkschrein, von dem Iona Fowler gesprochen hatte.
»Darf ich mal schauen?« fragte ich und deutete auf die Fotos.
»Bitte sehr.«
Ich stand auf und ging zur gegenüberliegenden Wand. Auf einem Abzug im DIN-A4-Format posieren beide Stirlings nebeneinander in Jägerkluft und mit Gewehren. »Was haben Sie da gejagt?« fragte ich.
»Rotwild. Das war unser letzter gemeinsamer Jagdausflug vor meinem Unfall. Sie wissen von meinem Unfall?«
»Ja.«
»Diese verdammten nutzlosen Beine! Harter Schlag, um neun Uhr morgens von einem besoffenen Hinterwäldler zum Krüppel gefahren zu werden. Ein Flugzeugabsturz – das hätte ich noch verstanden. Ich war Kampfflieger in Korea, habe jeden Flugzeugtyp meiner Firma persönlich getestet; wenn ich gewußt hätte, daß ich so enden würde, dann wäre ich mit einer Silver Star über den Golf von Mexiko rausgeflogen und einen stolzen Fliegertod gestorben.«
Silver Star – Mattys Maschine. Ihr Ende war kein stolzer Fliegertod gewesen. Dennoch verstand ich Stirlings Wüten gegen das reduzierte Leben, zu dem er verdammt worden war. Ich hatte mich oft gefragt, was ich wohl für ein Mensch werden würde,

wenn ich aus irgendeinem Grund nicht mehr in der Lage wäre, meiner Arbeit, der Fliegerei und meinen sonstigen Aktivitäten nachzugehen. Keiner, der das mit Fassung tragen oder anderweitig kompensieren würde, fürchtete ich, und ganz bestimmt eine Plage für die, die mir nahestanden.

»Ich verstehe, was Sie meinen, Mr. Stirling. Wo ist dieses Bild aufgenommen worden?«

»Nord-Michigan, in einem unserer Jagdcamps. Wir waren jedes Jahr dort, zur Eröffnung der Rotwildjagd.«

»Hatten Sie und Ihr Sohn viele gemeinsame Interessen?«

Die Frage schien ihn aus dem Konzept zu bringen. Er schob die Lippen vor und zog die Augenbrauen zusammen. »Nun ja, die Jagd. Und ich habe ihn fliegen gelehrt, sobald er an die Pedale kam. Ansonsten ...« Er zuckte die Achseln und wich meinem Blick aus. »Duncan hatte sein Leben, ich hatte meins. Das ist normal und gesund.«

Kommt darauf an, worin dieses Leben jeweils besteht. »Seine Mutter –«

»Starb, als er noch ein Baby war. Ich habe ihn allein großgezogen, mit Hilfe diverser Kinderfrauen. Das war nicht einfach; ich bin mit Vierzig zum ersten Mal Vater geworden.«

»Er ist ihr einziges Kind?«

»Ja.«

»Und er hat nie geheiratet?«

»Irgendwann hätte er's schon getan. Die Frauen waren scharenweise hinter ihm her.«

»Ehe Sie ihm die Firmenleitung übertragen haben, war er in der Marketingabteilung tätig?«

»Ja. Darauf hatte er sich schon während des Studiums spezialisiert.«

»An der Universität in Fayetteville?«

»Ja, meiner alten Alma mater. Er –«

Die Tür ging auf, und herein trat ein untersetzter Mann im blauen Anzug. Winthrop Reade sah genauso aus, wie ihn Gray Selby beschrieben hatte: gebrochene Nase, Narbe am Kinn, dicke, silbergraue Haarmähne. Unter dem gutgeschnittenen Anzug wölbten sich kräftige Muskeln, als mache er jeden Tag Krafttraining. Die Augen, die Selby durch die Sonnenbrille nicht hatte sehen kön-

nen, waren von einem merkwürdigen Hellgrau, passend zu seinem Haar. Wenn sie sich bewegten, schienen sie zu changieren.
David Stirlings Gesicht belebte sich, als er seinen geschäftsführenden Direktor begrüßte. »Win, danke, daß du gekommen bist. Diese Dame hier ist die kalifornische Privatdetektivin, von der ich dir erzählt habe, Sharon McCone.«
Reade wandte sich mir zu und musterte mich mit einem raschen Blick von Kopf bis Fuß. Er streckte mir die Hand hin und drückte meine so fest, daß es weh tat. »Sehr erfreut, Ms. McCone.« Dann gab er meine Hand wieder frei und ließ sich schwer in einen braunen Ledersessel fallen. Das Mädchen erschien und goß Tee ein; Reade nahm eine Zitronenscheibe und wedelte alle sonstigen Offerten beiseite.
Zu Stirling sagte er: »Tut mir leid, daß ich so spät komme, David. Die Produktionsbesprechung hat sich hingezogen, ein Problem mit der neuen 380. Aber das ist gelöst, lohnt sich nicht, näher drauf einzugehen.« Nachdem er von seinem Tee getrunken hatte, wandte er sich an mich. »David sagt, Sie hätten vielleicht eine Spur zu Dunc. Erzählen Sie.«
»Gleich, Mr. Reade. Zuerst sollten wir über die Bedingungen reden.«
Reade und Stirling wechselten einen raschen Blick. Reade sagte: »Sie wollen Finderlohn?«
»So könnte man es nennen.« Ich trank ebenfalls von dem Tee, den mir das Mädchen nachgeschenkt hatte, und stellte die Tasse auf die Untertasse zurück. »Ich habe es mir zum Prinzip gemacht, die Fahndungsbögen zu studieren, für den Fall, daß ich im Zuge meiner Arbeit zufällig auf eine gesuchte Person stoße. Aber ich habe mich über den Fall Duncan Stirling kundig gemacht und glaube, daß dieser Mann zu Unrecht beschuldigt wurde. Ich habe daher gezögert, die Polizei über seinen Aufenthaltsort zu informieren, obwohl für Hinweise, die zu seiner Ergreifung führen, eine beträchtliche Belohnung ausgesetzt wurde – von Angehörigen und Freunden einer jungen Frau, die er ermordet haben soll.«
Stirling rief: »Mein Sohn hat niemanden ermordet! Dreckige Lügen –«
»Reg dich nicht auf, David. Ms. McCone ist auf unserer Seite.«
»Da tut sie auch gut dran.«

Reades Lächeln verflüchtigte sich rasch wieder. »Die Belohnung beträgt, glaube ich, fünfundzwanzigtausend Dollar. Wir bieten das Doppelte.«
»Für Hinweise, die zu Duncan führen? Oder dafür, daß ich ihn sicher hier abliefere?«
»Das könnten Sie?«
»Ich glaube schon. Aber es würde natürlich beträchtliche Mühen und Unkosten meinerseits bedeuten.«
»Wir verdreifachen die Belohnung«, sagte Stirling, »und decken Ihre Unkosten.«
Reades Augen glitzerten wie Mondlicht auf der gekräuselten Oberfläche eines Sees, aber er sagte nichts.
Ich tat, als dächte ich über Stirlings Angebot nach, und nickte dann. »Okay, die Situation ist folgende: Vor ein paar Wochen wurde ich engagiert, um einen anderen vermißten Mann zu suchen. Seine Lebensgefährtin wollte ihn wiederhaben, aber er wollte nicht zurück. Für mein Schweigen bot er mir eine nützliche Information – daß er auf seinen Reisen zufällig auf Duncan gestoßen war.«
Stirling lehnte sich begierig vor. »Wo?«
»Das kann ich nicht sagen.«
»›Kann‹ oder ›will‹?«
»Mr. Stirling, ich muß meine Interessen wahren.«
Er runzelte die Stirn, sagte aber: »Verstehe. Haben Sie verifiziert, was Ihnen dieser Mann gesagt hat?«
»Habe ich. Es spricht alles dafür, daß es sich bei dem Mann, den er getroffen hat, um Ihren Sohn handelt. Aber Duncan ist ständig in Bewegung; als ich dorthin kam, wo er gewohnt hatte, war er bereits wieder verschwunden.«
Ein enttäuschtes Seufzen entfloh Stirlings trockenen Lippen.
»Aber«, setzte ich hinzu, »ich habe dort genügend Informationen gesammelt, um ein bestimmtes Bewegungsmuster zu erahnen. Mit Ihrer Hilfe kann ich ihm sicher auf die Spur kommen.«
»Sagen Sie mir, was ich tun kann.«
Ich sah Reade an; er hatte jetzt einen ironischen Zug um den Mund, schwieg aber immer noch. »Ich muß mehr über Duncan wissen – alles, was Sie mir sagen können. Auch das kleinste Quentchen Information kann mich zu ihm führen. Außerdem

muß ich mit seinen früheren Freunden und Freundinnen Kontakt aufnehmen – falls Sie sie dazu bringen können, mit mir zu reden. Und ich würde auch gern Ihren Anwalt sprechen, Mr. Stirling.«

Beide Männer runzelten die Stirn. »Warum?« fragte Stirling.

»Ich arbeite auf Honorarbasis für einen prominenten Anwalt in San Francisco. Er hat mich beauftragt, für eine seiner Klientinnen zu ermitteln – der Fall, der mich zufällig auf die Spur Ihres Sohns gebracht hat.« Das war nur halb gelogen. »Die kollegiale Höflichkeit erfordert es, daß ich mich mit Ihrem Anwalt ins Benehmen setze.«

Stirling nickte und sah Reade an. »Übernimmst du das?«

»Ich werde Cal sofort anrufen und fragen, ob er sich mit Ms. McCone treffen kann, wenn wir hier fertig sind.«

Stirling fragte mich: »Wollen Sie einen Vorschuß?«

Jetzt runzelte Reade die Stirn, sichtlich dagegen, daß Geld die Hand wechselte. Ich wollte den Bogen nicht überspannen und sagte daher: »Nein, das wird nicht nötig sein. Ich bin überzeugt, daß Sie ein Mann sind, der Wort hält. Alles, was ich im Moment von Ihnen will, ist Ihre hundertprozentige Mitarbeit.«

Nach Auskunft seines Vaters war Duncan Stirling ein stilles Kind gewesen, das gern für sich blieb. Am glücklichsten machten ihn einsame Beschäftigungen: Modellflugzeuge bauen, Abenteuergeschichten lesen, beim Ferienhaus der Familie am Table Rock Lake in Missouri am Wasser sitzen und angeln.

Er hatte bereitwillig und mühelos fliegen gelernt und war ein hervorragender Pilot, teilte jedoch David Stirlings Begeisterung nicht. Für Duncan war ein Flugzeug einfach nur ein praktisches Transportmittel. Seine Silver Whisper war mit ihm verschwunden und nie wieder gesehen worden, obgleich das FBI ihr Kennzeichen an alle Polizeistellen in den Staaten und an Interpol weitergegeben hatte. An irgendeinen skrupellosen Händler verkauft oder verschrottet, sagte Stirling mit grimmigem Mund. Was ihn mit am meisten enttäuschte, war die Respektlosigkeit seines Sohnes gegenüber hochklassigen Flugzeugen.

Als Duncan erwachsen wurde, entfernte er sich immer mehr von seinem Vater. Jagd- und Angelausflüge waren das einzige, was sie noch verband, und dabei sprach Duncan kaum ein Wort. Er war ein guter Fährtenleser und ausgezeichneter Schütze und frei von jeder Sentimentalität, was seine Jagdbeute betraf. Aber er brüstete sich auch nicht mit dem, was er erlegte; Wild und Fische waren für ihn Nahrungsmittel, keine Trophäen.

Laut Winthrop Reade hatte Dunc sich mit Anfang Zwanzig aus dem Country-Club-Milieu abgesetzt und statt dessen jenem rauhen Völkchen zugewandt, das sich in der Razorback Tavern im Zentrum von Alda traf. Die Männer dort waren Arbeiter und Freiluftmenschen wie Dunc; die Frauen hatten mindere, schlechtbezahlte Jobs und machten gern einen drauf. Obwohl das Razorback bekanntermaßen ein Drogenumschlagplatz war, glaubte Reade nicht, daß Duncan gewohnheitsmäßig Drogen konsumiert hatte. Er habe jede Art von Vergnügen ausgesprochen ernst genommen und sehr darauf geachtet, nie die Kontrolle zu verlieren. »Als ob es für ihn Arbeit wäre, sich zu amüsieren.«

Beide Männer waren sich einig, daß Duncan in den Jahren, da er das Firmensteuer in Händen gehalten hatte, immer verschlossener geworden war. Seine einsamen Trips in der Silver Whisper waren ein Thema, an das niemand rühren durfte. Er hatte für das Weihnachtsfest vor der Anklageerhebung mit seinem Vater gemeinsame Feiertagspläne gemacht, war dann aber einfach nicht erschienen, obwohl er wußte, daß David auf ihn zählte. Als David ihn nach seiner Rückkehr zur Rede gestellt hatte, hatte er es erst heruntergespielt und dann, als sein Vater nicht lockerließ, mit einem Jähzornsausbruch reagiert. »Da wußte ich, daß ich im Begriff war, meinen Jungen zu verlieren – vielleicht für immer.«

Als Winthrop Reade mich aus der Bibliothek geleitete, gab er mir einen Umschlag mit Fotos von Duncan und sagte: »Cal erwartet Sie um halb sechs in der Alten Post. Das Restaurant, Sie wissen, wo das ist?«

»Ja, gleich bei meinem Hotel.«

»Gut. Ich soll Ihnen sagen, er trägt eine braunlederne Fliegerjacke. Ich habe ihm die Situation bereits erklärt. Ich werde jetzt versuchen, mit den paar Freunden von Duncan, von denen ich noch weiß, wie ich sie kontaktieren kann, Termine für Sie zu ar-

rangieren, aber versprechen kann ich gar nichts. Wäre Ihnen morgen recht?«
»Ja. Ich fliege morgen abend nach Kalifornien zurück.« Sonntag war Mattys Gedenkfeier draußen auf dem Bodega Head – die wollte ich auf keinen Fall versäumen.
»Gut, ich werde sehen, was sich machen läßt, und rufe Sie dann später in Ihrem Hotel an.«
Wir kamen zum Vorderausgang, und das Mädchen erschien mit meiner Jacke. Reade half mir hinein, und ich drehte mich zu ihm um. »Mir ist aufgefallen, daß Sie sich da drin« – ich deutete mit einer Kopfbewegung auf die geschlossene Bibliothekstür – »jeder Meinung enthalten haben, was Duncans Schuld oder Unschuld angeht.«
Er zuckte die Achseln. »Ich persönlich glaube, daß er in allen Punkten hundertprozentig schuldig ist, aber David will davon nichts hören. Ich habe fast ein Dutzend Jahre damit zugebracht, ihn gegen die Wahrheit abzuschirmen, und das werde ich so lange wie nötig weiter tun.«
»Sind Sie sicher, daß das gut ist?«
»Wem sollte es schaden? Sie haben David doch gesehen: Er ist ein schwerkranker Mann. Das einzige, was ihn am Leben hält, ist der Glaube, daß er Dunc noch mal wiedersehen und irgendwie alles in Ordnung bringen kann.«
»Sie müssen ja sehr an ihm hängen.«
»Das tue ich allerdings. Mein Daddy war einer von Davids Piloten, er ist bei einem Testflug mit einem unserer ersten Kunstflugmodelle umgekommen. Als sich herausgestellt hat, daß der Absturz auf konstruktive Mängel zurückging, fing David an, meiner Momma jeden Monat einen Scheck zu schicken – aus eigener Tasche. Er hat mir höchstpersönlich das Fliegen beigebracht, weil er meinte, ich solle wegen dem, was meinem Vater zugestoßen war, nicht um diese großartige Erfahrung kommen.«
»Scheint ja wirklich ein prima Kerl zu sein.«
»Und ob er das ist. Als ich Extrageld fürs College brauchte, war er zur Stelle. Als meine Schwester mit Brustkrebs im Krankenhaus war, hat er gezahlt, was die Versicherung nicht deckte. Er hat versucht, uns beiden ein Vater zu sein, und ich sage Ihnen eins – wir waren ihm bessere Kinder, als Duncan ihm je eins war.«

»Und jetzt haben Sie den Schaden, den Duncan angerichtet hat, repariert und Stirling Aviation wieder flottgemacht.«

»Ich dachte, das sei ich David schuldig.«

»Sie haben doch sicher auch davon profitiert.«

»Natürlich habe ich das. Ich besitze Aktien, ich beziehe ein gutes Gehalt. Aber das hätte ich bei jeder Firma haben können. Nein, ich habe es für David getan, und jetzt werde ich dafür sorgen, daß er zufrieden sterben kann. Und wenn das heißt, Dunc hierherzuschaffen und unter Verschluß zu halten, bis der alte Mann tot ist, dann werde ich auch das tun. Aber hinterher soll die Polizei mit diesem miesen Ausschußexemplar von einem Menschen machen, was sie will.«

»Und wenn Dunc erreicht, daß die Anklage niedergeschlagen wird? Aus Verfahrensgründen zum Beispiel?«

»Wie soll er das schaffen?«

»Na ja, der Hauptzeuge der Anklage, Ash Walker, ist seit über zehn Jahren verschwunden.«

»Das ist kein Problem.«

»Scheint mir aber doch eins zu sein. Und wenn ich recht informiert bin, hat Mr. Stirling seine Firmenanteile treuhänderisch für Dunc festgelegt. Was ist, wenn er doch davonkommt und das Ruder wieder übernimmt?«

»Ich sage Ihnen, das wird nicht passieren. Der Bursche ist hundertprozentig schuldig, und das weiß jeder.«

»Aber ohne Walkers Aussage –«

»Ich sagte doch, das ist kein Problem. Also, warum fahren Sie nicht nach Fayetteville zurück und treffen sich mit Cal, während ich ein paar von diesen anderen Leuten ausfindig zu machen versuche?«

Nein, dachte ich, während ich den Fußweg entlangging, natürlich hielt Reade das mit Walker nicht für ein Problem. Er hatte ja erst vor zwei Wochen mit ihm gesprochen. Er glaubte genau zu wissen, wo Walker war. Was er nicht bedacht hatte, war die Tatsache, daß Cal Franklins Anblick Walker wieder in die Flucht geschlagen hatte.

Cal Franklins Äußeres verriet in der Tat indianisches Blut, aber falls er bei mir dasselbe bemerkte, behielt er es für sich. Wie er mir

so an dem polierten Eichenholztisch gegenübersaß, die kantigen Züge vom Schummerlicht der Nostalgieleuchter und Kerzenhalter der Alten Post weichgezeichnet, wirkte er hochmütig und ein wenig amüsiert. Als die Begrüßungspräliminarien erledigt waren und der Wein auf dem Tisch stand, kam er direkt zur Sache.
»Sie sollen wissen, daß ich Ihnen diesen Schmus, den Sie dem Alten erzählt haben, nicht abnehme.«
»Heißt das, Sie glauben nicht, daß ich Duncan ausfindig machen kann?«
»Nein, mag durchaus sein, daß Sie das können. Aber dieser Quatsch, daß Sie Duncan für unschuldig halten – das glaube ich nicht.«
»Warum nicht?«
»Weil Win mir gesagt hat, Sie schienen ihm eine ganz kluge Frau zu sein, und nach dem bißchen, was ich von Ihnen mitgekriegt habe, würde ich ihm da recht geben. Um zu wissen, daß Duncan schuldig ist, brauchen Sie nichts weiter zu tun, als die Zeitungsberichte von damals zu lesen. Sie sind hinter dem Geld her, eine Kopfgeldjägerin, weiter gar nichts.«
»Warum haben Sie Ihrem Klienten dann nicht geraten, sich nicht mit mir einzulassen?«
»Wenn es um seinen Sohn geht, hört Stirling auf niemanden.«
»Und warum waren Sie bereit, sich mit mir zu treffen?«
»Ich habe meine Gründe, und ich werde gleich darauf kommen. Aber ich will, daß Sie wissen, was ich von Ihrem kleinen Erpressungsversuch halte.«
»Erpressung?«
»Wie soll man es sonst nennen, daß Sie hier aufkreuzen und Davids Geld –«
»Mr. Franklin, kennen Sie einen San Franciscoer Anwalt namens Glenn Solomon?«
Sein verächtlicher Gesichtsausdruck änderte sich kaum merklich. Glenn Solomon war einer der renommierteren Strafverteidiger des Landes – und ein Studienfreund von Hank. Er hatte in letzter Zeit ein paar Klienten an mich verwiesen.
Ich fuhr fort: »Meinen Sie, ein Mann seines Kalibers würde eine Erpresserin beschäftigen? Und vergessen Sie nicht – bis jetzt habe ich noch kein Geld von Mr. Stirling erhalten.«

Er zögerte, und seine dunklen Augen glitzerten, als sie kalkulierend hin und her zuckten. »Was dagegen, daß ich bei Mr. Solomon rückfrage?«

»Nur zu. Seine Kanzleinummer ist –«

»Bei genauerer Überlegung ist das wohl doch nicht nötig. Also, unterstellen wir mal, Sie könnten Duncan aufspüren und zu Hause abliefern. Was sollte das irgendwem nützen?«

»David Stirling –«

»Ist ein Narr, wenn es um seinen Sohn geht. Und Winthrop Reades Plan, Dunc unter Verschluß zu halten, bis David tot ist – also, das ist schlichtweg impraktikabel. Dunc wird sofort in U-Haft kommen, vor Gericht gestellt und verurteilt werden. Und das wird David umbringen, wenn es der Krebs bis dahin noch nicht getan hat.«

»Sie wollen mir also die Sache ausreden?«

Franklin lehnte sich zurück und musterte mich, während seine Finger rastlos an seinem Weinglas herumspielten. »Keineswegs. Sehen Sie, wenn ich sage, Wins Plan ist impraktikabel, dann meine ich damit, er wird das nicht hinkriegen. Er ist ein guter Mensch und ein guter Firmenmanager, aber er ... na ja, ich will das nicht weiter ausführen. Belassen wir es dabei, daß ich die Dinge weit effektiver handhaben kann.«

»Wie?«

»Das geht Sie nichts an. Mein Vorschlag ist folgender: Ich verdopple Ihr Honorar, wenn Sie Dunc aufspüren, mich zu ihm führen und alles Weitere mir überlassen.«

»Was?« fragte ich.

Wieder der sezierende Blick, diesmal über seinen Brillenrand hinweg. »Ms. McCone«, sagte er nach einer kurzen Pause, »vor zehn Jahren ist hier für viele Menschen eine Menge in die Brüche gegangen. Zuerst hat Duncan Stirling Aviation zugrunde gerichtet. Arbeitsplätze gingen verloren, Karrieren den Bach runter. Dann trat sein sogenannter Freund Ash Walker« – er sagte den Namen wie ein Schimpfwort – »auf den Plan und ruinierte noch mehr Menschenleben – die Zukunft von Leuten, die im Begriff waren, etwas zu erreichen, etwas zu bewirken.«

»Durch Drogen- und Waffenhandel – und Mord?«

Er machte eine wegwerfende Handbewegung. »Diese Auftragsmordgeschichte, das war doch nur eine kleine Facette dessen, was da geschah. Und der Rest – war unsere Regierung nicht auch schon an ähnlichen Geschäften beteiligt? Nicht, daß ich billige, was passiert ist«, fügte er rasch hinzu. »Ich versuche Ihnen lediglich klarzumachen, daß durch Walkers panischen Versuch, seinen eigenen Kopf zu retten, ein paar äußerst wertvolle Menschen in den Dreck gezogen wurden. Die Öffentlichkeit hört gerade auf, uns mit haftbar zu machen.«

Mir fiel ein, was Iona Fowler über Franklins geplatzte Hoffnungen auf das Amt des Generalstaatsanwalts gesagt hatte. Das »uns« war vermutlich kein Versprecher gewesen.

»Und jetzt haben Sie Angst, wenn ich Duncan herbeischaffe und er vor Gericht kommt, wird der ganze Dreck wieder aufgewirbelt.«

»Das wäre durchaus möglich.«

»Na ja, ich nehme doch nicht an, daß Walker wieder auftaucht, um auszusagen. Nach meinen Erkenntnissen ist er von der Bildfläche verschwunden.«

Franklins Blick ging jetzt in die Ferne; vermutlich dachte er an die Szene auf dem Flugplatz von Los Alegres. Nach kurzem Schweigen sagte er: »Nein, das nehme ich auch nicht an.«

»Aber Sie haben mir immer noch nicht beantwortet, wie Sie die Dinge zu handhaben gedenken, wenn ich Sie zu Duncan führe.«

»Nein, und ich sehe auch keine Veranlassung dazu.«

»Mir scheint, es gibt nur eins, was Sie tun könnten: ihn umbringen.«

Franklin fuhr zusammen und sah zu den überwiegend freien Tischen um uns herum. »Guter Gott, sind Sie wahnsinnig? Und sprechen Sie leise. Alles, was ich vorhabe, ist, Duncan irgendwohin zu expedieren, wo er keinen weiteren Schaden anrichten kann.«

»Wohin?«

»So weit ist meine Planung noch nicht gediehen.«

»Das scheint mir alles sehr extrem, nur um zu verhindern, daß er vor Gericht kommt.«

»Sie begreifen nicht, was hier auf dem Spiel steht, Ms. McCone. Zunächst mal ist Win Reade auf dem besten Weg, bei den nächsten Wahlen in den Senat zu kommen. Er ist jung, energiegeladen, klug und überaus charismatisch. Wir brauchen Führungspersönlichkeiten wie ihn, die es ganz nach oben schaffen können.«

»Ins Weiße Haus?«

Er nickte.

»Und Sie können sich alle an seine Rockschöße hängen. ›Generalstaatsanwalt Calder Franklin‹, klingt hübsch, nicht wahr?«

Zu meinem Erstaunen zeigte er den Anflug eines Lächelns. »Ich dachte mir schon, daß Sie sich über mich kundig gemacht haben. Na ja, warum sollte ich mich nicht an Win Reades Rockschöße hängen? So läuft das nun mal in diesem Land.«

»O ja, so läuft es.« Ich trank meinen Wein aus und stand auf. »Danke für Ihr Kommen, Mr. Franklin. Ich werde über Ihr Angebot nachdenken.«

»Eine sofortige Antwort wäre besser.«

»Ich kann Ihnen keine geben. Ich habe es mir zum Prinzip gemacht, Entscheidungen dieser Art zuerst mit Glenn Solomon zu besprechen.«

Das schmeckte Franklin gar nicht. Er kannte Glenn vom Hörensagen – und mußte wissen, daß sie auf dem ethischen Kompaß volle hundertachtzig Grad auseinanderlagen.

Draußen vor dem Restaurant beschloß ich, noch ein Stück zu gehen, um über das nachzudenken, was ich heute erfahren hatte. Die Nacht war kalt und sternenklar; Wind fegte raschelnde Blätter über den Asphalt. In der Ferne hörte ich Musik, klagende Steel-Guitar-Klänge. Ich bog vom Postamtsplatz nach rechts in eine Straße ein, ging, die Hände in den Jackentaschen, an den Schaufenstern vorbei, betrachtete die Auslagen und dachte an meine lange Liste noch zu erwerbender Geschenke.

War es möglich, daß Weihnachten dieses Jahr kommen würde, wie es fast immer kam: als eine Welle hektischer Aktivität, gefolgt von plötzlichem Frieden? Oder würde es mir gestohlen werden, wie Thanksgiving? Was mir vor kurzem noch als ein Alptraum von Heiligabend erschienen war, schien mir jetzt unendlich erstrebenswert: Familie, Freunde, ja, sogar die ungezogensten und verstörtesten Little Savages waren genau das, was ich brauchte – Schritte hinter mir, leicht auftretende Füße.

Ich sah über die Schulter und erhaschte gerade noch eine Bewegung, als ob sich jemand in einen Ladeneingang drückte. Dann nichts mehr.
Ich ging weiter, blieb ein paar Häuser weiter vor einem Schaufenster mit einem eklektischen Sortiment an Kunsthandwerksprodukten stehen. Gab vor, einen Karton mit vergoldeten Eiern zu studieren, während ich den Gehweg im Augenwinkel behielt. Nichts rührte sich mehr. Nach kurzem Abwarten ging ich leise weiter und lauschte. Die Schritte setzten wieder ein.
Schlampige Beschattung. Eindeutig ein Amateur.
Zu meiner Rechten waren rote Samtvorhänge mit grünen Schleifen um einen Ladeneingang drapiert. Samtvorhänge – und niemand hatte sie gestohlen. In San Francisco hätte ich ihnen höchstens fünf Minuten gegeben. Ich warf einen Blick auf das Schaufenster daneben, sah in der Scheibe die Spiegelung einer kräftigen Gestalt, die blitzschnell zwischen zwei Häusern wegtauchte.
Was jetzt, McCone? Stellen? Nein, du bist einsfünfundsechzig, der oder die da ist mindestens einsfünfundachtzig und nicht von Pappe. Laß dich nie in unbewaffnetem Zustand mit Leuten ein, die stärker sind als du.
Ich drehte um und ging in Richtung Hotel. Den ganzen Weg dorthin hörte ich Schritte hinter mir. Einen halben Block vor dem Hilton waren sie so plötzlich weg, wie sie aufgetaucht waren.

Mein Zimmer war durchsucht worden.
Nichts so Eklatantes wie das Chaos in John Seabrooks Haus, aber subtile Spuren: der geöffnete Reißverschluß des Kulturbeutels, den ich ins Bad gehängt hatte; die umgeschichteten Ordner in meiner Aktenmappe, der leicht verschobene Kassettenstapel neben dem Recorder, den ich oft als Einschlafhilfe benutzte. Kleinigkeiten, aber sie summierten sich.
Wer war das gewesen? Ein Laufbursche von Stirling und Reade oder auch Franklin. Sie wollten mehr über mich herausfinden, meine Story überprüfen. Und die Person, die sich am Postamtsplatz an meine Fersen geheftet hatte? Jemand, der mit dem Schnüffler zusammenarbeitete und mich überwachte.
Ich kontrollierte rasch den Inhalt meiner Aktenmappe: Es fehlte nichts, und alle Papiere, in denen John Seabrook oder Matty na-

mentlich genannt waren, hatte ich zu Hause gelassen. Die einzige Akte, die ich dabei hatte, war die über Stirling Aviation, und die stützte nur meine Geschichte. Nichts passiert.

Aber die Entdeckung machte mich dennoch nervös. Ich legte die Türkette vor, ehe ich mich ans Telefon setzte und bei mir zu Hause anrief, in der Hoffnung, Hy zu erreichen, um mich mit ihm für den Flug am Sonntag zum Bodega Head zu verabreden. Niemand da, nur meine eigene Tonbandstimme. »Klappe, McCone«, sagte ich nach dem Piepton.

Meine telefonische Suche nach Hy dehnte sich erfolglos über die nächsten Minuten aus, und als ich auf seiner Ranch anrief und nur seine Anrufbeantworteransage hörte, überkam mich ein so heftiges Verlassenheitsgefühl, daß ich einen kleinen Schmerzenslaut ausstieß. Diesmal legte ich vor dem Piepton auf.

Die Boeing 757 dröhnte durch den dunklen Abendhimmel zwischen Dallas und San Francisco. Ich lehnte mich in meinen Sitz zurück und überdachte noch einmal meine heutigen Gespräche mit ehemaligen Freunden und Bekannten von Duncan Stirling. Sie hatten mein Bild von diesem Mann konkretisiert, aber dennoch ein seltsam unbefriedigtes Gefühl hinterlassen: Ich durchschaute ihn immer noch nicht so recht und hatte keinen Schimmer, wo er sich derzeit befinden mochte. Schließlich nahm ich meinen Recorder heraus, setzte den Kopfhörer auf und ließ das Band noch mal ablaufen, wobei ich zwischendurch vorspulte.

Emily Forrester, Ex-Freundin: »Das erste halbe Jahr lief es toll zwischen uns. Dann fing Duncan an, mir angst zu machen.«

»Inwiefern?«

»Na ja, wegen der Pistolen. Er hatte auf einmal überall im Haus welche rumliegen, und sogar unterm Bett in meiner Wohnung. Warum? habe ich ihn gefragt. Vorsicht, hat er gesagt. Paranoia, habe ich gedacht.«

»Hat Ihnen sonst noch was angst gemacht?«

»Dieses ewige Schweigen. Er konnte stundenlang dasitzen und kein Wort reden, und manchmal hat er mich angestarrt wie ... na ja, als ob ich eine von den Skulpturen in seinem Wohnzimmer wäre und er überlegte, ob er mich umstellen oder verkaufen soll oder ... na ja, mich einfach mit raus auf die Terrasse nehmen und kaputtschmeißen.«

Paul DeSoto, Ex-Pokerkumpan: »Klar hat Dunc gekokst – Gras geraucht auch. Tut das nicht jeder? Aber ich habe ihn nie total zu gesehen. Nicht ein einziges Mal. Nicht drin. Daß Dunc so komisch getickt hat, war inwendig, nicht die Art Kaputtheit, die davon kommt, daß man sich zuviel von irgendwas reingezogen hat.«
»Was meinen Sie mit ›inwendig‹?«
»Daß es was ist, was von ganz tief drinnen kommt, mittenraus. Irgendwas war in dem Burschen verkorkst. Muß so sein, damit einer das tut, was er getan hat.«
»Sie wußten, was bei Stirling lief?«
»Hab's geahnt. Die meisten von uns haben's geahnt. Sogar die hiesige Polizei hat's gewußt, aber nachdem der Polizeichef versucht hatte, mit dem alten Stirling zu reden, und der ihn zum Teufel geschickt hatte, da haben sie sich rausgehalten, wegen seinem politischen Einfluß. Wenn die Staatspolizei nicht gewesen wäre, würde der olle Dunc vermutlich dort draußen immer noch seine Geschäfte durchziehen.«
»Haben Sie das mit den Morden auch geahnt?«
»Sind Sie verrückt? Glauben Sie, ich hätte dann noch mit ihm an einem Pokertisch sitzen können? Diese Cindy Kershner, die, die ihn erpreßt haben soll, war echt ein nettes Mädchen. Ich glaube, Dunc hat sie aus dem Weg schaffen lassen, weil er sie satt hatte. Und das ist das Letzte. Das Allerletzte.«

Tim McCorkle, ehemaliger Stirling-Aviation-Konstrukteur: »Dunc und ich waren vom Kindergarten bis zum College zusammen. Er war immer so ein Goldjunge auf dem geraden Weg nach oben, bis zum Sommer nach unserem Junior-Jahr an der Uni. Da hat er sich plötzlich verändert.«
»Inwiefern?«
»Er ließ sich nicht mehr blicken, weder im Country-Club noch auf Partys. Ich hörte damals, daß er jetzt mit solchen harten Typen rumhing, in einer hiesigen Kneipe. Mit dem Studium war es genauso: Er ist aus der Verbindung ausgestiegen, hat sich ein runtergekommenes Haus gemietet, viel Zeit in Bars verbracht. Aber

er hat nicht getrunken – jedenfalls nicht viel. Einfach nur ... ich weiß auch nicht. Die Atmosphäre in sich aufsaugen wollen? Aber eins muß ich ihm lassen – seine Klausuren hat er immer bestanden.«

»Und nach dem Studium ist er in die Firma seines Vaters eingetreten?«

»Im selben Jahr wie ich. In die Marketing-Abteilung. Er war gut, hatte das Zeug dazu, aber man hat gemerkt, daß es ihn nicht wirklich interessiert. Ab und zu sind wir mal zusammen Mittagessen gegangen, um der alten Zeiten willen, schätz ich. Dann hat er drüber geredet, wie sehr er sich langweilt. Der Job sei ein Kinderspiel, er brauche eine echte Herausforderung. Na ja, die hat er sich dann ja wohl auch gesucht.«

»Wußten Sie, was er tat?«

»Nein. Ich war einer der ersten, die entlassen wurden. Dunc kannte mich, verstehen Sie? Ich bin ein korrekter Mensch. Meine Frau behauptet immer, ich wäre schon unglücklich, wenn sie der Wäscherei nicht sagen würde, sie sollen meine Hemden extrasteif stärken.«

»Wie hat Duncan Ihre Entlassung begründet?«

»Gar nicht. Er hat mir eiskalt in die Augen geguckt und gesagt, ich soll mir mein letztes Gehalt und die Abfindung holen und sie würden mir gute Referenzen geben. Als ich ihn gefragt habe, warum, hat er auf sein berühmtes Schweigen geschaltet. Also bin ich aus der Tür marschiert und habe nie wieder ein Wort mit Duncan Stirling geredet.«

»Kennen Sie Winthrop Reade?«

»Klar. Win kennt doch jeder.«

»Wie war sein Verhältnis zu Duncan?«

»Nicht eng, aber herzlich. Erstaunlich herzlich, wenn man bedenkt, daß da diese einseitige Rivalität um die Gunst des alten Stirling war.«

»Win hat sich darum bemüht, aber Duncan nicht?«

»Genau. Win liebt den Alten echt. Dunc hat niemanden geliebt außer sich selbst.«

Carol Wizner, Wirtin der Razorback Tavern: »Das stimmt, Dunc war kein Trinker. Er hat immer stundenlang vor einem Bier gehockt, gleich da unten am Ende der Bar, und so unnahbar und geheimnisvoll getan. Ich persönlich denke ja, das war ein Trick, damit die Frauen auf ihn flogen. Und sie sind auf ihn geflogen. Und wie sie auf ihn geflogen sind.«

»Kannten Sie Cindy Kershner?«

»Tja, die war ja so ein nettes Ding. Hätt keiner geglaubt, daß sie ihn erpreßt. Keiner. Aber es hätt ja auch keiner geglaubt, daß er sie am Ende umbringen läßt. So kann man sich täuschen.«

»Sie kannten wohl auch Ash Walker?«

»Klar kannte ich ihn. Wenn Dunc je so was Ähnliches wie einen Kumpel hatte, dann war er's. Er ist immer reingekommen, hat sich neben Dunc gesetzt und zugeguckt, wie der seine Show abgezogen hat. Wir dachten alle, er wollte sich was abgucken. Wollte so sein wie Dunc – stumm und gefährlich. Jetzt wissen wir natürlich alle, warum er ihn so genau beobachtet hat.«

»Soweit ich weiß, war Ash mal eine Zeitlang Duncs Pilot.«

»Nur kurz, wie Dunc das kaputte Knie hatte. Da konnte er nicht selbst fliegen, mußte sich von Ash fliegen lassen.«

»Hat Dunc in dieser Zeit auch einen seiner mysteriösen Trips unternommen?«

»Jetzt, wo Sie fragen, ich glaube ja. Wir waren alle neugierig wegen dieser Trips, und ich erinnere mich, wie sich ein Stammgast beschwert hat, er hätte Ash gefragt, wo sie waren, doch der hätt's ihm nicht sagen wollen. Ob das deshalb war, weil er vor Gericht was drüber aussagen wollte?«

Ich stellte den Recorder ab und dachte über diese letzten Worte der Kneipenwirtin nach. Worin genau hatte eigentlich die Aussage Ash Walkers bestanden, auf die sich die Anklage gegen Dunc Stirling gründete? Kurz darauf nahm ich Kreditkarte und Adreßbuch heraus und rief vom Flugzeugtelefon aus Craig Morlands Privatnummer in Bethesda, Maryland, an. Der Anrufbeantworter des FBI-Mannes meldete sich, und ich hinterließ eine Botschaft.

»Craig, hier ist Sharon McCone. Tut mir leid, daß ich Sie schon wieder belästige, aber ich muß wissen, wie ich an weitere Informationen in der Sache kommen kann, über die wir neulich abend gesprochen haben. Bitte probieren Sie es jederzeit unter all meinen Nummern. Und vielen Dank.«

Morland würde wissen, daß ich auf sein Angebot bezüglich der Justizbehördenarchive zurückkommen wollte, und ich nahm an, daß meine Botschaft einen Schubs in Richtung jener unsichtbaren Linie darstellte, die es ihn offenbar zu überschreiten drängte. Aber ich hatte sie so formuliert, daß er noch einen Rückzieher machen konnte. Jetzt lag die Entscheidung bei ihm.

17 *Sonntag nachmittag, Bodega Head, Kalifornien*

»... Sie hat mich bei der Stange gehalten, wenn ich aufgeben wollte. Einmal ist sie sogar zu mir nach Hause gekommen und hat mir so lange gut zugeredet, bis ich mit zum Flugplatz gefahren bin. Für sie kam der Unterricht nie an zweiter Stelle, hinter dem Kunstflug, beides griff perfekt ineinander.«

Das Wasser vor dem Bodega Head war von einem tiefen Indigoblau, und weißer Schaum spritzte hoch, wenn die Wellen gegen die Felsen schlugen. Wir, die wir zu Mattys Ehren nach Bodega Bay geflogen waren, waren den sandigen Pfad vom Parkplatz hinuntergestiegen und standen jetzt auf einem Felsvorsprung in halber Höhe über dem Strand. Touristen und Wanderer schienen den ernsten Anlaß unserer Versammlung zu ahnen und blieben in respektvoller Distanz.

Doch es gab nicht nur feierliche Erinnerungen. Als Mark Casazza, Mattys Fluglehrerkollege, sprach, lächelten alle.

»An Regentagen saßen wir immer im Flugschulbüro oder im Hangareingang und haben gepokert. Sie hat sich ihre besten Geschichten immer für die Momente aufgehoben, in denen sie geblufft hat – ihr kennt alle die berühmten Wildress-Bluffs –, und meistens hat es dann auch geklappt, weil ihre Storys so lustig waren, daß alle abgelenkt waren.«

Hy, Zach und ich standen ein Stück von den anderen entfernt, hinter einem Flecken mit Eiskraut. Hy und ich hatten nicht zur Flugplatzfamilie gehört, und Zach schien ein bißchen Distanz nötig zu haben. Als ich letzte Nacht zurückgekommen war, hatte ich Hy bei mir zu Hause vorgefunden, und er hatte mir erzählt, daß Zach angerufen und gefragt hatte, ob wir ihn zu der Trauerfeier mitnehmen könnten. Der Junge, sagte Hy, habe verhalten und ein bißchen nervös geklungen – kein Wunder, das würde sein erster Flug seit Mattys Tod sein. Hy hatte bereits eine Cessna 172 gebucht, so daß Platz genug da war.

Als ich Hy fragte, wo er in meiner Abwesenheit gesteckt habe, war die Erklärung so simpel, daß ich mich meiner Panik und meiner Entfremdungsvisionen schämte. Er hatte an Thanksgiving nicht unter Leuten sein wollen, also war er zu seiner Ranch geflogen und dort die meiste Zeit draußen gewesen, um zu reiten und seinen Leuten beim Reparieren von Zäunen zu helfen. Die Hochwüste, erklärte er mir, sei genau das, was er gebraucht habe, um wieder einen klaren Kopf zu kriegen.

Und jetzt standen wir hier über dem Meer, unter einem wunderbaren Frühwinterhimmel, um Abschied von Matty zu nehmen.

Bob Cuda, noch etwas blaß von seinem ersten Flug, hatte jetzt das Wort. »Was soll ich sagen? Sie hat mich schließlich doch noch in die Luft gekriegt.« Er schaute gen Himmel und setzte hinzu: »Bist du stolz auf mich, Matty?«

»Ist sie bestimmt«, sagte Steve Buchanan, der Chefmechaniker. »Matty hat es immer zu würdigen gewußt, wenn man was gut gemacht hat, und wenn man was verbummelt hat, hat sie's einem gesagt, aber auf nette Art. Da fällt mir was ein, die Sache mit dem Anlasser in der alten Cessna 150. Der hatte seine Mucken, egal, wie oft ich ihn repariert hab, früher oder später hing er wieder. Als Signal, daß wieder mal eine Überholung fällig war, hat Matty ihren Schülern immer gesagt, sie sollen so tun, als ob sie das Ding mit den Füßen reintreten. Und immer wenn ich einen Flugschüler eingerollt wie eine Brezel im Cockpit hab sitzen sehen, dann wußte ich, ich mach mich besser wieder mal an den Anlasser.«

Ich sah auf Mattys gelb-roten Schal, den ich mir zu ihren Ehren um den Hals geschlungen hatte. Er bewegte sich leicht und anmutig im Wind – so leicht und anmutig, wie sich Matty in den wechselnden Strömungen des Lebens bewegt hatte. Als ich den Kopf hob, sahen mich mehrere Leute, die mich noch aus meiner Flugunterrichtszeit kannten, erwartungsvoll an.

In das Schweigen sagte ich: »Matty hat geglaubt, daß man aus den eigenen Fehlern lernt. Einmal, als ich mit dem Check fertig war, sagte sie zu mir: ›Was haben Sie vergessen?‹ Ich schnappte mir die Liste und ging sie noch mal durch; ich hatte alles kontrolliert, von den Zündkerzensteckern bis zu den Rudern. Dann sah ich sie an: Sie saß da, mit diesem durchtriebenen Grinsen im Gesicht – und unangeschnallt! Seither habe ich nicht einmal versäumt, mich zu vergewissern, ob der Passagier auch angeschnallt ist.«

Hy drückte meine Hand und trat vor. »Matty war eine meiner besten Freundinnen, aber wir hatten auch unsere Meinungsverschiedenheiten. Sie nannte mich einen Ökofreak, ich nannte sie kurzsichtig und reaktionär. Einmal, als ich nach einer Rettet-die-Redwoods-Aktion am Russian River verhaftet worden war, rief ich sie an, und sie weigerte sich, mich gegen Kaution rauszuholen. Sie sagte, ich hätte nur das gekriegt, was ich verdient hätte. Aber ich war schon öfter im Gefängnis gewesen, deshalb hat es mir nicht so viel ausgemacht. Und ich wußte ja: Als ich sie mal wirklich gebraucht hatte, als es drauf angekommen war, da hatte sie mir geholfen.«

An meiner anderen Seite straffte Zach die mageren Schultern und räusperte sich. Mit dünner, zittriger Stimme sagte er: »Als mein Dad und ich das erstemal bei einer Flugshow waren, da hatte ich Angst um Matty. Hinterher hat sie mir gesagt, es wär okay, Angst zu haben. Sie hat gesagt, mutig sein heißt nicht, daß man keine Angst hat. Es heißt, daß man das Richtige tun kann, obwohl man Angst hat. Das werd ich nie vergessen, und ich will versuchen, so zu leben.«

Wieder herrschte Schweigen. Gray Selby hüstelte und kickte ein paar Steine weg, sah dann auf und begann zu reden, wobei er vor allem mich anschaute.

»Ich schätze, ihr denkt alle: Wie kommt der Typ dazu, heute hier zu stehen und auch noch den Mund aufzumachen? Aber ich will euch was sagen, ich habe in dieser letzten Woche eine Menge gelernt. Ich vermisse Matty. Ich geb's zu. Sie hat mir auf die Zehen getreten, mich gezwungen, der Wahrheit ins Gesicht zu gucken. Letzten Sommer zum Beispiel, da bin ich bei den Abstellplätzen langgelaufen. In dem Moment kommt sie gerade mit einem Flugschüler angerollt. Ich bin schlechter Laune, also sag ich mir, ich hab's nicht eilig, und versperre ihr den Weg. Und plötzlich rollt das

Flugzeug schneller, als ob es außer Kontrolle wär, kommt direkt auf mich zu. Mann, bin ich gerannt! Wie sie an mir vorbeirollt, seh ich, daß sie lacht. Sie steuert, hat alles im Griff. Hinterher hab ich sie angebrüllt, und sie hat mir erklärt, das sei die Strafe dafür gewesen, daß ich mich so arschlochhaft benommen hätte. Na ja, und tief drinnen hab ich gewußt, daß sie recht hat.«

Diesmal dehnte sich das Schweigen über Minuten. Schließlich ergriff Jim Powell, Mattys Kunstfluglehrer, das Wort. »Matty hat härter gearbeitet als sonst irgendwer von meinen Schülern, aber sie hat's auch verstanden, sich zu amüsieren. Sie hat die Pitts, auf der sie gelernt hat, ganz weit hochgezogen und richtig einen draufgemacht. Sie hat mir erzählt, daß sie laut lacht und mit der Maschine redet und sogar singt – was sie nur dort oben getan hat, weil sie nicht singen konnte und sie da keiner gehört hat. Ich bin kein gläubiger Mensch, aber ich stelle mir vor, daß Matty jetzt irgendwo da oben ist und die tollsten Figuren fliegt und singt, daß die Wolken wackeln.«

Das war das perfekte Schlußwort. Nach einer kurzen Schweigepause sagte Art Field, der Flugleiter: »Matty zu kennen und mit ihr zu fliegen, war eine Freude, und sie selbst hat für Trübsalblasen nie viel übrig gehabt. Also, wie wär's, wenn wir die Sache jetzt in den Seven Niner Diner verlagern? Das Bier geht auf mich.«

Während die anderen schon den Pfad hinaufstapften, drehte ich mich noch einmal zum Meer um. Möwen glitten durch die Luft, in jenem freien, natürlichen Flug, den wir Menschen nur mühsam imitieren können.

»Sharon, kann ich Sie mal kurz sprechen?« Steve Buchanan wartete auf der Terrasse des Diners auf mich.

»Klar.« Ich bedeutete Hy und Zach, schon mal reinzugehen, und folgte dem Mechaniker nach nebenan in die Werkstatt, wo kleinere Flugzeuge in verschiedenen Zerlegungsstadien herumstanden. Als wir eintraten, zog ein schlanker, dunkelhaariger Mann mit einem feinen Oberlippenbärtchen den Arm aus dem Motorraum einer Maschine und kam auf uns zu, wobei er sich die schmierölverdreckten Finger am dunkelblauen Overall abwischte. »Die Werkstatt hat am Sonntag offen?« fragte ich Steve.

»Ja. Die Flugschüler kriegen eine Schulmaschine nach der andern kaputt. Im Moment sind nur noch zwei flugtüchtig, also müssen wir zusehen, daß wir die restlichen wieder hinkriegen. Das ist Juan.«
Ich streckte dem Mechaniker die Hand hin, aber der wehrte ab und zeigte mir seine dreckigen Finger.
»Erzähl ihr von Matty und dem Typ in der Silver Ranger«, sagte Steve.
Juan nickte. »Steve hat mir erzählt, daß Sie nach diesen Männern gefragt haben, und da ist mir wieder eingefallen, daß der Pilot eine ganze Weile mit Matty geredet hat.«
»Nur der Pilot, der Passagier nicht?«
»Nein, der Passagier war schon drüben im Diner, als der Pilot die Ranger hier in die Werkstatt gebracht hat. Er hat mit Steve geredet und ist dann auch in den Diner gegangen. Ein paar von den anderen Jungs und ich, wir haben an einem von den Tischen draußen gegessen, und Matty saß am Nebentisch, allein. Der Pilot ist bei ihr stehengeblieben, und sie haben ein paar Minuten geredet, über ihre Maschinen und über die Herstellerfirma.«
»Was genau haben sie gesagt?«
»Na ja, ich habe nicht so genau hingehört, aber es ging um technische Daten und so was. Und dann hat der Typ sie gefragt, ob sie von diesen dunklen Machenschaften wüßte, in die Stirling Aviation verwickelt gewesen sei. Sie hat gesagt, klar wüßte sie davon, ein Freund hätte ihr alles drüber erzählt, auch Einzelheiten, die nie an die Öffentlichkeit gekommen seien. Das schien den Typen echt zu interessieren, aber in dem Moment ist gerade jemand aus der Werkstatt gekommen und hat ihn gerufen. Und ein paar Minuten später ist Matty dann auch gegangen.«
Ich sah Steve an. »Daß der Pilot Sie nach Matty ausgefragt hat – war das davor oder danach?«
»Danach.«
»Und Sie sind sicher, daß Sie Seabrooks Namen nicht genannt haben?«
»Ganz sicher. Was ist eigentlich so wichtig dran, daß Matty mit diesem Typ geredet hat?«
Alles, aber ich bekam es nicht recht zu fassen.

»Kann es sein, daß John Seabrook Matty von seiner Vergangenheit erzählt hat? Von der Stirling-Sache? Und wenn ja, warum hat sie uns angelogen?« sagte ich zu Hy.

»Ich bezweifle, daß er ihr irgendwas erzählt hat. Die Flugsportszene ist überschaubar, die meisten Leute wissen, was bei Stirling gelaufen ist. Und Matty hatte jede Menge Freunde. Sie kann es von irgendwem gehört haben.«

»Aber die Insider-Informationen –«

»Vielleicht von jemandem, der mal bei Stirling gearbeitet hat oder jetzt dort arbeitet. Oder von jemandem, der Eindruck schinden wollte und nur behauptet hat, er verfüge über Insider-Informationen.«

Wir standen auf der Diner-Terrasse und schauten aufs Flugfeld hinaus. Eine restaurierte Tiger Moth setzte auf und startete gleich wieder durch, aber ich war zu sehr in Gedanken, um sie mehr als flüchtig wahrzunehmen.

»Okay«, sagte ich. »Calder Franklin hat Matty mit dem Hauptbelastungszeugen der Stirling-Prozesse gesehen. Und er hat ihre Bemerkung über die Stirling-Sache fälschlicherweise so interpretiert, daß Walker ihr alles darüber erzählt hätte, unter anderem auch Einzelheiten, die sonst kaum jemand weiß. Na ja, und? Er hat doch auch gesehen, wie Walker vor ihm geflüchtet ist. Das war doch wohl kaum das Verhalten eines Mannes, der wieder aufzutauchen gedenkt, falls Dunc je geschnappt und vor Gericht gestellt wird.«

»Und zu diesem Zeitpunkt war außerdem kaum davon auszugehen, daß Dunc je geschnappt werden würde. Das ist erst in den Bereich des Wahrscheinlichen gerückt, als du in Arkansas warst und mit David Stirling geredet hast.«

»Ich wollte, ich wüßte, warum Walker in Panik geraten ist, als er Calder Franklin gesehen hat, nicht aber, als er mit Win Reade gesprochen hat. Mag ja sein, daß Franklin immer noch sauer auf Walker ist, weil er den Mund aufgemacht und ihn und seine politischen Gesinnungsfreunde mit in den Dreck gezogen hat, aber irgendwie leuchtet mir trotzdem nicht ein, warum Walker Angst vor ihm haben sollte.«

»Ich schätze, er ist einfach ausgerastet. Wenn man so lange im Untergrund ist, reagiert man nicht immer situationsangemessen.«

»Mag sein.«
Hy schwieg, und in seinen Augenwinkeln bildeten sich Fältchen, als er beobachtete, wie die Moth wieder in den Gegenanflug ging.
»Weißt du, ich verstehe ja, daß Reades und Franklins plötzliches Auftauchen hier in Los Alegres der Auslöser war, der Walker in die Flucht gejagt hat. Aber ich sehe nicht, was das mit dem Anschlag auf Matty zu tun haben soll.«
»Na ja, ich glaube kaum, daß die beiden nach Hause zurückgeflogen sind und ihre Begegnung mit Walker für sich behalten haben. Mal angenommen, jemand, mit dem sie in Alda geredet haben, hat immer noch Kontakt zu Dunc und konnte ihm mitteilen, wo Ash Walker gesichtet wurde. Und Dunc hat beschlossen, das, was er damals mit Andie Walkers Ermordung begonnen hat, zu Ende zu führen.«
Hy nickte grimmig. »Aber inzwischen war Walker schon verschwunden. Also blieb Dunc nur dessen Lebensgefährtin, um Rache zu nehmen.«
Ich dachte einen Moment nach, trommelte mit den Fingern aufs Terrassengeländer und sah die Moth Fahrt und Höhe verlieren.
»Okay, Walker und sein Sohn hatten über zehn Jahre in Frieden gelebt; Walker hatte eine Frau, die er liebte, er hatte wieder mit der Fliegerei angefangen. Er wußte, daß Reade und Franklin herumerzählen würden, sie hätten ihn gesehen, und daß Dunc womöglich irgendwie davon erfahren würde. Also beschloß er, sich Dunc zu schnappen, bevor Dunc ihn sich schnappte.«
»Er beschloß, sich sein Leben von Dunc nicht ein zweites Mal zerstören zu lassen. Er nahm sich vor, der Sache ein für allemal ein Ende zu machen. Aber weißt du was, McCone? Eins beunruhigt mich: Mattys Absturz war bundesweit im Fernsehen und in der Presse. Wenn Walker das mitgekriegt hat, muß er sich doch gesagt haben, daß sein Sohn ganz allein und in Gefahr ist. Wäre er da nicht zurückgekommen?«
»Ich schätze schon. Wenn er gekonnt hätte.«
»Also stehen die Chancen, daß er noch lebt, schlecht. Armer Zach.«
Ich warf einen Blick über die Schulter und sah den Jungen durch die Scheibe zu uns herausstarren, sein Gesicht sah vor Trauer und Sorge aus wie das eines kleinen Greises. Ein hohles Gefühl mach-

te sich unter meinem Brustbein breit, und der kalte Wind, der hier an Winternachmittagen immer blies, ließ mich frösteln. Hy legte den Arm um meine Schultern.
Ich sagte: »Wenn wir wissen wollen, was aus Walker geworden ist, und wenn wir eine Chance haben wollen, die Sache mit Matty irgendwie für uns abzuschließen, dann bleibt uns nur eins: uns Dunc Stirling selbst zu schnappen.«
»Nichts lieber, aber wie zum Teufel sollen wir rauskriegen, wo er steckt?«
»Keine Ahnung, aber ich glaube, wir sollten uns noch mal Seabrooks Haus vornehmen.«

Wir borgten uns Bob Cudas Wagen aus und setzten Zach zu einem Besuch bei den Paynes auf der Baumfarm ab. Dann fuhren wir zu dem Haus, und ich öffnete die Tür mit dem Schlüssel, den Payne mir überlassen hatte. Drinnen war es kalt, und in den Räumen hing noch die Feuchtigkeit von dem Regen letzte Woche; bis auf das leise Brummen des alten Kühlschranks umfing uns Stille. Im Eingangsflur fühlte ich meine Trauer und meinen Zorn wieder aufleben.
Nie wieder würde Matty diesen Flur entlanggehen und ihre Post achtlos auf den Küchentisch werfen. Nie wieder würde sie die Stereoanlage im Wohnzimmer aufdrehen und falsch mitsingen, wenn niemand in Hörweite war. Nie wieder würde sie das Haus mit dem Duft ihres berühmten Knoblauchbrots füllen. Oder lachend, aber liebevoll von den jüngsten Heldentaten ihrer Schüler erzählen. Oder Zach ein besonders leckeres Pausenvesper für die Schule einpacken. Oder ...
All die vielen Dinge, die ich nie selbst miterlebt hatte, von denen ich aber wußte, daß sie sie getan haben mußte.
»Wo fangen wir an?« fragte Hy.
»Meine Theorie ist: Im Zweifel immer rechts halten.«
Zu unserer Rechten lag der Raum mit Mattys Schreibtisch, der Fliegerbibliothek und den Fitneßgeräten. Wir traten ein, und ich faßte Hy leicht am Arm. »Bleib einfach stehen und sieh dich um. Außer der Unordnung – fällt dir irgendwas Ungewöhnliches auf?«
Er tat, wie ihm geheißen, und sagte dann achselzuckend: »Kann ich nicht sagen, ich war nie hier bei ihr.«

»Irgendwo in diesem Haus muß doch was sein, was uns einen Hinweis darauf gibt, wo Walker hin wollte.« Ich musterte den Raum, unterteilte ihn in Segmente. Als ich zu dem vollgehäuften Tisch kam, registrierte ich einen Stapel Kochzeitschriften, ein paar Weihnachtskataloge, einen Korb mit Garnen und sonstigem Nähzeug, eine zum Säumen umgesteckte Jeans, eine Wegwerfkamera und Mattys Kursplotter.

Ich ging rasch hin und nahm den Plotter in die Hand, wobei ich sorgsam darauf achtete, das runde Teil mit den Pfeilen, das den korrigierten Kartenkurs anzeigt, nicht zu verstellen. Ich hatte den Plotter neulich schon bemerkt, als ich hier gewesen war, mir aber weiter nichts dabei gedacht. Jetzt ertönte jedoch Mattys Stimme in meinem Kopf: *»Ich habe schon seit zehn Monaten keinen Überlandflug in unbekanntes Terrain mehr gemacht; wahrscheinlich habe ich schon vergessen, wie man einen Kurs zeichnet.«*

Sie war keine ordentliche Hausfrau gewesen, aber ich bezweifelte doch, daß sie den Plotter vor über zehn Monaten auf ihren Schreibtisch geworfen und bis jetzt dort liegengelassen hatte. Und ich bezweifelte auch, daß sie dieses Instrument benutzt hätte, wenn sie einen Kurs hätte zeichnen müssen. Plotter werden hauptsächlich von Flugschülern benutzt – oder von Leuten, die etliche Jahre nicht im Flugbetrieb drin waren. Leuten, die in Sachen Navigation ein bißchen nervös sind und auf Nummer Sicher gehen wollen.

John Seabrook, alias Ash Walker.

Ich inspizierte das durchsichtige Plastikinstrument genauer. Ein lila Strich zog sich die gerade Kante entlang. Ich rieb darüber und schnupperte an meinen Fingern. Fettkreide, dieselbe Farbe, mit der Wes Payne Preisschilder für die Weihnachtsbäume geschrieben hatte. Ich prüfte den Steuerkurs: 10 Grad, wenn man nach Nordosten zu fliegen gedachte, 190 Grad, wenn man nach Südwesten wollte. Ein kleiner Querstrich an der geraden Kante, ebenfalls mit Fettkreide, markierte eine Entfernung von 46 Seemeilen.

»Ripinsky, ich glaube, Ash Walker hat dieses Ding hier benutzt, um einen Kartenkurs einzuzeichnen.« Ich zeigte ihm den Plotter und erklärte ihm, was es mit der lila Fettkreide auf sich hatte.

»Ich schätze, er hat sich den Plotter ausgeborgt, ihn mit ins Verkaufsbüro genommen, dann wieder zurückgebracht und hier liegenlassen. Matty hatte ihn vermutlich im Regal liegen, bei ihrem Flugrechner. Vielleicht wollte er ihn ja zurücklegen, wurde aber gestört. Jedenfalls ist das eine Spur.«

»McCone, er hatte Flugstunden, da hätte er doch einen eigenen Plotter gehabt.«

»Nicht unbedingt. Als ich fliegen gelernt habe, war ich mit Geld knapp dran, also hat mir Matty diesen Plotter hier geliehen – und ihren Rechner auch. Außerdem hätte er bestimmt keinen Plotter hier oder auf der Farm gehabt. Sie hätte ihn finden können, und dann wäre die Überraschung im Eimer gewesen.«

»Okay, das kann sein. Und es kann auch sein, daß seine Navigationskenntnisse ein bißchen eingerostet waren und er deshalb einen Plotter brauchte. Aber wir haben nicht die leiseste Ahnung, welche Karte er benutzt hat, wie groß die betreffende Deviation ist und in welche Richtung er fliegen wollte.«

»Wo würde er denn eine Karte hergenommen haben? Aus Mattys Beständen? Nein, zu riskant, sie hätte es merken können. Aus dem Zubehörshop am Flugplatz? Jemand hätte ihr erzählen können, daß er eine gekauft hat. Aus dem Shop in Petaluma? Schon eher. Aber...« Ich inspizierte noch einmal den Tisch, sah den Prospektestapel durch, trat dann ans Regal. Auf ein paar Sportflug-Magazinen lag der aktuelle Bestellkatalog von Mickeys Flieger-Versandshop, wo man von Lehrvideos bis zu elektronischen Flugrechnern alles beziehen konnte. Darauf klebte ein Etikett mit Mattys Namen und Kundennummer. Ich steckte Katalog und Plotter in meine Umhängetasche.

»Laß uns Zach holen und in die Stadt zurückfahren«, sagte ich. »Ich glaube, ich habe da eine Idee.«

18 »Ich hasse Sonntage! Nichts offen, niemand da! Und jetzt erwische ich auch noch weder Mick noch Charlotte. Wo zum Teufel sind meine Angestellten, wenn ich sie brauche?«

»Entspann dich, McCone.«

»Und warum hat Craig Morland nicht zurückgerufen? Ich habe ihm die Botschaft gestern abend hinterlassen, Herrgott noch mal.«
»Er wird schon anrufen. Und Mick und Charlotte werden auch wieder auftauchen. Und morgen früh ist auch Mickeys Versandshop zu erreichen.«
»Und auch die Gesinnungsfreunde des alten Stirling weigern sich, mit mir zu reden.«
»Ich sagte doch, entspann dich. Jetzt habe ich jedenfalls erst mal Hunger.«
»Das klingt wie eine Wiederholung von Dienstag abend, aber mir ist nicht nach Pizza.«
»Chinesisch?«
»Bloß nicht. Ich habe gestern in Dallas-Fort Worth einen absolut gräßlichen chinesischen Hühnersalat runtergewürgt. Wo zum Teufel stecken sie nur?«
»Die Chinesen?«
»Mick und Charlotte!«
»Okay, du hast keine Lust auf was Chinesisches oder Pizza, aber vielleicht was Italienisches? Wie wär's mit Aubergine Parmiggiana?«
»Ich hab keinen ... im Gold Mirror?«
»Salat, frisches Brot, Aubergine und eine Flasche von diesem tollen Chianti?«
»Okay, vielleicht sollte ich mich wirklich erst mal entspannen. Ein paar Stunden jedenfalls.«

»Mickeys Fliegerversandshop. Was kann ich für Sie tun?«
»Mein Name ist Sharon McCone, ich bin Anwältin und regle die Nachlaßangelegenheiten einer Kundin von Ihnen, Matty Wildress. Ich dachte, Sie könnten vielleicht mal prüfen, ob da bei Ihnen noch irgendwelche Rechnungen offen sind?«
»Ms. McCone, ich kann Ihnen gar nicht sagen, wie betroffen wir über den Tod Ihrer Klientin sind.«
»Danke.«
»Ich sehe mal im Computer nach. Nein, da ist nichts mehr offen.«
»Laufen denn noch irgendwelche Bestellungen von ihr? Irgendwelche Sendungen, die wir erwarten sollten? Vielleicht etwas, was bereits bezahlt ist?«

»Die letzte Bestellung ging vor knapp zwei Wochen hier ein.«
»Ich glaube nicht, daß die Sendung schon eingetroffen ist. Könnten Sie mir Genaueres sagen?«
»Sie wurde von einem ihrer Angestellten aufgegeben, Mr. John Seabrook. Er wollte sie zuerst auf ihr Kundenkonto gehen lassen, hat es sich dann aber anders überlegt und seine eigene Kreditkartennummer angegeben. Ich weiß, ehrlich gesagt, nicht, warum wir ihm nicht ein eigenes Kundenkonto eingerichtet haben. Vielleicht, weil die Sendung an Ms. Wildress' Adresse ging.«
»Wann?«
»Noch am selben Tag – Federal Express, Eilservice.«
»Und worin bestand die Sendung?«
»Zwei Fliegerkarten – Green Bay und die Twin Cities.«

»Okay, Mick – Wisconsin oder Minnesota. Welche Airlines fliegen dorthin?«
»Northwest hat vermutlich die meisten Direktflüge.«
»Wie lange bewahren sie Passagierlisten auf? Und wem geben sie Einblick?«
»Das weiß ich nicht.«
»Also dann.«
»Also dann was?«
»Find's raus.«

»Rae, während Mick die Airlines kontaktiert, mußt du bitte herumtelefonieren. Ruf Lang- und Kurzzeitparkplätze des hiesigen Flughafens an und stell fest, ob Seabrook irgendwo seinen Wagen hat stehenlassen. Hier sind Fahrzeugtyp und Kennzeichen.«
»Und wenn sie solche Informationen nicht rausrücken?«
»Du bist doch Schriftstellerin in spe! Laß dir eine Geschichte einfallen, die sie dazu bringt, ihre Vorschriften zu vergessen und den Parkplatz abzusuchen.«
»Und wenn das nicht funktioniert?«
»Fahr hin und such selber.«
»Meine Güte, was für eine Aufgabe. Na ja, wenn ich schon selbst die Parkplätze abfahren muß, dann werd ich's wenigstens auf stilvolle Art tun.«
»Ach?«

»Mit einem funkelnagelneuen gelben Miata-Kabriolett – mein Weihnachts- und Geburtstagsgeschenk von Ricky für die nächsten siebenunddreißig Jahre.«

»Was gibt's, Ted?«
»Ein Anruf. Ich soll dir ausrichten –«
»Ich sagte doch, keine Anrufe durchstellen und mich auf keinen Fall stören!«
»Aber dieser Typ –«
»Wer?«
»Calder Franklin. Als ich sagte, du wärst nicht zu sprechen, hat er mir Wort für Wort diktiert, was ich dir ausrichten soll.«
»Dann lies vor.«
»Da Sie mein Angebot offenbar nicht annehmen wollen, sehe ich mich genötigt, Sie zu warnen: Jedes weitere Herumstochern in der Stirling-Sache könnte äußerst gefährlich für Sie werden.«
»Eine melodramatische Drohung, weiter nichts.«
»Vielleicht solltest du's doch ernst nehmen. Sein Ton hat mir gar nicht gefallen.«
»Wie war denn sein Ton?«
»Als ob er jedes Wort ernst meinte.«

»Wie kommst du mit den Airlines voran, Mick?«
»Ich habe bei den Reservierungsstellen sämtlicher Gesellschaften, die von hier in diese Gegend fliegen, um Rückruf gebeten. Bisher noch keine Reaktion.«
»Versuch's bei meiner Reisebüro-Agentin, Toni Alexander. Die weiß alles.«

»Ich bin bei den Parkplätzen fündig geworden, Shar, schon beim dritten Versuch. Seabrooks Pickup steht auf dem PCA-Platz.«
»Also hat er einen Linienflug in den mittleren Westen genommen. Dachte ich mir. Wie hast du die PCA-Leute dazu gekriegt, für dich nachzuschauen?«
»Jeder, der ein Herz hat, hätte das getan, wo doch mein armer zuckerkranker Ehemann vor seiner langen Reise versehentlich die Tasche mit dem Insulin im Wagen gelassen hat und nicht mehr weiß, wo er diesen Wagen abgestellt hat. Ich soll mit dem

Ersatzschlüssel hindüsen und das Zeug holen, damit ich es ihm per Expreß hinterherschicken kann.«
»Du liebe Güte, wenn du nicht auftauchst, drehen sie wahrscheinlich durch.«
»Shar, ich erzähle vielleicht gelegentlich mal eine Lügengeschichte, aber ich bin nicht gefühllos. In etwa zwanzig Minuten werde ich dort anrufen und sagen, er hätte zum Glück eine Notration von dem Hotelarzt in Caracas kriegen können.«
»Caracas?«
»Ich wollte immer schon mal nach Venezuela.«

»Kein Rückruf von den Airlines, und deine Reisebürofrau ist gerade in einer wichtigen Kundenbesprechung.«
»Wichtig? Wer ist wichtiger als –«
»Ein Großkunde.«
»Ah.«

»Mick. Mir ist was eingefallen. Die Mordkommission kann alles aus Leuten herausquetschen. Vielleicht würde Adah Joslyn –«
»Schon dran gedacht, sie bei den Airlines anrufen zu lassen, aber sie hat diese Woche freigenommen.«
»Hast du's in ihrer Wohnung probiert?«
»Und eine Botschaft auf ihrem Anrufbeantworter hinterlassen.«
»Warum sind alle nicht da, wenn ich sie brauche?«

»Verdammt, Ripinsky, wir sind so dicht dran.«
»Ja, und die Zeit verrinnt. Es muß doch eine Möglichkeit geben. Laß noch mal sehen, was wir wissen: Er hat die Karten per Kreditkarte bezahlt und sie sich mit Fed Ex schicken lassen; hat dann am nächsten Morgen den Kurs eingezeichnet –«
»Kreditkarte! Zwei Wochen ... möglich.«
»Hä?«
»Wo habe ich die Nummer der Baumfarm? Hier.«
»Was –«
»Moment ... Wes? Sharon McCone. Ich stehe mit meinen Ermittlungen kurz vor einem entscheidenden Durchbruch und muß Sie bitten, etwas zu tun, was nicht ganz koscher ist ... Gut. Bekommt John seine privaten Rechnungen und dergleichen auch in

das Verkaufsbüro? ... Könnten Sie sie mal kurz durchsehen und feststellen, was seit seinem Verschwinden gekommen ist? ... Danke.«
»Er sieht nach, Ripinsky. Drück die Daumen, daß die Buchungsfrist hinhaut. Ja, Wes ... Okay, American Express und Visa – würden Sie beides mal aufmachen und mir die Buchungen vorlesen? ... Aha, Mickeys Versandshop ist die einzige Abbuchung bei Visa. Und bei AmEx? ... Northwest Airlines. Ich brauche die Kartennummer, die Ticketnummer und das Datum des Zahlungsvorgangs ... Danke. Ich melde mich wieder.«

»Ja, das ist die Ticketnummer ... John Seabrook, genau ... Tatsächlich? Da muß irgend etwas falsch gelaufen sein. Könnten Sie mir bitte Flugnummer und -datum sagen? ... Danke. Ich werde mit meinem Chef sprechen und Sie dann wieder anrufen.«
»Was ist, McCone?«
»Abflug elf Uhr dreißig nach Minneapolis-Saint Paul, Ankunft dort sechzehn Uhr vierundfünfzig. Anschluß mit Northwest Airlink nach Chisholm-Hibbing, Minnesota, Ankunft zwanzig Uhr fünfundfünfzig.«
»Also los.«

Die Nachtmaschine nach Minneapolis war so gut wie leer. Kurz nachdem wir Reisehöhe erreicht hatten, stellten die Stewardessen ihr geschäftiges Treiben ein und dimmten die Kabinenbeleuchtung herunter. Die Turbinen dröhnten, während wir auf stetem Kurs die dunklen Luftstraßen entlangglitten. Unter uns lag der Kontinent, unendlich fern.
Wir saßen eng aneinandergelehnt da und teilten uns einen Brandy, weil keiner von uns einen ganzen gewollt hatte. Und in der Intimität dieser scheinbar endlosen Nacht konnte ich ihm endlich die Frage stellen, die ich schon seit drei Jahren mit mir herumtrug.
»Was war Matty für dich?«
»Eine Freundin.«
»Mehr als das.«
» ... Ja. Ich habe sie geliebt.«
Ich wartete.

»Sie war ursprünglich Julies Freundin. Ihre beste Freundin. Sie waren zusammen aufgewachsen, in Kern County. Nach der High-School hatten sie sich dann ziemlich auseinanderentwickelt. Matty konnte Julies Engagement für den Umweltschutz nicht akzeptieren. Sie fand es eine Schande, daß Julie mit dem Geld, das sie von ihrem konservativen Vater geerbt hatte, linke Aktivitäten finanzierte. Aber als Julie im Sterben lag, war es Matty, die kam, um bei ihr zu sein und mir zu helfen.

Julie ist zu Hause gestorben. Ich glaube, ich habe dir das nie erzählt. Sie wollte nicht in einem Krankenhaus liegen, unter lauter Fremden, und ich wollte das auch nicht. Als es so weit war, hat Matty ihre Hand gehalten. Sie hat mich rausgeschickt, auf dieses Steilufer, das zum See runterging. Julie hat uns nicht mehr erkannt, und Matty wußte, daß ich es nicht ertragen könnte, sie hinübergleiten zu sehen. Es war ein warmer, klarer Juliabend; ich weiß noch, wie der Sonnenuntergangshimmel über dem Wasser lila wurde und schließlich erlosch.

Als es vorbei war, ist Matty zu mir gekommen und hat es mir gesagt. Sie hat alles Nötige veranlaßt und mir geholfen, die Leute anzurufen, die es wissen sollten. Und später dann – gegen Morgen, als sie Julie weggebracht hatten und nichts mehr zu tun war – ist Matty in mein Bett gekommen, und wir haben uns geliebt. Und uns schien gar nichts Unrechtes dabei, genauso, wie Julie nichts Unrechtes dabei gefunden hätte.

Es war nur dieses einzige Mal, McCone, konnte nie wieder sein, und wir wußten das beide. Aber Matty hat mir durch diese schreckliche Nacht geholfen. Dafür bin ich ihr dankbar und werde es immer sein.«

Was er sagte, überraschte mich nicht; vielleicht hatte ich es tief verborgen in meinem Inneren auf irgendeiner Ebene gewußt. Ich verspürte keine Eifersucht, nur eine Welle der Dankbarkeit Matty gegenüber. Ich nahm Hys Hand und hielt sie schweigend, bis ich seinen ängstlich-fragenden Blick bemerkte.

Als Antwort sagte ich: »Ich werde ihr auch immer dankbar sein.«

Drei Jahre zuvor

»Wir nähern uns Ihrem Kurskontrollpunkt, McCone. Haben Sie ihn schon gesichtet?«
»Nein. Ich kann kaum glauben, daß das hier dieselbe Gegend sein soll, durch die ich schon so oft gefahren bin.«
»Dann schauen Sie auf die Karte. Sie wissen, der Highway 101 verläuft zu Ihrer Rechten. Welches Bodenmerkmal haben Sie sich bei der Flugplanung auf der linken Seite ausgesucht?«
»Den Lake Sonoma, aber ich – da ist er, voraus. Wir sind zehn Meilen südlich von Cloverdale.«
»Na, bitte.«
»Ich habe diese Karte eine geschlagene Woche studiert, aber von hier oben sieht alles so anders aus.«
»Das liegt daran, daß Sie es sich so vorstellen, wie es vom Boden aus aussieht. Was am Boden leicht zu erkennen ist, ist aus der Luft oft schwer auszumachen – und umgekehrt.«
»Und man kann sich so leicht verfliegen ...«
»Na ja, vorerst haben Sie sich nicht verflogen. Behalten Sie einfach nur die Instrumente im Auge, achten Sie auf den übrigen Flugverkehr, und bleiben Sie ganz locker. So ein Überlandflug soll eigentlich Spaß machen.«
»Aber da ist so vieles, was man beachten muß.«
»Zum Beispiel die Tatsache, daß Sie Ihre Flughöhe auf elfhundert Fuß haben absinken lassen. Wo ist Ihr Notlandeplatz?«
»Gleich da drüben.«
»Ausgeschlossen, aus dieser Höhe im Gleitflug dorthin zu kommen. Sehr wahrscheinlich würden Sie in dem Bachbett da enden – typischer Fall von Pilotenfehler.«
»Gott!«

»Sie wissen ja, McCone, Pilotenfehler sind die häufigste Ursache tödlicher Flugunfälle. Was Sie also zu tun haben, ist, sie sowohl zu vermeiden als auch zu korrigieren. Nicht schlimm, wenn man einen Fehler macht, vorausgesetzt, man korrigiert ihn schleunigst.«

»Ich korrigiere ja schon. Zeit, uns bei Cloverdale zu melden.«

»Cloverdale ist gesperrt.«

»Was? Warum?«

»Weil ich es sage. Also, wo wollen Sie hin?«

»Verdammich, Matty!«

»Sie müssen lernen, in Alternativen zu denken. Die Situation ist oft nicht so, wie man's erwartet hat.«

»Okay! Also gut. Lampson in Lake County liegt genau ostwärts. Ich habe mehr als genug Treibstoff, um hinzukommen.«

»Also, worauf warten Sie noch?«

»Matty, ich habe noch mal über diese Pilotenfehlersache nachgedacht. In gewisser Weise ist es auch tröstlich.«

»Langsam kapieren Sie.«

»Wenn ich meine Lizenz habe, liegt alles in meiner Hand. Ich muß mich an die Vorschriften halten und meinen Kopf benutzen, damit meine Passagiere und meine Maschine heil ankommen. Und wenn eine Krisensituation eintritt, muß ich damit umgehen. Es liegt bei mir und bei sonst niemandem.«

»Und was lernen Sie daraus über die Leute, die fliegen?«

»Wir mögen verrückt sein, aber wir haben jedenfalls keine Angst, die Verantwortung für unser Tun zu übernehmen.«

Vierter Teil
3.–5. Dezember

19 *Dienstag morgen, Flughafen Chisholm-Hibbing, Minnesota*

Ein ausgestopfter Schwarzbär, der gut und gern fünf Zentner gewogen haben mußte, stand auf einem flachen Podest in einer Ecke des kleinen Terminalgebäudes. Ein ziemlich surrealer Anblick um halb zehn Uhr morgens, nach einer mehr oder minder durchwachten Nacht. Ich steuerte auf das Tier zu, um es mir genauer anzuschauen, während Hy weiterging, um nach der Flugzeugvermietung zu fragen. Der Bär war tatsächlich echt. Ich drehte mich kopfschüttelnd um und sah Hy am Mietwagenschalter mit einer Frau sprechen.

Vor dem Ausgang zum Parkplatz trafen wir uns wieder. »Die Vermietungsfirma heißt Aeroventure«, sagte er. »Laß uns hinspazieren, während sie unser Gepäck ausladen. Willst du das Reden übernehmen, oder soll ich?«

»Ich mach's, ich habe mir schon eine Geschichte zurechtgelegt. Spring du ein, wenn ich irgendwas Dummes sage.«

»McCone, ich habe dich schon seltsame Sachen sagen hören, aber dumme? Nie.«

Das Glühen, das seine Worte auslösten, schützte mich vor der Kälte, als wir hinaustraten, allerdings nur kurz. Die Temperatur mußte etliches unter Null liegen. Es hatte frisch geschneit, und während der Parkplatz geräumt war, hatten viele Autos einen weißen Überzug, wie eingelagerte Möbel, die man mit Laken verhängt hatte. Die Kälte stach mir in Gesicht und Nasenlöcher, und die Jeans und die Jacke, die in Kalifornien mehr als ausreichend gewesen waren, fühlten sich lächerlich dünn an. Ich sehnte mich nach den wärmeren Sachen in meinem Koffer. Zu blöd, daß wir unser Gepäck hatten abgeben müssen, aber auf Linienflügen sind Schußwaffen in Gepäckstücken zu transportieren, die in den

Frachtraum kommen. Und in Anbetracht der Umstände hatten wir unsere Pistolen nicht zu Hause lassen wollen.

Wir gingen auf einen geräumigen Hangar zu, an den ein einstöckiges Gebäude anschloß. Die Maschinen auf den benachbarten Abstellplätzen zitterten und ächzten im kalten Wind; Tragflächen und Rümpfe waren mit Reif überzogen. Reif war vergleichsweise leicht zu entfernen, aber tödlich für die Außenhaut, wenn man es nicht tat – und er war eine Warnung vor möglicher Vereisungsgefahr. Und Eis, ob Klareis oder Rauheis, konnte für Flieger tödlich sein. Gott sei Dank war Hy das Fliegen bei kaltem Wetter gewohnt, da seine Ranch in der Hochwüste lag, wo es oft schneite.

Er nahm meine Hand, und wir rannten die letzten paar Meter zum Vermietungsbüro. Drinnen war es warm, die Fenster waren beschlagen. Der Duft von frischgebrühtem Kaffee ließ mich schnüffeln wie ein Jagdhund; ich hatte mir in Minneapolis einen großen Becher mit ins Flugzeug genommen, aber mein erschöpfter Organismus gierte nach mehr Koffein.

Ein hochgewachsener Mann mit dunklem Haar und Metallrandbrille lächelte uns über den Tresen an. »Für eine Spende von zehn Cent gibt's einen. Bedienen Sie sich, wenn Sie möchten.«

Hy lehnte dankend ab, aber ich nahm mir Kaffee, gab noch Zucker als Energiespender hinein und warf ein Zehn-Cent-Stück in den angeschlagenen Becher neben der Maschine.

»Sind Sie mit dem Twin-Cities-Flug gekommen?«

»Ja«, sagte ich und ging im Geist rasch noch einmal das Szenario durch, das ich entworfen hatte. Während der langen Nacht hatte ich mühsam der Versuchung widerstehen müssen, es bis ins Possenhafte auszuschmücken – etwas, wovor ich Rae oft gewarnt hatte. Ohne großen Erfolg; barockes Fabulieren war für sie so natürlich wie Atmen, und irgendwann wird sie vielleicht ihren Traum von der Schriftstellerkarriere realisieren und die Arbeit bei mir aufgeben – mein Pech.

Ich sagte zu dem Mann hinterm Tresen: »Wir hoffen, daß Sie uns helfen können. Ein Freund von uns, John Seabrook, sollte uns gestern in Minneapolis treffen, in Flying Cloud. Er plante einen Sichtflug und wollte nicht extra einen Flugplan aufgeben, aber er ist nicht gekommen. Vorher wollte er hierher, um« – Ich entdeckte ein Plakat an der Wand und improvisierte – »die Hockey

Hall of Fame zu besichtigen. Dann hatte er vor, hier eine Maschine zu mieten und ein bißchen herumzufliegen, um Freunde zu besuchen. Er müßte das Flugzeug so um den vierzehnten November gemietet haben.«

»Seabrook... ja, an den erinnere ich mich.« Er nahm sein Eintragungsbuch und blätterte darin. »Das war am fünfzehnten. Die blaurote Super Cub. Sechs-acht-drei-sieben-Lima. Er hat ein paar Tage vorher angerufen. Wollte sie für einen Monat mieten. Wir haben eine hohe Barkaution genommen und sicherheitshalber seine Visa-Card überprüft. Wieso haben Sie nicht den Such- und Rettungsdienst alarmiert, als er nicht aufgetaucht ist?«

»Tja, na ja... wissen Sie, John ist ziemlich impulsiv und... den Damen nicht gerade abgeneigt. Stimmt's nicht, Schatz?«

Hy starrte mich an, als hätte ich den Verstand verloren. Noch nie hatte ich ihn so angeredet. Nach einem kurzen Moment der Verblüffung sagte er: »Stimmt – Häschen.«

Ich unterdrückte ein Grinsen. »Wollte unser Freund die Maschine genau einen Monat behalten?«

»Er wußte es nicht genau, hat gesagt, er gibt uns Bescheid.«

»Haben Sie ihn gefragt, wo er hin wollte?«

»Natürlich. International Falls, Fargo, Pierre, Sioux City, Twin Cities – ganz schöne Tour.«

Hy sagte zu mir: »Weißt du was? Ich wette, er ist bei Judy.«

Jetzt war ich es, die ihn anstarrte.

»Du weißt doch – die Frau aus North Dakota, die er letztes Jahr auf Jamaica kennengelernt hat.«

»Ach, ja.«

Zu dem Mann sagte Hy: »Jetzt mache ich mir keine Sorgen mehr, und Sie brauchen auch nicht um Ihre Super Cub zu fürchten. Die kommt bestimmt in gutem Zustand zurück – wenn auch leider mit wenig Nutzungszeit auf dem Buckel.« Und zu mir gewandt, setzte er hinzu: »Weißt du, ich finde, wir sollten einen Wagen mieten und ihre traute Zweisamkeit stören, als Rache, weil John uns versetzt hat. Was sagst du?«

»Klar, warum nicht?«

Hy dankte dem Mann, nahm meine Hand und zog mich nach draußen, ohne mir die Zeit zu lassen, meinen leeren Plastikbecher in den Mülleimer zu werfen.

»Was jetzt?« fragte ich.
»Tja, hier können wir keine Maschine mieten. Ich müßte mich ausweisen und mein Flugbuch vorlegen. Ihm eine Kreditkarte geben. Ich will nicht, daß der Typ irgend jemandem erzählen kann, daß ich nach John Seabrook gefragt habe. Wir wissen ja nicht, was passiert ist, als er Duncan Stirling gefunden hat.«
Und was passieren würde, falls wir ihn fänden.
»Das ist ein Argument«, sagte ich. »Wir mieten hier wohl besser auch keinen Wagen. Ich habe gesehen, daß die Hockey Hall of Fame hier in der Nähe ist, in einem Ort namens Eveleth, das heißt, dort gibt es sicher Motels. Warum schnappen wir uns nicht ein Taxi, suchen uns ein Quartier und telefonieren erst mal?«

Ich sah von der Karte auf, die ich auf dem Tisch unseres Holiday-Inn-Zimmers am Ortsrand von Eveleth ausgebreitet hatte. »Er kann sowohl die Green-Bay- als auch die Twin-Cities-Karte benutzt haben, wenn er nach Nordosten geflogen ist. Für beide Richtungen kommt dagegen nur die Twin-Cities-Karte in Frage.«
Hy hörte auf, das Zimmer zu inspizieren – eine alte Gewohnheit, aus vielen Jahren ständiger Gefahr erwachsen –, und kam zu mir.
»Hier ist Chisholm-Hibbing.« Ich tippte mit dem Zeigefinger auf den magentafarbenen Kreis. »Sechsundvierzig Seemeilen sind etwa so viel.« Ich zeigte die Strecke mit Mittelfinger und Daumen und maß sie dann auf der Karte in einer Richtung von etwa 190 Grad ab.
»Da ist nichts«, sagte Hy.
»Kann sein, daß ich mich ein bißchen vertan habe.«
»Du kannst dich um zwanzig Grad in jeder Richtung vertan haben, und da ist immer noch nichts.«
»Es sei denn, er plante eine Außenlandung. Ich bezweifle, daß es ihn gekümmert hat, ob das in der betreffenden Gegend erlaubt ist oder nicht.«
»Hätte mich auch nicht gekümmert. Aber ich vermute doch, daß er sich irgendein gut erkennbares Bodenmerkmal gesucht hat, und da ist weit und breit keins. Versuch's mal in der Gegenrichtung.«

Ich maß wieder ab. »Hey, schau dir das an: der Flugplatz Arrowhead, kurz vor diesem Sperrgebiet hier.«
Hy sah auf die Karte, klappte sie dann um und studierte die Erläuterungen. »Das Waldschutzgebiet von Superior und die Boundary-Waters-Kanuwildnis. Überfliegen unterhalb von viertausend Fuß ganzjährig verboten.«
»Weißt du was über dieses Gebiet?«
»Als alter Umweltschützer? Klar doch. Boundary Waters ist ein Areal von über einer Million Morgen, mit vielen Flüssen und Seen. Es liegt auf einem Ausläufer des Kanadischen Schilds, direkt an der Grenze. Ist schon seit 1930 Naturschutzgebiet.«
»Leben dort Menschen?«
»Du meinst, ob Dunc Stirling dort leben könnte? Nein. Ich habe nur von zwei Siedlern gehört, die fest dort lebten, und die mußte die Naturschutzbehörde zu Sonderaufsichtskräften ernennen, damit sie bleiben konnten.«
»Dann suchen wir also irgendwas, was ganz in der Nähe, aber außerhalb des Naturschutzparks liegt.«
»Richtig.« Er sah auf seine Armbanduhr. »Schon nach zwölf. Ich treibe uns wohl besser mal ein Mietflugzeug auf. Zweisitzer?«
»Viersitzer, dachte ich.«
»McCone, du glaubst doch nicht im Ernst, daß wir Ash Walker mit zurückbringen?«
Ich zuckte die Achseln. »Man kann nie wissen. Und dann ist da noch Dunc Stirling.«
Unsere Blicke trafen sich und hielten einander fest. Dann nickten wir beide. Nein, Stirling würde nicht mit uns zurückkehren.
Hy sah wieder auf die Karte. »Okay, der nächste nennenswerte Flugplatz ist – hier in Eveleth. Der müßte ja wohl eine Flugzeugvermietung haben.«
Ich nahm das Telefonbuch vom Nachttisch und suchte die Rubrik »Flugzeugvermietung«. »Iron Range Aviation«, erklärte ich und las ihm die Nummer vor.
Während er anrief, öffnete ich meine Reisetasche und zog eine Wollmütze, Handschuhe und eine Daunenjacke heraus. Dann griff ich mir das Hartschalenetui mit meiner 38er, die ich am Northwest-Schalter in San Francisco deklariert hatte, und setzte mich hin, um die Waffe zu laden.

Hy verhandelte ein Weilchen, kritzelte etwas auf einen Notizblock und legte wieder auf. »Sie haben eine Cessna 172, aber die ist gerade vermietet und kommt erst heute abend wieder zurück. Es macht mir nichts aus, im Dunkeln nach Arrowhead zu fliegen, aber wir brauchen Tageslicht, um Stirlings Unterschlupf zu finden.«

»Dann laß uns rauffliegen und dort übernachten.«

»Ich bezweifle, daß es dort irgendwelche Motels gibt; das ist eine ganz schön wilde Gegend. Und ich möchte mit Sicherheit nicht auf einem Stuhl im Flugplatzbüro übernachten – nicht nach dieser letzten Nacht.«

»Hm, hat Iron Range irgendwelche anderen Viersitzer da?«

»Heute nicht mehr. Aber der Typ hat mir die Nummer von der Flugzeugvermietung auf dem Regionalflughafen Orr gegeben. Das ist gute vierzig Meilen nördlich von hier. Wir könnten einen Mietwagen nehmen und hinfahren.« Er wählte, horchte und hängte wieder ein. »Orr ist geschlossen, wegen Frostschäden an der Rollbahn.«

»Verdammt!« Ich zog die Karte zu Rate. »Was ist mit Ely? Das ist etwa genauso weit von hier.«

Er fragte die Auskunft, wählte die Nummer der Flugzeugvermietung von Ely und konferierte eine ganze Weile. »Nichts da, womit du dich auskennst.«

»Du fliegst doch, was macht es da, ob –«

»Du könntest übernehmen müssen. Wie du dich vielleicht erinnerst, ist das schon mal vorgekommen.«

Aber da war Hy krank gewesen – in einer Verfassung, in der er sich nie ans Steuer eines Flugzeugs gesetzt hätte, wären nicht noch andere Leben als nur unsere in Gefahr gewesen. Wenn er diesmal nicht fliegen könnte, hieße das –

»Ich meine nichts Bestimmtes, McCone«, sagte er sanft.

»Erzähl mir doch nichts, verdammt noch mal!«

Mein lauter Ausruf schockte ihn – schockte uns beide. Einen Moment lang war nichts zu hören außer unserem Atem und dem Gejaule eines Staubsaugers im Stockwerk über uns. Dann sagte er: »Ich rufe den Typ von Iron Range noch mal an und sage ihm, wir nehmen morgen die 172.«

»Warte – wir können doch nach Ely fahren, und du weist mich auf der Maschine ein, die sie dort haben.«

»Nein, McCone. Bis wir den Mietwagen haben, dort hingefahren sind, die Formalitäten erledigt haben und du dich mit der Maschine vertraut gemacht hast, ist es auch schon fast dunkel. Wir haben dieses Zimmer, es gibt hier ein Restaurant gleich im Motel, und wir sind beide müde. Wir machen uns einen entspannten Abend und sind dann morgen früh frisch für alles, was uns da oben erwarten mag.«

Er hatte natürlich recht. »Okay, ruf Iron Range noch mal an«, sagte ich und begann schon mal, ein paar Sachen auszupacken, während er wählte.

Als er sein Telefonat beendet hatte, trat er hinter mich, faßte mich an den Schultern und drehte mich zu sich um. »Alles klar.«

Wieder sahen wir uns in die Augen, offen und fest, und ich wußte, die Halbwahrheiten und Ausflüchte der letzten zwei Wochen waren vorbei. Hy und ich hatten immer schon eine geradezu unheimliche Fähigkeit gehabt, uns ohne Worte und manchmal über große Entfernungen hinweg zu verständigen. Jetzt, da wir uns in diesem unpersönlichen Motelzimmer, weit weg von zu Hause, gegenüberstanden, spürte ich diese Verbindung stärker denn je.

McCone, du bist doch noch auf meiner Seite.

Ja, bin ich.

Was auch passiert, wir werden es zusammen durchstehen.

»Ja«, sagte ich, »das werden wir.«

Er nickte, nicht weiter überrascht, und zog mich an sich.

20

»Was dagegen, wenn ich die Cockpit-Heizung ein Weilchen abstelle?« fragte Hy. »Sie macht mich schläfrig.«

»Nur zu, kein Problem.« Ich starrte weiter aus dem Seitenfenster der Cessna 172.

Wir überflogen gerade einen zugefrorenen See mit Dutzenden kleiner Inseln darin. Von schneegepuderten Tannen und schlanken, langgliedrigen Birken starrend, glichen sie Puzzleteilen auf einem Glastisch. Im Eis spiegelte sich das Grau des Himmels.

Wir waren spät losgekommen, weil der letzte Kunde ein Problem mit dem Funkgerät der Cessna gemeldet hatte, das sofort behoben werden mußte. Jetzt war es schon nach zwölf. Hy hatte bei der nächsten Fluginformationsdienst-Station sowohl eine Standardwetterberatung als auch eine Wettervorhersage eingeholt, und es wurden keine widrigen Bedingungen gemeldet, obgleich sich von Westen her eine Kaltfront näherte. Dennoch war es ein düsterer Tag, der einen frühen Dunkelheitseinbruch verhieß, und Kaltfronten sind unberechenbar und können sich schnell verlagern. Ich drehte den Kopf und studierte den Horizont auf Hys Seite, bemerkte hoch aufgetürmte Wolken, die ein der Kaltfront voranziehendes Frontgewitter ankündigen konnten.

Ich sagte: »Das Wetter gefällt mir gar nicht.«

»Mir auch nicht. Schau doch mal auf die Karte, ja? Wie weit sind wir noch von Arrowhead?«

»... Wir haben gerade den Island Lake überflogen, und rechts sehe ich ein paar kleinere Seen. Ich würde sagen, sieben Meilen südwestlich.«

»Danke.«

»Was hast du jetzt vor?«

»Den Flugplatz ausmachen, dann ein bißchen die Gegend erkunden, während ich eine Funkwetterberatung einhole. Die Lage ändert sich zu schnell für meinen Geschmack.«

»Und dann?«

»Kommt drauf an, was uns der Wetterdienst sagt. Aber es ist wohl in jedem Fall ratsam, in Arrowhead zu landen und ein bißchen mit den Leuten dort zu reden.«

»Du meinst, weil Ash Walker vielleicht dort durchgekommen ist oder weil sie was über Dunc Stirling wissen?«

»Genau. Ich habe noch mal über Stirling nachgedacht: Er ist immer in dieser Silver Whisper hier raufgekommen, und mit so einer Maschine versucht man besser nicht, außerhalb eines Flugplatzes zu landen. Ich wette, er hat sie in Arrowhead gelassen.«

»Mag sein. Ziemlich riskant, mit Leuten zu reden, die ihn kennen könnten; wenn sie mißtrauisch werden, warnen sie ihn womöglich vor uns.«

»Einem von uns wird schon was Geschicktes einfallen. Das ist unser kleinstes Problem. Da ist der Flugplatz, laß uns mal schauen, was die Gegend hier so zu bieten hat.«

Zwanzig Minuten später war mir klar, daß wir bessere Chancen hatten, eine bestimmte Tanne inmitten der Millionen Bäume dort unten zu identifizieren, als Dunc Stirlings Versteck zu finden. Das Terrain war weit und wild, dicht bewaldet und weiß überzuckert. Kleine zugefrorene Seen lagen zwischen den Bäumen verstreut wie Schieferscherben. Wir entdeckten da und dort eine Holzabfuhrstraße, aber nichts, was wie eine Landebahn oder auch nur wie ein geeigneter Platz für eine Außenlandung aussah. Die Funkwetterberatung, die Hy eingeholt hatte, war auch nicht gerade beruhigend: Die Kaltfront zog jetzt schneller heran.

»Sollen wir's langsam aufgeben und nach Arrowhead zurückfliegen?« fragte ich ihn.

»Ja. Welche Platzfrequenz?«

Ich konsultierte die Fliegerkarte. »Einszwoundzwanzig Komma acht.«

Er legte die Cessna in eine Kurve, leitete wieder aus und nahm eine andere Route zurück zum Flugplatz. Wir flogen tief, nur ein paar hundert Fuß über den Baumwipfeln, und ich suchte weiter das Gelände ab. Vor uns erstreckte sich eine abgeholzte Fläche; die Baumstümpfe ragten durch die leichte Schneedecke. Der Wind hatte die schmale Zufahrtsstraße freigefegt. Mein Blick folgte ihr dorthin, wo sie im Wald verschwand –

»Ripinsky, schau mal da.«

Er guckte in die Richtung, in die ich zeigte. »Irgendwas Blaurotes, dort unter den Tannen.«

Wir flogen darüber hinweg, doch was immer sich dort verbarg, blieb ein undeutlicher Farbfleck. Hy wendete, und wir gingen noch tiefer hinunter. Jetzt erkannte ich die charakteristische Form einer Tragfläche.

»Ein Flugzeug«, sagte ich. »Stirlings Unterschlupf?«

»Kaum, es sei denn, er hat sich aufs Holzfällen verlegt.« Hy flog die Stelle ein weiteres Mal an. »Aber es ist eindeutig ein Flugzeug.«

»Also Walkers Maschine. Der Typ von Aeroventure hat doch gesagt, sie sei blaurot.«

»Abgestürzt ist er nicht, dann hinge sie in den Bäumen, nicht drunter. Wahrscheinlich ist er absichtlich oder unfreiwillig auf der Straße gelandet und hat sein Flugzeug dann zur Tarnung unter die Äste geschoben.«

»Schaffen wir's, da zu landen?«
»Kinderspiel.«

Tiefhängendes Geäst verdeckte die Super Cub, so gut, daß sie mir wohl nicht aufgefallen wäre, wären nicht auf der Windseite ein paar Zweige hinter einem angestellten Querruder verklemmt gewesen. Wir näherten uns der Maschine vorsichtig, mit gezogener Waffe. Ringsum war alles still, bis auf das Rauschen des Winds in den Tannen. Hy schlüpfte um die Maschine herum, und wir spähten durch die Seitenfenster.
Leer, nur ein offener Seesack stand auf dem Sitz – genau das ausfaltbare blaue Modell, das Matty mir beschrieben hatte. Hy öffnete die Tür und inspizierte ihn.
»Er muß mehrere Kleiderschichten übereinandergezogen haben«, sagte er. »Da ist nicht mehr viel drin.«
»Glaubst du, das war eine geplante Landung?«
»Kann ich nicht sagen. Das hier ist allerdings interessant.« Er zeigte auf die Stelle, wo sich normalerweise der Magnetkompaß befand. Er war ausgebaut worden. »Er hat ihn mitgenommen, damit er sich nicht verläuft.«
Hy zog sich wieder aus dem Cockpit zurück und überprüfte die Treibstofftanks. »So gut wie leer. Entweder mußte er runter, weil ihm der Sprit ausgegangen ist, oder er hat den Tankinhalt abgesaugt und in einem Kanister mitgenommen, für den Fall, daß er Feuer machen muß. Raucht er?«
»Matty war Nichtraucherin, und ich kann mich nicht erinnern, daß es bei ihnen je nach Tabak gerochen hätte.«
Hy fuhr mit der Untersuchung der Maschine fort. »Aha. Die Batterie fehlt ebenfalls. Damit kann man Treibstoff entzünden, wenn man weder Feuerzeug noch Streichhölzer hat. Der Kerl versteht was von Survival in der Kälte.« Er kam zu mir herüber, legte die Hand auf die Tragflächenstrebe und sagte stirnrunzelnd: »Okay, er landet, tarnt die Maschine, zieht zu Fuß los. Die Frage ist nur: Ist er im Wald umgekommen, oder hat er's bis zu Stirling geschafft?«
»Das werden wir nie rausfinden, solange wir nicht wissen, wo Stirling steckt. Laß uns nach Arrowhead zurückfliegen und schauen, ob wir's irgendwie in Erfahrung bringen können.«

Auf dem kleinen Flugplatz waren Lande- und Rollbahn gepflügt und von gut halbmeterhohen Schneewällen gesäumt. Dennoch rutschte ich, als ich aus der Cessna stieg, auf einer Eisplatte aus und mußte mich an der Tragflächenstrebe festhalten. Der eisige Wind trieb mir Tränen in die Augen, als ich mich umschaute.
Nicht viel zu sehen – nur eine Tanksäule, ein Hangar und ein großer Trailer, aus dessen Venturi-Abzug Rauch stieg. Ein paar Flugzeuge waren in der Nähe des Hangars verankert, darunter eine schrottreife Cherokee ohne Propeller. Das Flugfeld war auf allen Seiten von Wald umgeben: Die Baumwipfel zeichneten sich vor dem düsteren Himmel ab. Selbst der Windsack – einst orangerot, jetzt aber zu einem faden Braun verschossen – schien leblos vor Kälte.
Ich half Hy, die Cessna festzumachen. Dann liefen wir rasch zu dem Trailer. Drinnen war es warm und gemütlich – mehr trautes Heim als Flugplatzbüro. Eine kräftige Frau saß vor dem Holzofen und las in einem Taschenbuch. Sie hob einen Finger, las den Abschnitt zu Ende und klappte das Buch zu. »Kann ich was für Sie tun?«
»Wir hoffen es.« Ich erzählte wieder die Geschichte von unserem Hallodri-Freund John, der uns in Flying Cloud versetzt hatte, endete aber diesmal – der Geistesblitz, den Hy prophezeit hatte! – mit der Behauptung, wir seien nach Arrowhead gekommen, weil John einen Freund hier in der Gegend habe besuchen wollen. Gemeinsam, setzte ich hinzu, neigten die beiden dazu, zu tief ins Glas zu blicken, was wohl der Grund dafür sei, daß John uns nicht angerufen habe, um uns zu sagen, daß er es nicht zur verabredeten Zeit nach Minneapolis schaffen würde.
An diesem Punkt warf mir Hy denselben warnenden Blick zu, mit dem ich Rae zu bedenken pflegte, wenn sie zu sehr ins Fabulieren kam.
»Wie sieht Ihr Freund denn aus?« fragte die Frau.
»Groß, kräftig, braunes Haar. Er flog eine blaurote Super Cub, sechs-acht-drei-sieben-Lima.«
»Oh, klar doch. Der war vor zwei, drei Wochen hier. Hat seine Tanks aufgefüllt und gefragt, wie er zu dem Einsiedler kommt. Hat gesagt, er sei schon dort gewesen, hätte aber den Weg vergessen.«
»Einsiedler?«

»So nenne ich ihn. Mein Mann sagt immer, irgendwann rutscht mir das noch mal raus, wenn ich mit ihm rede, und dann kommt er nicht mehr zum Tanken her.« Sie lachte. »Nie und nimmer. Der ist viel zu sehr in seine eigene Welt eingesponnen, um irgendwas mitzukriegen.«

»Wie heißt er richtig?«

»J. D.«

»Kein Nachname?«

»Na-ah. Sogar die Vorräte, die er sich manchmal aus Ely hierherfliegen läßt, sind so adressiert.«

Hy fragte: »Er hat ein eigenes Flugzeug?«

»'ne hübsche kleine Maule.«

»Wie kommt's, daß Sie noch nie in den Listen nachgeguckt haben, auf welchen Namen sie registriert ist?«

Die Frau runzelte die Stirn. »Das verstehen Sie nicht, Mister. Leute wie J. D., mein Mann und ich – wir sind aus bestimmten Gründen hier. Um weit weg von dem zu sein, was da draußen läuft, weit weg von der sogenannten Menschheit. Wir stellen hier keine Fragen, und wir schnüffeln nicht rum. Der Mann, der vor uns den Platz hier betrieben hat, der hat uns alles erzählt, was wir über J. D. wissen müssen.«

Ich sagte rasch: »Wir schnüffeln auch nicht rum, wir machen uns nur Sorgen um unseren Freund. Wenn er und J. D. erst mal ins Trinken kommen, weiß keiner, was alles passieren kann. Glauben Sie mir, wir haben schon die tollsten Horrorgeschichten gehört.«

»Na ja, stimmt schon, J. D. hat jede Menge Waffen. Und es passiert immer wieder, daß Besoffene im Schnee rumwanken und erfrieren. Aber der Einsiedler kommt mir nicht wie einer vor, der solchen Blödsinn macht. Er lebt jetzt schon mindestens zehn Jahre da draußen im Wald. Unser Vorgänger hier, der hat uns erzählt, J. D. ist früher immer von irgendwo im Süden hier raufgekommen, mit einem waschechten Privatjet. Hat eine Zeitlang da draußen gearbeitet, an seiner Hütte gebaut, seine Landepiste abgeholzt. Irgendwann ist er dann endgültig hergekommen. Ist fast immer da draußen, fliegt höchstens mal nach Ely. Geht jagen und fischen, lebt von dem, was das Land hergibt.«

»Lebt er allein?«

»Ja. Soweit ich weiß, hat er nie Besuch. In den sieben Jahren, die wir jetzt hier sind, war Ihr Freund der einzige, der je nach ihm gefragt hat.«
Ich sah Hy seufzend an. »Tja, dann bleibt es wohl an uns hängen, dort raus zu fliegen und John nach Hause zu schleppen.«
»Sieht so aus.« Zu der Frau sagte er: »Könnten Sie uns erklären, wie man zu J. D. kommt?«
»Klar. Er wohnt am Pickerel-See, das ganze Land ringsrum gehört ihm – Riesenareal. Haben Sie eine Karte?«
Hy hatte die Karte aus der Maschine mitgebracht und breitete sie jetzt auf einem Tisch aus. Wir beugten uns alle drei darüber, und die Frau zeigte auf die betreffenden Bodenmerkmale.
»Die Landebahn ist am Nordufer des Sees, leicht zu erkennen, weil die Bäume sonst überall bis ans Wasser gehen, und da steht auch ein kleiner Hangar. Die Hütte ist hier, weiter westlich. Und da« – ihr Finger wanderte nach Südwesten – »ist eine alte Holzabfuhrstraße, gleich neben diesem kleinen Ried.«
»Klingt, als seien Sie schon dort gewesen«, sagte ich.
»Einmal, vor Jahren. Da hatte J. D. Baumaterial bestellt, das er in der Maule nicht transportieren konnte. Deshalb hat er meinen Mann und mich gefragt, ob wir's ihm rausfliegen könnten. Nach dem Ausladen hat er uns noch auf einen Kaffee in seine Hütte eingeladen. So ist er nun mal – ein richtiger Südstaatengentleman, wohlerzogen. Trotzdem konnte er's nicht erwarten, daß wir wieder losflogen.«
Hy begann, die Karte zusammenzufalten. Hielt inne. »Weißt du«, sagte er zu mir, »ich hab's wirklich satt, John dauernd aus irgendeiner Klemme zu helfen, in die er sich selbst reinmanövriert hat.«
Ich wußte, worauf das abzielte – geniale Finte. »Aber, Schatz –«
»Nein, Häschen, diesmal ist es mir wirklich ernst. Soll er doch den ganzen Winter dort draußen im Wald hocken und saufen, wenn er es unbedingt will.«
»Aber wenn –«
»Nichts aber. John soll zur Abwechslung mal selbst schauen, wie er da wieder rauskommt. Außerdem wäre es bestimmt keine gute Idee, unangemeldet dort aufzukreuzen. Die Dame hier sagt doch, J. D. hat jede Menge Waffen.«

Ich mimte die Nachdenkliche. »Tja, vielleicht hast du ja recht.«

»Natürlich habe ich recht.« Und zu der Frau gewandt, sagte er: »Vielen Dank für Ihre Mühe. Falls John irgendwann wieder nüchtern sein sollte und zum Tanken hierherkommt – würden Sie ihm bitte bestellen, daß Mick und Charlotte aus Minnetonka stinksauer auf ihn sind?«

»Mach ich, Mister.«

Der Wind blies noch heftiger, als wir aus dem Trailer traten. Im Cockpit der Cessna suchte Hy die Nummer der nächsten Wetterdienst-Station aus seinem Fliegerhandbuch heraus und rief über mein Handy dort an. Ich sah nach Nordwesten – wo der Pickerel-See lag – und bemerkte noch dichtere Quellwolkenhaufen am Horizont.

Als Hy zu Ende telefoniert hatte, sagte er: »Die Höhenwinde haben noch zugelegt, und Wolkenuntergrenze und Sicht nähern sich dem Minimum. Von einigen Piloten wurden mäßige Niederschläge weiter westlich gemeldet, aber die Front dürfte frühestens in einer Stunde hier durchziehen. Noch wird von Sichtflügen nicht abgeraten. Entscheide du, McCone.«

»Du bist der Pilot.«

»Ich beuge mich deinem Urteil. Falls du's noch nicht weißt: Ich neige manchmal zu riskanten Flugunternehmungen.«

Ich musterte die Wolken und dachte nach. »Wir könnten doch diesen Pickerel-See mal in Augenschein nehmen und dann nach Ely zurückfliegen, bevor die Front da ist. Wir bleiben über Nacht dort und überlegen uns, was wir machen, wenn das Wetter wieder besser ist.«

»Also los?«

»Also los.«

21

Der Pickerel-See hatte die Form eines Fischs: Flossen, Schwanz und Maul bestanden aus sumpfigen Zuflußmündungen, deren totes Röhricht aus dem Eis ragte. Die Bäume reichten ringsum bis ans Wasser, außer am Nordufer, wo Dunc Stirling einen Streifen für seine Landebahn abgeholzt hatte. Neben der Bahn stand der Hangar; ein Flugzeug war nirgends zu entdecken. Als ich das ansprach, sagte Hy: »Vermutlich im Hangar; in diesem Klima läßt man keine Maschine draußen stehen, wenn es sich irgend vermeiden läßt.« Er ging weiter runter und flog die Landebahn entlang. Das zweiflüglige Tor des Hangars war geschlossen. Er zog wieder hoch und flog weiter das Ufer entlang, erst west-, dann südwärts. Eine Zeitlang sahen wir nur Bäume und Eis, dann tauchte rechter Hand eine weitere Lichtung auf. In der Mitte stand eine Blockhütte mit einem Blechdach, umgeben von allem möglichen Zeug, das größtenteils Schrott zu sein schien. Ein Boot lehnte hochkant am Geländer der winzigen Eingangsveranda, und daneben stand ein ramponierter Motorschlitten.

Ich sagte: »Vom Herrenhaus hierher.«

Hy ging in den Gleitflug.

Ich faßte ihn am Arm. »Er soll doch nicht merken, daß wir uns hier umschauen.«

»Augen auf, McCone. Da ist keiner. Aus dem Schornstein kommt kein Rauch, und ohne Feuer würde er da drin erfrieren.«

Er umrundete die Lichtung zweimal, aber aus der Hütte kam niemand. Dann gab er Vollgas und flog wieder Richtung Seeufer.

»Wohin jetzt?«

»Zu der Holzabfuhrstraße, von der die Frau in Arrowhead gesprochen hat. Wenn sie in gutem Zustand ist, können wir dort runtergehen, die Maschine verstecken und zu Fuß zurückmarschieren. Wir sollten die Gelegenheit nutzen, mal einen Blick reinzuwerfen, solange keiner da ist.«

Die Holzabfuhrstraße schien in miserablem Zustand.

»Ripinsky, das geht nicht!«

»Das wird eine perfekte Kurzpistenlandung; selbst die Windrichtung stimmt.«

»Aber das da ist eine Geröllpiste.«

»Wart's ab.«

Ich schloß die Augen, als die Cessna auf die steinige, furchige Straße zuschwebte. Klammerte mich an der Sitzkante fest, als Hy den Knüppel leicht anzog.

Öffnete die Augen wieder und sagte: »Angeber.«

Die Holzabfuhrstraße verengte sich bald zu einem roh freigeholzten Weg. Weiße Birken neigten sich von beiden Seiten darüber, und ihre Äste trafen sich über uns wie das helle Kreuzgewölbe einer Kathedrale. Selbst in dieser düsteren Spätnachmittagsstimmung schimmerte ihre Rinde; ich hatte das Gefühl, einen bizarren, lichterfüllten Altargang entlangzuschreiten. Der Weg war schneeverweht, und unsere Schritte knirschten. Die Kälte war so grimmig, daß sie durch die Thermoleggings drang, die ich unter meinen Jeans trug.

Hy zeigte auf zwei Tierfährten, die den Weg kreuzten. »Ein Reh«, sagte er, »und das da könnte ein Fuchs gewesen sein.«

Er offenbarte immer wieder neue Facetten seines Wissens, aber ich staunte jedesmal. »Seit wann bist du Fährtenleser?«

»Seit mich mein Dad in die Anfangsgründe der Jagd eingeführt hat.«

»Ich wußte gar nicht, daß du Jäger bist.«

»Ich war ewig nicht mehr auf der Jagd. Ich hab's nicht so mit blutigen Sportarten.«

Wir stapften ein paar Minuten schweigend dahin. Der Weg verengte sich noch weiter, da die Birken und Strauchkiefern ihn wieder zurückeroberten. Ich roch den Nadelholzduft und dachte wieder an die Weihnachtsbaumfarm und an Matty. Mein Verlustschmerz war jetzt gedämpft, weil Hy und ich endlich etwas taten – für sie, für Ash Walker, für Zach.

Er legte mir die Hand auf die Schulter und hielt mich zurück. Wir waren jetzt am Rand der Lichtung. Die Hütte war klein, mit einer schmalen Vorderveranda, auf der eine Mülltonne mit steinbeschwertem Deckel stand. Ein paar Meter dahinter standen ein Schuppen und ein Klohäuschen, die aus der Luft nicht sichtbar gewesen waren, sowie ein durch hohe Stelzen gegen zudringliche Tiere gesicherter Vorratsspeicher, und ringsherum lag, zwischen Schneeflecken, der ganze Schrott und Müll: Ölfässer, ein Ofenrohr, Sägeböcke, eine Leiter, Bauholzreste, eine kaputte Axt, Flaschen und Dosen, ein rostiger Außenbordmotor.

Hy hatte seine Pistole gezogen. Ich tat es ihm nach. Er sah mich mit fragend hochgezogener Braue an, und ich nickte. Rasch huschten wir zwischen dem Schrott hindurch zur Hütte, erklommen die Eingangsstufen, preßten uns zu beiden Seiten der Tür flach gegen die Wand. Ich griff um den Türrahmen herum und drückte auf die Klinke. Sie gab nach, und die Tür schwang nach innen auf. Hy fummelte mit der linken Hand die Stablampe heraus, die er aus der Maschine mitgebracht hatte, und leuchtete das Innere der Hütte ab. Dann traten wir ein.

Drinnen war es kalt, und es roch nach altem Holzfeuerrauch und Essensdünsten. Die rohen Holzläden des einzigen Raums waren geschlossen, die Wandritzen fest gegen Wind und Wetter abgedichtet. Das Mobiliar war karg und schlicht: ein Brettertisch, ein schmales Bett mit dicken Wolldecken, ein Holzherd, eine metallene Feldkiste, ein Kühlschrank. Kleidungsstücke hingen an Wandhaken neben dem Bett; Geschirr, Küchenutensilien und Vorräte füllten drei lange Borde beim Herd; Angelruten und Gewehre standen säuberlich aufgereiht in einem Ständer an der Rückwand. Hy zündete die Öllampe auf dem Tisch an, und ich ging nachsehen, was in der Feldkiste war: Angelzubehör, Munition und Bestellkataloge für Eisenwaren und dergleichen. Auf den Adreßetiketten der Kataloge standen der Name J. D. Wilson und eine Postfachnummer in Ely. Als ich die Kiste wieder schloß und mich umwandte, sah ich Hy an einem leeren Glas schnuppern, das neben einem Bücherstapel auf dem Tisch gestanden hatte.

»Sour Mash-Whiskey«, sagte er, »wie es sich für einen Südstaaten-Gentleman gehört.«

»Was er wohl liest, während er seinen Drink schlürft?« Ich ging zum Tisch und fühlte die Temperatur eines Riesenkrugs Milch, der dort stand: nicht nötig, ihn in den Kühlschrank zu stellen.

Hy gab einen merkwürdigen Laut von sich. Ich schaute auf und sah, daß er eins der Bücher in der Hand hielt. Wortlos drehte er mir das Cover hin. Es war ein Buch über die Ökologie des Mammoth-Lakes-Gebiets in Kalifornien, und die Einleitung stammte von Julie Spaulding. In Hys Augen stand ein solcher Schmerz, daß ich weggucken mußte. Ich inspizierte die übrigen Bücher: Naturgeschichte, Geologie und Umwelt.

Hy sagte gepreßt: »Der Scheißkerl hat ihre beste Freundin umbringen lassen, und dafür wird er jetzt bezahlen.«

Als wir aus der Hütte traten, mußten wir feststellen, daß es inzwischen dunkel geworden war. Zu hören war nichts als das ferne Brummen eines Flugzeugmotors, vermutlich oberhalb der viertausend Fuß, die für das Überfliegen des Naturparks vorgeschrieben waren. Ich sagte tonlos: »Jetzt sitzen wir hier bis morgen früh fest. Du kannst unmöglich im Dunkeln von dieser Straße aus starten.«

»Dann werden wir uns noch ein bißchen weiter umschauen, bevor wir hier in der Hütte kampieren. So eine Gelegenheit kommt vielleicht nicht wieder. Ich will mal einen Blick in den Hangar werfen.«

Ich sah zum Himmel empor. Der dichte Wolkenschleier war verschwunden, weggefegt von den heftigen Winden, die der Kaltfront vorangingen. Ein Dreiviertelmond leuchtete hell herab, und jenseits des Sees türmten sich Cumulus-Wolken.

»Der Hangar ist ein ganzes Stück weg«, sagte ich, »und das Wetter wird rasch umschlagen. Wenn wir's versuchen wollen, sollten wir uns besser eine kleine Überlebensausrüstung ausborgen.«

Er nickte, und wir gingen in die Hütte zurück. Ich entzündete die Öllampe wieder, durchforstete die Borde, erbeutete Studentenfutter, Trockenfleisch und eine Flasche Wasser. Hy nahm Wolldecken vom Bett und requirierte zwei zusätzliche Jacken. Ich fand einen kleinen Rucksack, steckte die Nahrungsmittel und eine Schachtel Streichhölzer hinein und machte mich dann auf die Suche nach Kerosin.

»McCone, schau dir das mal an.«

Ich drehte mich um, den Kerosinkanister in der Hand. Hy zeigte auf den Fußboden unterm Tisch. Ich trat näher und sah die Flecken. »Sieht aus wie getrocknetes Blut.«

»Allerdings schwer zu sagen, wie alt. Und ob Menschen- oder Tierblut.« Er leuchtete herum, offenbar auf der Suche nach irgendwelchen Spuren von Gewalt. Es waren keine zu sehen, aber das bewies, genau wie die Blutflecken, gar nichts.

Mich überkam ein unbehagliches Gefühl. »Wir sollten jetzt gehen.«

Hy ging zur Rückwand hinüber, nahm ein Gewehr aus dem Ständer und prüfte, ob es geladen war. »Kann nichts schaden, ein bißchen besser gewappnet zu sein.«

Ich wußte, er dachte nicht nur an Tiere.

Wir marschierten los, am Ufer entlang. Es war so kalt, daß ich trotz der zusätzlichen Jacke zitterte. Der Mond goß eine helle Lichtbahn über den zugefrorenen See, ließ das Eis schimmern. Und die geballten Wolken senkten sich tiefer herab und rückten näher.

Hy sagte nichts. Es war, als hätte ihn der Anblick von Julies Namen auf dem Buch in Dunc Stirlings Hütte wieder in jene Stimmung versetzt, in der er in der Nacht nach Mattys Absturz gewesen war. In jenen entrückten, unberechenbaren Zustand, in dem er sich befunden hatte, als wir nach Sonoma County geflogen waren, um Ed Cutter zu stellen.

Ich hakte ihn unter, um ihm zu verstehen zu geben, daß ich immer noch an seiner Seite war.

Noch ehe wir die Landebahn erreichten, tobte das Unwetter los, mit Sturm und Schnee. Er pappte an unserer Kleidung, stach mich in die Wangen, färbte Hys Schnurrbart und Augenbrauen weiß wie die eines Greises. Wir arbeiteten uns weiter voran, stemmten uns gegen den Wind, hatten Mühe, uns auf den Beinen zu halten. Ich glitt einmal aus und schlug hin, und Hy fiel beinahe auf mich drauf, als er mir aufhelfen wollte. Es war jetzt stockfinster, und der Strahl der Stablampe schien lächerlich schwach.

»Genug jetzt, McCone. Laß uns unter die Zedernäste da schlüpfen, uns unter den Wolldecken verkriechen und gegenseitig warm halten. Tut mir leid, daß ich dich hier rausgeschleppt habe. Wir hätten in der Hütte bleiben sollen.«

»›Hätten sollen‹ hilft jetzt auch nichts. Wir werden es schon überstehen.«

»Was glaubst du, wie kalt es ist, Ripinsky?«

»Zwanzig Grad minus bestimmt.«

»Aber solche Fronten sind schmal und ziehen schnell durch.«

»Meistens schon.«

»Wie weit ist es noch bis zu diesem Hangar?«

»McCone, ich weiß es nicht. Wenn das hier nicht bald vorbei ist... ach, ich weiß auch nicht.«

Bislang halten die Decken unsere vereinte Körperwärme noch fest und schützen diese schneebedeckten Äste uns vor dem schlimmsten Wind. Aber langsam verstehe ich, wie Leute erfrieren können. Gott, ich will nicht herausfinden, wie es ist, auf diese Art zu sterben...

»Das Schlimmste ist vorbei, McCone. Gehen wir.«
»...Ich bin so müde.«
»Tu mir das nicht an.«
»Was?«
»Los, steh auf. Der Wind hat nachgelassen, es schneit nur noch leicht, und so weit kann es bis zum Hangar nicht sein.«
»Kann ich nicht noch ein Weilchen schlafen?«
»Steh auf!«
Er packte mich an den Armen und hievte mich hoch. Ich mußte ihm helfen. Wenn ich erst mal in Bewegung war, würde es schon gehen.
Und eines Tages werden wir über das alles lachen. Vielleicht.

Ich lehnte keuchend an der Außenwand des Hangars. Trotz der Kälte war ich schweißgebadet, mein Haar feucht unter der Strickmütze. Die Decken, die ich mir auf Hys Drängen um die Schultern gelegt hatte, blähten sich und flatterten.
Er zog seine Pistole und wollte sich auf das zweiflüglige Tor des Hangars zubewegen, aber ich hielt ihn am Arm fest und flüsterte: »Gib mir die Lampe. Ich mache eine Seite auf und leuchte rein. Gib du mir Deckung.«
»Bist du sicher, daß du das schaffst?«
»Ja. Ich hab dir's doch gesagt: Ich brauchte nur Bewegung.«
Noch immer Besorgnis im Blick, drückte er mir die Stablampe in die Hand, trat beiseite und bezog Schußposition. Ich ergriff den nicht vorgelegten Riegel auf meiner Seite, zog, schirmte den größten Teil meines Körpers mit dem Torflügel ab, beugte mich aber so weit herum, daß ich den Lichtstrahl nach drinnen richten konnte. Merkwürdigerweise war die Luft, die aus der Öffnung kam, warm.
Mitten im Hangar stand ein Flugzeug. Dunc Stirlings Maule. Der Boden ringsum war mit Werkzeug und Flugzeugteilen übersät – ein ähnliches Chaos wie das Schrottlager vor der Hütte.

Hy war jetzt neben mir. Er schubste mich hinein und schloß das Tor hinter uns. »Er hat zuletzt an der Maschine gearbeitet. So, wie sie aussieht, würde ich sagen, sie ist nicht flugtüchtig.«
»Aber wo –«
Ich hörte ein Geräusch und schwenkte den Lichtstrahl nach rechts. Dann hörte ich wieder etwas und schwenkte ihn nach links.
Hinter der Maule kam ein Mann hervor. Die Pistole in seiner Hand war auf uns gerichtet.

22 »Ash Walker!«

Auf meinen Ausruf reagierte er so erschrocken, wie wir auf sein plötzliches Auftauchen reagiert haben mußten. Dann spannte sich sein Gesicht vor Angst, und er duckte sich zusammen. Sein Finger am Abzug zitterte.
Mein erster Impuls war, die Taschenlampe wegzuwerfen und nach meiner Pistole zu greifen, der zweite, mich gegen Hy zu werfen und ihn aus der Schußbahn zu schleudern. Dann sagte Hy ruhig: »Keine Panik.« Und ich sagte: »Matty schickt uns. Ich bin Sharon McCone, eine ehemalige Flugschülerin von ihr. Das ist Mattys Freund Hy Ripinsky. Sie muß von uns gesprochen haben.«
Walker verharrte in seiner Kauerstellung und sagte nichts, aber sein Abzugfinger entspannte sich etwas.
»Ich bin Privatdetektivin, Ash. Matty hat mich engagiert, damit ich Sie finde.«
»Woher wissen Sie meinen richtigen Namen?« fragte er. »Matty kennt ihn nicht.« Dann setzte er hinzu: »Nicht näher kommen.«
»Als Matty mich beauftragt hat, Sie zu suchen, habe ich Ihre Vergangenheit erforscht.«
»Das erklärt nicht, woher Sie wußten, daß ich hier bin.«
»Das ist eine lange Geschichte, und ich habe mit ziemlich vielen Leuten geredet. Erinnern Sie sich noch an Iona Fowler, die Reporterin der *Arkansas Democrat Gazette?* Sie meinte, Sie seien sehr mutig gewesen. Und Ihr Nachbar in Gulf Haven, Mr. Sim-

mons? Er denkt immer noch freundlich an Sie. Und dann sind da noch Wes und Carla Payne. Und natürlich Zach.«

Walker senkte die Pistole ein wenig. Er wirkte erschüttert und verwirrt. Und ein bißchen zittrig.

»Ash, wo ist Stirling?«

Er ignorierte die Frage, schien sich am Riemen zu reißen. »Matty und Zach – sind sie okay?«

Ich sah Hy an. Sein Gesicht war hart, und er zuckte die Achseln. »Sind sie okay?«

»Zach schon, aber Matty... Hören Sie, können wir nicht die Pistolen weglegen und miteinander reden?«

»Was ist mit Matty?«

Keine Möglichkeit, die Wahrheit zu umgehen oder abzumildern. »Sie ist tot.«

Einen Moment lang stand Walker ganz still da, dann erschauerte er und ließ die Waffe neben sich zu Boden fallen. Sein – jetzt bartüberwuchertes – Gesicht verzerrte sich, und er schloß die Augen. »Was ist passiert?«

»Sie ist während ihres Programms bei der Flugshow abgestürzt. Jemand hatte an ihrer Maschine herummanipuliert.«

»Aber ich habe ihr doch einen Brief –«

»Den hat sie bekommen, aber sie hat sich geweigert, Ihre Anweisungen zu befolgen. Sie sagte, sie wolle nicht ihr ganzes Leben aufgeben, ihre Fliegerei.«

»Oh, mein Gott... Und mein Sohn? Wo ist mein Sohn?«

»Bei Freunden von uns in San Francisco. Ihr Haus ist gut gesichert, und Hy hat zusätzlich noch einen Wachposten dorthin abstellen lassen.«

Walker stand mit gesenktem Kopf da, rang sichtlich um Fassung. Als Hy und ich weiter in den Hangar vordrangen, leistete er keinen Widerstand.

»Zach muß die Hölle durchmachen«, sagte er mit belegter Stimme. »Er hat Matty geliebt.«

Hy sagte hart: »Das gilt für uns alle.«

Walker sah auf; seine Augen waren feucht. »Sie geben mir die Schuld an ihrem Tod.«

Hy starrte ihn mit steinerner Miene an, dann spiegelten sich widersprüchliche Impulse auf seinem Gesicht. »Ich bin vor allem wütend. Wütend auf Sie, weil Sie sie in so eine Situation gebracht haben. Wütend auf mich selbst, weil ich sie nicht gegen ihren Widerstand von diesem Flugplatz geschleppt habe. Verdammt, ich bin sogar wütend auf sie, weil sie tot ist.«

Ich sagte: »Niemand von uns ist schuld. Wir wissen alle, wer sie auf dem Gewissen hat.«

Walkers Lippen preßten sich aufeinander. Er steckte die Pistole in den Bund seiner Jeans.

Hy fragte: »Haben Sie eine Ahnung, wo Stirling ist?«

Walker schüttelte den Kopf und schien gerade anzuheben, etwas zu sagen, als ihn ein Hustenanfall überkam. Von nahem sah er blaß und ausgezehrt aus, und seine Stirn war feucht.

»Sind Sie okay?«

»Hab mich erkältet... in den verdammten Wäldern da draußen. Bin's nicht wieder losgeworden.« Er kehrte uns den Rücken und trat ins Dunkel.

Ich sah Hy an. Der nickte zustimmend. Dem Hustengeräusch nach hatte sich Walkers Erkältung womöglich zu einer Lungenentzündung ausgewachsen.

Gleich darauf flammte eine Petroleumlampe auf. Ein Schlafsack und ein Rucksack lagen neben einem Kerosinheizofen auf dem Boden. Walker schwenkte das Streichholz, bis es aus war, und setzte sich hin.

Ich zog Mütze und Handschuhe aus und entledigte mich dann der Decken, die immer noch um meine Schultern hingen. Ich legte sie zusammengefaltet auf den Boden, und Hy und ich setzten uns darauf.

Walker fragte: »Wie wird Zach mit Mattys Tod fertig?«

Ich sagte: »Es ist schmerzlich für ihn. Er wird Zeit brauchen, um drüber wegzukommen – Zeit und Ihre Hilfe.«

Walker antwortete nicht. Er starrte in eine dunkle Ecke des Hangars. Ich ließ es für den Moment gut sein. »Sie haben Hys Frage noch nicht beantwortet. Was ist mit Stirling?«

»Er war weg, als ich herkam.«

»Weg? Wo soll er denn hin sein, ohne Flugzeug?«

»Auf die Jagd vielleicht. In dem Vorratsspeicher hinter der Hütte ist nicht mehr viel Fleisch, wahrscheinlich wollte er Vorräte für den Winter anlegen.«

»Wie lange sind Sie schon hier?«
»Welches Datum haben wir heute?«
»Den vierten Dezember.«
Er schloß die Augen, rechnete nach. »Okay, drei Tage, bis ich hierhergefunden hatte. Heißt, ich war am achtzehnten November da.«
»Sie glauben, er ist seit siebzehn Tagen auf der Jagd?«
Er zuckte die Achseln.
Irgendwas war hier faul – oberfaul. »Und Sie haben die ganze Zeit auf ihn gewartet?«
Zorn blitzte aus seinen Augen. »Was zum Teufel hätte ich denn sonst tun sollen? Diese Scheißkiste, die sie mir vermietet haben, hatte einen Motorausfall, und ich mußte sie auf einer Holzfällerstraße runtersetzen. Ich bin so wild in der Gegend herumgeirrt, bis ich endlich hier war, daß ich die Maschine nie wiederfinden werde.«
»Wir haben die Super Cub gefunden. Aber was ist mit Stirlings Maule?« Ich zeigte auf die dunkle Silhouette.
»Genauso unbrauchbar wie die andere. Sie war halb zerlegt, als ich hier ankam, selbst das Funkgerät ist im Eimer. Ich habe mich drangemacht, in der Hoffnung, sie so weit hinzukriegen, daß ich es bis Arrowhead schaffe, aber ich bin nun mal kein Mechaniker.«
Hy hatte stumm in die flackernde Petroleumlampe gestarrt. Jetzt sagte er: »Möglich, daß Stirling zu Fuß losgezogen ist oder einen Motorschlitten genommen hat. Wir wissen ja nicht, ob der bei der Hütte sein einziger ist. Aber was anderes – was ist, wenn dieser J. D. gar nicht Dunc Stirling ist? Wir haben der Frau in Arrowhead kein Foto gezeigt, weil das nicht zu der Geschichte gepaßt hätte, die wir ihr erzählt haben.«
»Ich weiß sicher, daß es Stirling ist«, sagte Walker. »Ich habe die Hütte durchsucht und eins seiner Lieblingsgewehre gefunden – eine ziemlich ausgefallene Enfield, unverwechselbar, weil seine Initialen in das Schloß graviert sind.« Er nahm das Gewehr hinter dem Rucksack hervor und reichte es Hy.
Hy drehte es in den Händen. Fuhr mit den Fingern über die Initialen und verzog das Gesicht. »Es kann aber auch sein, daß er die Hütte hier aufgegeben hat.«

»Er würde nie ohne dieses Gewehr hier weggehen. Und außerdem war der Ofen noch warm, als ich kam.«
»Das heißt noch nicht, daß er demnächst wiederkommt. Vielleicht ist er ja sogar den ganzen Winter über weg. Siebzehn Tage sind eine lange Zeit.«
Walker begann wieder zu husten. Als er aufhörte, rasselte und pfiff sein Atem tief in seiner Brust. Ich sagte: »Sie müssen zum Arzt. Wir bringen Sie gleich morgen früh nach Ely.«
»Aber Stirling –«
»Wir werden dem FBI mitteilen, wo er sich zuletzt aufgehalten hat, und alles Weitere denen überlassen.«
Walkers Lippen zuckten, und er schaute weg, ganz eindeutig nicht mit diesem Plan einverstanden. Hy starrte wie hypnotisiert auf Stirlings Gewehr, schien gar nicht mitzukriegen, daß ich ihn ansah. Als er schließlich etwas sagte, war es an Walker gerichtet.
»Das mit der Maule haben Sie aufgegeben?«
»Vor ein paar Tagen, als ich anfing, mich wirklich mies zu fühlen.«
»Wovon haben Sie sich ernährt?«
»Ich hatte ein bißchen was dabei, und als das weg war, habe ich Stirlings Vorräte geplündert. Das letztemal war ich gestern dort, und da war mir klar, daß ich es nicht noch mal bis dahin schaffe. Zum Glück sind Sie hier aufgetaucht.«
»Wieso sind Sie nicht in die Hütte umgezogen? Das wäre doch bequemer gewesen.«
»... Na ja, falls Dunc zurückgekommen wäre, wollte ich nicht, daß er Rauch aus dem Kamin steigen sieht. Der Holzherd ist die einzige Heizmöglichkeit dort, und der Kerosinofen hier ist zu schwer, um ihn den ganzen Weg zu schleppen.«
»Verstehe.«
Irgendwas stimmt hier nicht, und Hy spürt es auch, dachte ich. Walker zitterte jetzt. Hy stand auf, faltete die Decke, auf der er gesessen hatte, auseinander und hielt sie ihm hin. Walker nickte dankend und wickelte sie fest um seinen Oberkörper.
»Gibst du mir mal unsern Rucksack rüber?« sagte Hy zu mir. Ich tat es, und er zog eine Halbliterflasche Whiskey heraus, die ich ihn in der Hütte gar nicht hatte einstecken sehen. »Hier, trinken Sie was.« Er streckte sie Walker hin.

Walker nahm sie, schraubte sie auf und trank, wobei seine Zähne klappernd gegen das Glas schlugen.
Plötzlich war ich hundemüde. Ich wollte nichts weiter, als mich hinlegen und in einen traumlosen Schlaf sinken. Aber das ging nicht – nicht an diesem trostlosen Ort, nicht mitten in dieser endlosen, eisigen Nacht.
Ich sagte zu Walker: »Wir wissen, daß Winthrop Reade und Calder Franklin Sie auf dem Flugplatz von Los Alegres entdeckt haben. Was hat Reade da zu Ihnen gesagt?«
»Er sagte, er habe sich oft gefragt, was aus mir geworden sei. Ich habe ihm erklärt, ich hätte jetzt ein neues Leben und nicht vor, je wieder nach Arkansas zurückzukehren. Ich habe ihn gebeten, keinem Menschen zu sagen, daß er mich gesehen hatte, und er hat's versprochen.«
»Aber dann sahen Sie Cal Franklin ...«
»Und da bin ich einfach durchgedreht. Ich dachte, bei Win könnte ich mich drauf verlassen, daß er niemandem was sagt, aber bei Cal war mir klar, daß er diese Information gegen mich verwenden würde, daß er's vielleicht sogar schaffen würde, Dunc ausfindig zu machen und ihm mitzuteilen, wo ich war. Als ich ihn sah, ist der ganze alte Horror wieder aufgeflackert. Der Tod meiner Frau – Sie wissen davon?«
Ich nickte.
Walker nahm einen weiteren Schluck Whiskey. »Das lief immer wieder vor mir ab. Wie ein Film: Andie, wie sie uns zuwinkt, Andie, wie sie zusammensackt. Und dann kam wie die Vorschau auf die nächsten Filmhits: Zach, Matty. Ich konnte nicht zulassen, daß das passiert.« Er hörte seine eigenen Worte, und Schmerz verzerrte sein Gesicht; die Hälfte davon war passiert. Ehe er fortfuhr, setzte er die Flasche wieder an.
»Es war zehn Jahre her. Ein volles Jahrzehnt. Ich fühlte mich sicher. Ich war glücklich, Himmelherrgott! Und wenn man sich so fühlt, dann lassen die Abwehrmechanismen nach, und die Erinnerungen, die man so lange weggedrängt hat, schleichen sich in die Träume. Ein paar Wochen, bevor Cal und Win auftauchten, hatte ich diesen Traum, daß Dunc und ich auf so einem surrealen, futuristischen Flugplatz landen. Er hat mich vergattert, ihn vor den Leuten dort nicht bei seinem Namen zu nennen. ›Hier

bin ich jemand ganz anderes‹, erklärte er mir. ›Wenn Sie mich irgendwie ansprechen müssen, dann sagen Sie J. D.‹ Und dann habe ich ihn abgesetzt und bin mit der Silver Whisper südostwärts geflogen, in eine Stadt voller Brücken und Flüsse. Und dort bin ich wie benommen und voller Angst herumgeirrt. Zach hatte mir beim Abendessen die Story von einem seiner Science-fiction-Romane erzählt, und ich habe es zuerst darauf geschoben.« Er trank wieder.

»Aber nachdem ich dann Win und Cal in Los Alegres gesehen hatte, ging mir auf, daß der Traum eine reale Grundlage hatte. Der Flugplatz war eine leicht abgewandelte Version von Arrowhead, wo ich Dunc mal hingeflogen hatte, als er wegen einer Knieverletzung außer Gefecht war. Die Stadt der Brücken war Minneapolis, wo ich gewartet hatte, während Dunc tat, was immer er da oben zu tun hatte – er sagte, er wolle sich mit einer Frau treffen. Ich weiß noch genau, wie ich ewig in Minneapolis herumgelaufen bin und verwirrt war und Angst hatte, weil ich wußte, ich würde demnächst mit meinen Beweisen zum FBI gehen. Warum ich ein Dutzend Jahre später plötzlich so sicher war, daß er sich dorthin abgesetzt hatte, weiß ich auch nicht. Aber es war das einzige, was mir in den Sinn kam, und auf jeden Fall ein Ansatzpunkt. Ich plante die Sache durch und nahm einen Linienflug nach Chisholm-Hibbing, weil das die einzige Flugzeugvermietung war, die eine Super Cub hatte – die Maschine, mit der ich am besten zurechtkomme – und bereit war, sie einem Fremden längerfristig zu vermieten. Und ... na ja, alles Weitere wissen Sie ja vermutlich.«

»Hatten Sie keine Angst, was Sie hier erwarten könnte?« fragte ich. »Ist Ihnen nie der Gedanke gekommen, Dunc könnte hier dieselbe Art Unternehmen betreiben wie damals in Arkansas?«

»Doch, natürlich. Ich hatte vor, mir die Sache erst gründlich aus der Luft anzuschauen. Aber er betreibt hier ja nichts, oder? Wie's aussieht, hat er sich völlig verkrochen.«

Walker trank wieder. Die Flasche war bereits halb leer, und die Lider wurden ihm schwer. Rasch fragte ich: »Was hatten Sie mit ihm vor, Ash?«

Er hustete, trank erneut und schaute weg.

»Was hatten Sie vor?«

»Ich habe mir gesagt, ich spüre ihn auf – hier oder woanders, wo immer er sein mag. Ich dachte dran, ihn dem FBI zu übergeben, habe mir gesagt, daß das das richtige wäre. Aber dann dachte ich: Schau dir doch an, was letztes Mal passiert ist. Was es für Andie und für dein Leben bedeutet hat. Also beschloß ich statt dessen, ihn zu einem Deal zu zwingen: Mein Schweigen im Tausch dagegen, daß er meine neue Familie und mich in Ruhe lassen würde. Ich beschloß alles mögliche, aber ...«

»Aber was?«

Er schüttelte den Kopf. Nach einer langen Schweigepause sagte er: »Alles, was ich wollte, war, daß die Angst endlich ein Ende hätte. Daß ich mich nicht mehr ständig umgucken müßte, nicht immer drauf warten, daß wieder jemand zuschlägt. Ich wollte, daß Zach, Matty und ich ein normales Leben leben könnten.«

Hy sagte mit zornheiserer Stimme: »Sagen Sie mir eins, Walker – als Sie die Überweisung auf Mattys Konto veranlaßt und ihr den Brief geschrieben haben, dachten Sie da wirklich an sie? Haben Sie einen Gedanken darauf verschwendet, was sie alles hätte aufgeben müssen? Haben Sie ein einziges Mal an Ihren Sohn gedacht? Daran, was es für ihn bedeuten würde, so aufzuwachsen, womöglich ohne Vater und ohne auch nur ein Foto von seiner Mutter?«

Walker zuckte zusammen; die Flasche glitt ihm aus den Fingern. Einen Moment lang starrten er und Hy einander an. Hys Augen glommen vor Zorn, die von Walker waren stumpf vor Schwäche und Schmerz. Dann kippte Walker seitwärts auf den Schlafsack, drehte uns den Rücken zu und blieb in Embryonalstellung liegen.

Hy gab einen angewiderten Laut von sich. Als ich ihm ins Gesicht sah, erkannte ich, daß er ebenso sein eigenes Verhalten meinte wie das von Walker. »Herrgott, McCone, halt mich fest«, flüsterte er und zog mich an seine Brust.

Wir blieben eine ganze Weile so sitzen, hörten Walkers rasselnden Atem tiefer werden. Schließlich stand ich auf, ging zu ihm hinüber und zog ihm vorsichtig die Pistole aus dem Hosenbund. Hy drehte die Lampe herunter, und wir zogen mit unserer einen Decke direkt neben die Tür um, wo wir uns an die Wand lehnten.

Hy sagte: »Mag ja sein, daß er sich das alles eingeredet hat – daß er Stirling dem FBI übergeben oder zu einem Deal zwingen wür-

de –, aber in Wahrheit ist er aus demselben Grund hergekommen wie wir. Er wollte ihn töten.«
»Ja.«
»Also, was stimmt nicht an der Sache?«
»Irgendwas, aber ich kriege es nicht zu fassen. Ich bin zu müde, um klar denken zu können, und ich bin froh, daß es ihn umgehauen hat. So kann er uns wenigstens keine Scherereien machen.«
»Trotzdem, wir sollten ihn im Auge behalten. Ihm paßte die Idee gar nicht, dem FBI zu sagen, wo sich Stirling aufgehalten hat, und ... ich weiß nicht. Ich traue ihm nicht und kann ihn nicht leiden.«
»Ich auch nicht.«
»Also schlafen wir umschichtig. Ich übernehme die erste Wache und wecke dich dann später.«
Ich gähnte und lehnte den Kopf an seine Schulter. »Und sobald es hell wird, verschwinden wir von hier.«
Wir schwiegen beide. Ich schloß die Augen, aber das Flackern der Petroleumlampe spiegelte sich auf den Innenseiten meiner Lider. Meine Gedanken wanderten träge von einem Geschehnis des Tages zum nächsten, ohne irgendeinen Zusammenhang herzustellen. Nach einem Weilchen fragte Hy: »Dieses Racheding, McCone? Wenn wir Stirling vor uns gehabt hätten, hätten wir ihn getötet?«
»Vermutlich.«
»Was sagt das über uns aus?«
»Ich weiß nicht genau, was es über uns aussagt. Vielleicht, daß wir menschliche Wesen sind, nur daß uns das, was wir erlebt haben, kälter und härter gemacht hat als die meisten Menschen. Ich weiß aber, was es über unsere Gefühle den Dunc Stirlings dieser Welt gegenüber aussagt – und über unsere Gefühle den Mattys gegenüber.«

23

Ich wachte auf, weil ich dringend pinkeln mußte. Die Petroleumlampe blakte, und im Hangar war es kalt. Ich lehnte immer noch an der Wand, aber Hy lag zusammengerollt auf der Seite, das zerzauste Haupt auf den Arm gebettet. Soviel zum umschichtigen Schlafen, dachte ich. Ash Walkers Atem rasselte laut.

Ich rutschte von meinem Teil der Decke und schlug ihn um Hy. Der regte sich nicht. Als ich aufstand, protestierten meine eingerosteten Gelenke, so daß ich mich erst mal dehnte und streckte. Dann ging ich nach Walker sehen. Seine Stirn war feuchtheiß, Haar und Kleider waren schweißgetränkt. Lungenentzündung, oder jedenfalls kurz davor.

Als ich das Hangartor öffnete, sah ich, daß es immer noch dunkel war, aber im Osten hoben sich die Baumkronen schwarz von einem leicht lilastichigen Himmel ab, und hoch über ihnen hing der Morgenstern. Wir waren fast am anderen Ende dieser langen Nacht, und der Himmel versprach für diesen Tag klare Luft und nahezu unbegrenzte Sicht. Wenn die Cessna nicht zu tief eingeweht war, würden wir früh losfliegen können, zu irgendeinem Flugplatz, in dessen Nähe sich eine Klinik befand. Und sobald wir Walker dort abgeliefert hatten, würden wir das FBI anrufen – Moment mal. Es gab eine einfachere Möglichkeit, ihm die dringend nötige ärztliche Hilfe zu verschaffen.

Bis ich mir die Hälfte meiner sensibleren Körperteile abgefroren hatte, stand mein Plan. Während Hy und Walker noch schliefen, würde ich um den See zu der Holzabfuhrstraße marschieren und über das Funkgerät der Cessna 172 Arrowhead rufen. Sie konnten einen Rettungshubschrauber direkt hierher zur Landebahn schicken, und bis er kam, würde ich wieder zurück sein.

Dieses Ziel ließ die Vorstellung, so früh am Morgen eine lange, kalte Wanderung durch den Schnee zu unternehmen, fast schon erträglich scheinen.

Ich ging wieder in den Hangar und fummelte vorsichtig die Schlüssel der Cessna aus Hys Jeanstasche. Sah noch mal nach Walker, nahm die Extra-Jacke, die ich gestern abend auf dem Weg von der Hütte hierher getragen hatte, und legte sie über ihn. Dann fand ich einen Block und einen Kugelschreiber in einer Sitztasche der Maule und schrieb einen erklärenden Zettel, den ich, mit einem Schraubenschlüssel beschwert, neben Hy auf dem Boden hinterließ. Auf dem Weg nach draußen griff ich mir die Stablampe, ein bißchen Trockenfleisch und ein Tütchen Studentenfutter.

Der Schnee war grau im Vordämmerungslicht und bildete stellenweise hüfthohe Wehen. Der Wind hatte sich gelegt; lastende

Stille umgab mich. Ich ging auf die Bäume zu, die die Uferlinie markierten, und hielt mich links davon. Im Strahl meiner Taschenlampe glitzerte der Schnee, und das harte Knirschen meiner Schritte sagte mir, daß es mindestens zwanzig Grad minus hatte, aber die extreme Kälte machte mir nichts aus. Ich fühlte mich erstaunlich wach für jemanden, der kaum geschlafen hatte, und erstaunlich optimistisch für jemanden, der vor kurzem noch gefürchtet hatte, das Ende dieser eisigen Nacht nicht zu erleben.

Mit dem Optimismus kam der Hunger. Ich öffnete das Tütchen Studentenfutter, und obwohl ich nie sonderlich auf das Zeug gestanden hatte, genoß ich mein Frühstück. Ich biß ein Stück Trockenfleisch ab und kaute schmatzend darauf herum, ohne mich dran zu stören, daß ich wie eine wiederkäuende Kuh aussah. Der Himmel im Osten färbte sich violett, dann rot. Als ich die Lichtung mit der Hütte erreichte, umgab mich bereits trübes Dämmergrau.

Ich hatte direkt zur Holzabfuhrstraße gehen wollen, doch beim Anblick der Hütte blieb ich stehen. Da war es wieder, stärker denn je – dieses Gefühl, daß irgendwas nicht stimmte. Nach kurzem Zögern krabbelte ich die Uferböschung hinauf. Ich wußte zwar nicht, was ich suchte, war aber nicht willens weiterzugehen, ohne mich noch einmal genauer umgeschaut zu haben.

Ich zündete die Petroleumlampe an und durchsuchte den kleinen Raum noch einmal. Alles war so, wie wir es verlassen hatten. Ich leuchtete mit der Stablampe auf die Blutflecken unterm Tisch, folgte einer Tröpfelspur zur Tür.

Beweist noch gar nichts, McCone.

Als solches jedenfalls nicht.

Ich unterteilte den Raum im Geist in Segmente, wie ich es oft machte, wenn ich Örtlichkeiten absuchte. Studierte jedes einzelne Segment lange und gründlich. Als ich den Tisch inspizierte, entdeckte ich auf dem Rücken eines der Bücher des Stapels ein Klebeetikett: »Stadtbibliothek Ely.«

Ich trat heran, griff mir das Buch mit der Einleitung von Hys verstorbener Frau und schlug es auf. Ein Zettel fiel heraus. Das Buch war am 20. November entliehen worden.

Das Glas, von dem Hy gesagt hatte, daß es nach Sour Mash Whiskey roch, fiel mir ins Auge. Ich nahm es, roch an dem eingetrockneten Bodensatz: immer noch ein leiser Hauch. Wie lange sich der Geruch wohl hielt, nachdem das Glas geleert war? Eine Woche? Vielleicht. Über zwei Wochen? Fraglich.
Er war hier gewesen. Vor kurzem noch. Vielleicht sogar die ganze Zeit.

Ehe ich aus der Hütte trat, nahm ich die 38er aus der tiefen Tasche meiner Jacke. Eine solide Waffe, und ich war eine gute Schützin, aber gegen einen Waffennarren und geübten Jäger wie Dunc Stirling schien sie ein ziemlich läppischer Schutz. Alle Vorteile waren auf seiner Seite, einschließlich der genauen Kenntnis dieser Wälder.
Auf der schmalen Eingangsveranda blieb ich stehen, sah mich um und horchte. Die Äste und Zweige der Bäume rings um die Lichtung bewegten sich im Wind, der von dem zugefrorenen See her wehte; Schatten ballten sich zwischen ihnen. Vielleicht stand er ja gleich da drüben und beobachtete mich. Vielleicht zielte er mit einem hochpotenten Gewehr auf mich, hatte mich genau im Fadenkreuz...
Angst ließ meine Haut prickeln und mein Herz rasen. Ohne es zu wollen, hatte ich mich selbst in Panik versetzt. Der Adrenalinstoß trieb mich die Stufen hinunter und im Laufschritt um die Seitenwand der Hütte. Kein Pfeifen in der Luft, kein Krachen, aber die Bäume hier waren genauso dicht wie die drüben. Vielleicht –
Das ferne Brummen eines Flugzeugmotors. Plötzlich ging mir auf, daß Stirling ja noch ein zweites Flugzeug besitzen konnte. Ich streckte den Kopf um die Ecke der Hütte, sah die Maschine am jenseitigen Seeufer abschwenken, in meine Richtung kommen. Ein Kufenflugzeug, das ideale Transportmittel für Sportfischer und Jäger, die im Winter abgelegene Camps erreichen wollten – aber in diesem saß womöglich ein Jäger ganz anderer Art.
Ich sprintete um die Hütte und stürzte auf den großen, rohgezimmerten Schuppen zu, der, wie ich wußte, aus der Luft nicht sichtbar war. Im Schutz der Bäume blieb ich stehen und sah mich

nach dem Flugzeug um. Es war ein hellblauer, einmotoriger Doppelsitzer, aber den Typ konnte ich nicht identifizieren. Es umrundete die Lichtung und kam tiefer herunter.
Ich schlüpfte in den Schuppen.
Stockfinster hier drinnen und so kalt wie in einem Gefrierraum. Das Dröhnen des Flugzeugmotors schwoll an, wurde ohrenbetäubend; die Maschine mußte jetzt gefährlich tief fliegen. Ich linste durch ein Astloch, aber alles, was ich sehen konnte, waren Baumwipfel vor dem Glühen der aufgehenden Sonne.
Das Motorgeräusch veränderte sich abrupt; der Pilot hatte Gas gegeben, stieg wieder hoch. Ich ließ den angehaltenen Atem mit einem Seufzer der Erleichterung entweichen: wohl doch Sportangler oder Jäger, die sich fragten, ob das hier das gesuchte Camp war. Nicht Dunc Stirling.
Aber wo war er?
Ich steckte die 38er in meine eine Jackentasche und zog die Stablampe aus der anderen. Ich blieb im Schuppen, bis die Maschine Höhe gewann. Sie brauchten mich nicht zu sehen, auch wenn sie noch so harmlose Zeitgenossen waren. Ich leuchtete herum. Der Schuppen enthielt Vorratsregale und eine improvisierte Werkbank voller Werkzeug, Schrauben und dergleichen, eine Laterne und ein dickes, zusammengerolltes Seil. Neben dem Tisch lag ein ziemlich neu aussehender Außenbordmotor und –
»Oh, mein Gott!«
Ein Mann lag bäuchlings auf dem Erdboden, nur wenige Handbreit neben meinen Füßen. Er hatte Jeans, einen Parka und Treckingstiefel an. Seine Beine waren gespreizt, und das blonde Haar auf seinem Hinterkopf war von etwas verklebt, was wie Blut aussah.
Ich ging in die Hocke und leuchtete näher hin. Eine Schußwunde, groß und ausgefranst, vermutlich eine Austrittswunde. Ich faßte ihn an der Schulter und versuchte ihn umzudrehen.
Er war steifgefroren.
Ich legte die Lampe hin und packte ihn mit beiden Händen, kippte ihn auf die Seite und ließ ihn auf den Rücken fallen.
Duncan Stirling.
»Mein Gott!« rief ich aus. Mein Atem war heiß, meine Stimme laut in diesem kalten, stillen Hort des Todes.

Stirling hatte eine Kugel in die Stirn gekriegt – ein sauber plazierter Schuß, der nur ein kleines Loch hinterlassen hatte. Seine Augen waren offen, und im Tod waren sie ziemlich genauso, wie ich sie mir im Leben vorgestellt hatte: leere, dunkle Krater ins Nichts.
Er war die ganze Zeit hier gewesen – tot.
Und nur eine andere Person war ebenfalls die ganze Zeit hier gewesen – lebendig.

Ich war mitten in dem Minenfeld aus Schrott, auf dem Weg zu Hy, um ihn zu wecken und ihm von meinem Fund zu erzählen, als ich das Flugzeug wieder hörte.
Ich suchte den Himmel ab, von Osten, wo er jetzt eine blendende Explosion von Farben war, nach Süden. Das blaue Kufenflugzeug schwebte hinter den Bäumen herab, vermutlich auf die Holzabfuhrstraße, wo wir die Cessna 172 runtergesetzt hatten.
Wer? Jemand, der Stirling kannte, hätte die Landebahn benutzt, und Fremde würden wohl kaum bei Schnee eine Landung in unbekanntem Terrain wagen. Es sei denn, jemand hatte die Cessna entdeckt und den Such- und Rettungsdienst alarmiert. Aber würde der nicht per Hubschrauber kommen?
Der Pilot hatte das Gas weggenommen, doch jetzt hörte ich den Motor aufdrehen. Zur Landung angesetzt, sich dann doch dagegen entschlossen. Vollgas, Maschine abfangen, wieder aufsteigen. Eventuell wenden, noch mal anfliegen –
O nein, diesmal nicht! Keine zweite Chance.
Schleifen und Krachen, und selbst von hier aus kann ich sagen, daß Äste abrasiert werden, und ich höre das Heulen der Überziehwarnanlage, als säße ich im Cockpit... Der Aufprall, wie kann etwas so hart auf dem Boden aufschlagen?
Ich wandte mich nach rechts und rannte in Richtung der Absturzstelle, wobei mir die eisige Luft bei jedem verzweifelten Atemzug die Lunge zerstach.

Ich stand keuchend da und starrte entsetzt auf das Wrack. Das Kufenflugzeug hatte sich durch die Bäume am jenseitigen Ende der Holzabfuhrstraße gepflügt und lag jetzt, zerknautscht und mit der Passagierseite nach unten, auf der Straße selbst. Die

rechte Tragfläche war abrasiert, die linke zeigte himmelwärts, und die Pilotentür war bis an die Strebe aufgesprungen.
Ich tat einen zaghaften Schritt näher heran. Aus dem Haufen verbogenen Metalls zischte und knackte es, und irgendwas tropfte. Treibstoff. Extreme Explosions- und Brandgefahr, aber wenn jemand lebend dort drinnen gefangen war...
Nach kurzem Zögern ging ich so nahe heran, daß ich durch die zerborstene Frontscheibe schauen konnte. Niemand auf der Pilotenseite; er oder sie war herausgeschleudert worden. Auf dem Passagiersitz hing eine Gestalt, aber diese Seite war so schlimm zerquetscht, daß diese Person nicht mehr am Leben sein konnte.
Erneutes Zischen und Knacken. Ich retirierte und ging um das Wrack herum, auf der Suche nach dem Piloten. Im Schnee entdeckte ich eine Fußspur, die sich in Schlangenlinien zu den Bäumen hinüberzog, kurz hinter der Stelle, wo Hy und ich die Cessna unter einer dichten Gruppe von Strauchkiefern versteckt hatten. Offenbar war er doch nicht herausgeschleudert worden, sondern aus dem Cockpit geklettert, und irrte jetzt benommen und verstört im Wald herum. Ehe ich weitersuchte, würde ich über Funk Arrowhead rufen und die Leute dort bitten, ärztliche Hilfe zu schicken und der Flugbehörde Bescheid zu sagen.
Das Türschloß der Cessna klemmte. Eingefroren? Ich ruckelte, übte mehr Druck aus. Der Schlüssel drehte sich. Ich öffnete die Tür und betätigte, ohne einzusteigen, den Hauptschalter. Die Elektrik sprang an –
Schritte knirschten hinter mir, kamen rasch näher. Hy, der den Crash gehört hatte und ebenfalls herbeigeeilt war. »Gott sei Dank«, rief ich ihm zu, während ich die Hand nach dem Schalter des Funkgeräts ausstreckte. »Der Pilot ist irgendwo im –«
Er packte mich an den Schultern, riß mich zurück.
Es war nicht Hy.
Ich packte den Knüppel mit beiden Händen, trat mit dem rechten Fuß nach hinten aus und drehte den Kopf, um ihn sehen zu können. Alles, was ich sah, ehe mein linker Fuß auf dem Eis ausglitt und unter mir wegrutschte, war, daß er eine schwarze Helmmütze trug.
Er zerrte heftiger, aber ich klammerte mich am Knüppel fest, den Oberkörper gegen die Seite des Sitzes gepreßt. Er schob sich ge-

gen mich, bis er mich regelrecht festgenagelt hatte, und versuchte dann, mit großen behandschuhten Händen meine Finger loszueisen.

Ich kriegte das linke Bein auf die Tragflächenstrebe und warf mich nach vorn, um ihn zu beißen. Meine Zähne kollidierten schmerzhaft mit dem Steuerknüppel. Er hatte meine eine Hand schon fast los, als ich mich wirksam genug an der Strebe abstützen konnte, um mit dem rechten Bein kräftig nach hinten oben zu treten.

Der Angreifer heulte vor Schmerz auf und ließ meine Finger los. Während er zurücktaumelte, griff ich zur anderen Seite des Instrumentenboards und gab volle Klappen. Ich drehte mich halb um, bereit, ihm weiteren Schaden zuzufügen. Die Klappen rasselten genau in dem Moment herunter, als er wieder herankam. Sie knallten ihm auf den Hinterkopf. Er fiel vornüber, genau auf die Radverkleidung.

Als der Mann stöhnend auf dem zerborstenen Fiberglas der Radverkleidung lag, hörte ich Hy von weitem nach mir rufen. Wird auch Zeit, dachte ich – und schämte mich sofort meiner streßbedingten Reaktion. »Hier« schrie ich, zog meine 38er und richtete sie auf meinen Widersacher.

Hy kam die Holzabfuhrstraße entlanggerannt, zog, als er sah, was los war, seine Pistole und gab mir Deckung, während ich dem hingestreckten Mann die Helmmütze herunterzog. Als ich sein Gesicht sah, fuhr ich schockiert zurück. Er war nicht der, für den ich ihn gehalten hatte.

»Wer zum Teufel ist das?« fragte Hy.

»Winthrop Reade – David Stirlings Ersatzsohn und zweifellos auch der Ersatzerbe seines Mehrheitsanteils an Stirling Aviation. Der Mann, der am meisten Grund hat, Duncs Tod zu wollen.«

»Lieber Himmel«, sagte Hy, während wir den zweiten Rettungshubschrauber aufsteigen sahen, »bei all den Fragen, die sie uns stellen werden, all den Aussagen, die wir zu Protokoll geben müssen, können wir von Glück sagen, wenn wir Weihnachten zu Hause sind.«

»Was können wir denn schon groß sagen? Ash Walker kam hierher, um einen gefährlichen flüchtigen Kriminellen zu beknien, ihn

und seine neue Familie in Ruhe zu lassen. Er fand den Vogel ausgeflogen und strandete selbst hier. Als er zum geplanten Zeitpunkt nicht wieder zurück war, sind wir ihm zur Hilfe geeilt.«
»Und Win Reade?«
»Über den wissen wir nichts. Und du kannst sicher sein, er wird niemandem von dem kleinen Arrangement erzählen, das er und David Stirling mit mir getroffen haben.« Ich drehte mich um und ging zu der Cessna. Mir tat immer noch alles weh von dem Kampf mit Reade, und ich betastete besorgt mit der Zunge meinen einen Schneidezahn.
Hy kam hinter mir her. »Wie wird Reade wohl erklären, was er hier wollte?«
»Wer weiß? Aber dieser Sorte Typen fällt immer was ein.« Ich stieg ein und setzte mich, Hy zugewandt, auf den Pilotensitz. »Und daß er mich angegriffen hat, wird er vermutlich darauf schieben, daß er nach der Bruchlandung völlig verwirrt war.«
Hy beugte sich durch die Tür und umarmte mich. »Geht's denn wieder?«
»Ich bin okay, aber es ist schön, wenn du mich umarmst.«
Er strich mir mit der behandschuhten Hand das Haar glatt und zog mir dann die Mütze über die Ohren. »Weißt du«, sagte er, »Reade muß gleich, als du Arkansas verlassen hast, jemanden auf dich angesetzt haben. Dieser Jemand hat uns in San Francisco unser Gepäck bis Chisholm-Hibbing aufgeben sehen, und Reade und das arme Schwein, das bei der Bruchlandung umgekommen ist, waren schon vor uns dort. Für jemanden, den wir nicht kannten, war es leicht mitzuhören, wie ich von Iron Range Aviations aus eine Wetterberatung für Arrowhead eingeholt habe.«
»Und dann haben dieser Typ und Reade vermutlich diese Schneesturmnacht dort zugebracht, sich ein bißchen umgehört und von den beiden Leutchen aus Minnetonka erfahren, die sich nach ihrem unzuverlässigen Freund John und dem Einsiedler erkundigt hatten.«
»Wer war dieser andere Typ in der Maschine überhaupt?«
»Ich habe gehört, wie Reade behauptet hat, er sei vom Sicherheitsdienst der Firma, aber ich wette, er war ein Profikiller, der Dunc umlegen sollte. Leute wie Reade machen die Drecksarbeit nie selbst, auch wenn sie gern dabei zugucken, wie sie gemacht wird.«

Hy zog sich ein Stück zurück und sah mir in die Augen. »Solche Typen lassen notfalls jeden über die Klinge springen, McCone. Schau dir diesen Crash mal genau an: Auf dieser Straße herrscht Seitenwind von Süden; er hätte normalerweise die linke Tragfläche abkippen müssen. Aber sie sind mit der rechten Seite aufgekommen.«

»Er hat auf der anderen Seite Querruder gegeben, um sich selbst zu retten.«

Hy nickte grimmig und angewidert. Bei einem drohenden Absturz würde jeder gute Pilot – jeder anständige Mensch – alles für das Überleben der Passagiere tun.

Wie schauten ein Weilchen schweigend auf das Wrack, das hier liegenbleiben würde, bis die Ermittler der Verkehrssicherheitsbehörde dazu kamen, es zu untersuchen. Dann sagte Hy: »Reade muß ein maßlos arroganter Pinsel sein, um sich einzubilden, ein Kufenflugzeug bei dem Seitenwind landen zu können. Ich bezweifle, daß er in Arkansas viel Gelegenheit gehabt hat, so was zu üben.«

»Arroganz und Dummheit führen leicht zum Absturz – im wahrsten Sinn des Wortes.«

»Aber die Sache ist noch nicht abgeschlossen. Dunc Stirling ist immer noch irgendwo dort draußen, ein Mörder, der frei herumläuft.«

Ich biß mir auf die Lippe.

»Was ist?«

»Da ist noch was, was ich dir nicht erzählt habe.«

Wir standen in dem Schuppen neben Duncan Stirlings steifgefrorenem Leichnam.

Hy sagte: »Nur ein Schuß, vermutlich aus Duncs eigenem Gewehr – dem, das Ash im Hangar liegen hatte. Sauber und effizient. Eine Hinrichtung.«

»Vielleicht, vielleicht auch nicht. Es ist in der Hütte passiert. Vielleicht hat Dunc ihn ja überrascht, als er dort herumgesucht hat. Vielleicht gab es ja irgendeine Form von Auseinandersetzung.«

»Sicher.«

»Hör mal, ich weiß, du kannst Walker nicht leiden. Ich auch nicht. Er ist, offen gestanden, kein sonderlich sympathischer

Mensch. Aber er hat auch eine anständige Seite, das weißt du so gut wie ich. Er hat es zum Beispiel nicht über sich gebracht, in der Hütte zu schlafen, wo er Dunc umgebracht hat.«

»Vielleicht war ihm ja der Kerosinofen im Hangar lieber. Der qualmt nicht so wie ein Holzofen und verlangt nicht so viel Aufmerksamkeit.«

»Ach, komm schon, Ripinsky. Was glaubst du, warum er einen Drink – oder sogar mehrere – brauchte, als er zurückkam, um sich Nahrungsmittel zu holen?«

»Du meinst das Glas auf dem Tisch?«

»Ja. Denk doch mal drüber nach.«

»Okay, vielleicht hat er ja Gewissensbisse –«

»Genauso, wie du und ich sie hätten.«

Er antwortete nicht, fixierte immer noch den Leichnam.

»Glaubst du wirklich, wir hätten anders gehandelt, wenn wir Stirling gegenübergestanden hätten?«

Immer noch Schweigen.

»Zach braucht seinen Vater, Ripinsky.«

» ... Okay. Was sollen wir tun?«

»Erledigt.« Hy ließ Dunc Stirlings Arme los. Der Leichnam fiel mit einem dumpfen Geräusch zu Boden und lag jetzt auf dem Rücken in der dichten Birkengruppe ein paar hundert Meter von der Hütte.

Ich sah zum Himmel empor; er bewölkte sich rasch wieder. »Der Schneesturm, vor dem uns der Hubschrauberpilot gewarnt hat, wird wohl heute nacht kommen. Es soll ein ziemlich heftiger sein, der erste einer ganzen Serie. Sie werden Stirling nicht vor der Schneeschmelze finden – wenn überhaupt.«

Hy nahm die Enfield von der Schulter und legte sie neben den Leichnam.

»Wir machen besser, daß wir hier wegkommen«, sagte ich. »Es wird schon schwer genug sein, von dieser Straße zu starten, auch ohne Schneesturm.«

»Keine Bange, McCone.« Er trat zu mir und legte mir den Arm um die Schultern. »So ein altes Schlachtroß wie ich macht das schon. Als Pilot bin ich diesem Reade um Klassen überlegen.«

Einen Moment lang starrten wir beide schweigend auf den Leichnam. Dann sagte Hy: »Duncan Stirling, flüchtiger Verbrecher und Einsiedler – Opfer eines Unglücksfalls.«
»Amen.«
»Und Fall erledigt.«
Darauf sagte ich nichts. Hy war müde und nicht imstande, klar zu denken. Ich fragte mich, wie lange es wohl dauern würde, bis er begriff, daß Stirling Matty nicht umgebracht hatte – und daß keiner der übrigen Beteiligten ein Motiv dafür gehabt hätte.

Drei Jahre zuvor

»Rollen Sie an den Halteort, McCone, und bleiben Sie kurz stehen.«

»Was machen Sie da? Schnallen Sie sich wieder an!«

»Nichts da. Zwei perfekte Starts und Landungen heute. Zeit, daß Sie allein fliegen.«

»Sie steigen nicht aus diesem Flugzeug!«

»Oh, doch, das tue ich. Und Sie werden eine perfekte Platzrunde fliegen – ganz allein.«

»Matty –«

»Holen Sie mich hier ab, wenn Sie wieder zurück sind. Dann machen wir eine kleine Sause an die Küste und gucken, ob sich dort irgendwelche Wale rumtreiben.«

»Matty!«

»Machen Sie schon, McCone. Sie brauchen mich nicht mehr. Zeit zum Loslassen.«

Fünfter Teil
7.–25. Dezember

24 Ich konnte nicht schlafen.

Ich lag zu Hause in meinem Bett, und Hy war schon vor mindestens zwei Stunden eingeschlafen, aber ich fand einfach keine Ruhe. Ich versuchte mich auf meine Weihnachtsgeschenkeliste zu konzentrieren, auf den Friseurtermin, den ich unbedingt machen mußte, auf den ganzen Papierkram, der sich im Büro angesammelt hatte. Ja, ich dachte sogar darüber nach, daß heute Pearl-Harbor-Tag war. Aber immer wieder verdrängten die Bilder aus Minnesota das Harmlos-Alltägliche: der Gang durch dieses gespenstische, lichterfüllte Birkengewölbe; Ash Walker, der aus dem Schatten hinter der Maule trat; Dunc Stirlings steifgefrorener Leichnam; das Wrack des blauen Kufenflugzeugs; Winthrop Reades benebeltes Gesicht ...

Hy und ich hatten in den zurückliegenden anderthalb Tagen unsere letzten Energiereserven mobilisieren müssen, daher war ihm bisher der logische Fehler unserer Theorie – nicht nur Mattys, sondern auch Andie Walkers, Cutters und Matthews' Tod betreffend – entgangen. Ich hatte ihn vorläufig in seinem Irrtum belassen, aber das Problem nagte an mir, hinderte mich am Schlafen und quälte mich, wenn ich wach war, und mir war klar, daß ich demnächst mit ihm darüber reden mußte.

Einfach gesagt: Dunc Stirling hatte keinen dieser Morde begangen. Für mich war klar, daß er sofort, nachdem man ihn gegen Kaution entlassen hatte, abgetaucht war und mit niemandem aus seinem früheren Leben mehr Kontakt gehabt hatte. Er konnte nicht gewußt haben, wo Ash Walker lebte, geschweige denn, daß er mit Matty zusammenlebte, und ich bezweifelte sehr, daß er nach all den Jahren dort draußen in der Wildnis noch Rachegedanken gehegt hatte. Außerdem stimmte das Timing nicht; aller Wahrscheinlichkeit nach hatte Walker Stirling

schon Tage vor der Flugshow erschossen, bei der Matty umgekommen war.
Blieb Winthrop Reade als Hauptverdächtiger – nur daß der kein Motiv gehabt hatte, die beiden Frauen umzubringen. Reade hatte Dunc Stirling aus dem Weg haben wollen, damit er an seiner Stelle David Stirlings Vermögen erben würde, aber er hatte keinen Grund, sonst jemanden umbringen zu lassen. Ich hatte noch andere Möglichkeiten durchgespielt: Calder Franklin, weil er vielleicht doch in dem Drogen- und Waffengeschäft mit dringesteckt hatte und Walker sowie dessen Frauen zum Schweigen bringen mußte. Aber das haute nicht hin; Franklin war vor Jahren von jedem Verdacht der Beteiligung an dem, was im Flugzeugwerk geschah, reingewaschen worden und hatte mich außerdem an dem Nachmittag, ehe Hy und ich nach Minnesota geflogen waren, telefonisch zu warnen versucht. Das hatte mir der Anwalt in einem kurzen, aufgebrachten Telefongespräch an diesem Abend eröffnet. Seine letzten Worte hatten gelautet: »Wenn Sie bloß auf mich gehört hätten, dann wäre es nicht zu diesem Fiasko droben in Minnesota gekommen. Jetzt ist eine Menge Schadensbegrenzung nötig, ehe Win in den Senatswahlkampf zieht.« Und schließlich hatte ich, in dem verzweifelten Wunsch, die Sache endlich abschließen zu können, sogar Ash Walker als Täter in Betracht gezogen, aber sowenig ich diesen Mann leiden konnte, mußte ich doch zugeben, daß ich mir da ein lächerliches Szenario zurechtbastelte.
Es deutete alles darauf hin, daß dieser Fall noch jahrelang an mir nagen würde.
Wie ich vorhergesagt hatte, war es Winthrop Reade mühelos gelungen, seine Anwesenheit droben am Pickerel-See aus der Welt zu erklären: Er habe sich an diesen Waldbesitz in Minnesota erinnert und sei mit einem Firmen-Wachmann als Leibwächter auf gut Glück dorthin geflogen. Falls Dunc sich dorthin geflüchtet hätte, habe er ihn überreden wollen, sich zu stellen, damit er seinen todkranken Vater noch einmal sehen könne. Die ermittelnden Beamten hatten ihm die Story abgenommen, und ich hatte mich bereit erklärt, die Anzeige wegen tätlichen Angriffs zurückzuziehen. Sie aufrechtzuerhalten, wäre sinnlos und gefährlich gewesen.

Während der anderthalb Tage, die Hy und ich der örtlichen Polizei und dem FBI Rede und Antwort gestanden hatten, waren die angekündigten Schneestürme gekommen. Eine Zeitlang war sogar der Flugbetrieb auf dem Twin-Cities-Flughafen eingestellt worden, aber unsere Maschine nach San Francisco war eine der ersten gewesen, die wieder starten konnten, und wir hatten alles getan, um rechtzeitig an Bord zu sein.

In San Francisco hatten wir uns am Flughafen mit Zach, Hank und Habiba, die auf ihren verzögerten Abflug nach Minneapolis warteten, zu einem späten Mittagessen getroffen. Als Zachs Anwalt hatte sich Hank bereit erklärt, den Jungen zu dem Wiedersehen mit seinem Vater zu begleiten und so lange bei ihm zu bleiben, bis Ash Walker reisefähig war – eine Frage von Tagen, wie mir der Arzt sagte. Im letzten Moment hatte Habiba gebettelt, auch mit zu dürfen, und Hank hatte eingewilligt. Er wolle, sagte er, die Freundschaft der beiden Kids fördern. Habiba sei eine starke, stabile kleine Person und würde Zach in der schmerzlichen Umstellungsphase vor und nach seiner Heimkehr eine Stütze sein können. Obwohl Wes und Karla Payne das Farmhaus wieder in Ordnung bringen wollten, würde es Zach und Ash doch zunächst riesig, leer und seines Zentrums beraubt erscheinen.

Mit solchen Erinnerungen und Zukunftsgedanken im Kopf, war es da ein Wunder, wenn ich nicht schlafen konnte?

Schließlich angelte ich nach meinem Walkman, der wieder auf seinem üblichen Platz auf dem Nachttisch lag. Ich hatte ihn kreuz und quer durch die Staaten mit mir herumgeschleppt und kein einzigesmal benutzt, aber heute abend würde er mir das Abschalten erleichtern. Ich konnte mich nicht erinnern, welche Kassette drinsteckte, nahm aber an, daß es die mit der sentimentalen Musik und den Meeresgeräuschen war, die ich zu hören pflegte, wenn ich Heimweh nach unserem Häuschen hatte. Ich setzte die Kopfhörer auf, grabbelte nach der Play-Taste und legte mich wieder hin.

Eine Frauenstimme sagte: »Vertrauliches Gespräch mit Quentin Ramsey –«

Was war das? Oder genauer gesagt, wer war das?

»... früher Controller bei Stirling Aviation –«

Iona Fowler, die Reporterin aus Arkansas, die mir gesagt hatte, ihre sämtlichen Materialbänder in Sachen Stirling seien dem Brand

zum Opfer gefallen. Ich ließ den Recorder weiterlaufen, hörte die Datumsangabe und weitere erklärende Informationen.
Okay, es war Fowler, und das hier war ein Band aus der Zeit vor der Anklageerhebung. Aber wie –
Oh, klar. An dem Abend, nachdem ich bei ihr gewesen war, war mir bei meinem Spaziergang in der Gegend um den Postamtsplatz von Fayetteville jemand gefolgt. Und später hatte ich dann gemerkt, daß sich jemand an gewissen Dingen in meinem Hotelzimmer – unter anderem dem Kassettenstapel neben dem Recorder auf dem Nachttisch – zu schaffen gemacht hatte. Es war kein Lakai von David Sterling und Winthrop Reade oder Calder Franklin gewesen; es war Iona Fowler gewesen, und vermutlich hatte sie ihren Lebensgefährten beauftragt, mich im Auge zu behalten, während sie es irgendwie geschafft hatte, in mein Zimmer zu kommen und mir dieses Beweisstück zuzuspielen.
Zu blöd, daß ich nicht schon früher das Bedürfnis gehabt hatte, meine Beruhigungskassetten zu hören. Wenn Fowler sich solche Mühe gemacht hatte, mußte auf diesem Band etwas sehr Interessantes sein. Ich drückte wieder die Play-Taste.

»Und du versprichst mir, daß das unter uns bleibt, Iona?«
»Ich garantier's dir. Alles, was du mir erzählst, ist reine Hintergrundinformation. Falls ich je darauf zurückgreife, werde ich selbst Beweise auftreiben. Also, als du Controller bei Stirling warst, hat Dunc da von dir eine gewisse kreative Buchführung verlangt?«
»Klar. Ohne meine Hilfe hätte er die Geschäfte nie kaschieren können. Aber wenn du das irgend jemandem –«
»Keine Bange, Quent. Wir sind alte Freunde. So was würde ich dir nie antun. Hast du deine Anweisungen direkt von Dunc erhalten?«
»Hm.«
»Sonst hatte niemand aus den oberen Etagen irgendwas damit zu tun?«
»... Niemand.«
»Quent, ich habe Gerüchte gehört, daß da noch jemand anderes seine Finger im Spiel gehabt haben soll. Jemand mit politischen Beziehungen.«

»... Hör mal, meine Situation ist so schon gefährlich genug, weil ich weiß, was ich weiß.«
»Du willst doch mit mir reden. Sonst hättest du dich gar nicht auf dieses Gespräch eingelassen.«
»Ja, ich will ja mit dir reden. Diese Anklage kann jetzt jeden Tag ergehen, und ich weiß, dann bin ich auch dran. Aber diesem Mistkerl kann keiner was. Der hat Beziehungen bis nach Washington.«
»Wer, Quent?«
»... Win Reade.«
»Win? Das ist nicht dein Ernst!«
»Und ob. Er war der Kopf hinter der ganzen Sache. Oh, klar, Dunc hat den praktischen Teil gemanagt, aber Win hat die ganze Zeit im Hintergrund die Fäden gezogen. Dunc hat gar nicht den Grips, Dinger dieser Größenordnung zu drehen; er bildet es sich nur ein. Und Win war so clever und geschickt, daß Dunc selbst schon halb geglaubt hat, er hat das Sagen.«
»Weißt du das alles ganz sicher?«
»Ja. Einmal, als Dunc bei mir war, um mir zu erklären, wie ich die Bücher frisieren sollte, hat er sich versehentlich versprochen und gesagt: ›Win will –‹ Er hat es dann schnell überspielt, aber ich habe angefangen, mich zu wundern und ein bißchen rumzuschnüffeln. Und ich habe aus einer sehr verläßlichen Quelle erfahren, wer noch alles mit drinsteckte.«
»Bist du bereit, Namen zu nennen?«
»Ich weiß nicht... ach, verdammt, ja! Wenn sie mich drankriegen, will ich, daß sie die Verantwortlichen auch drankriegen. Meine Quelle war Bobby Ames – du weißt ja, der Rechtsexperte der Firma. Bobby hat mir erzählt, daß Dick Norwood, der Verkaufsleiter und Wins engster Freund, von Anfang an mit dabei war. Charlie Vernon, von den Geflügel-Vernons, hat von allem seinen Anteil abgekriegt. Und Ken Rule, der Elektronik-Magnat, genauso.«
»Und David Stirling?«
»Fehlanzeige. Ihn und seinen Anwalt, Calder Franklin, haben Win, Charlie und Ken im dunkeln gelassen. Bis David sich so weit von seinem Unfall erholt hatte, daß er wieder klar denken konnte, lief alles schon wie am Schnürchen.«

»Und diese Auftragsmord-Schiene? Ich kann mir nicht vorstellen, daß der Win, mit dem ich aufgewachsen bin, bei so was mitgemacht haben soll.«

»Iona, der Win, mit dem du aufgewachsen bist, ist ein Produkt deiner Phantasie. Dieser Mann ist durch und durch korrupt. Er ist an mindestens dreien von diesen Morden genauso schuld, als hätte er selbst abgedrückt.«

»Lieber Himmel. Bist du sicher?«

»Frag Bobby Ames, falls er mit dir redet. Was er wahrscheinlich nicht tun wird. Keiner von den Leuten, die ich dir eben genannt habe, kriegt sein Fett ab.«

»Würden sie aber, wenn du dem FBI sagtest, was du weißt.«

»Glaubst du, ich bin verrückt? Ich hänge an meinem Leben. Und Win hat versprochen, meine Anwaltskosten zu zahlen.«

»Und was ist mit Dunc? Wird der sie nicht hochgehen lassen, wenn Anklage gegen ihn erhoben wird?«

»Nie und nimmer. Win und Dunc haben einen Deal gemacht. Dunc nimmt alles auf sich, wird angeklagt, aber nie vor Gericht gestellt.«

»Wie soll das laufen?«

»Ein bestechlicher Richter, eine fette Kaution und Duncs Silver Whisper, aufgetankt und abflugbereit – mit fünf Millionen Dollar in bar und Inhaberpapieren an Bord.«

»Himmel, das geht ja noch höher rauf, als ich vermutet habe! Was für eine Wahnsinnsstory!«

»Tja, dann schau mal, ob du irgendwas davon beweisen kannst, Mädchen. Und was uns beide angeht: Du hast nie mit mir gesprochen. Und sei vorsichtig, hörst du? Du hast es mit knallharten Gegenspielern zu tun.«

Die Aufnahme brach ab. Dann kam wieder Fowlers Stimme.

»Sharon, wenn Sie sich angehört haben, was ich zu sagen habe, nehmen Sie den ersten Teil dieses Bands und machen Sie damit, was immer Sie können. Löschen Sie diesen Teil. Ich gebe zu, es war gelogen, daß all meine Bänder bei dem Brand vernichtet wurden. Dieses hier ist noch da, weil ich es immer in der Handtasche bei mir getragen habe. Wissen Sie, ich konnte nichts von dem, was Quent mir erzählt hat, beweisen, aber Dunc wurde wirklich gegen Kaution freigelassen und verschwand. Also habe ich im-

mer weiter gehofft, doch noch jemanden zu finden, der mir diese Story bestätigen würde.
Ich habe wohl ein paarmal an der falschen Stelle gebohrt, und schließlich nahmen mich die Herren aufs Korn. Nachdem sie mir das Haus abgebrannt und auf mich geschossen hatten, habe ich meinen alten Freund Win angerufen und ihm dieses Band vorgespielt. Und meinen eigenen Deal mit ihm gemacht: Sie lassen mich in Ruhe, wenn ich aufgebe, aus der Stadt verschwinde und dieses ganze Buchprojekt vergesse. Und ich habe meinen Teil dieses Abkommens all die Jahre gehalten, weil ich die friedliche kleine Welt erhalten wollte, die ich mir hier auf der Farm geschaffen hatte.
Aber nach dem Gespräch mit Ihnen ist mir klargeworden, daß ich so ein Beweisstück nicht einfach zurückhalten kann. Der Drogen- und Waffenschmuggel ist vermutlich inzwischen verjährt, aber für Mord gibt es keine Verjährung, und Quent sagt ja klipp und klar, daß Win damit zu tun hatte. Außerdem könnte es ja zu einer neuen Anklageerhebung gegen Reade kommen. Für mich steht fest, daß er und nicht Dunc Ihre Freundin hat umbringen lassen – und weiß der Teufel, was er sonst noch auf dem Kerbholz hat.
Ist ein gutes Gefühl, das endlich von der Seele zu haben. Win Reade war immer schon ein gefährlicher Mann, und jetzt, wo ihn die politischen Drahtzieher für den Senat auserkoren haben, ist er eine Gefahr für das ganze Land. Also nutzen Sie dieses Band bitte. Aber sagen Sie niemandem, wo Sie es her haben, weil ich es schlankweg abstreiten würde. Doch so Gott will und der Zeitpunkt kommt, werde ich der Polizei gegenüber die Echtheit des Gesprächs mit Quent bestätigen, vor Gericht aussagen, tun, was immer nötig ist. Viel Glück.«

Da war sie: die Chance, diesen Fall doch noch abschließen zu können.
Win Reade hatte also doch ein Motiv gehabt, Andy Walker, Matty, Cutter und Matthews umbringen zu lassen. Er hatte Dunc Stirling und Ash Walker über Hy und mich aufgespürt. Und wenn die Bruchlandung nicht gewesen wäre, hätte er uns alle auch noch umlegen lassen.

Doch jetzt hatte ich – Iona Fowlers Gewissen sei Dank – den Beweis, den ich brauchte, um dafür zu sorgen, daß der Mann, der Mattys Tod in Auftrag gegeben hatte, nicht ungestraft davonkommen würde. Und ich wußte genau, wie ich das angehen würde.

Craig Morland lümmelte in einem meiner Klientensessel, so lässig in seinen Jeans und dem abgewetzten Pullover, wie ich ihn noch nie gesehen hatte. Eine Wildlederjacke – so speckig wie die, die Hy vor kurzem widerstrebend in den Müll geworfen hatte – lag auf dem anderen Sessel.

»Sehe ich das richtig?« sagte ich. »Als ich auf Ihrem Anrufbeantworter die Botschaft hinterlassen habe, daß ich bereit sei, Ihnen zu helfen, Ihre Integrität zu korrumpieren und das Vertrauen des FBI zu mißbrauchen, da hatten Sie Ihre Kündigung bereits geschrieben und sich mit Adah in dieses mexikanische Ferienparadies abgesetzt, von dem sie immer redet?«

Er nickte grinsend und kaute dabei auf einem Zahnstocher. Er und Adah hatten im Miranda ein spätes Frühstück zu sich genommen, ehe sie zum Pier gekommen waren. »Am Thanksgiving-Morgen, nachdem ich Ihnen diese ganzen Informationen über Walker und das Zeugenschutzprogramm geliefert hatte, wußte ich, jetzt ist der Punkt überschritten. Jetzt ist es Zeit auszusteigen.«

»Und was wird die Zukunft bringen?«

»Außer dem Umzug nach San Francisco? Ich weiß nicht genau. Etwas Berufliches erst mal nicht. Ich habe genug auf der hohen Kante, um es mir leisten zu können, ein Weilchen gar nichts zu tun und über meine Möglichkeiten nachzudenken.«

»Dann denken Sie auch mal über das Ermittlungsbüro McCone nach. Ich könnte jemanden mit Ihren Fähigkeiten und Beziehungen brauchen. Natürlich kann ich Ihnen nicht das Gehalt und die Sozialleistungen bieten, die Sie gewohnt sind.«

Er sah sich in meinem Büro um, die Augen taxierend zusammengekniffen; dann blieb sein Blick an dem Bay-Panorama in dem großen Bogenfenster hinter mir hängen. »Das Leben besteht aus Kompromissen. Aber ich nehme an, Sie haben mich nicht hergebeten, um mir ein Job-Angebot zu machen.«

»Nein, allerdings nicht.« Ich hatte ihn fast eine Woche lang zu erreichen versucht, seit ich Iona Fowlers Kassette entdeckt hatte. Heute morgen hatte Adah Joslyn endlich bei sich zu Hause abgenommen und mich von den erstaunlichen Veränderungen in Craigs – und ihrem – Leben in Kenntnis gesetzt.

Ich fragte: »Erinnern Sie sich an die Stirling-Aviation-Sache?«

»Ich habe mein Gedächtnis etwas aufgefrischt, als ich diesen kleinen Rechercheauftrag für Sie erledigt habe.«

»Dann hören Sie sich das hier mal an.« Ich drückte auf die Play-Taste meines Bürorecorders.

»Wo haben Sie das her?« fragte er, als ich die Rückspultaste drückte.

Ich schüttelte den Kopf.

»Okay, andere Frage: Was haben Sie damit vor?«

»Kommt drauf an.«

»Worauf?«

»Ob Sie mir helfen. Auch wenn Sie nicht mehr beim FBI sind, kennen Sie dort doch vermutlich noch Leute, die Ihnen einen Gefallen tun würden.«

Er sah mich abwartend-neutral an.

»Ich will, daß dieses Band und eine anonyme Anzeige, die sich auf gewisse Vorfälle in jüngerer Zeit bezieht, in die richtigen Hände innerhalb des FBI geraten – auf so langen und verschlungenen Wegen, daß ihre Herkunft nicht mehr feststellbar ist.«

»Das ließe sich machen.«

»Würden Sie es einfädeln?«

Er schaute wieder auf die Bay hinaus und überlegte. »Wissen Sie, an dem Abend, als wir uns in Washington getroffen haben, da habe ich Ihnen gesagt, mir sei alles scheißegal. Das ist immer noch so, aber nur, was das System angeht. Im kleinen, da, wo der einzelne noch was bewirken kann – bei so was zum Beispiel, wie Sie's da vorschlagen –, da habe ich immer noch meine Überzeugungen. Also, ja, ich werde es tun, und zwar so, daß weder das Band noch die Anzeige von irgend jemandem, der käuflich ist, unter den Teppich gekehrt werden können.«

»Danke, Craig.« Ich nahm die Kassette aus dem Gerät und die schriftliche Anzeige aus meiner Schreibtischschublade und streckte ihm beides hin. »Und Sie behalten mein Angebot im Hinterkopf?«

»Ganz gewiß.«

Ich brachte ihn in das Büro nebenan, wo Adah mit Rae schwatzte, und sah dann gleich darauf das ungleiche Paar – sie halb schwarz, halb jüdisch, mit Eltern, die immer noch auf die triumphale Rückkehr der kommunistischen Partei hofften; er ein weißer, angelsächsischer Protestant bis in die Knochen, mit einem Vater, dem es das FBI einst übertragen hatte, eben jene Kommunisten zur Strecke zu bringen – Hand in Hand den Pier verlassen. Dann ging ich wieder in mein Büro und suchte meine Sachen zusammen. Ich hatte eine Mittagessensverabredung in Los Alegres.

Gray Selby und ich saßen in einer Fensternische im Seven Niner Diner. Es war Freitag, ohnehin meist ein geschäftiger Tag auf kleinen Flugplätzen, und das schöne Wetter hatte noch mehr Flieger herausgelockt. Ich sah eine Cessna 152 holprig aufsetzen und dachte mit Genugtuung an die nahezu perfekte Landung, die ich vorhin mit der Citabria hingelegt hatte. Dann wandte ich meine Aufmerksamkeit wieder dem Fluglehrer zu.

»Also, der Stand der Dinge ist folgender«, sagte ich. »Matty wurde ermordet, und das FBI wird den Mann, der den Mord in Auftrag gegeben hat, demnächst unter die Lupe nehmen. Ich wäre Ihnen sehr dankbar, wenn Sie das hier auf dem Platz weitererzählen könnten. Wahrscheinlich wird das FBI oder die hiesige Polizei mit Ihnen allen Kontakt aufnehmen, und dann werden sie den Schuldigen hoffentlich hinter Gitter bringen können.«

»Mache ich mehr als gern. Sie sind wirklich eine Kanone von einer Detektivin, McCone.«

Ich suchte in seinem Gesicht nach Anzeichen von Sarkasmus, fand aber keine. »Danke, Selby.«

Schweigen machte sich zwischen uns breit. Wir hatten alles gesagt, was zu sagen war, aber keiner von uns wollte an sein Tagwerk zurückkehren. Nach einigen Sekunden sah er auf meinen Teller, entdeckte einen ungegessenen Dillstengel und hob fragend eine Augenbraue.

»Bedienen Sie sich.« Ich sah aus dem Fenster. Die Cessna 152, die ich vorhin hatte landen sehen, war inzwischen zu einem der Flugschulabstellplätze gerollt; Mark Casazza stieg auf der rechten Seite aus, und ein paar Sekunden drauf folgte Bob Cuda auf der linken.
»Seh ich recht oder täuschen mich meine Augen?« fragte ich.
Selby grinste. »Stimmt schon. Cuda nimmt Flugstunden.«
»Das kann doch nicht wahr sein.«
»Doch. Mark meint, es läuft ganz gut, obwohl er immer droht, daß er ihm irgendwann ein rohes Ei zwischen den Knüppel und seinen Schraubstockgriff klemmt.«
»Ach, ich wette, Bob macht das ganz prima, wenn er erst mal seine Angst überwunden hat.«
»Wahrscheinlich. Und raten Sie mal, wer in letzter Zeit noch jede Menge fliegt. Ihr alter Freund Ash Walker. Er ist jetzt auch gerade oben, mit der Super Cub, die er sich kürzlich gekauft hat.«
»Er ist nicht mein Freund.« Seit Walkers Rückkehr aus Minnesota hatte ich nur ein einziges Mal mit ihm gesprochen, um ihm von Iona Fowlers Band zu erzählen. Er hatte versprochen, Vorsichtsmaßnahmen zu treffen, bis Win Reade hinter Gittern wäre, erklärte aber, er habe nicht die geringste Absicht, Zach aus ihrem gemeinsamen Leben in Los Alegres herauszureißen. Er und Zach – der sich entschieden hatte, den Vornamen zu behalten, den er den größten Teil seines Lebens getragen hatte – müßten jetzt in dem Farmhaus bleiben und ihr Verhältnis auf die Reihe kriegen. Ich fragte nicht, was er damit meinte, weil mich Habiba auf dem laufenden hielt: Zach war verständlicherweise wütend, daß sein Vater ihn so lange getäuscht hatte, und trauerte immer noch heftig um Matty.
Selby sagte: »Seien Sie nicht so hart mit dem Burschen, Mc Cone.«
»Seit wann sind Sie denn so ein Fan von ihm?«
»Seit mir klargeworden ist, daß er denkt, sein Leben sei vorbei, genau wie ich damals, als ich aus dem Krieg zurückkam.«
»Und ist es vorbei?«
»Seins oder meins?«
»Beide.«
»Nein, noch lange nicht.«

Nachdem ich mich von Selby verabschiedet hatte, ging ich noch beim Terminalgebäude vorbei, um meine Parkgebühr zu bezahlen. Auf den Stufen zur Terrasse saß Zach, eng an Art Fields alten Labrador Max geschmiegt.

»Sharon«, sagte er, »was machen Sie denn hier?«

»Mit einem alten Freund zu Mittag essen.« Ich setzte mich an Max' andere Seite. Er lehnte sich an mich und leckte mir mit nasser Zunge über die Wange. »Du stinkst aus dem Maul, Max«, sagte ich. »Hau ab.«

Als hätte er mich verstanden, erhob er sich und trottete zu der Rasenfläche hinüber.

»Na, wie geht's?« fragte ich Zach.

»Ach ... ganz gut.«

»Dein Dad ist heute zum Fliegen hier?«

»Ja. Ich bin noch nicht wieder in der Schule, deshalb wollte er, daß ich mitkomme. Er sagt, ich muß meine Angst vor Flugzeugen überwinden.«

»Und?«

»Die Flugzeuge machen mir nichts aus. Ich will nur nicht mit ihm zusammen sein.«

Ich wartete.

»Mein Dad hat mich angelogen, Sharon, in allem. Vor einem Monat dachte ich noch, ich bin zwölf, jetzt bin ich plötzlich vierzehn. Ich dachte, ich bin Zach Seabrook, aber in Wirklichkeit war ich Roger Walker, und jetzt bin ich Zach Walker, weil Roger so nach dem blöden Roger Rabbit klingt. Mein Dad hat mir immer wieder gesagt, ich hätte nicht gesehen, wie meine Mom erschossen wurde. Aber jetzt stellt sich raus, ich hab's doch gesehen. Er hat gesagt, er hat uns lieb, Matty und mich, aber dann ist er einfach abgehauen, und dann war sie tot, und nicht mal da ist er zu mir zurückgekommen. Klar, ich weiß, warum er nicht zurückgekommen ist, aber deshalb möchte ich trotzdem am liebsten ... ich weiß nicht, was. Ihn allein sitzenlassen vielleicht.«

Und genau das hatte er auf der emotionalen Ebene getan. »Hast du deinem Dad mal gesagt, wie dir zumute ist?«

»Würde er mir denn zuhören?«

»Das wirst du nie erfahren, wenn du's nicht probierst.«

Die Super Cub war jetzt im Endanflug; Zach drehte den Kopf und beobachtete sie, das Gesicht eine Studie an widerstreitenden Gefühlen. Als sie aufgesetzt hatte, atmete er mit einem tiefen Seufzer aus. »Dann probier ich's vielleicht«, sagte er. »Kann ja nichts schaden, oder?«

»Wie geht's?« fragte ich, als ich bei den Abstellplätzen an Ash Walker vorbeikam.

»Besser. Die Fliegerei hilft, die schmerzlichen Erinnerungen wegzuschieben.« Er ging um die Maschine herum, um die Heckkette einzuhaken, ganz offensichtlich nicht an weiterer Konversation interessiert. Ich ging weiter in Richtung der Citabria.

Erinnerungen ...

Bei der Maschine blieb ich stehen, die Hand auf der hochangesetzten Tragfläche, und schaute über die Rollbahn zu den Tanksäulen hinüber. Für einen Moment sah ich Matty an dem Kassentisch lehnen, die Hände in die Jackentaschen gestemmt, das lange Haar windverweht. Dann packte ich dieses Bild endgültig weg und nahm den Schlüssel der Citabria heraus. Es würde ein herrlicher Flug zurück nach Oakland werden.

Als ich beim Pier 24½ vorbeifuhr, um mich zurückzumelden, sah ich Ted am Geländer vor seinem Büro lehnen und trübselig auf die diversen Weihnachtsdekorationen starren.

Ich ging hin und lehnte mich neben ihn. »Wieder mal am Brüten?«

Er sah mich an, und die Linien zwischen seinen Augenbrauen vertieften sich zu finsteren Unmutsfalten. »Ich brüte gar nicht.«

»Tust du wohl.«

»Ich brüte nie.«

»Da entgeht dir was.«

»Ach, guck dir doch das ganze Zeug an! Ich entscheide mich für die traditionelle Variante, und die machen einen auf Selbstausdruck.«

In meinen Augen war Teds Komposition aus Tannengrüngewinden, blinkenden Lichtlein, roten Samtbändern, Silber- und Goldschmuck ein Meisterwerk. War es wirklich so kreativ von dem Dokumentarfilmer unten, seine gesammelten Schneideraumabfälle mit Flitterfarben zu besprayen und zu einer Girlande zu ver-

arbeiten? Verlieh es den riesigen Projektfotos des Architekturbüros wirklich so einen künstlerischen Touch, daß kleine, aus Illustrierten ausgeschnittene Weihnachtsmotive draufpappten? War das Weihnachtsmanndorf vor dem Büro des Anlageberaters mehr als nur eine teure Instant-Lösung für ein potentiell zeitraubendes Problem?
War dieser alberne Dekorationswettbewerb überhaupt so eine weltbewegende Sache?
Ich warf einen Blick in Teds gramzerfurchtes Gesicht. Ja, für ihn war er das, also würde ich mitspielen.
Ich fragte: »Wer ist eigentlich in der Jury?«
»Drei knackige Heteros von der Löschbootstation.«
»Ich bin sicher, daß sie unsere Dekoration am ästhetischsten finden.«
»Feuerwehrmänner? Die merken doch nichts von Ästhetik, und wenn sie sie in den Arsch beißt!«
»Ach, nimm's nicht so schwer. Am Freitag hat die Spannung ein Ende.« Ich ging in Richtung Treppe.
»Hey, so früh schon Feierabend? Wo willst du hin?«
»Zu Macy's, F.A.O. Schwarz und ins Gap – unter anderem. Ich muß mich für das Höllenweihnachten rüsten.«

25

Hy und ich saßen inmitten des Nachbescherungschaos in Raes und Rickys Wohnzimmer und tranken Sekt mit den beiden. Überall lagen leere Kartons herum. Zerknülltes Geschenkpapier staute sich an den Möbeln, Schleifen steckten an Lampenschirmen. Ein riesiger Baum – ein Geschenk der Seabrookschen Weihnachtsbaumfarm – stand in der Fensternische zum Golden Gate hinaus, und darauf saß an prominenter Stelle eine weiße Porzellantaube, die Ricky von meiner Schwester und ihrem neuen Mann geschenkt gekriegt hatte, als er die Kinder am Flughafen übernahm. Bis auf einen Punkt verlief der Besuch erfreulicher als erwartet.
Rae sagte: »Mick und Chris haben den Ton für die anderen vorgegeben.«

Ich nickte. Sie hatten offensichtlich beschlossen, sich wie höfliche Erwachsene zu benehmen, und sie hatten Rae sogar umarmt, als sie in Micks Apartment aufgebrochen waren, wo Chris sich einquartiert hatte.

»Außer für Jamie«, murmelte Ricky und starrte düster in sein Sektglas.

Rae sagte rasch: »Molly und Lisa haben sich richtig über ihre Geschenke gefreut. Und sogar Brian ist aufgetaut und hat mehrfach gelächelt. Er kriegt jetzt die Kurve.«

»Jamie nicht.«

Ich versuchte, das Gespräch von dem mittleren der Mädchen – und Rickys Lieblingstochter – wegzulenken. »Sieht aus, als hätten wir diese Weihnachten alle gekriegt, was wir uns gewünscht haben. Sogar Ted hat den ersten Preis beim Dekorationswettbewerb gewonnen.«

»Jamie hat nicht mal ihr Geschenk ausgepackt.«

Wir enthielten uns jeden Kommentars. Rae tätschelte Rickys Hand; Hy ging sich um das Kaminfeuer kümmern. Und ich merkte, wie ich langsam wirklich sauer auf meine Nichte wurde. Ich stand auf und sagte: »Bin gleich wieder da.«

Oben klopfte ich an die Tür, hinter der die fünfzehnjährige Jamie seit gestern abend schmollte, und als keine Antwort kam, trat ich einfach ein. Sie hockte auf dem Bett und hörte Walkman: eine schlanke junge Frau mit einem feinen Gesichtchen, von einer wilden braunen Lockenmähne umgeben. Als sie mich sah, funkelte sie böse und drehte die Lautstärke auf.

Ich sah mich um. Der Raum hätte ein Hotelzimmer sein können; er wies absolut keine Spuren seiner Bewohnerin auf, außer einem praktisch unausgepackten Reisesack auf der Kommode. Als ich Jamie wieder ansah, ignorierte sie mich demonstrativ. Also ging ich hinüber und riß ihr den Kopfhörer herunter.

»He, was soll das, Tante Shar?«

Ich wollte sie anschreien, daß sie ihrem Vater – und sich selbst – den ganzen Heiligabend verdorben hatte. Ich wollte sie am Arm packen und gewaltsam nach unten befördern und zu einer Entschuldigung zwingen. Doch nichts von all dem würde das gewünschte Ergebnis zeitigen. Also musterte ich sie und versuchte dahinterzukommen, welches Knöpfchen ich drücken mußte.

Schließlich sagte ich: »Ich wollte dir gute Nacht sagen.«
»Du gehst jetzt schon schlafen?«
»Hm. Wir gehen alle ins Bett.«
»Aber –«
»Was?«
»Ach, nichts.« Sie zuckte wohleinstudiert die Achseln.
»Wir hatten einen tollen Abend. Alle haben sich über ihre Geschenke gefreut.«
»Sind sie sauer, weil ich nicht runtergekommen bin?«
»Nein, du hast es nun mal so gewollt. Ich glaube sogar, es hat niemand gemerkt, daß du nicht da warst. Na ja, außer Chris.«
»Chris? Was hat sie gesagt?« Seit ihre große Schwester nach Berkeley gegangen war, hatte Jamie ein intensives – und einseitiges – Rivalitätsverhältnis zu ihr.
»Sie hat gefragt, ob wir dein Geschenk von deinem Dad aufmachen und unter uns aufteilen können.«
»Sie hat was?!«
»Reg dich nicht auf, wir haben's ja nicht getan. Wir wollten schon, aber es ist ganz auf dich persönlich zugeschnitten.«
»Was ist es?«
»Ich habe versprochen, nichts zu verraten.«
Sie zog eine Schmollschnute. Blitzte mich einmal kurz an. Stand dann auf, zog ihre Jeans ein Stück hoch und zupfte an ihrem Hootie-&-the Blowfish-T-Shirt.
»Na, gut«, verkündete sie. »Dann gehe ich eben runter und packe das verdammte Ding aus.«
Als wir ins Wohnzimmer kamen, sah Ricky freudig-überrascht auf. Jamie bedachte erst ihn mit einem mürrischen Blick, dann Hy, der sagte: »Was hab ich getan?« In Raes Richtung guckte sie gar nicht erst.
Rae sagte: »Hy, gießt du Jamie ein Glas Sekt ein?«
Rickys freudige Miene schwand jäh. Er beäugte seine Tochter wie eine streunende Katze, die sich hier häuslich niederzulassen drohte, und sagte zu Rae: »Was denkst du dir dabei, meinem Kind Alkohol einzuflößen?«
Sie antwortete ungerührt: »Sie ist eine junge Frau, kein Kind. Mick und Chris haben je ein Glas getrunken; Jamie sollte auch eins kriegen.«

Er grunzte.
Jamie nahm das Sektglas von Hy entgegen und warf einen mißtrauisch-tastenden Blick in Raes Richtung. Rae schenkte ihr ein strahlendes Nasekräuselgrinsen und zwinkerte. Ich ging zum Baum und holte das Geschenk, einen roten Umschlag mit einer grünen Schleife. Jamie nahm ihn stirnrunzelnd an sich, wohl in der Annahme, daß er Geld enthielt. Was war daran so persönlich? Doch als sie ihn öffnete und das Briefchen von ihrem Vater las, errötete sie vor Freude.
»Echt, Daddy?«
»Echt.«
»Danke!«
»Bedank dich lieber bei Rae. Sie hat mich darauf gestoßen, was ich falsch gemacht habe, und mir vorgeschlagen, es wiedergutzumachen. Als ich dich damals im Oktober ganz allein mit meiner Kreditkarte losgeschickt habe, war ich so mit meinem eigenen Leben beschäftigt und sehr unsensibel. Das tut mir leid, und ich werde es am Donnerstag ausbügeln.«
In seinem Briefchen hatte er versprochen, den Tag nach Weihnachten ganz mit ihr zu verbringen: Sie würden zusammen Sachen für ihr Zimmer kaufen, Mittag essen gehen, tun, was immer sie wollte.
Jamie zögerte, sah dann Rae an. »Danke«, sagte sie steif. Dann ging sie, ohne Rae aus den Augen zu lassen, zum Sofa und ließ sich neben ihren Vater plumpsen. Sie mochte Rae vielleicht immer noch nicht, fand sie aber eindeutig interessant.
Ich gähnte und streckte Hy die Hand hin. »Laß uns das freundliche Angebot mit dem Gästezimmer annehmen.«
»Klingt gut. Wir stehen früh auf, fahren zu dir, verfüttern an Ralph und Allie ihre Weihnachtshühnerleber und setzen uns in unsere Hütte ab.«

Das Lämpchen des Anrufbeantworters blinkte, als ich ins Haus kam. Ich legte mein Geschenk für Hy auf den Couchtisch und drückte die Abfragetaste. Das Band spulte noch zurück, als Hy eintrat, im Arm einen schwarzen Müllsack, der hinten in der Citabria gelegen hatte, seit er am zweiundzwanzigsten von seiner Ranch gekommen war.

»Ach«, sagte ich, »du schenkst mir deinen Müll zu Weihnachten?«
Er lächelte geheimnisvoll, deponierte den Müllsack neben meinem Geschenk und wartete auf die Telefonbotschaft.
Craig Morland: »Sharon, ich erreiche Sie nirgends, deshalb hinterlasse ich das hier auf Ihren beiden Anrufbeantwortern. Ich habe heute vormittag mit einem Kumpel in Washington gesprochen, und er sagt, die Justizbehörden agieren in der Reade-Sache vorsichtig, aber prompt. Sie haben schon Deals mit zwei Leuten gemacht, die Reades Beteiligung an dem Auftragsmord-Busineß hieb- und stichfest belegen können, und auch wegen der Morde an Wildress, Cutter und Matthews wird man ihn wohl vor Gericht bringen. Wie's aussieht, wird die Anklage in der Arkansas-Sache noch vor Neujahr ergehen. Na, ist das ein tolles Geschenk? Frohe Weihnachten!«
»Fall abgeschlossen«, sagte ich zu Hy. »Diesmal wirklich.«
Er holte Sekt aus dem Kühlschrank, während ich einen filigranen goldenen Stern in das Fenster zum Meer hängte. Wir stießen an: auf uns, auf Matty, auf den Abschluß des Falls. Dann sagte er: »Willst du nicht dein Geschenk auspacken?«
»Du zuerst.« Ich schob ihm das bunt eingepackte Päckchen über den Tisch.
Reiß! Fetz! Zerr! Wenn es um Geschenke ging, war er genauso gierig wie die Little Savages. »McCone! Ein neues Kopfhörer-Set für die Citabria! Jetzt kann ich endlich diese antiquierten Schrottdinger wegschmeißen, und wir brauchen nicht mehr zu schreien, um uns verständlich zu machen.« Er nahm die gepolsterte Transporthülle aus dem Karton, öffnete sie und nahm einen Kopfhörer heraus. »Meine Güte, sind die leicht. Telex Airman ANR! Was hast du gemacht – eine Bank ausgeraubt?«
»Für dich tue ich alles.«
Er setzte den Kopfhörer auf, saß glücklich grienend da. »Jetzt du.«
Ich öffnete den Müllsack. Darin steckte eine lange, in rote Folie gewickelte Röhre. Ich riß, fetzte und zerrte meinerseits, drückte den Deckel am einen Röhrenende auf und fühlte. Eine dicke Papierrolle.
Ich sah Hy fragend an. Er lächelte einfach weiter vor sich hin.
Ich zog die Papierrolle heraus und entrollte sie auf dem Tisch:

eine Architektenzeichnung, ein wohlproportioniertes Haus aus Holz und Stein, im Stil ähnlich wie unser Häuschen. Rasch deckte ich das nächste Blatt auf: Grundrisse.

»Unser Haus?« flüsterte ich. Wir hatten oft davon geredet, eines Tages auf den Fundamenten des Hauses, das einmal auf unserem Grundstück gestanden hatte, zu bauen. Aber das war mir immer als etwas sehr Fernes erschienen.

»Unser Haus.« Er rückte zu mir herüber. »Ein Freund von mir, der Architekt ist, hat es entworfen, mit viel Input meinerseits.«

»Es ist wunderschön.« Ich strich mit der Hand über den Aufriß.

Er begann, mir die verschiedenen Details zu erläutern: den großen Zentralbereich mit freistehendem Kamin, der Wohnzimmer, Eßzimmer und Küche in sich vereinigte. Den Gästeflügel auf der einen und unseren Schlaf- und Privatbereich auf der anderen. Das Haus hatte große Ähnlichkeit mit dem alten, das durch eine Explosion und den darauffolgenden Brand zerstört worden war. Hy war zwar nie dort gewesen, aber ich hatte es ihm so oft beschrieben, daß er die besten Elemente in den Entwurf hatte einfließen lassen.

»Was ist das?« fragte ich und zeigte auf einen Kringel an einer Stelle auf der Seeseite, gleich neben unserem Schlafzimmer.

»Der Whirlpool. Ich habe die lüsternen Blicke gesehen, die du auf den Whirlpool bei Rae und Ricky geworfen hast. Eines Tages können wir auch ohne Badesachen in so einem Ding sitzen und auf den Pazifik rausgucken. Natürlich ist der Entwurf nur vorläufig; mein Freund ändert alles nach deinen Wünschen.«

»Nein, es ist perfekt so.« Plötzlich fühlte ich mich überwältigt. Zusammen ein Haus zu bauen war so etwas Verbindliches.

Er faßte mir unters Kinn und hob mein Gesicht an. »McCone, macht dir das angst?«

»Ein bißchen.«

»Mir auch.«

Wir lachten beide.

»Also, was sagst du?« fragte er. »Sollen wir?«

Ich schob meine Angst beiseite. »Ich sage: Wann können wir den Grundstein legen?«